dtv

Reihe Hanser

Es ist ein Schock für die 17-jährige Frida, als sie von ihrer Augenkrankheit erfährt. Was, wenn sie blind wird? Die Ärzte können noch so oft beteuern, dass es eine Lösung gibt, Frida hat Angst. Bloß weg, denkt sie, raus aus Oslo und auf nach Florenz, wo sie schon immer hin wollte. In Italien angekommen, vergeht ihr die Abenteuerlust. Alles ist fremd. Bis sie eine norwegische Stimme hört: Jakob ist 19 und schreibt über Kunst. Eigentlich ist Frida ja ein Kunstmuffel, aber Jakobs Vorträgen über Giotto, Brunelleschi und Donatello lauscht sie mit Begeisterung. Kunst ist auf einmal unglaublich spannend – und genauso aufregend wie Jakob. Eigentlich ist jetzt alles perfekt. Wäre da nur nicht ihre Krankheit, und gäbe es in Jakobs Leben nicht die geheimnisvolle Ida …

Bjørn Sortland, 1968 geboren, arbeitete als Journalist und Kritiker, bevor er sich ganz auf das Schreiben von Kinder- und Jugendbüchern konzentrierte. In seinem Heimatland Norwegen zählt er zu den Großen seiner Zunft. Für sein Buch »Rot, Blau und ein bisschen Gelb«, eine spielerische Einführung in die moderne Kunst, erhielt er 1995 den Deutschen Jugendliteraturpreis. »Die Minute der Wahrheit« ist sein erstes Buch in der *Reihe Hanser*.

BJØRN SORTLAND

DIE MINUTE DER WAHRHEIT

Roman über die Liebe
und die Kunst

Aus dem Norwegischen von
Ina Kronenberger

Deutscher Taschenbuch Verlag

Die Übersetzung des Buches wurde gefördert von NORLA.

Das gesamte lieferbare Programm der *Reihe Hanser*
und viele andere Informationen finden Sie unter
www.reihehanser.de

In neuer Rechtschreibung
September 2009
Deutscher Taschenbuch Verlag GmbH & Co. KG,
München

Titel der Originalausgabe:
›Ærlighetsminuttet‹
(H. Aschehoug & Co., Oslo, 2005)

Umschlaggestaltung: Ursula Hörmann unter Verwendung des Gemäldes
›Verleumdung des Apelles‹ von Sandro Botticelli und
eines Fotos von gettyimages/Wilfried Krecichwost
Satz: Satz für Satz. Barbara Reischmann, Leutkirch
Druck und Bindung: Druckerei Kösel, Krugzell
Gedruckt auf säurefreiem, chlorfrei gebleichtem Papier
Printed in Germany · ISBN 978-3-423-62413-8

Für Mama und Papa

... but even Mona Lisa must have had the Highway Blues,
you can tell by the way she smiles **BOB DYLAN**

Don't die without knowing the cross **PRINCE**

OSTERSONNTAG, 27. MÄRZ

Als der pakistanische Taxifahrer sieht, dass ich einen Rucksack trage, steigt er aus dem schwarzen Mercedes aus, öffnet den Kofferraum und nimmt mir den Rucksack ab.

»Danke«, sage ich und steige hinten ein.

Schließe hinter meiner Sonnenbrille die Augen. Zum Glück ist es kühl. Wieder zurück. Endlich. In zwanzig Minuten bin ich da. Dann wird alles in Ordnung kommen, ich muss daran glauben, dass alles in Ordnung kommen wird, zumindest zum Teil. Ich kann nicht länger davonlaufen. Die Reise ist zu Ende. Heute ist der wichtigste Tag in meinem Leben.

»Wohin soll es gehen?«, fragt er mit einem winzigen Akzent, den er wohl niemals ganz wird ablegen können.

»Ins Ullevål Krankenhaus. Sie bekommen hundert Kronen extra, wenn Sie etwas auf die Tube drücken«, sage ich und lehne mich im Ledersitz zurück.

SAMSTAG, 12. MÄRZ

Mitten in der Nacht schrecke ich aus dem Schlaf, mit meinen Augen stimmt etwas nicht, ich habe ein sandiges Gefühl, als würden sie von sich aus heulen. Die Zahlen auf dem blauen Display des Radioweckers zeigen zehn vor zwei. Ich habe drei Stunden geschlafen.

Ich wusste nicht, dass Augen von sich aus weinen können.

»Mama«, rufe ich und knipse die Pu-der-Bär-Lampe an, von der ich mich nicht trennen kann. Bei Licht geht es mir keineswegs besser. Es ist grell und tut weh. Ich rufe nicht sehr oft nach ihr, sie steht nach wenigen Sekunden in meinem Zimmer.

»Ich habe irgendetwas in den Augen«, sage ich.

»Lass mich mal sehen!«

Mama setzt sich und nimmt mein Gesicht in die Hände.

»Ich sehe nichts. Vielleicht warst du zu lange im Chlorwasser.«

»Es tut nur ein bisschen weh«, sage ich und schließe die Augen. »Könntest du das Licht ausmachen?«

Sie knipst das Licht aus. Nimmt mich in den Arm, wie früher, wenn ich krank war, Angst vor Fieberfantasien hatte. Es tut gut, im Arm gehalten zu werden. Ich kann mich eigentlich nicht erinnern, wann mich zuletzt jemand in den Arm genommen hat. Es hilft.

»Soll ich den Arzt rufen?«, fragt Mama.

»Nein. Es ist bestimmt nur das Wasser im Tøyenbad. Sie kippen irre viel Chlor rein. Ich war gestern zwei Stunden da.

Habe auf Camilla gewartet, aber ihr ist was dazwischengekommen.«

»Warst du allein?«

»Ja.«

»Ist das nicht schon öfter vorgekommen, dass sie nicht auftaucht?«

»Nein. Nicht so oft.«

Auch wenn ich die Augen geschlossen habe, merke ich, dass Mama mich anschaut.

»Ich glaube, es lässt nach. Ich bin einfach nur schrecklich müde.«

Ich merke, dass Mama mich immer noch mit mamaängstlichen Augen anschaut.

»Sicherheitshalber solltest du zum Augenarzt gehen«, sagt sie. »Doktor Larsen im Bogstadveien ist nett und ein guter Arzt. Er sollte dich mal untersuchen. Ich rufe morgen früh an und mache einen Termin für dich aus.«

»Muss ich dahin?«, frage ich.

»Ja«, sagt Mama.

»Erzähl mir was«, bitte ich.

»Was denn?«

»Erzähl mir, wie du einmal … in der Finnmark in einem Krankenwagen mitgefahren bist.«

»Da gibt's nicht viel mehr zu erzählen, Frida.«

»Du hast mir nie erzählt, ob du in den Krankenwagenfahrer verliebt warst.«

»War ich nicht.«

»Das glaube ich dir nicht.«

Mama seufzt, wie schon so oft. Das Allerschönste für mich ist, wenn mir jemand etwas erzählt, mir etwas erzählt, wovon er Ahnung hat, egal was, ich liebe, ja, ich *liebe* es, wenn mir jemand etwas erzählt, und mir wird im Bauch ganz warm davon, am besten eine lange, umständliche Geschichte, die viel Zeit kostet, von der Französischen Revolution zum Beispiel (Tante Iselin, die sich als Adjunktin hochgedient hat, sie ist schrecklich, aber sie weiß richtig viel über die Französische Revolution, oder Onkel Torstein, der detailliert von großen Kühlschiffen erzählen kann, die Obst durch die ganze Welt transportieren, oder Papa, der über Schrifttypen und Buchstaben redet).

Menschen haben einen wunderschönen Gesichtsausdruck, wenn sie etwas erzählen dürfen. Etwas, wovon sie Ahnung haben. Mama erzählt gern, wie sie einmal bei einem Krankentransport in der Finnmark dabei sein durfte, lange, bevor sie Papa kennengelernt hat.

»Komm zu mir ins Bett. Dort ist ja jetzt viel Platz«, sagt Mama mit nicht ganz geglückter gespielt trauriger Stimme.

Ich klemme mir Kopfkissen und Decke unter den Arm, folge ihr ins Schlafzimmer und klettere in ihr Bett, wie ich es als Vierjährige gemacht habe. Mama streicht mir sogar über den Rücken. Dann erzählt sie mir noch einmal von dem Krankenwagen fahrenden Arzt in der Finnmark. Ich bin ganz sicher, dass sie total verliebt in ihn war. Wie immer weist sie es weit von sich.

»Du hast um zwölf einen Termin. Doktor Larsen ist ja so zuvorkommend«, ruft Mama mir zu. »Wie geht es dir? Ich mache uns Frühstück.«

»Viel besser als heute Nacht. Muss ich wirklich zu ihm?«

»Ja. Mit den Augen ist nicht zu spaßen.«

Mama hat wirklich Frühstück gemacht: Eier und Schinken, Saft und Cappuccino aus der glänzenden Espressokanne, die sie vor ganz langer Zeit einmal in Florenz gekauft haben. Als alles noch in Ordnung war. Der Garten Eden, sozusagen. Mama und Papa sind durch die Toskana gefahren, und ich war dabei. In Mamas Bauch. Es gibt Bilder von mir, zumindest von Mamas dickem Bauch. Wir drei. Vor einem Turm. Ich weiß nicht, wo er steht, aber es sieht sehr nach Florenz aus. Das erste Mal, dass ich im Ausland war.

Ich glaube eigentlich, Mama würde die Espressokanne am liebsten wegpacken, benutzt sie aber aus Trotz weiter. Unser Frühstück ist viel besser als früher. Ich glaube, Mama steckt besonders viel Energie ins Frühstück, um zu beweisen, dass wir zurechtkommen, auch wenn Papa vielleicht so schnell nicht wieder zurückkommt. Im Radio läuft ein altes Lied, das Mama, Papa und auch mir gefällt, *Fly Me to the Moon* von Frank Sinatra. Ich finde es vom Norwegischen Rundfunk ziemlich unpassend, ja unverschämt, das Lied ausgerechnet jetzt aufzulegen.

Ich gehe allein zu Dr. Larsen. Mama überlegt, ob sie von der Arbeit zu Hause bleiben soll, aber das wäre too much. Ich bin schließlich siebzehn und fühle mich bei Tageslicht auch etwas erwachsener. Das Märzlicht ist ziemlich grell, deshalb setze ich mir eine Fünf-Euro-Tankstellen-Sonnenbrille auf. Aber nichts ist so schlimm, dass es nicht auch und so weiter. Auf einmal habe ich einen guten Vorwand, um mir eine neue zu kaufen. Bald sind Osterferien. Es wäre unverantwortlich, Ostern ohne Sonnenbrille zu begegnen.

An Dr. Larsens Empfang sitzt eine Blondine, die mir automatisch zulächelt und auf zwei Stühle und einen kleinen Tisch mit massenhaft Zeitschriften zeigt, unter anderem mit der fetten Osternausgabe von *Hören und sehen*. Ich habe kaum Zeit, einen Blick hineinzuwerfen, da kommt Dr. Larsen persönlich aus dem angrenzenden Zimmer. Ich spüre einen winzigen stecknadelkopfgroßen Angstklumpen im Bauch. Ich war gestern nicht im Schwimmbad.

»Hallo Frida!«, sagt ein Dr. Larsen mit absolut verfrühter Osterbräune und verdächtig weißen Zähnen.

Er gibt mir die Hand und deutet mit dem Kopf auf einen Stuhl. Ich setze mich. Mama hat ihn wohl gebrieft. Ich warte darauf, dass er mich tausend Sachen fragt, aber das tut er gar nicht.

»So, Frida, dann schauen wir mal. Legst du das Kinn auf diesen Bügel und drückst die Stirn hier oben gegen das Band, dann will ich mir das mal ansehen.«

Er zeigt auf einen weißen Apparat, den ich schwerlich beschreiben kann. Etwas klaustrophobisch mit dem Bügel, aber der ist bestimmt dafür gedacht, dass ich den Kopf nicht bewege. Ich kriege mit, dass er selbst in eine Art Fernglas starrt, sich meine Augen anschaut, während ich überlege, was ich mit meinen Augen fixieren soll. Camilla hat Kontaktlinsen, aber ich habe bisher noch keine Brille gebraucht, für mich ist ein Optikerladen ein Ort mit schicken Sonnenbrillen.

In dem Raum ist es still und heiß. Ich muss lange so sitzen bleiben und ins Nichts schauen, einen festen Punkt an der Wand fixieren, während sich Dr. Larsen von der Seite meine Augen anschaut. Das Ganze hat etwas sehr Intimes an sich, ich höre ihn wenige Zentimeter von meinem Gesicht entfernt atmen.

Er lehnt sich zurück, ich höre, dass er nach etwas greift, und schließe für ein paar Sekunden die Augen. Da ist immer noch der winzig kleine Klumpen im Bauch.

»Kannst du den Kopf aus dem Bügel lösen? Ich will nur diesen Streifen über deine Augen ziehen, er enthält eine Kontrastflüssigkeit, damit ich besser sehen kann, wenn etwas nicht stimmt.«

Ich nehme den Kopf aus dem Bügel, und Dr. Larsen nähert sich mit einem dünnen Papierstreifen und etwas Gelbem darauf. Es ist unangenehm, als er ihn über meine Augen zieht, tut aber nicht weh. Ich habe keine Ahnung, warum er jetzt besser sehen kann, aber aus irgendeinem Grund will ich ihn auch nicht fragen. Zurück in den Bügel mit dem Kopf.

Es kommt mir vor, als stünde die Zeit still.

Bin ich seit zehn Minuten hier? Seit einer Stunde?

Es ist nicht mehr nur ein bisschen, sondern richtig unangenehm, so dazusitzen und ins Leere zu starren. Meine Augen brennen. Ich will es nicht zeigen, aber plötzlich werde ich ganz panisch und höre, wie ich schwer atme, ich muss die Augen schließen, habe das Gefühl, jederzeit das Augenlicht verlieren zu können, in diesem Augenblick schon. Ich will die Tankstellen-Sonnenbrille aufsetzen, nach Hause gehen und mich hinlegen.

»Frida«, sagt Dr. Larsen mit dem weißen Kittel und den weißen Zähnen, und mir kommt plötzlich der Gedanke, dass er meinen Namen auf eine irgendwie warmherzige Art ausspricht, die mich beruhigen soll. Aber sie hat den gegenteiligen Effekt, ich werde davon ganz unsicher und unruhig. Ich fühle mich komisch, mir ist schwindlig, nachdem er die Lampe weggenommen hat.

»Es sieht so aus, als hätten Sie möglicherweise etwas auf dem Auge, kleine Unregelmäßigkeiten. Ich weiß es nicht, ich schicke Sie lieber mal zu einem Kollegen, der sich auf solche Fälle spezialisiert hat.«

»Glauben Sie, es sind … ernste Unregelmäßigkeiten?«, frage ich und weiß im selben Augenblick, dass der Boden unter mir eine schwimmende Eisscholle ist. Das Brennen hat nicht erst heute Nacht angefangen. Ich habe es in den letzten zwei Tagen mehrmals gespürt.

»Ich denke, dass wir zumindest näher untersuchen sollten, was es sein könnte.«

»Könnte es etwas Gefährliches sein?«

Er atmet tief ein, ich stelle fest, dass auch erwachsene Männer sich davor fürchten können, unangenehme Dinge zu sagen.

Ich lasse seinen Blick nicht los, sehe ihm direkt in die Augen, weiß nicht, ob es hilft. Wenn ich will, kann ich Leuten direkt in die Augen starren, bis sie wegschauen.

»Wissen Sie, was die Hornhaut ist?«

»Na ja, eigentlich nicht so richtig. Eine Art Glasscheibe vor den Pupillen?«

»Richtig. Sie ist im Grunde das Fenster vor Ihren Augen. Und dieses Glas vor Ihrem Auge ist irgendwie beschädigt«, sagt Dr. Larsen, der nicht mehr länger ein strahlend weißes Lächeln auf den Lippen hat.

»Nur an einem?«

»Nein. Es kommt zwar selten vor, aber Sie haben es an beiden Augen.«

Ich behalte ihn mit meinen verdächtigen Hornhäuten fest im Auge.

»Was heißt das?«

»Das heißt, dass sich Ihre Augen möglicherweise gerade irgendwie entzünden.«

»Ist das sehr gefährlich?«

Ich stelle fest, dass ich das Wort *gefährlich* schon zweimal benutzt habe.

»Nein. Aber wie gesagt, ich schicke Sie zu einem Spezialisten. Es ist ganz normal, dass Ärzte ihre Patienten zu spezialisierten Kollegen schicken.«

»Wird es lange dauern, einen Termin zu kriegen?«

»Nein, nein. Das machen wir gleich. Sie brauchen nur die Straße ein Stück hinaufzugehen. Dort ist seine Praxis. Ich rufe ihn an, sobald Sie gegangen sind. Wir kennen uns gut.«

Er gibt mir einen Zettel mit einer Adresse darauf. Der Arzt auf dem Zettel heißt mit Vornamen Morten. Ich weiß nicht, ob es mich beruhigt, dass unser Gesundheitssystem plötzlich so supereffektiv ist. Sogar bei einem Cut-and-go-Friseur muss man länger warten. Vor allem an einem Samstag.

»Hallo, Frida! Ich bin Doktor Dahl.«

Haben alle Ärzte denselben Kurs besucht, oder was?

Er trägt nicht einmal einen weißen Kittel. Aber er hat dieselben Geräte wie Dr. Larsen. Die Stirn nach vorn, das Kinn hinein. Seine Stimme klingt fröhlicher als die von Dr. Larsen, entweder ist er oberflächlicher oder die Entzündung ist nicht so gefährlich, wie ich den Eindruck hatte. Vielleicht ist Dr. Larsen so alt, dass er Leute einfach mal hierhin oder dorthin schickt, zur Sicherheit.

»Ich glaube wie der Kollege Larsen, dass wir es hier mit einer bakteriellen Infektion zu tun haben. Ich werde Ihnen Antibiotika verschreiben, die Sie regelmäßig einnehmen müssen. Und nicht schludern! Außerdem möchte ich, dass Sie regelmäßig zur Kontrolle kommen, die erste am nächsten Dienstag.«

Endlich darf ich das Kinn aus dem Bügel mit dem Lampensystem nehmen. Eine *Spaltenlampe* nennt Dr. Dahl sie. Er erklärt mir genau, wie alles heißt. Vermutlich, damit ich mich ganz sicher fühle. Auch er benutzt die gelbe Kontrastflüssigkeit, träufelt sie jedoch direkt ins Auge, was nicht weh tut, wodurch sie aber nach unten läuft. Im Grunde ist das Ganze eine feuchtere Wiederholung der ersten Untersuchung.

»Kann so eine Bakterie gefährlich sein?«

Er lehnt sich zurück, dreht sich weg und fängt an, etwas in den Computer zu tippen.

»Sicherheitshalber«, sagt Dr. Dahl, »will ich, dass Sie auch noch im Krankenhaus untersucht werden.«

»Uups!« Der kleine Klumpen im Bauch ist gerade zu einer mittelgroßen Kartoffel angewachsen.

»Ich wollte damit nicht sagen, dass Sie ein schlechter Arzt sind oder so, ich habe nur …«

Jetzt dreht er sich wieder mir zu.

»Nein, nein. Im Ullevål Krankenhaus können sie eventuell eine Bakterienprobe entnehmen, herausfinden, um was für eine

Bakterie es sich hier handelt, und adäquate Medikamente finden, wenn das, was Sie von mir zu Anfang kriegen, nicht gleich wirkt. Die Bakterie kann gegen Antibiotika resistent sein, aber wir wollen es erst mal mit Chloramphenikol probieren. Ein paar Tropfen. Und eine Salbe.«

Er gibt etwas in seinen Computer ein und druckt auf einem Drucker, der sich lauthals nach seiner Pensionierung sehnt, ein paar Seiten aus.

»Ins Ullevål Krankenhaus?«

»Zu Doktor Bøe. Er ist einer der Besten. Die Abteilung, die früher im Rikshospital war, ist jetzt im Ullevål.«

Er trennt eine Seite ab, unterschreibt und händigt mir das Rezept aus.

»Am besten gehen Sie sofort in die Apotheke und fangen gleich mit der Therapie an. Am ersten Tag alle zwei Stunden, am Anfang ist es etwas mühsam. Anschließend nur noch viermal täglich. Und nachts die Salbe. Damit sollten wir die Biester kleinkriegen. Das Krankenhaus ruft Sie am Wochenende an, Sie bekommen vermutlich am Montag einen Termin.«

Ihm scheint aufzufallen, dass ich nicht gerade happy aussehe. Das Ganze ist plötzlich ein Riesending geworden. Wie üblich ist es, dass man am Wochenende vom Ullevål Krankenhaus angerufen wird?

»Sie rufen ganz sicher an. Und keine Angst. Wir kümmern uns einfach nur besonders gut um junge und gesunde Menschen. Und Vorsicht ist allemal besser, dann geht es in den meisten Fällen gut.«

Er gibt mir die Hand und blinzelt mir etwas linkisch zu. Draußen auf der Straße schnäuze ich mich. Es kommt etwas gelbgrünliche Kontrastflüssigkeit aus der Nase, zuerst kriege ich richtige Angst, aber sie ist wahrscheinlich einfach durch die Tränenkanälchen gekommen.

Ich gehe wieder nach draußen, den Bogstadveien hinauf Richtung Majorstua.

Und beschließe, ein wenig in die Stadt zu gehen. Ich bleibe an einem Laden direkt am Majorstuhuset stehen und kaufe mir eine Miss Sixty-Sonnenbrille, nehme die erstbeste.

Gehe dann quer über die Straße in eine Apotheke und tausche das Rezept in der Hosentasche gegen Antibiotika ein. Chloramphenikol. Wem fallen eigentlich all diese Arzneimittelnamen ein, die so klingen sollen, als würden sie einen wirklich gesund machen? Einer Clique von Apothekenschriftstellern, die sich Wörter ausdenken und sie ins Lateinische übersetzen?

»Sie haben noch zwei Packungen auf dem Rezept«, sagt die Apothekerin.

Ich hüstele. Wie ein Ganove in einem Comicstreifen.

»Kann ich sie jetzt schon haben?«, frage ich.

»Nein, das geht nicht.«

»Ich will nämlich verreisen«, sage ich, und hüstele noch einmal. »Ziemlich weit. Mein Arzt hat gesagt, das wäre möglich. Sie können ihn gern anrufen und fragen. Augentropfen sind ja schließlich keine Drogen, oder?«

Ich halte die Luft an.

»Okay«, sagt sie nach einer Weile. Sie ist fast genauso alt wie Oma, die letzten Sommer gestorben ist. An Krebs. Sie war lange krank gewesen. Trotzdem war es unendlich traurig. Ich versuche herauszufinden, ob ich der fast-Großmutteralter-habenden Apothekerin leidtue, ob Chloramphenikol ein Medikament ist, das eigentlich nur wenige, schrecklich schwierige und äußerst gefährliche Fälle bekommen.

Die Apothekerin hat kein Mitleid mit mir. Sie gibt bestimmt ständig Morphin und Methadon und all so was aus. Aber ich bekomme das komplette Rezept. Tropfen, Salben, alles. Ohne dass sie anruft. Ich sehe offensichtlich wie ein ehrliches Mädchen aus.

Anschließend bin ich völlig erledigt. Ich setze mich ins *Kaffepikene* vorm Colosseum Kino und bestelle mir einen Latte Macchiato, trinke langsam und male auf dem Kassenzettel herum. Ein paar Eiskunstlaufschlittschuhe. Sie sind kaum zu erkennen. Ich bin eine riesige Pessimistin. Glaube immer, dass das Schlimmste eintrifft, vielleicht bin ich auch deshalb so rastlos, kann meine Gedanken nicht abstellen. Ich glaube, darin bin ich Papa ganz ähnlich. Mama behauptet, Papa sei so rastlos, dass er das Auto austauschen würde, wenn der Aschenbecher voll ist. Ich weiß zwar nicht, ob es da einen Zusammenhang gibt, aber Papa kann gut malen, und ich wäre froh, ich hätte sein Talent, hätte ein bisschen was davon abbekommen. Ich zeichne noch ein paar Eishockeyschlittschuhe, doch damit man sieht, dass es Eishockeyschlittschuhe sind, müsste ich einen Schläger und einen Puck daneben malen.

Ich nehme das Fläschchen mit den Antibiotika heraus, habe aber keine Lust, den Beipackzettel zu lesen, träufele sie ins Auge, tropf-tropf-tropf-tropf-tropf-tropf. Am besten fange ich gleich damit an, damit ich es nicht bereue, gezögert zu haben, falls es wirklich ernst werden sollte. Ich stecke den Kassenzettel in die Tasche. Ich bin schon jetzt ganz kaputt. Bräuchte richtig entspannende Osterferien, ins Kino gehen und … tja, keine Ahnung. Ein bisschen schreiben. Ich stehe auf und gehe hinaus, in den Frognerpark. Als wir so um die zwölf waren, haben Camilla und ich uns darüber unterhalten, worauf wir lieber verzichten würden, auf unser Gehör oder den Sehsinn. Eine idiotisch-hypothetische Diskussion. Ich sagte damals, das Gehör.

»Aber dann kannst du keine Musik mehr hören«, sagte Camilla. »Wenn du das Augenlicht verlierst, kannst du mit einem netten Typen zusammen sein, auch wenn er hässlich ist.«

»Der Sehsinn ist wichtiger«, sagte ich. »Es ist wichtig, dass man denjenigen, mit dem man zusammen ist, auch sieht.«

»Würdest du nicht mit einem netten Typen gehen wollen, nur weil er nicht so toll aussieht?«, fragte Camilla.

»Würdest *du* das wollen? Mal ganz ehrlich?«, fragte ich. Und dann drifteten wir wie immer vom Thema ab. Mit zwölf hatten wir viele solche bescheuerte Was-wäre-wenn-Diskussionen. Genau wie Mama und Papa, denke ich plötzlich. Sie reden über dasselbe und doch wieder nicht. Korrektur: *redeten.* Jetzt reden sie überhaupt nicht mehr miteinander. Sie sind auseinander gedriftet.

Ich denke immer noch über bescheuerte Sachen nach: ob ich meinen Sehsinn eintauschen würde, ob man sich mit Gott verabreden kann, ob ich für immer blind sein wollte, wenn Papa dann – egal, ob er nun endgültig weg ist, sich nur eine kleine Pause gönnt (wovon?) oder eine Krise durchlebt – zurückkäme und für immer bei uns bliebe. Falls Gott das garantieren würde. Würde ich mich dann darauf einlassen zu erblinden? Aber ich habe das Gefühl, dass Gott keine solchen Garantien bietet.

Die Antibiotikabehandlung wird's schon richten. Oder gibt es eine winzig kleine Chance, dass alles schief geht, dass meinen Augen etwas zustößt? So dass ich nichts mehr sehen kann, nie mehr den tollen Typen sehen werde, der dort vorne auf der Brücke sitzt und in einer Zeitschrift blättert, dass ich nie mehr die Sonne sehe, die grünen Bäume. Den Monolithen im Frognerpark, der aussieht wie Leichenhaufen in einem Konzentrationslager, wie ich einem Lehrer auf seine Frage hin einmal geantwortet habe. Ich wurde ziemlich getadelt. Soll ich das alles *im schlimmsten Fall* nicht mehr lange sehen können? Kann etwas Schreckliches passieren, das zur Folge hat, dass diese Chloramphenikol-Tropfen in meiner Tasche doch nicht wirken? Dass meine Hornhäute kaputtgehen, es ist wohl nicht möglich, stattdessen einfach ein Paar Kontaktlinsen zu nehmen? Und dass ich erblinde? Nachhaltig. Nur noch Geräusche höre, in einer riesigen schwarzen Dunkelheit, aber nichts mehr sehe, nichts, nur noch ertaste? Blindenstock, Blindenschrift, Blindenhund, Blindenlover, es gibt bestimmt Spezialgeräte, über die ich noch nie nachgedacht oder von denen ich noch nie gehört habe. Weil ich nie darüber nachgedacht habe, dass ich eines Tages nicht mehr sehen könnte. Ich muss mich schwer konzentrieren, um keine Panik zu bekommen. Einfach nur den tollen Jungen betrachten, der dort auf der Brücke sitzt und in einer Zeitschrift blättert.

Ich gehe nicht nach Hause. Nicht, dass ich viele andere Orte hätte, wo ich hingehen könnte. Wenn ich verreisen wollte, wohin würde ich dann fahren? Ich nehme die U-Bahn bis zum Parlamentsgebäude. Gehe langsam die Karl Johans Gate hinunter zum Bahnhofsvorplatz. Dort sitzt ein Bettler, der einen Pappbecher vor sich stehen hat.

»Kann ich fünfzig Kronen von dir haben, für einen Schirm?«, fragt er.

Es ist kalt, aber es regnet nicht, und ich gebe nie etwas, schließlich wohnen wir im vermutlich reichsten Land der Welt, blablabla.

»Wie böse du aussichst, meinst du, für fünfzig Eier kriege ich Stoff?«

Ich denke an Bartimäus aus der Bibel. Zu Hause haben wir ein kleines Büchlein über den blinden Bartimäus, der vor dem Stadttor sitzt und bettelt. Oma hat an Gott geglaubt und hatte immer und überall ein schlichtes, kleines, hellbraunes Holzkreuz dabei, vor allem im Krankenhaus am Ende, und sie hat in einer christlichen Buchhandlung gearbeitet, in der Bibeln und andere christliche Dinge verkauft wurden. Das Buch über Bartimäus war das einzige christliche Buch, das Papa mochte, es sei echt, sagte er, mit schönen Zeichnungen darin. Als Jesus vorbeikommt, brüllt Bartimäus. Sein Gesicht ist ein einziger feuerroter Schrei, ein einziger Hilfeschrei.

Ich gebe ihm fünfzig Kronen.

»Danke«, sagt der Regenschirm-Drogi.

Ich schließe die Augen – öffne – schließe – öffne – schließeöffneschließeöffneschließeöffneschließeöffne sie. Ein leichtes Gefühl von Sand, wie ich es heute Nacht hatte und schon ein paarmal davor. Aber nur ganz leicht. Dinge kommen und gehen. Schließenöffnenschließenöffnenschließenöffnenschließenöffnen. Mag sein, dass die Märzsonne heute besonders grell ist, aber ich sehe sehr gut.

Ja doch, ich hatte wohl die ganze Zeit über vor, hier am Osloer Hauptbahnhof zu landen. Bahnhöfe bescheren mir auf eine angenehme Weise Magenschmerzen. Bahnhöfe und Flughäfen.

Mama hat erzählt, dass sie mit vierzehn häufig freitagabends in Bergen zum Bahnhof ging, dort ein wenig stehen blieb, ganz allein, und die Leute anschaute, die kamen oder gingen, Leute, die sich zum Abschied oder zur Begrüßung umarmten. Sie stand gern allein im Bahnhof und sah den anderen zu, weinte vor Freude und vor Trauer. Es hört sich vielleicht etwas bescheuert an, aber ich verstehe gut, was sie meint. Es ist schon verrückt, dass mir bei wirklich ernsten Dingen nicht so leicht die Tränen kommen, sie aber nur so laufen bei Dingen, die eigentlich nichts mit mir zu tun haben, bei Liebeskomödien und fremden Menschen, die sich auf einem Flughafen verabschieden.

Die Frau am Fahrkartenschalter sieht nett aus. Eigentlich ist sie sehr schön, hat helle Haare, schöne, aber traurige Augen. Sie sieht aus, als hieße sie Bente. Sie sieht auch so aus, als hätte sie etwas aufgegeben, vielleicht sich selbst, und wüsste nicht, wie hübsch sie ist. Vielleicht hat ihr schon lange kein Mann mehr gesagt, wie schön sie ist. Der Typ, mit dem sie zusammenwohnt, ist bestimmt ein IT-Fritze mit Namen Ivar und baut ewig seine eigene Firma auf, ganz schön stressig, aber die IT-Branche ist vielleicht wieder auf dem Weg nach oben, er war in den letzten sechs Monaten nur zum Schlafen zu Hause. Auf der Arbeit hat er nur Pizza gegessen, es hat also wenig Sinn, ihn mit einem einfachen griechischen Salat verführen zu wollen.

»Haben Sie Interrail-Broschüren?«, frage ich.

Sie seufzt und muss ein wenig suchen, bevor sie mir eine Broschüre mit einem hellblonden sportlichen Mädchen darauf gibt.

»In wie viele Länder kann ich damit reisen?«

»Dreißig bestimmt. Ich habe sie nicht gezählt«, sagt Bente, die unglaublich müde aussieht.

Sie dreht die Broschüre um und zeigt mir die Karte auf der zweiten Seite.

»Hier steht alles. Die verschiedenen Farben zeigen die jeweiligen Länder, für die man die Fahrkarte kaufen kann. Es sei denn, Sie nehmen eine Karte für alle Zonen, dann können Sie überallhin fahren. Für dreitausendundvier Kronen. Einen ganzen Monat lang.«

»Kann ich die Interrail-Fahrkarte jederzeit kaufen, wie eine normale Zugfahrkarte nach Drammen? Und gleich losfahren?«

»Ja, das ganze Jahr über. Aber außerhalb der Saison fahren nicht viele damit. Ich glaube, Interrail ist auf dem absteigenden Ast, die Leute fliegen lieber.«

»Ein absolut superklasse Angebot«, sage ich. Ich höre, dass ich meine hyperpositive Stimme hervorgekramt habe.

»Ja«, sagt Bente mit emotionsloser Stimme. Es sieht so aus, als wäre sie nie mit Interrail gereist und als wären alle Züge für sie längst abgefahren. Bente muss bestimmt die ganzen Ostertage über hier am Schalter sitzen. IT-Ivar hat weder Zeit noch Geld für einen Urlaub.

Ich würde ihr wirklich gern etwas Nettes sagen, was sie aufmuntert und happy macht. Dass IT-Ivar heute Abend bestimmt zu Hause mit einem Essen auf sie wartet, das er selbst für sie gekocht hat, er hat nicht einfach eine Packung Würstchen gekauft, nein, er hat sich an ein relativ anspruchsvolles marokkanisches Eintopfgericht mit Lamm gewagt oder etwas, das einen halben Tag Vorbereitung braucht, und außerdem hat er einen ziemlich teuren Wein gekauft, von dem er in der Zeitung gelesen hat, und jetzt hat er in der frisch geputzten Wohnung neunundvierzig Kerzen angezündet und verteilt und eine CD mit heißer Gitarrenmusik für sie gekauft, sie liegt unter ihrem Kopfkissen im Schlafzimmer, zusammen mit zwei Fahrkarten nach Paris, Hotelreservierung und allem Drum und Dran, sie wollen schon nächstes Wochenende los. *Sorry*, würde Ivar zu Bente sagen, wenn sie müde und erschöpft durch die Tür trat und anfing, die Fahrkartenverkäuferin-Uniform der Norwegischen Staatsbahn auszuziehen. *Beinahe hätte ich das Wichtigste vergessen. Dich, Bente.*

»Kann ich sonst noch etwas für Sie tun?«

Sie sieht mich an, ihre Augenbrauen gehen besorgt nach unten. Als hätte ich Unterzucker oder einen epileptischen Anfall oder so.

»Danke«, sage ich.

Heute Abend sind viele Menschen in der Stadt. Alle sehen aus, als hätten sie etwas Erfreuliches oder Sinnvolles vor. Samstage sind wirklich nicht zu toppen, wenn es darum geht, sich verloren und einsam zu fühlen.

Ich sollte das mit den Augen eigentlich gleich Mama erzählen, aber mit ihr spreche ich später sowieso noch. Soll ich es Papa zuerst erzählen?

Wo er wohl ist? Was er jetzt in diesem Moment so macht? Läuft er einfach ziellos durch die Stadt wie ich? Zurzeit redet er wie ein Telefonverkäufer, der Teflonpfannen verkauft. Lässt irgendwie gar nichts über sich raus, ich weiß nicht, wie es ihm geht, ob er einsam ist oder so. Kennt er überhaupt andere Leute? Er wollte bei Ruben einziehen, einem früheren Klassenkameraden, von dem ich noch nie gehört hatte.

Ich sehe auf die Uhr. Ich ziehe jetzt schon seit sechs Stunden durch die Stadt. An einem Samstagabend. Wüsste ich von einem anderen Mädchen, dem es so ging, würde ich sagen, sie kann einem sehr leidtun. Ich gehe hinauf zum Saga Kino, um nachzuschauen, ob dort ein Film läuft, den ich mir anschauen könnte. Das sollte ich tun, solange ich es noch kann, es gibt bestimmt keine Kinos für Blinde, und es reicht irgendwie nicht, sich nur die unheimlichen Geräusche und die romantische Musik anzuhören. Vielleicht sollte ich mir gleich zwei Filme hintereinander ansehen. Das haben Mama und ich schon ein paarmal gemacht. Aber ich gehe wieder auf die Straße. Finde es unerträglich, allein ins Kino zu gehen. Ich habe sechs Nummern in meinem Handy gespeichert. Doch in Wirklichkeit kann ich keine davon anrufen.

Mama tut so, als hätte sie sich keine Sorgen gemacht, sie versucht mit aller Macht, fröhlich und unbekümmert auszusehen, als ich nach Hause komme.

»Du warst lange weg. Wie ist es gelaufen? Was hat Doktor Larsen gesagt?«

»Alles einigermaßen okay«, sage ich mit fröhlicher Stimme, und mir geht auf, dass ich mir nicht überlegt habe, wie ich Mama anlügen könnte.

»Brauchst du eine Brille? Außer der fancy Sonnenbrille, die du auf der Nase hast? Willst du sie auch im Haus aufbehalten?«

Ich lasse meine Augen in alle Richtungen wandern.

»Nein, ich glaube, *so* schlimm ist es nicht, dass ich eine Brille brauche. Ich habe nur eine leichte Entzündung. Ich habe schon Antibiotika bekommen. Es ist halt nicht wirklich gesund, was sie an Chemie so in die öffentlichen Bäder kippen, wo kleine Rotzbengel ins Wasser pinkeln und ich weiß nicht, was sonst noch, ins Wasser machen, zusätzlich zu allem, was von den Erwachsenen kommt, die in der Sauna waren oder trainiert und geschwitzt haben und so.«

Ich setze die Sonnenbrille ab.

»Was für eine Entzündung?«, fragt Mama.

»Das wissen sie nicht so genau.«

»Vom Wasser im Tøyenbad?«

»Vielleicht. Aber das hier soll Abhilfe schaffen«, sage ich, hole die Packung Chloramphenikol heraus und gebe sie ihr. Ich muss an etwas denken, was ich irgendwo gehört oder gelesen habe. Dass man mit einer kleinen Wahrheit eine große Lüge verbergen kann.

»Ich soll hauptsächlich Tropfen nehmen, sie wirken ziemlich schnell. Und nachts die Salbe.«

Ich hole auch noch die Salbe heraus.

Mama liest die Aufschrift der beiden Packungen, sieht aber nicht so aus, als würde sie daraus klug werden.

»Sitzt das auf dem Augapfel oder um das Auge herum?«

»Auf dem Augapfel, glaube ich. Das passiert manchmal einfach. Keine Ahnung.«

Ich bringe es nicht über mich zu erwähnen, dass ich nicht nur bei Dr. Larsen war, sondern auch bei Dr. Dahl. Kein Wort über die Hornhaut.

»Ist es was Schlimmes?«

»Nein. Aber er will mich noch ins Krankenhaus schicken, damit die das näher untersuchen. Nur eine kleine Kontrolle. Um sich das anzusehen. Sicherheitshalber. Die wollen sich melden. Es ist nichts Schlimmes. Sie wollen es sich nur mal anschauen.«

»Ich kriege zwar meistens Blähungen davon, aber ich mache uns trotzdem ein paar Fajitas«, sagt Mama. »Heute ist schließlich Samstag.«

»Klasse«, sage ich und höre wieder dieses Hyperfröhliche in meiner Stimme, das verraten könnte, dass ich lüge.

»Musstest du dir die Sonnenbrille kaufen, um deine Augen zu schützen?«

»Ja. Doktor Larsen hat sie mir empfohlen«, sage ich. »Er hat gesagt, ich bräuchte eine richtig gute. Die Märzsonne kann tückisch sein.«

»Für dich war schon immer nur das Beste gut genug«, sagt Mama und seufzt. »Sag mir nicht, was sie gekostet hat. Im Fernsehen läuft übrigens gerade ein Film.«

Seit Papa ausgezogen ist, hat sich vieles verändert. Ich kann nicht genau sagen, was, aber es ist im ganzen Haus zu spüren und betrifft nicht nur das Frühstück. Mama und ich sitzen viel vorm Fernseher und sehen uns an, was gerade kommt. Das Frühstück ist vielleicht besser als vorher, die Abende sind schlimmer.

Wieder einmal denke ich, dass es jetzt, in diesem Moment, toll wäre, wenn ich eine Schwester oder einen Bruder hätte.

»Ich komme bei der Geschichte nicht ganz mit«, sagt Mama und geht in die Küche, die Fajitas holen.

»Ich auch nicht. Es gibt wirklich unglaublich viele Schwachsinnsfilme.«

Es geht um einen jungen, gut aussehenden Mann, der in der Werbebranche arbeitet und eine todkranke Frau kennenlernt, wodurch sein Leben innerhalb weniger Tage komplett auf den Kopf gestellt wird. Er wird mit einem Mal ein liebenswerter Kerl, begreift plötzlich, dass Geld nichts wert ist, und ich weiß nicht, was noch alles. Völlig an den Haaren herbeigezogen. Wir stopfen gierig Fajitas in uns hinein, aber ich will den Film zu Ende sehen, weiß nicht, warum, aber so ist es bei mir immer, ich muss einfach den Film zu Ende sehen oder das Buch zu Ende lesen, wenn ich einmal angefangen habe.

Wird schon schief gehen mit uns, es ist nicht das erste Mal, dass ein Mann Frau und Kind verlässt. So etwas könnte ich vielleicht zu anderen sagen. Aber ich kann mir selbst keine Gehirnwäsche mit Wird-schon-wieder-gut-Gedanken verpassen. Schließlich bin ich das Kind. Ich frage mich, ob es besser gelaufen wäre, wenn sie mehr Kinder hätten. Als wäre Mama Eishockeyspielerin und Papa Eiskunstläufer. Ich weiß nicht recht, sie sind total unterschiedlich, aber sie lieben beide das Eis. Nur Mama und Papa wissen es nicht, denke ich plötzlich, dass sie beide das Eis lieben, und auch das Wasser, in dem man sich treiben lassen oder ertrinken kann, das trägt oder rettet.

Ich stehe auf, habe keine Lust mehr auf den Film.

»Wollen wir uns ein bisschen auf die Terrasse setzen?«, fragt Mama. »Es ist zwar kalt, aber wir können ja dieses Gasteil anmachen.«

»Das wäre bestimmt gemütlich. Aber ich bin einfach nur müde«, sage ich. »Ich muss ins Bett. Das mit den Augen macht, dass ich am liebsten die ganze Zeit schlafen würde.«

Mama sieht traurig aus, als ich in mein Zimmer gehe.

Aber es stimmt. Ich bin irre müde. Ich knipse die Pu-der-Bär-Lampe an und versuche, in einem schrägen Buch zu lesen, das Papa mir einmal gekauft hat und in dem ich schon viel gelesen habe, aber ich kann nicht mehr. Nicht einmal mit der neuen Sonnenbrille. Ich knipse das Licht aus, gehe ins Bad, putze mir die Zähne, träufle Tropfen in meine Augen und trage die Salbe auf.

Gehe zurück in die Dunkelheit und würde mir wünschen, dass mich jemand in den Arm nimmt. Jemand anderes als Mama. Oder Papa.

SONNTAG, 13. MÄRZ

»Hast du Lust, mit zur Morgenandacht zu kommen?«

Mama hat ihren Kopf vorsichtig durch die Tür gesteckt. Sie ist sehr vorsichtig, wenn sie fragt, ob ich mit in ihre Kirche will. Seit Papa ausgezogen ist, ist sie schon dreimal sonntags dort gewesen. Auch mitten in der Woche. Es ist keine gewöhnliche norwegische Staatskirche mit Kirchturmspitze, einem Pfarrer im Talar, Taufbecken, Altarbild und Orgelmusik. Es ist eine Freikirche. Ich weiß nicht, ob der Unterschied so groß ist. Mama behauptet, es gebe einen, der sei aber klein. Sie sagen *Andacht* und nicht *Gottesdienst*, beten im Stehen mit geschlossenen Augen, und es wird viel mehr gesungen. Es ist lange her, dass ich zuletzt in der Kirche war, und ich habe es nicht als etwas besonders Tolles in Erinnerung. Es wird auch nicht echter, wenn man mit geschlossenen Augen dasteht. Jetzt zu Ostern ist alles vielleicht etwas intensiver. Nachdem Papa weg war, ist Jesus bei Mama eingezogen.

»Nein«, brumme ich. »Ich bräuchte eine Stunde, bis ich so weit wäre.«

»Okay«, sagt Mama. Und ich höre, wie sie versucht, es unbekümmert und verständnisvoll klingen zu lassen, damit ich kein schlechtes Gewissen bekomme. Ich weiß nicht, ob Mama selbst glaubt oder ob sie den Glauben jetzt einfach nur braucht. Weil sie als Kind gläubig war. Vielleicht sollte ich wenigstens zu Gott beten. Wegen meiner Augen. Und allem. Es schadet bestimmt nicht. Beten sie dort auch für die Kranken?

Nachdem sie gegangen ist, bleibe ich liegen und versuche, wieder einzuschlafen, aber ich habe trotzdem ein schlechtes Gewissen, weil ich nicht mitgegangen bin. Ich kann jedenfalls nicht wieder einschlafen, also stehe ich auf, wasche mir die Augen, nehme die Tropfen, dusche schnell und esse einen Kirschjoghurt zum Frühstück. Ich weiß nicht, was ich machen soll. Also gehe ich wie üblich das Filmregal im Wohnzimmer durch. Ziehe einen Film heraus, von dem Mama nicht weiß, dass ich ihn aufgenommen habe, eine grausame Geschichte. Aber die Handlung spielt in Italien. In Florenz. *Hannibal* mit Anthony Hopkins. Der Folgefilm von *Das Schweigen der Lämmer*. Ja, er enthält tatsächlich viele wunderschöne Bilder von Florenz. Die ganze Stadt sieht wie im Märchen aus, aber vermutlich filmen sie nur die schönsten Orte. Mit der Zeit wird es ziemlich blutig. Am Ende sitzt Hannibal Lecter da und isst das Gehirn eines Mannes, der noch am Leben ist. Ich habe Lust aufzustehen, bleibe aber dennoch sitzen. Es ist wirklich ein Schwachsinnsfilm im Vergleich zum ersten, aber mit unglaublich coolen Bildern. Es gibt viele Filme mit tollen Bildern. Ich schließe die Augen. Das hier ist too much. Ich drücke den Schnellvorlauf, bis die Szene vorbei ist. Dann ist auch der Film zu Ende. Es wird drei Tage dauern, bis ich ihn wieder aus dem Kopf verbannt habe. Ich frage mich, ob alles, was wir sehen, etwas mit uns anstellt, ob es in unserem Kopf gespeichert wird und unsere Gedanken beeinflusst.

Hör auf zu grübeln.

Dann lege ich einen Liebesfilm ein, den ich gut kenne, weil ich ihn schon zweimal gesehen habe, *Die Liebenden von Pont Neuf*. Er handelt von einer Frau in Paris, die von zu Hause abhaut, weil sie an einer Augenkrankheit leidet, die offensichtlich unheilbar ist. Sie möchte leben und so viel wie möglich Schönes sehen, bevor alles schwarz wird. Tja. Großer Zufall, dass ich mir diesen Film gerade jetzt anschaue. Aber er beeindruckt mich viel mehr, als ich gedacht hätte. Vor allem, dass die Hauptperson, Juliette Binoche, sich einen feuchten Kehricht um die anderen schert, es vorzieht, als Pennerin zu leben, um das Leben zu spüren oder so, bevor alles dunkel wird. Sie lebt zusammen mit anderen Pennern in Paris und begegnet einem alten Alkoholiker, der einmal als Museumswärter im Louvre gearbeitet hat und immer noch im Besitz des Schlüssels ist. Er lässt sie an einem späten Abend nach Schließzeit hinein und zeigt ihr ein Bild von einem der bekanntesten Künstler der Weltgeschichte. Rembrandt. Es stört mich, dass ich so wenig über Rembrandt weiß.

Ich wähle Camillas Nummer, lege aber auf, bevor es klingelt. Sie ist ganz bestimmt mit Even zusammen. Ich habe keine Lust zu hören, wie supertoll es mit dem neuen Lover in den Osterferien sein wird. Wenn sie mir überhaupt etwas erzählt. Ich habe eigentlich keine Lust, mit Camilla zu sprechen, deshalb irritiert es mich mächtig, dass ich sie jetzt trotzdem anrufe.

»Hallo-wie-geht's-dir-denn-so-okay-na-ja-das-Übliche-und-du?-usw.«

»Hast du immer noch keine Pläne für Ostern?«, fragt Camilla. Es macht mich fertig zu hören, dass ich sie nerve. Die zehnte Klasse war aus irgendeinem Grund total beschissen. Ich war viel allein und habe festgestellt, dass ich einfach von den Mitgliederlisten einiger Cliquen gestrichen worden war, ohne dass ich um meine vorherige Mitgliedschaft gewusst hatte.

»Doch«, sage ich. »Ich fahre weg. Aber nicht in die Berge.«

»Und wohin sonst?«

»Zum Shoppen nach Paris.«

»Ziemlich untypisch für dich, oder?« sagt Camilla.

»Ich mach Büchershopping, sonst nichts«, sage ich. »Zusammen mit Mama.«

Ich hoffe wenigstens, dass Camilla mich für einen Künstlertyp hält, der intelligent ist und viele Gedichte liest und in die

Cinemathek geht und sich russische Filme anschaut, von denen in ganz Oslo nur elf andere je gehört haben.

»Okay«, sagt Camilla.

»Ich ruf dich nachher noch mal an, Camilla, bei mir klingelt's gerade«, sage ich, als wäre es der neue Lover, der anruft. »Ciao.«

Ja, endlich. Endlich ruft mich jemand an. Ich kenne die Nummer nicht. Wer kann das sein?

Es ist eine Männerstimme, die sehr effektiv klingt, Karsten irgendwas, der behauptet, ich hätte morgen um halb neun einen Termin im Ullevål Krankenhaus. Ich solle nur an der Rezeption sagen, dass ich zu Doktor Bøe in die Augenabteilung will.

»Danke schön. Haben Sie vielen Dank für Ihren Anruf«, sage ich so enthusiastisch, als hätte ich die Nachricht erhalten, der Film, den ich in der Bibliothek bestellt hatte, sei gekommen. Karsten vom Ullevål Krankenhaus kann man wohl kaum den neuen Lover nennen.

Ich ziehe mich an und gehe nach draußen. Um halb eins stehe ich wieder am Hauptbahnhof. Gehe von der Wasserseite her ins Gebäude, die Rolltreppe hinauf. Ich ziehe mehrere Nummern, warte eine Weile und lasse andere in der Schlange vor, um den Fahrschein am Schalter der traurigen Fahrkartenverkäuferin Bente zu kaufen.

»Bitte schön.«

Auch jetzt weiß ich nicht, was ich sagen soll, um sie froh zu stimmen. Es sieht nicht so aus, als hätte IT-Ivar letztens ein kompliziertes marokkanisches Lammgericht gekocht und neunundvierzig Kerzen angezündet.

»Sie hätten nicht zufällig Lust mitzukommen?« frage ich, nachdem ich bezahlt und endlich die Fahrkarte bekommen habe, die in etwa so viel kostet, wie ich auf meinem Konto habe. »Jetzt im März sind bestimmt nicht so viele unterwegs?«

Bente sieht mich eine Zehntelsekunde lang überrascht an, bevor ihr Gesicht wieder zu einem gewöhnlichen Fahrkartenverkäuferinnen-Gesicht wird.

»Das könnte ich mir gut vorstellen«, sagt sie mit tonloser Stimme, möglicherweise glaubt sie sogar, ich wollte sie veräppeln. Ach! Wenn Fahrkarten-Bente nur an die Zehntelsekunde der Überraschung geglaubt hätte, die sie erlebt hat, als ich sie gefragt habe! Pfeif auf Ivar! Er wird dich nur von neuem entdecken, wenn wir wieder zurück sind, du wirst nach einer Rundreise durch Europa strahlen, und er wird merken, dass er vergessen hat, wie schön du eigentlich bist! Geschieht ihm ganz recht! Vielleicht würden wir jeder einen supertollen Typen finden!

»Für die Strecke in Norwegen bis zur Grenze müssen Sie den halben Preis bezahlen«, sagt Bente und drückt ding-dong! auf den Knopf, der auf der Ziehen-Sie-bitte-eine-Nummer-Tafel eine neue rote Zahl anzeigt.

MONTAG, 14. MÄRZ

Am Montagmorgen bin ich früh auf den Beinen, kriege zum Frühstück nur einen halben Joghurt hinunter und sehe im Spiegel, dass ich mich weitaus eleganter gekleidet habe als üblich. Ich finde mich trotzdem nicht elegant genug, auch wenn ich nur zum Arzt will.

Das Ullevål Krankenhaus ist ein riesiges Gelände mit zahlreichen Gebäuden. Ich fühle mich hier ganz klein. Ein kleines Mädchen mit Angstschmerzen im Bauch. Ich suche die Augenabteilung, was nicht schwer ist, man sollte sie ja blind finden können. Eine Frau an der Rezeption erklärt mir außerdem den Weg. Ich war noch nicht sehr oft im Krankenhaus. Es gibt einen Warteraum, aber ich muss nicht lange warten. Ich stelle mir vor, dass ein waschechter Rikshospital-Arzt nette braune Augen hat und feste warme Hände. Dass es einer ist, der Sachen regelt, wenn andere nicht mehr weiter wissen. Der waschechte Rikshospital-Arzt ist wie ein Pilot in einem Jagdflieger. Er kann losballern, wenn es drauf ankommt. Er ist derjenige, der sich traut, den roten Knopf zu drücken.

Aber ich komme zu einem Mann mit rotgrauem Bart, braunen Augen und wenig Zeit, bei Weitem nicht so nett wie Mamas alter Dr. Larsen mit den verdächtig schönen Zähnen oder auch Dr. Dahl. Kein roter Knopf. Er seufzt und sieht auf die Uhr, als ich hereinkomme, lächelt ein wenig Legomann-mäßig, vielleicht gehört es zu seinem Image, wenig Zeit zu haben?

»Frida?«, fragt er nur und drückt mir schlaff die Hand.

Auch heute dieselbe Prozedur, Kinn und Stirn in eine Spaltenlampe.

»Ja«, sagt Dr. Bøe nach einer Weile. »Höchstwahrscheinlich haben Sie eine bakterielle Infektion. Wir werden eine Probe entnehmen und sie untersuchen, um zu sehen, mit welcher Bakterie wir es hier zu tun haben.«

»Und dann?«

»Machen Sie mit der Behandlung weiter, die Sie angefangen haben.«

»Und wenn es nicht besser wird?«

Dr. Bøe hört sich jetzt ein kleines bisschen genervt an. Er hat bestimmt viel wichtigere Patienten als mich, Leute, die im Wartezimmer sitzen mit Glasscherben in den Pupillen und kaputten Augäpfeln.

»Darüber will ich nicht spekulieren. Wenn wir sie nicht bald mit Medikamenten in den Griff bekommen, es also eine heikle Bakterie ist, heißt das, dass Ihre Hornhaut langsam oder schnell geschädigt wird.«

»Und das bedeutet schlimmstenfalls, dass ich sie verlieren werde?«

»*Schlimmstenfalls*, wie Sie sagen, kann Ihre Hornhaut geschädigt werden, Frida. Sie würde im aller-, allerschlimmsten Fall Narben davontragen. Das würde bedeuten, dass Sie möglicherweise zwei neue bräuchten. Deshalb halten wir uns an das Prinzip Vorbeugen ist besser als Heilen. Aber wie gesagt …«

»Neue was?«

»Neue Hornhäute«, sagt Dr. Bøe.

»Und ohne Hornhäute … verliere ich die Sehkraft?«

»Ja, das wäre die Konsequenz. Ohne Hornhaut kann man nicht sehen. Aber ganz so weit wollen wir jetzt noch nicht denken.«

»Ist es einfach, eine neue Hornhaut zu bekommen, so wie Kontaktlinsen?«

»Nein. Sie bräuchten in dem Fall gesunde Hornhäute.«

»Von wem?«

Dr. Bøe windet sich ein wenig auf seinem Stuhl.

»Von einem Spender.«

»Geht das denn einfach so? Gibt jemand seine Hornhäute her?«

»Nein, aber es kommt vor. Jetzt können Sie hinter der Lampe herauskommen.«

»Inwiefern?«, frage ich und setze mich im Sessel zurück. »Von toten Menschen? Autounfällen?«

Der schwierige Patient des heutigen Tages. Dr. Bøe seufzt schwer, muss bestimmt alles hervorkramen, was er im Geduld-für-Ärzte-Kurs gelernt hat.

»Wenn jemand beispielsweise bei einem Autounfall ums Leben kommt oder sonst irgendwie verunglückt, kann man seine Hornhäute haben«, sagt er und streicht mir vorsichtig mit einer Art Wattestäbchen über die Augen. Anschließend muss ich mehrmals blinzeln. »Aber zum jetzigen Zeitpunkt sollten wir den Teufel nicht an die Wand malen. Am besten halten Sie sich an die Therapie, die Sie verschrieben bekommen haben. Wir bestellen Sie in einer Woche wieder ein. Sie können jederzeit anrufen. Wenn Sie unruhig werden oder das Gefühl haben, irgendetwas stimmt nicht, können Sie jederzeit hierher kommen.«

Und schon lächelt er wieder. Etwas Legomann-mäßig, es ist sicher gut gemeint.

»Ich würde schlimmstenfalls also Reserveteile, Hornhäute, von den Augen einer frischen Leiche bekommen?«

»Ja«, sagt der Augenarzt und streicht sich über den Bart, ohne mit seinen braunen, bakterienfreien Augen zu blinzeln. »Im aller-, allerschlimmsten Fall ist das die Lösung.«

Ich merke, dass ich die Stimmung ein wenig verderbe.

»Funktionieren die Augen eines Verstorbenen genauso gut wie die eines lebenden Menschen?«

Was sage ich da? *Eines Verstorbenen.*

»Ja. Sie sind genauso gut wie Ihre eigenen. Aber es ist in Ihrem Fall nicht angezeigt, das in Erwägung zu ziehen. Ganz allgemein würde ich sagen, dass eine junge Dame wie Sie auf der Prioritätenliste sehr weit oben rangieren würde.«

»Es ist aber nicht tausend Prozent sicher, dass es einen Spender gibt?«

»Wir können niemals etwas garantieren. Aber es gibt für so was eine Spenderbank, zum Beispiel in Dänemark.«

»Ist die … Operation kompliziert?«

»Nein, es ist die entschieden einfachste Art der Transplantation, die es gibt.«

»Haben Sie solche Operationen schon durchgeführt?«

»Ja, sehr oft. Das Ullevål Krankenhaus ist das einzige in Norwegen, das Transplantationen vornimmt. Und hier gibt es mehrere Ärzte, ein Riesenteam. Wir arbeiten in solchen Dingen eng zusammen.«

»Okay«, sage ich. Fühle mich ganz leer im Kopf, mir fällt nichts mehr ein, was ich noch fragen könnte. Also stehe ich auf.

»Soll ich Kontakt zu Ihrer Mutter aufnehmen?«, fragt Dr. Bøe. Und sieht vielleicht sorgenvoller aus als bei meiner Ankunft.

»Nein«, sage ich. »Ich werde es ihr selbst sagen. Danke, dass Sie so ehrlich sind.«

»Na ja. So ernst ist es vorläufig nicht. Die Chancen stehen ziemlich gut, dass die Therapie anschlägt. Doktor Dahl wird Sie zunächst weiter betreuen. Er ist ein sehr guter Arzt. Aber Sie sind über sechzehn, Sie entscheiden also selbst.«

»Ich bin siebzehn. Danke«, sage ich und will aufstehen, um zu gehen. Aber der Angstklumpen im Bauch schwillt plötzlich mächtig an, wie ein Kürbis in einem amerikanischen Hollywood-Gruselfilm, und drückt mich wieder auf den Stuhl.

»Mal ganz ehrlich: Wie groß ist die Chance, in Prozent, dass Sie neue funktionsfähige Hornhäute finden, wenn ich wirklich welche bräuchte?«

»Denken Sie nicht weiter darüber nach«, sagt Dr. Bøe.

»Todsicher?«

»Ja.«

»Achtzig Prozent?«

»Darüber möchte ich nicht gern spekulieren.«

»Wird es schlimmer, wenn ich verreise, muss ich mich ausruhen?«, frage ich leichthin.

»Im Moment sind Stress und neue Situationen eine eher ungünstige Kombination für Sie und Ihre Augen. Gönnen Sie sich etwas Ruhe.«

In der S-Bahn auf dem Weg in die Stadt versuche ich noch einmal Papa anzurufen. Nicht gerade eine Überraschung, dass er auch heute nicht rangeht.

Ich schließe die Augen. Versuche an nichts zu denken. Aber mein Gehirn läuft auf Hochtouren. Als ich die Augen wieder aufmache, steht die Bahn. Ich schaue aus dem Fenster. Auf ein graues Gebäude gleich neben den Gleisen hat jemand mit großen quietschorangen Buchstaben gesprayt: *Liebe mich!* Ich sehe darin ein Zeichen, eine Botschaft. Es macht mir irgendwie Angst.

Auch das noch.

Was mache ich, wenn ich nicht einmal sagen kann, was mir am meisten Angst einjagt? Ich glaube nicht, dass Dr. Bøe vom Ullevål Krankenhaus weiß, wie das alles ausgeht. Nicht ganz. Es kann auch schief gehen. Kurzum: Ich habe genug Medikamente. Kontrolluntersuchungen nützen nichts, wenn die Arznei nicht wirkt. Es kann Wochen dauern, bis sie feststellen, dass die Medikamente nicht helfen. Und dann müssen sie plötzlich operieren und es geht schief. Oder sie kriegen nicht rechtzeitig geeignete Hornhäute. Und alles geht in die Hose, und wenn ich aus der Narkose erwache, muss Dr. Bøe mir sagen, dass ich zu den zwanzig Prozent Patienten gehöre, bei denen die Sache bedauerlicherweise schief geht. Aber ich kann Dr. Bøes Gesicht nicht sehen, wenn er es mir sagt. Denn ich bin blind. Forever.

Ich habe den Verdacht, dass Ärzte immer mit ruhiger Stimme sprechen, sie haben sieben Jahre lang in Nordnorwegen praktiziert und gelernt, ruhig zu sprechen. Genau wie Piloten. Aber es nützt nichts, wenn der Pilot mit ruhiger und tiefer Stimme spricht und beide Motoren brennen. Es gibt viele Geschichten von Dingen, die nicht so verlaufen sind, wie sie sollten. Es geht hier im Übrigen nicht um Dr. Bøes Augen, Ärzte sehen jeden Tag Menschen erblinden oder sterben, das ist kein großes Ding für sie. Und sie sind genau wie Flugzeugpiloten darauf trainiert, mit ruhiger Stimme anzuordnen, dass die Leute den Sicherheitsgurt anlegen, obwohl das brennende Flugzeug bald über einer Bergkette explodieren wird, gegen die es in einer halben Minute sowieso fliegen würde.

Ich nehme die Bahn nach Hause. Überquere das lange Rasenstück. Die Wohnung ist leer, Mama ist bei der Arbeit.

Ich muss etwas tun. Es sind meine Augen, mein Leben. Ich kann nicht einfach nur dasitzen und warten. Worauf? Dass es besser wird? Dass es sich verschlechtert? Beides ist gleich schlimm. Dann treffe ich plötzlich eine Entscheidung: Achtzig Prozent ist zu viel oder zu wenig, je nachdem, wie man es sieht. *Je nachdem, wie man es sieht!* Ich darf nicht länger grübeln, ich muss etwas tun. Jetzt.

Ich rufe in der Schule an und lasse ausrichten, dass ich heute wegen Krankheit gefehlt habe und mindestens bis Ostern krankgeschrieben bin, ohne zu sagen, woran ich leide. Ich habe keine Lust, die ganze Klasse in diese Sache einzubeziehen.

Anschließend hole ich den kleinen, schwarzen Coderechner, den Mama von der Bank bekommen hat. Plötzlich steht mein Plan fest. Steht glasklar vor mir, als wäre er die ganze Zeit über da gewesen. Ich habe zwar noch einige Zweifel. Zu diesem und jenem. Aber so ist das bei uns Pessimisten. Ich frage mich, wie oft und wie lange man darüber nachdenkt, etwas Verkehrtes zu tun, bevor man es tatsächlich tut. Länger, als man denkt. Glaube ich.

Ich habe nicht darüber nachgedacht, sagen viele. *Ich war völlig kopflos, schon war ich schwanger.* Ich weiß nicht, ob ich das so glauben soll. Ich denke, dass viele sehr genau wissen, was sie tun, wenn sie etwas Verkehrtes tun. Ich, zum Beispiel, habe ziemliche Bauchschmerzen, nachdem ich jetzt die Tür zum Gästezimmer geschlossen habe, obwohl ich allein in der Wohnung bin, mich in Mamas Internetbank einlogge und siebzehn der dreißigtausend Kronen überweise, die Mama gespart hat, das mühsam angesparte Kindergeld. Es ist ein großer Vorteil, wenn man dieselbe Bank hat, die Überweisung auf mein Konto ist in wenigen Sekunden erledigt. Mama hat schon lange ein eigenes, im Großen und Ganzen unberührtes hochverzinstes Konto, auf das sie dieses Geld einzahlt. Sie wird jetzt kaum einen Blick darauf werfen, weiß auch gar nicht, wie es geht, ich habe das alles mit der Bank geregelt. Auch Papa hat mich die Rechnungen überweisen lassen, ich bin der digitale Guru in unserer Familie. Mama behauptet, sie sei bei egal welchem Computerkram und technischen Sachen nicht online. *Die Festplatte auf dem Rechner schmiert ab, wenn ich einen Online-Shop nur anklicke*, sagt sie. Ich bin sogar diejenige, die den Strom abliest, Mama behauptet, ihr schwirrt von den vielen Zahlen der Kopf.

Um siebzehntausend Kronen reicher.

Ich habe wirklich nicht lange darüber nachgedacht. Fast eine Impulshandlung. Aber auch wenn es stimmt, dass ich nicht besonders lange darüber nachgedacht habe, das Geld auf mein Konto zu überweisen, macht es das Ganze weniger schlimm? Und gibt es so etwas wie eine *Beinahe-Impulshandlung*? Plötzlich habe ich also siebzehntausend Kronen auf dem Konto. Und doch mag ich meine Mama gern. Jetzt habe ich allerdings eine andere Seite an mir gezeigt als die Partykiller-Frida. Die lügende und stehlende Frida. Die jugendkriminelle Frida, deren Karriere begann, als sie Geld von ihrer Mutter stahl.

Ich schalte den Computer aus. Lege den Coderechner wieder auf seinen Platz. Dann gehe ich ins Bad, mache den Schrank auf, um einen Zahnstocher herauszuholen, mit dem ich ein Stück Erdnuss entfernen kann, das sich zwischen zwei Backenzähnen festgesetzt hat. Im Schrank steht eine kleine Schachtel mit winzigen Tabletten, die ich noch nie gesehen habe, darauf ist ein rotes Warndreieck abgebildet.

Erwachsene sollten sich mehr vor ihren Kinder schützen.

Ich versuche noch einmal, Papa anzurufen, lege nach dem sechsten Klingeln auf. Würde er mich hören, wüsste ich, was er mir über Ehrlichkeit sagen würde:

»Nein, meine liebe Frida, mit siebzehn ist alles so einfach. Später im Leben wirst du sehen, dass alles relativ relativ ist.«

Relativ relativ. Was ist damit gemeint? Tja, zum Beispiel, dass man nackt auf einer neuen Frau liegt, während man eine andere Frau zu Hause hat, mit der man verheiratet ist? Ist das relativ relativ?

Ich bin müde, lege mich aufs Sofa und schlafe ein, wache erst um halb vier wieder auf, spurte zum Vietnamesen und kaufe die Zutaten für einen Salat, den Mama, wie ich weiß, gern isst.

Mama freut sich natürlich, dass ich auf der Terrasse gedeckt habe, die Kissen rausgeholt habe und so, ich habe sogar den synthetischen Teppich gesaugt, der wie ein Rasen aussehen soll.

Am Ende sage ich es, als Mama gerade ein Stück Fetakäse mit der Gabel aufgespießt hat.

»Ich fahre morgen weg«, sage ich. »Per Interrail. Ich habe mich um die Fahrkarte und alles gekümmert.«

Mama bekommt trotzdem einen mittelschweren Schock.

»Wohin denn?« Warum fragt sie nicht nach der Schule? Es sind doch noch keine Ferien?

»Nach Italien. Florenz. Ich habe ja jetzt nichts anderes vor.«

»Hast du Geld?«, fragt Mama. Ich spüre einen Stich in der Brust.

»Du hast doch bestimmt nicht so viel?«

»Schon. Papa hat mir was geschickt.«

»Ach so, er steckt dahinter? Hast du ihm erzählt, was du damit vorhast?«

Es ist auch ein mittelgroßer Schock, wenn man feststellt, dass Lügen so einfach ist. So einfach wie Karamellpudding essen. Papa und Mama haben schon lange nicht mehr miteinander gesprochen. Mama weiß überhaupt nichts von Papa.

»Er steckt nicht dahinter«, sage ich. »Und außerdem habe ich noch mein Sparbuch.«

»Hast du denn Geld darauf?«

»Ja, etwas.«

Mama schluckt schwer. Sie möchte viel sagen, glaube ich. Aber es gibt nicht so viel zu sagen. Sie weiß, dass sie Papa mir gegenüber nicht schlecht machen darf.

Und ich brauche nichts von meinen Augen zu erzählen. Ich hoffe, dass Dr. Bøe oder Dr. Larsen oder Dr. Dahl kein *abschließendes Telefongespräch* mit Mama führen.

Ich kann sehen, dass sie nicht weiß, was sie sagen soll.

»Ich bin siebzehn, Mama.«

Als wäre ich dadurch vertrauenswürdiger.

»Ich will nicht, dass du wegfährst, damit du es weißt. Aber ich bin in deinem Alter selbst weggefahren, und ich ahne schon, dass ich es dir kaum verbieten kann. Fährst du zusammen mit jemand anderem?«

»Nein«, sage ich, sehe sie an und hoffe, dass sich meine Augen nicht bewegen. Auch wenn ich eine Sonnenbrille aufhabe.

»Ich bin froh, dass du wenigstens nicht lügst«, sagt Mama.

Ich sehe an ihr vorbei, sicherheitshalber.

»Du würdest es bestimmt überprüfen, wenn ich sagen würde, dass ich zusammen mit Camilla fahre. Das Risiko gehe ich nicht ein.«

»Das würde ich sicher tun.«

»Ist Interrail nicht etwas out?«, fragt sie mit leicht ängstlicher Stimme und will mich dazu bewegen, zu Hause zu bleiben.

»Kann schon sein. Aber ich habe trotzdem Lust zu verreisen. Einfach so. Ich bin alt genug. Ich komme ja wieder.«

Und mir geht auf, dass sie sich davor vielleicht am meisten fürchtet, dass ich nicht mehr wiederkomme.

»Mamas müssen Angst um ihre Töchter haben. Sonst wären sie keine guten Mamas«, sage ich. Immer noch mit der Sonnenbrille auf der Nase.

Aber Mama sieht mich mit zusammengekniffenen Augen an. Sie lässt sich von meinem Freundinnen-Plauderton nicht so leicht beeindrucken. Sie ist niemand, der bei jeder Gelegenheit in Tränen ausbricht.

»Wann?«

»Morgen«, sage ich. »Ich denke eigentlich schon seit Wochen darüber nach. Und habe mehr gespart, als du denkst. Ich habe mich nur nicht getraut, es dir zu sagen«, lüge ich. Ist es überhaupt eine Lüge?

Etwas in mir denkt vielleicht schon seit Ewigkeiten darüber nach, wer weiß?

»Ich kann dir etwas Geld geben«, sagt Mama.

»Das ist nicht nötig«, sage ich.

Ich hoffe wirklich, dass ihre Computerangst noch etwas anhält. Hinterher werde ich alles zurückzahlen. Ehrenwort.

Ich gehe schlafen. Das kann ich gut. Ich muss mich für die Reise ausruhen.

DIENSTAG, 15. MÄRZ

Ich stehe in aller Herrgottsfrühe auf und hole den Rucksack aus der Abstellkammer. Er riecht nach alten, missglückten, unangenehmen Reisen, an die ich mich nicht erinnern kann.

An alles denken. So packen, dass man alles dabeihat. Allein. Auch wenn es im März hier oben kalt ist, ist es weiter südlich in Europa bestimmt etwas wärmer, nehme ich an, ich muss nicht ständig an Kälte und Dauerregen denken und kann es mir sparen, tonnenweise Zeug mitzunehmen. Man kann wohl auch in Europa was kaufen. Oder zur Kontrolle einen Arzt aufsuchen. Im Ernstfall. Die große Frage ist eigentlich eher, ob ich es schaffe, zwölf, dreizehn Tage lang allein wegzubleiben, ohne panisch zu werden oder vor Einsamkeit auf einem verlassenen Bahnhof im früheren Ostdeutschland zu verenden. Ich weiß schon jetzt, dass ich die Tage zählen werde.

Mama steckt ein paarmal den Kopf durch die Tür, hält sich aber mit guten Ratschlägen zurück.

Der Shetlandpulli ist vielleicht etwas groß, also verzichte ich darauf, einen Extrapulli, eine Extrahose oder etwas anderes mitzunehmen. Den MP3-Player. Man braucht wohl selten so viel, wie man glaubt. Ich verschlanke auch den Toilettenbeutel enorm, vielleicht werde ich bald blind. Dann kann ich mich sowieso nicht mehr richtig schminken.

Aber auch wenn ich jetzt schon weiß, dass ich ihn nicht brauchen werde, packe ich den kleinen runden Spiegel oben in den Toilettenbeutel.

»Ich rufe jetzt ein Taxi«, sagt Mama.

»Okay«, sage ich.

Warum tue ich das? Will ich wirklich wegfahren, nach Florenz oder wo auch immer ich lande, nur um Papa zu trotzen? Oder will ich die Welt sehen, bevor ich erblinde? Was ist eigentlich mein Plan? Warum fahre ich weg? Lüge ich mir etwas in die Tasche? Kann ich das wirklich herausfinden? Vielleicht will ich meinen Kindern eines Tages aus reiner Eitelkeit erzählen können, dass ich allein durch die Welt gereist bin, ja, doch, wie alt ich war, tja, ich war siebzehn, doch, um die siebzehn, glaube ich.

Wenn ich jemals Kinder bekomme.

»In etwa zehn Minuten. Ja, vielen Dank«, sagt Mama und legt auf.

»Ich bringe es nicht über mich, dich bis zum Bahnhof zu begleiten, das weißt du. Das endet nur in Tränen und Chaos.«

Mama sieht aus, als würde sie mich in den Krieg schicken. Sie bringt mich nicht einmal bis zum Taxi, als es kommt. Ich finde es ziemlich albern, mit dem Taxi zum Bahnhof zu fahren, wenn man auf Interrailtour will, aber Mama besteht darauf.

Mama drückt mich ganz fest und ganz lange.

»Ich hasse es, tschüß zu sagen«, sagt Mama. »Ist halt so.«

Sie und ich haben Tränen in den Augen. Vielleicht ist das so ein Frauending.

Ich hoffe, Mama empfindet eine nette Dosis Schadenfreude, wenn sie feststellt, dass Papa von allem nichts weiß. Ich habe keine Lust, ihn noch mal anzurufen.

»Bist du ganz, ganz sicher, dass deine Augen in Ordnung sind?«, fragt Mama. Zum Glück habe ich meine Sonnenbrille.

»So sicher wie eine Internetbank«, sage ich und kann über meinen eigenen Witz nicht lachen.

Dann hieve ich meinen Rucksack auf den Rücken und gehe. Noch zwei Meter bis zum Taxi. Die Taxifahrerin hat keine

Lust, mir mit dem Rucksack zu helfen. Jugendliche sollen sehen, wie sie zurechtkommen.

Mama winkt, ein einziges Mal, dann geht sie hinein. Aber ich weiß, dass sie in meinem Zimmer am Fenster steht, lange noch, nachdem das Taxi verschwunden ist. Die dreitausend Kronen, die sie mir in die Hand gedrückt hat, bescheren mir einen Klumpen im Magen. Aber ich stecke sie in die Geld- und Passtasche, die ich umhängen habe.

OSTERSONNTAG, 27. MÄRZ

Der Taxifahrer schlängelt sich durch den Verkehr Richtung Zentrum, ich bezweifle, dass das der schnellste Weg zum Ullevål Krankenhaus ist. Aber ich will mich jetzt nicht streiten. Er ist jedenfalls nicht sehr gesprächig, das ist schon mal was. Ausländer reden häufig weniger als Norweger.

Bahnhöfe, Flughäfen, Taxistände, Orte, die Menschen rastlos machen, Warteplätze, durch die man einfach hindurch muss. Und Hotelzimmer, in denen man bestenfalls für kurze Zeit mit jemandem zusammen ist, bevor man auschecken muss.

Sitzt er immer noch im Doppelzimmer und wartet? Ich hätte ihm sagen sollen, was Sache ist. Oder hat er es begriffen? Ist er in die Stadt gegangen, hat sich ein Bistro gesucht und zu Mittag gegessen? Oder wird er aus reiner Nostalgie zu McDonald's gehen? Weil wir uns dort zum ersten Mal begegnet sind?

Ganz schön wenig Leute im Zug, und der Tag vergeht, ohne dass sich ein Hurra-ich-bin-frei-Feeling einstellt. Bahnhöfe wie Drammen, Hokksund, Porsgrunn und Vennesla sind irgendwie noch nicht so richtig cool. Die Fahrt nach Süden zieht sich ziemlich in die Länge. Ich habe nicht einmal ein Buch dabei, will meine Augen lieber schonen. Ich versuche, nicht daran zu denken, aber sie sind irgendwie die ganze Zeit da. Die Augen. Ich besprühe sie ja den ganzen Tag mit Chloramphenikol. Und wasche sie mit einem Augenspülmittel. Und nachts schmiere ich Salbe darauf.

Es wird schon schief gehen. Ich habe wirklich das Gefühl, dass es besser geworden ist. Etwas sandig zwar, aber es sticht nicht mehr so sehr. Oder zumindest nicht mehr ganz so sehr. Glaube ich.

Ich komme nach Kristiansand und kann gleich zum Kai gehen, um eine Schiffsfahrkarte zu kaufen, der Schaffner zeigt mir, wohin ich muss. Ich nehme mir eine Kabine. Ich brauche mich nicht zu stressen. Damit alles gut geht, muss ich halt etwas mehr bezahlen. Behinderte müssen das bestimmt oft. Meine Augen müssen als Entschuldigung herhalten, dass ich nicht in Korridoren oder auf Treppen schlafen möchte. Es gibt medizinische Gründe, weshalb ich mir eine Kabine leiste, dafür würde Mama das Kindergeld, wenn nötig, bestimmt auch ausgeben.

Aber ich muss noch bis zum Abend warten, bevor ich mich in der Kabine ausstrecken kann, die Fähre geht erst in ein paar Stunden. Ich verbringe den ganzen Nachmittag in einem Café am Bahnhof, mache nur einen kleinen Abstecher in einen Kiosk und decke mich mit Hochglanzillustrierten ein. Ich kann mir mit der Sonnenbrille zumindest die Bilder anschauen. Ich rufe Mama an und sage, dass es mir gut geht. Dann wird es Abend.

Die Fähre nach Dänemark ist nicht so sehr groß. Die Fähre nach Dänemark ist nun mal die Fähre nach Dänemark. Ein paar LKW-Fahrer. Sie sehen müde aus. Ein paar Alte in verschiedenen Trainingsanzügen. Ich stehe mit Rentnern mit Gürteltaschen und grünen Grillanzügen in der Schlange, um mir etwas zu essen zu kaufen. Ich kann nicht gerade behaupten, dass ich besonders glücklich wäre. Aber ich bin zumindest unterwegs. In der Kabine schlafe ich schlecht, sie ist nicht sehr luxuriös. Ich werde tatsächlich etwas klaustrophobisch. Ich denke an Schiffe, die gesunken sind, an Menschen, die in verrauchten Korridoren eingeschlossen waren. Und zu allem Überfluss geht mir ständig ein altes Lied im Kopf herum, das Mama mir vorgesungen hat, als ich noch klein war, und das auf einer Kassette war, die ich von Oma und Opa bekommen hatte: *Wo ist dein Billett, wohin geht die Reise, nun, ich will in den Himmel. Und wer zahlt das Billett, das übernimmt Jesus, mein bester Freund!*

Als ich klein war, fand ich das Lied doof. Aber jetzt ist es mir irgendwie ein Trost. Ich brauche etwas Trost. Bin irgendwie noch nicht richtig in der Ach-wie-schön-ist-es-als-Norweger-in-Dänemark-zu-sein-Stimmung angekommen. Ich kaufe mir Pommes Frites zum Abendessen und lande am Ende wie alle anderen im Taxfree-Shop, wo ich mir eine riesige Schachtel mit süßsaurem Weingummi kaufe. Ich weiß jetzt schon, dass ich zu viel essen werde. Mit dem Kindergeld kaufe ich mir noch einen Gameboy, ausgerechnet. Ein Super-Angebot, ich bekomme ein Mario-Spiel und Ohrstöpsel gratis dazu.

Dann rufe ich Papa an. Alle drei Nummern. Hat er das Telefon aus dem Stecker gezogen? Das wäre typisch Papa. Er geht auch nicht an sein Handy, und ich habe keine Lust, ihm eine Nachricht zu hinterlassen. Vielleicht hat er seinen Handyvertrag gekündigt. Auf ein Handy zu verzichten, ist auch Teil einer Midlife-Crisis. Er will offensichtlich völlig frei und unabhängig sein.

Genau wie ich. Uups! Ich habe heute Morgen die Kontrolluntersuchung bei Dr. Dahl vergessen.

MITTWOCH, 16. MÄRZ

Wir kommen frühmorgens an. Und ich habe zu viele Weingummis gegessen. Die süßsaure Variante kannte ich noch nicht. Sie schmeckt total lecker.

Das Schöne an Dänemark ist, dass man an einem Tag das ganze Land durchqueren und Orte wie Hjørring, Århus, Vejle, Fredericia und Kolding einfach draußen vorübergleiten lassen kann. Ich lese in einer der Illustrierten, die ich gekauft habe, etwas über einen Trendanalytiker, der fürchtet, dass der Army-Look auch weiterhin in Mode sein wird, aufgrund der ganzen Kriege in der Welt, und einen Artikel über Frauen und ihre Weinvorlieben.

Der Zug passiert bei Tinglev die Grenze und erreicht Flensburg in Deutschland. Erst als der Zug in den Hamburger Hauptbahnhof einfährt, fühle ich mich leichter. Jetzt bin ich weit genug weg.

Ich gehe in die große Bahnhofshalle. Das hilft. Denn die Bahnhofshalle in Hamburg – That's what I call a Bahnhofshalle! Sie sieht genauso aus, wie eine Bahnhofshalle aussehen soll: groß. Hohes, gewölbtes Glasdach. Treppen und Bahnsteige. Die typischen Geräusche der Reisenden. Der Züge, die beim Losfahren oder Bremsen kreischen. Der Herzen, die brechen, wenn jemand geht. Oder kommt.

Ich gehe langsam über den Bahnsteig, habe aber eher Lust zu rennen, die Gerüche: Rauch und Parfüm und Metall und Essen und Luft und Liebe, ich spüre eine kindliche Freude, wie am letzten Schultag in kurzem Rock, mit neuen, leichten Sommerschuhen. Frei!

Ich habe immer Angst davor gehabt, allein zu verreisen. Aber jetzt ist es gar nicht so schlimm, wie ich dachte. Überhaupt nicht. Mir kommt ein Junge entgegen, der telefoniert, und es kann sein, dass er mich tatsächlich eine lange Sekunde lang anlächelt. Ich weiß nicht, ob er so attraktiv und anziehend ist, aber er lächelt mir zumindest zu. Endlich. Allein. Im Ausland. Ich fühle mich einsam, aber auch auf eine Art und Weise frei, wie ich es noch nie empfunden habe, soweit ich mich erinnern kann. Keiner sieht mich, keiner kennt mich. Im Moment fühlt sich das ganz okay an. Vielleicht will Papa ja genau das auch haben? Aber er ist keine siebzehn mehr, jetzt bin ich an der Reihe.

Die Freiheit, das sind weiße Buchstaben auf einer schwarzen Tafel. Und ein Geräusch. Eine Mischung aus Frrrrrrrrrrr rrrrrrr-Lauten und Flicka-flicka-flack. Ich stehe vor der Ankunfts- und Abfahrtstafel, sehe all die weißen Buchstaben, die flicka-flicka-flack-frrrrrrrrrrrr machen, sehe all die Orte, an die ich reisen kann!

Hannover, Brüssel, Prag, Paris, Wien, München, Amsterdam.

Hinter ihnen stehen Uhrzeit und Gleis. Dann frrrrrrrrrren sie weiter, bevor sie flicka-flicka-flack an einem anderen Ort landen.

Man kann das Geräusch nicht nachmachen, und man kann auch das Gefühl nicht nachempfinden, das man hat, wenn man auf diese Tafel schaut, auf der die Freiheit schwarz auf weiß geschrieben steht, mit einer Fahrkarte für über dreißig Länder in der Tasche. Fast wie wenn man verliebt ist, vielleicht.

Ich bin noch nicht vergewaltigt worden, schreibe ich in einer SMS an Mama. Schicke sie aber nicht ab. Mein Akku ist krisenmäßig schwach, und ich kann nicht hin- und hersimsen, um zu erklären, dass es ein Witz sein sollte. Mama hat viel Humor, aber vielleicht nicht *dafür*.

Bin in Hamburg. Alles bestens, Frida, schicke ich ab und kaufe ein Baguette mit Hähnchen und einer scharfen indischen Sauce, die ich von den Fingern ablecken muss. Dazu trinke ich eine eisgekühlte Cola. Ich schaue wieder auf die Tafel und auf meine Europakarte und stelle fest, dass ich den Zug nach München und weiter nach Bozen, Verona und Bologna nehmen muss, um nach Florenz zu kommen.

Der Nachtzug nach München geht um halb zwölf. Ich muss noch drei Stunden warten. Es wird noch etwas dauern, bis ich nach Florenz komme. Das Gefühl ist ein anderes, als wenn ich in weniger als einem Tag hinuntersausen würde. Aber das kann man auf zwei Arten sehen. Entweder: *Es geht immer ein Zug*. Oder: *Der letzte Zug ist schon weg*. Ich bin normalerweise eine Pessimistin. Aber heute glaube ich tatsächlich eher an die erste Variante. Ich suche mir ein Café, setze mich hinein und trinke einen Espresso. Ich merke, dass ich mich doch etwas schone, keine Lust habe, weit zu laufen. Habe ich Angst, mich zu sehr zu verausgaben, eine unbewusste Nachricht meines Körpers an das Gehirn? Plötzlich sieht mich ein weiterer Junge an. Glaube ich zumindest. Vielleicht will er mir nur Heroin verkaufen. Das ist mir gleich. Im Moment bin ich gerade sehr positiv. Ich sitze da mit meiner Miss Sixty-Sonnenbrille und sehe mir die Welt an, ohne dass jemand meinem Blick folgen kann. Ein paar Vorteile muss man als Behinderter haben. Nächstes Jahr ist Miss Sixty bestimmt völlig out, ist es vielleicht so langsam schon jetzt, es muss also ganz bald etwas passieren. Ich finde eine Steckdose, an der ich mein Handy aufladen kann. Den Rest der Zeit spiele ich Gameboy. Es ist auf etwas monotone Art lustig. Ähnlich wie Weingummis essen.

Ich steige früh in den Zug, richte mich in einem Abteil ein. Habe Chips und ein Baguette und genug zu trinken. Und der

Nachtzug fährt pünktlich los. Das hier ist Deutschland. Und während der Zug langsam davonrattert, denke ich, dass es vielleicht nicht dumm wäre, hier eine Pause einzulegen und mich von ein paar deutschen Ärzten untersuchen zu lassen. Aber der Zug wird schneller und nimmt mich mit zu neuen Städten, von denen ich noch nie gehört habe: Göttingen, Kassel, Würzburg. Städte, die sich einfach nur sehr deutsch anhören, sausen am Fenster vorbei, es ist herrlich. Warum habe ich das bisher noch nicht gemacht?

Meine Stimmung ist eher jojomäßig. In Würzburg finde ich es nicht mehr so toll. Als ich gerade schlafen will, kommen zwei ziemlich doofe Schwedinnen in mein Abteil, helle Haare, kräftige Statur. Sie schwätzen die ganze Zeit, brabbel-brabbel, schnell und laut und unermüdlich. Sie haben coolere Klamotten als ich, aber ich glaube, sie sprechen so laut, weil sie so dick sind. Sie haben ihre liebe Mühe mit zwei italienischen Jungs, Mario und Luigi heißen sie anscheinend, die draußen im Gang stehen, es geht hin und her, Getuschel, Gequassel, Gequalme. Alles bei Licht. Es ist unglaublich, wie sie mich alle vier dermaßen ignorieren können. Das macht mich völlig fertig, ich frage mich fast schon, ob sie tatsächlich nur so tun, als gäbe es mich nicht. Als wir am Morgen in München ankommen, sind die Schwedinnen endlich eingeschlafen. Mit Mario und Luigi zwischen sich. Sie werden sich wohl noch besser kennenlernen.

Ich steige aus. Fühle mich schwindlig und müde nach so wenig Schlaf. Auch in München muss ich noch etwas Zeit totschlagen. Aber irgendwie ist es besser, einsam in München zu sein als zu Hause in Oslo. Ich schicke Mama eine SMS, dass es mir richtig gut geht und dass ich zwei nette Schwedinnen kennengelernt habe, vielleicht beruhigt sie das. Aber ich bezweifle es, Mama lässt sich eigentlich durch nichts beruhigen. Ich tippe mal, dass sie die ganze Zeit über Angst um mich gehabt hat, dass sie jetzt Kette raucht oder im Badezimmer sitzt und Warndreieckstabletten knabbert. Ich habe ein schlechtes Gewissen. Vielleicht wäre sie ja gern mitgekommen, wer weiß. Auch Mama ist einsam. Wenn ich darüber nachdenke, sind viele, die ich kenne, einsam. Im Grunde. Aber wissen sie es selbst? Papa, zum Beispiel? Ist er im Zimmer seines Klassenkameraden einsam?

Vorm Bahnhof sitzt ein blinder oder zumindest *sehbehinderter* Typ mit einem Becher und einem Zettel, auf dem etwas steht, was ich nicht lesen kann, aber die Message ist klar, er braucht Geld. Ich gebe ihm zehn Euro, weniger habe ich nicht, ich kann ja schlecht fragen, ob er wechseln kann.

Wie viele Tage werde ich durchhalten?

DONNERSTAG, 17. MÄRZ

Endlich Italien. Ich weiß nicht, was ich erwartet hatte, als ich die Grenze überquert habe. Der einzige Unterschied, der mir auffällt, ist, dass die Züge langsamer fahren.

Das Handy piept, als ich auf der Toilette bin und nach Toilettenpapier suche, das es in dieser Zugtoilette vermutlich nicht gibt. Mein Rucksack steht im Abteil. Ich überlege, mich mit dem Kassenbeleg vom Café im Frognerpark abzuwischen, den ich in der Hosentasche finde.

»Hallo Frida! Wie geht's?«

»Gut.«

»Ich habe uns einen Tisch im Theatercafé bestellt.«

»Nur für uns zwei?«

»Ja.«

»Wie schön.«

»Um acht. Falls du keine anderen Pläne hast.«

»Ich sitze gerade nur rum«, sage ich.

»Dann bis nachher. Mein Handy war zur Reparatur. Und die anderen Telefonnummern gelten nicht mehr.«

»Ich weiß«, sage ich.

»Ich habe übrigens eine neue Wohnung. In St. Hanshaugen. Mit einem zusätzlichen Schlafzimmer. Für dich. Ich habe noch keine Herzchengardinen aufgehängt. Ein Kumpel von mir behauptet, Kinder wollten ihr Zimmer heutzutage selbst einrichten und hätten oft einen besseren Geschmack als ihre Eltern. Du kannst dir selbst aussuchen, wie du es haben willst.«

Dieses Ziehen im Bauch. Die Wahrheit. Papa ist also definitiv ausgezogen, nicht nur für einige Zeit. Mir fällt keine coole oder giftige Antwort ein. Ich fühle mich auch nicht cool und giftig. Ich bin einfach nur ein kleines Mädchen, das seinen Papa vermisst. Ich kann noch viele Jahre lang mit Herzchengardinen und Pu-der-Bär-Lampe leben.

»Bei dir ist es ziemlich laut. Wo bist du denn, Frida?«

»Mein Akku ist fast leer. Ich bin in Italien«, sage ich. »Wir können uns heute Abend also nicht sehen. Ich bin froh, dass dein Handy wieder funktioniert. Das macht alles so viel einfacher.«

»Italien?«

»Florenz.«

»Machst du Witze?«

»Piiieeeep«, sage ich und lege auf.

Der Kassenbeleg vom Frognerpark ist das Einzige, was ich habe.

Ich steige in Verona aus, der Stadt, in der sich Romeo und Julia zu Tode geliebt haben. Ich würde gern den Balkon sehen, auf dem Romeo und Julia gestanden haben könnten. Shakespeare, der ihre Geschichte geschrieben hat, ist wohl nie in Verona gewesen, der ganze Balkon ist also nur eine Idee, wie es gewesen sein könnte. Alles Betrug. Doch die Leute strömen zu Tausenden dorthin. Das ist deprimierend. Was hatte ich denn gedacht? Aber ich habe das Gefühl, dass ich auf dieser Reise etwas Wichtiges tun muss. Ich stelle auch fest, dass ich meinen Fotoapparat vergessen habe. Das deprimiert mich noch mehr, als Mädchen, das vielleicht im Begriff ist zu erblinden. Oder auch nicht. Dann muss ich wohl so viel wie möglich mit meinem Schädel fotografieren, es dort einbrennen. Wenn ich nur wüsste, welche Bilder es wert sind, eingebrannt zu werden. Ich werde in ein Kunstmuseum gehen, mir wichtige Bilder anschauen, das Schönste, was die größten und besten Künstler gemalt haben, die sich die Welt am intensivsten angeschaut haben. Aber nicht heute. Es macht mir schon Angst, nur daran zu denken, wer die größten Künstler waren und wo ihre Bilder hängen.

Ich gehe zurück zum Bahnhof, esse Weingummis, bis sie fast alle sind. Werde ich jemals erleben, wie es ist, jemanden zu Tode zu lieben?

Halb auf dem Rucksack liegend schlafe ich ein, schlafe ziemlich fest, ohne vergewaltigt oder bestohlen zu werden. Wache mit steifem Körper und klebrigem Weingummigeschmack im Mund auf. Jetzt finde ich es nicht länger so toll. Ich habe fast alle Illustrierten weggeworfen und bereue es, keine neuen gekauft zu haben. Das Fröhlich-und-frei-Gefühl hat sich verzogen. Alleinsein wird plötzlich viel mehr zum Alleinsein, wenn man auf Reisen ist. Alles kommt einem viel klarer vor. Ich kann hier sterben, ohne dass mich jemand kennt. Kein Mensch weiß genau, wo ich bin.

Der nächste Nachtzug.

Ich rufe Mama an. Was ich an Mama mag, ist, dass sie mich nicht mit Fragen überschüttet, manchmal merkt sie schon an meiner Stimme, was mir fehlt. Es geht mir nicht gut, und sie erzählt mir stundenlang alles Mögliche.

»Ich kann nicht fassen, wie viel Geld die Leute zurzeit haben. Ich hatte heute ein Paar im Laden mit einem Mädchen, das sich aussuchen sollte, ob es einen Flügel oder ein Pferd wollte, den Eltern war es egal, ob sie Beethoven spielte oder Springreiten machte, Hauptsache eins davon.«

Mama redet drauflos, erzählt mir eigentlich nichts Neues, aber es beruhigt mich. Und ich bin froh, dass ich mich nicht zwischen Flügel und Pferd entscheiden muss.

»Das hier wird teuer«, sage ich am Ende zu Mama. Ich spüre einen kleinen Stich in meinem Kindergeldmissbrauch-Gewissen. »Und ich muss jetzt auch ein wenig schlafen.«

»Ich werde eine kleine Kerze anzünden, sie soll die ganze Nacht für dich brennen«, sagt sie. »Ich stelle sie ins Küchenfenster, damit du daran denken kannst. Sie wird so lange brennen, bis ich morgen früh zur Arbeit gehe.«

»Vielen Dank«, sage ich mit belegter Stimme.

FREITAG, 18. MÄRZ

Der Zug fährt am frühen Morgen in Florenz ein.

Jetzt bin ich da. Im Bahnhof im Garten Eden. Ich merke, dass ich zu hohe Erwartungen habe.

Ich weiß nicht genau, wie spät es ist. Ich habe meine Armbanduhr abgenommen und in den Toilettenbeutel gelegt, auch um die Zeit zu vergessen. Ich will braun werden und keinen weißen Streifen am Handgelenk haben. Eitelkeit wird man nie los, behauptet Mama. Ich vermisse sie schon wieder. Manchmal denke ich, dass sie im Grunde die Einzige ist, die ich habe. Sie ist meine Mama, aber ich glaube, ich würde sie auch sonst mögen. Sie sagt vieles, was gar nicht so dumm ist und eigentlich viel schlauer als das, was Camilla so von sich gibt. Aber jetzt sitzt sie bestimmt zu Hause und ängstigt sich. Die Vorstellung gefällt mir durchaus. Hin und wieder soll sich auch jemand ein wenig um mich ängstigen. Was Papa über mich denkt, weiß ich wirklich nicht. Saß er gestern Abend allein an einem vorbestellten Theatercafé-Tisch-ohne-Tochter? Fühlt er sich jetzt herrlich frei?

Ich schicke Mama eine SMS, dass es mir gut geht und dass sie checken soll, ob sie die Kerze ausgeblasen hat, bevor sie zur Arbeit geht. Dann steige ich aus.

In der Halle ist es herrlich, ein einziger Bahnhofshallenlärm. Nicht ganz so wie in Hamburg, aber genauso gut. Der Bahnhof ist groß und offen und trotzdem intim.

Ich bleibe stehen und sehe dem Treiben zu. Leute laufen hin und her, ein Bettler mit langem, schmutzigem Bart, der so bettlerhaft aussieht, dass er im Theater einen guten Bettler abgeben würde, zwei Polizisten trinken ihren Espresso und sehen den Frauen hinterher, ein Mann in hellgrünem Kondomanzug mit Helm hat sein Fahrrad geschultert, eine alte Frau, die aussieht wie aus den Zwanzigerjahren, raucht eine lange Zigarette mit einem Mundstück daran, zwei Straßenkehrer mit Sicherheitswesten stehen zusammen und unterhalten sich, haben alle Zeit der Welt. Es ist wie im Film. Oder vielleicht will ich einfach nur, dass es so ist. Ich will ja jetzt, dass alles schön ist. Ich rufe noch einmal bei Papa an, um ihm zu sagen, dass ich angekommen bin, lege aber gleich wieder auf. Schicke stattdessen eine SMS, schreibe, dass ich jetzt in Florenz bin und hier high life ist. Und mache das Handy aus.

Es ist schon eine Woche her, dass ich mit Sandpapier-Stichen in den Augen aufgewacht bin, was ja irgendwie der eigentliche Grund für meine Reise ist. Etwas dürftig vielleicht. Ich überlege, zu McDonald's zu gehen, aber das kommt mir etwas verschüchtert vor, als würde ich kapitulieren.

Ich finde die Touristeninfo schräg gegenüber vom Haupteingang des Bahnhofs, alle Leute dort sehen aus, als würden sie mit jemandem zusammen reisen.

Endlich bin ich an der Reihe und bekomme einen Stadtplan für Florenz, von einer dunkelhaarigen Frau, die so wunderschön ist, dass es aussieht, als hätte sie mehr Lust, sich arbeitslos zu melden oder sich zu prostituieren als einem verschwitzten norwegischen Rucksackmädel wie mir irgendetwas zu geben. Ich fühle mich völlig fehl am Platz.

»Was ist die berühmteste Sehenswürdigkeit in Florenz?«, frage ich voller Panik.

»Der Dom und der Ponte Vecchio«, sagt sie, bevor sie den nächsten in der Schlange begrüßt.

»Gibt es hier auch einen famous tower?« Ich will schon das Bild herausholen, überlege es mir aber anders.

»Many famous things in Firenze«, sagt die Frau.

»Grazie«, sage ich. Es haut sie nicht gerade um, dass ich *ein* italienisches Wort kann.

Ich peile grob die Himmelsrichtung an und gehe eine Straße entlang, in der annähernd zwanzig Frauen, alle hübscher als ich, in kurzem Rock mit ihren Vespas herumsausen und versuchen, mich damit zu killen.

Ich kann sehen, dass viele Gebäude um mich herum klasse aussehen, hier gibt es reichlich schöne, alte Steine, aber ich bin müde und brauche meine Energie größtenteils, um mich durch den Menschenstrom zu kämpfen und nicht von den Vespas erwischt zu werden, wenn ich in den schmalen Straßen einen Schritt vom Bürgersteig herunter machen muss.

Ich bleibe stehen und sehe kurz auf den Plan, ich bin weiß Gott nicht Landesmeisterin im Orientieren, finde aber heraus, dass der Ponte Vecchio eine Brücke ist. Es muss wohl eine besondere Brücke sein. Ich weiß nicht, wie weit es bis dahin ist, aber sie kann nicht mehr als zwanzig Minuten vom Bahnhof entfernt sein. Das sollte in Ordnung gehen, auch mit Rucksack und in dieser Hitze.

Es stellt sich heraus, dass ich die Entfernung richtig berechnet habe. Es sind nur fünfundzwanzig Minuten zu Fuß, bis ich zumindest am Dom bin, das muss er sein, sieht aus wie ein helles Tortenschloss, mit welchen von diesen englischen Big Ben-Lakritz-Dingern verziert, ich sollte wohl jetzt die großartige Architektur erkennen, aber im Moment sehe ich nur weiße Creme und rosa und schwarze Verzierungen.

Ich bleibe stehen. Was mache ich hier? Nach einem Turm suchen? Ich hätte einen Reiseführer mitnehmen sollen.

Ich schaue genau auf eine Tür in meiner Nähe. Die Straße heißt Via Ricasoli. Das Schild ist aus Messing. Ja, wenn Papa hierher gezogen wäre, dann würde er genau hier wohnen. Mitten im Zentrum, wo alle Vespa-Damen um ihn herumschwirren.

Ich stelle mir vor, dass er tatsächlich hier wohnt, dass ich wirklich hierher gekommen bin, um ihn zu besuchen, und dass ich schon dreimal an seiner Tür vorbeigegangen bin. Oder viermal. Vielleicht hat er eine Freundin, eine Italienerin mit aufreizendem Handy und passendem Bikini. Die ein Kind hat, ein Mädchen in meinem Alter, keine Ahnung. Mensch, wenn er tatsächlich hier wohnen würde? Und ich *unangemeldet* käme? Ich fühle mich so unglaublich klein. Vielleicht ist Elternliebe nicht selbstverständlich? Manchmal glaube ich fast, dass Papa mich vielleicht nicht so lieb hat, wie ich es mir wünsche, nicht, dass er mich regelrecht verabscheut, eher, dass er mich als Person nicht so richtig gern mag, dass er mich nicht für etwas Besonderes hält. Als Baby oder Kleinkind finden Papas einen süß. Aber es ist vielleicht nicht selbstverständlich, dass Papas einen lieben, wenn man älter wird, vielleicht findet er mich einfach nur nicht amüsant, witzig oder pfiffig. Vielleicht findet er mich einfach nur langweilig und egoistisch. Papa ist schließlich ausgezogen, ich war offensichtlich nicht Grund genug, um bei uns in Etterstad zu bleiben. Es gibt ja wirklich auch Kinder, die als langweilig angesehen werden. Vielleicht sogar von ihren Papas. Und ich war in letzter Zeit auch nicht so richtig lieb. Ich frage mich, ob es auf der Welt noch andere gibt, die genauso denken, unangemeldet?

Ich stehe immer noch hier. Vor der Tür der Via Ricasoli 1. Hier, wo Papa wohnen könnte.

Und ich bilde mir ein, dass Papa, wenn er hier wohnen würde, einfach einen Fetzen weißes Tape auf das solide Messingschild geklebt hätte. Weißes Tape mit schwarzer Tusche. *R. Riis.* Es würde in jeder Beziehung primitiv und aufgeklebt aussehen, er hätte keine Lust, sich mehr Mühe zu geben. Wir haben zu Hause immer noch Tape an der Tür, die anderen Hausbewohner sind alle sauer auf uns.

Die Eingangstür unten steht offen, ich gehe vorsichtig hinein und die Treppe hinauf.

Ich stelle mir vor, dass er im ersten Stock wohnen würde. Damit er nicht so viel Treppen steigen muss.

Ich gehe die Treppe hinauf.

Bleibe vor der ersten Tür stehen. Auch neben dieser Tür mit ihrem winzigen Guckloch würde ein neues Stück Tape kleben. Ich bleibe einen Augenblick stehen, dann drücke ich auf die Klingel. Drinnen ertönt ein langes Drrrrrrrrrrrrrrrrrr. Ich werde sagen, dass ich mich in der Tür geirrt habe.

Warte, warte. Keine tapsenden Schritte, die sich der Tür nähern, keine Kette, die weggenommen wird, kein lächelnder Papa in der Tür. Kein wütender Mann, keine wütende Frau. Keiner zu Hause?

Ich lasse meiner Fantasie freien Lauf. Drrrrrrrrrrrrr. Noch einmal. Warten, warten, warten. Es ist ganz still. Doch dann nach einer Weile: eine Bewegung hinter dem Guckloch in der Tür, ist das so? Nein. Oder? Ich stehe mucksmäuschenstill da und lausche. Ist jemand in der Wohnung? Jemand, der ebenfalls versucht, mucksmäuschenstill dazustehen, auf der anderen Seite der Tür, genau wie ich. Es ist fast wie in einem Thriller. Ich bleibe noch drei, vier Minuten stehen. Derjenige hinter der Tür soll mir nicht so billig davonkommen. Es ist entweder Hannibal Lecter oder Papa. Ich klingele noch einmal. Warte weitere zwei Minuten. Gehe ganz dicht an das Guckloch heran. Dort ist keiner. Mag sein, dass es Einbildung war.

Ich gehe ein wenig zurück, bleibe vier Schritte von der Tür entfernt stehen. Doch, das könnte seine Wohnung sein. Ich sehe noch einmal das Tape vor mir, das dort aufgeklebt sein könnte, nur ein kleines Stück Tape mit Tusche, aber trotzdem, schwarz auf weiß würde *R. Riis* darauf stehen. Das ist mein Papa.

OSTERSONNTAG, 27. MÄRZ

Oder hat er schon ausgecheckt? Der Junge mit den fünf Sommersprossen und den fast schamlos nackten Händen. Er hat zumindest die SMS gelesen, die sie geschickt hat. Haben sie sich schon verabredet, am Gare du Nord zum Beispiel? Das ist nicht weit weg.

Bereut er alles, jetzt, wo er sie treffen soll? Der Er-liebt-mich-er-liebt-mich-nicht-Lover. Ist er froh, dass ich weg bin, oder spürt er wie ich einen unerträglichen Schmerz in der Brust, im Bauch? Ein bisschen?

Das Taxi fährt den Pilestredet hinauf, plötzlich fällt mir ein, dass ich nicht bezahlt habe. Ich war diejenige, die auf einem Doppelzimmer bestanden hatte.

Ich setze mich im Hauseingang auf die unterste Stufe. Warte zehn Minuten. Hier drinnen ist es still und heiß und halbdunkel, ich höre nur Motorroller und Autos, die draußen vorbeifahren. Draußen befinden sich Touristen, die in einer der meistbesuchten Kulturstädte Europas in der Sonne herumlaufen. Ich bekomme plötzlich Angst. Ich kann mir heute beim besten Willen keine großen Gebäude, berühmten Brücken, Kirchen und Kunstmuseen anschauen. Oder etwa den Turm suchen, vor dem das Foto von mir in Mamas Bauch aufgenommen wurde. Ich komme mühsam hoch und gehe wieder nach draußen, bleibe aber noch einmal abwartend stehen, wünsche mir, dass jemand hinter mir her rennt und sagt, sie hätten nur Spaß gemacht. Oder dass jemand, Papa, einfach vorbeikommt und sagt: *Mensch, du Arme, bist du extra den ganzen weiten Weg gekommen?*

Ich setze den Rucksack wieder auf und laufe weiter. Nicht weit vom Dom entfernt komme ich an einem Mann vorbei, der keine Beine hat und mit einem Zeichenblock vor sich auf dem Bürgersteig sitzt, die Hand mit dem Bleistift ruht auf dem, was von seinem Oberschenkel noch da ist. Er sieht in die Luft, als würde er all die Menschen, die über ihn hinwegsteigen, nicht bemerken. Die Bleistiftzeichnung zeigt eine Frau, eine dieser klassischen Skulpturen, die – zu allem Überfluss – keine Arme hat. Daneben steht eine kleine hellbraune Pappschachtel, in die man Geld werfen kann. Am traurigsten ist, dass seine Zeichnung nicht einmal besonders gut ist.

Mein Handy piept. Es ist eine Osloer Nummer, die ich nicht kenne. Ich spüre einen Stich in der Brust. Vermutlich Dr. Dahl oder Dr. Bøe. Ich gehe nicht ran. Kurze Zeit später piept es wieder. Jemand hat eine Nachricht auf meiner Mailbox hinterlassen. Die ich nicht abhören kann, weil man, wie ich weiß, im Ausland einen Code eintippen muss, an den ich mich nicht erinnern kann, und ich weiß auch nicht, wie ich an ihn rankommen könnte.

In Ermangelung weiterer genialer Ideen gehe ich wieder Richtung Bahnhof, das ist eine Niederlage, aber dort gibt es zumindest einen McDonald's. Es ist ziemlich traurig, wenn man darüber nachdenkt, aber ich denke nicht darüber nach, McDonald's ist das Einzige hier, was mir ein wenig bekannt vorkommt. Bin ich einfach nur eine Heulsuse, die sich nach Hause zu ihrer Mutter sehnt?

Bei McDonald's ist eine lange Schlange. Ich setze mich nach oben.

Steige ich einfach wieder in den Zug nach Norden und vergesse diesen erbärmlichen Versuch, die Welt zu bereisen? Ja, gut möglich. Sehr gut möglich. Fast bin ich schon entschlossen, da höre ich eine Stimme.

»Ach so«, sagt die Stimme, und ich drehe mich zu ihr um. »Ich dachte, du könntest vielleicht … ja … nein … ich verstehe. Ich will erst mal was essen. Dann sehen wir weiter. Ja, ja … ich sitze in einer von diesen Trattorias.«

Ich kann nicht anders, ich höre alles mit. Er spricht Norwegisch. Und lügt, er ist überhaupt nicht in einer Trattoria, sondern in dem weltweit vertretenen Familienrestaurant McDonald's.

Vor ihm auf dem Tisch steht kein Tablett mit einem Burger darauf. Er sitzt einfach nur da. Das Handy in der Hand. In das er nicht mehr spricht. Würde jemand einen Wettbewerb ausschreiben, wer die braunsten Augen im ganzen Weltall hat, dann würde er ihn gewinnen.

Er legt das Handy weg und starrt eine Weile vor sich hin, dann nimmt er ein Buch in die Hand, ein dickes blaues, *Florenz*

– *Kunst und Architektur*. Er liest nicht sehr lange darin, legt es wieder weg und starrt ins Leere. Er denkt offensichtlich an etwas anderes. Ich finde, er sieht ziemlich down aus. Und seine Stimme eben hatte etwas Trauriges. *Unsere Hobbypsychologin*, höre ich Camillas Stimme irgendwo in meinem Hinterkopf. Wobei: down? Er ist nicht gerade am Schluchzen und am Schniefen, ihm laufen nicht die Tränen über die Wangen. Er sitzt einfach nur reglos da. Fast würde ich mir wünschen, es wäre anders. Ihm würde *eine* Träne über die Wange laufen, nichts hysterisch Dramatisches. Nur eine kleine Träne.

Es ist schlimm, wenn man sich wünscht, dass es anderen schlecht geht. Aber dann könnte ich zu ihm gehen und ihm über die Wange streichen, ihn in den Arm nehmen. Ganz vorsichtig nur. Ja, ich stelle mir sogar vor, dass ich einen Typen vor mir habe, dessen Freundin gerade mit ihm Schluss gemacht hat. Oder auch nicht. Ich habe vielleicht einfach nur das Bedürfnis, dass es jemandem schlechter geht als mir. Ich bin nicht ganz gesund im Kopf. Habe zu viele französische Filme gesehen. Ich kann nicht schnell genug wegsehen, schon fängt er meinen Blick auf. Seine Augen sind irre braun.

»Entschuldigung, ich habe gehört, dass du Norwegisch sprichst«, platzt es aus mir heraus, während er immer noch meinen Blick erwidert. »Weißt du zufällig, wie spät es ist?«

Ich bin etwas überrascht über meine zarte, brüchige Stimme. Ich habe in den letzten Tagen nicht viel gesprochen.

»Ich habe keine Uhr bei mir.«

»Nicht?«, sage ich.

Er hat dunkle Haare, ist strichmännchenhaft dünn, hat ein paar Sommersprossen auf der Nase und schielt vielleicht ein winziges bisschen. Hinter dem linken Ohr hat er eine Zigarette. Und seine Hände. Schmal. Perfekt. Sollten sie etwas machen wollen, sehen sie aus, als könnten sie genauso gut ein Instrument spielen wie ein Reh schlachten. Er riecht auch noch gut. Ein Duft, der mir nicht bekannt vorkommt. Und auch wenn ich ganz genau weiß, dass es nicht so ist, habe ich das Gefühl, ihm schon begegnet zu sein.

»Du siehst norwegisch aus«, sagt er. »Das hätte ich gesehen, auch wenn du mich nicht angesprochen hättest.«

»Inwiefern?«

»Deine Turnschuhe. Keine Italienerin läuft in so unsexy Schuhen herum wie Norwegerinnen. Deutsche vielleicht noch, die gehen auch gern wandern, über Stock und Stein.«

»Du wanderst also nicht gern über Stock und Stein?«, frage ich.

»Die Natur ist im Kino am schönsten«, sagt der Typ.

»Meine Turnschuhe sind total praktisch«, sage ich. »Und ich versuche auch nicht, übermäßig sexy zu sein.«

Seine Hände wissen nicht, wohin mit sich. Sie sind fast … schamlos nackt. Haben sie in letzter Zeit einem Mädchen den Rücken gestreichelt?

»Missversteh mich richtig. Ich mach nur einen auf cool.«

Jetzt ist zum Glück er derjenige, der etwas ins Schleudern gerät.

»Ist schon okay, dass du meine Schuhe nicht sexy findest«, sage ich. »Ich bin eine extrem tolerante und erwachsene Frau. Ich habe mich für den Herbst an der Schule für zeitgenössischen Charme beworben. Danach kann alles nur besser werden.«

Er sieht mir immer noch direkt in die Augen, und obwohl ich eine Sonnenbrille trage, weiche ich seinem Blick schließlich aus. Das Schlimmste ist, er hat recht. Ich habe hier bisher nur Mädels mit hochhackigen, eleganten Stiefeletten gesehen. Wie die Mädels, die Vespa fahren. Wie tausend andere Mädels in den Straßen hier. Die Reise nach Italien beschert meinem Selbstvertrauen keine Bonuspunkte. Ich bin ein nordisches Panzerweib, das nicht kapiert hat, dass Stiefeletten nicht zuallererst praktisch sein sollen.

Auch seine Lippen sind schmal, es war mir bisher nicht bewusst, aber ich mag schmale Lippen sehr gern.

Endlich tun seine Hände etwas. Sie holen die Zigarette hinter dem Ohr hervor. Er liest nicht nur dicke Kunstbücher, er hat auch ein Feuerzeug mit einem Kunstbild darauf, einer einsamen blauen Figur. Ist das ein bekanntes Bild? Keine Ahnung. Edvard Munch? Nein.

Seine Hände zünden die Zigarette an. Es ist bestimmt nicht erlaubt, hier zu rauchen, er sieht etwas nervös aus. Und inhaliert den Rauch nicht richtig, er nimmt ihn nur in den Mund und stößt ihn wieder aus.

»Reist du gern allein?«, frage ich. Hallo! Was für eine bescheuerte Frage? Habe ich mich jetzt schon als leicht verzweifelt offenbart? Einsamkeit ist leicht zu erkennen, ähnlich wie Windpocken. Vielleicht reist er auch gar nicht allein.

»Eigentlich ist es nicht schlecht, allein zu reisen, am Tag ist es okay, am schlimmsten sind die Abende. Es ist zum Beispiel nicht so toll, allein in einem teuren Restaurant zu Abend zu essen. Eher ziemlich öde.«

Endlich einer, der zugibt, dass er allein ist.

»Und was machst du am Tag?«

»Am Tag habe ich Liebeskummer.«

Liebeskummer!

»Was macht man sonst noch, wenn man Liebeskummer hat und nicht bei McDonald's sitzt?«, frage ich.

»Tagsüber rauche ich nur oder sitze bei McDonald's«, sagt er. »Oder ich laufe durch die Gegend und höre mir alte Lieder an, *Nothing Compares To You* von Sinead O'Connor zum Beispiel, ein klasse Liebeslied ist das. Oder ich sehe mir traurige Kinofilme an oder laufe durch die Gegend und beobachte Tauben und Verliebte, die in dieser flippigen Stadt so unglaublich glücklich sind. So was halt.«

»Das klingt fast richtig … nett«, sage ich.

Er sieht mich nur an. Vielleicht hat er wirklich Liebeskummer?

»Sorry«, sage ich. »So war es nicht gemeint.«

»Schon klar«, sagt er und fährt sich durch den kurzen Pony, einfach um irgendwas zu machen, glaube ich. »Ich mime nur wieder den Coolen. Sage das nur, um mich interessant zu machen.«

»Ganz schön feige, über so was Witze zu machen«, sage ich.

»Und du?«, fragt er.

Ich hole tief Luft. Wie in der Sekunde, bevor ich vom Sprungbrett springe oder sechzig Meter laufe.

»Hast du den Film *Die Liebenden von Pont Neuf* gesehen?«, frage ich. Eine, wie ich finde, angemessen geheimnisvolle Frage an einen, der auf seinem Feuerzeug ein Kunstbild hat und gern den Coolen spielt.

Sein Blick flackert leicht.

»Nein«, sagt er schließlich.

Ich bin froh, dass er nicht so tut, als hätte er ihn gesehen. Ich glaube nämlich, er ist ganz der Typ dazu, ein ziemlich eitler Fratz. So eitel, dass er vielleicht hin und wieder ein bisschen ehrlich ist.

»Warum fragst du? Hast du auch Liebeskummer?«

Ich komme zu dem Schluss, dass es zu schwierig ist, ausgehend von einem französischen Film mein jetziges Leben zu erklären.

»Ich suche nach meinem Vater, der abgehauen ist«, höre ich mich plötzlich sagen. »Und das sage ich *nicht*, um mich interessant zu machen«, lüge ich.

»Ist dein Vater wirklich *abgehauen*?«

Ich hüstele kurz.

»Ja. Schon. Er ist immer wieder abgehauen. Ein typischer Träumertyp. Jemand, der vielleicht gern Künstler wäre. Er ist zweiundvierzig. Ich glaube, das ist der Grund, warum er Mama und mich verlassen hat. Und diesmal glaube ich nicht, dass er wieder zurückkommt.« Das sage ich zum ersten Mal laut.

»Was für ein Künstler?«

Er stellt die falsche Frage. Er sollte mit einem Mädchen wie mir fürsorglicher und mitfühlender umgehen.

»Keine Ahnung. Ich weiß auch nicht, ob er überhaupt Künstler sein will. Er will einfach nur etwas machen, was künstlerischer ist, glaube ich. Eigentlich leitet er ein kleines Grafikbüro, die machen Broschüren und Jahresberichte und alles Mögliche. Aber er malt nebenbei Aquarelle, so Sachen, die allen gefallen. Ich glaube nicht, dass professionelle Künstler ihn für einen Künstler halten würden, wenn du verstehst, was ich meine. Rikard Riis, schon mal von ihm gehört? Und wie gesagt, ich weiß auch nicht, ob er das überhaupt will. See, what I mean?«

»Ja ... vielleicht«, sagt der Typ, einfach so.

Aber mir ist klar, dass er nichts kapiert. Ich weiß wirklich nicht, was Papa will. Ich hatte vielleicht geglaubt, es zu wissen. Ich habe plötzlich sogar Lust, ihn zu verteidigen. Er ist auch kein Idiot. Er ist nicht schlecht, er malt halt nur keine richtige Kunst. Jedenfalls nicht länger. Aber ich habe mir seine alten Skizzenblöcke auf dem Dachboden angeschaut. Dort gibt es vieles, was ich für weitaus besser halte als die Stadtbilder und Blumenwiesen und Kindergesichter mit den großen Augen, die er zurzeit malt. Dort gab es auch ein paar Bilder von Mama. Sie war nackt. Etwas peinlich der Anblick. Und toll.

»Bestimmt wollen alle gern Künstler sein«, sage ich. »Etwas aus sich herausholen ... etwas Wichtiges. Ich weiß nur nicht, ob sich genügend Leute dafür interessieren, ob das Publikum groß genug ist.«

»Tja ... möglicherweise nicht«, sagt der Möglicherweise-glücklich-oder-unglücklich-verliebte-Liebeskummer-Typ. »Heute gehen Kunst und Design oft ineinander über. Manche halten sogar den Kunstbegriff für Quatsch, wenn so viele Künstler in Werbeagenturen arbeiten.«

»Wieso denn das?«, frage ich.

»Ich bin ein ziemlich auskunftsfreudiger Typ, wenn ich erst mal anfange, aber im Moment bin ich völlig ausgehungert«, sagt der Typ. »Hast du Lust, mit mir essen zu gehen?«

»In eine von diesen Trattorias?«, frage ich.

»Du hast gelauscht«, sagt er und drückt die Zigarette in einen leeren Colabecher auf dem Nachbartisch.

»Das ließ sich nicht vermeiden.«

Er steht auf, sieht mich an und lächelt etwas schief. Letztendlich ist er gar nicht so obercool, wie er vorgibt.

»Ich habe nicht viel Geld«, sage ich. »Wir sind ja nicht umsonst bei McDonald's.«

»Ich kenne eine Kneipe, wo sie gute Baguettes haben. Und billige. Jedenfalls so billig, wie das hier in Florenz möglich ist. Eine Baguette-Bar. Weißt du, wie spät es ist?«

Ich schaue auf meinen Arm, an dem sich zum Glück keine Uhr befindet. Er wollte mich reinlegen. Ich werde rot.

Ich sollte vielleicht nicht so viel Interesse zeigen, aber mir ist schnurzegal, ob ich total verzweifelt wirke. So bleibt es mir wenigstens erspart, allein zu Abend zu essen. Zum ersten Mal auf dieser Reise habe ich keine Ahnung, wie spät es ist. Das war wohl der Grund, weshalb ich gefragt hatte. Außerdem *bin* ich ein bisschen verloren und verzweifelt.

»Du wolltest also nicht in einen Zug steigen?«, frage ich, als wir den Bahnhof verlassen.

»Nein«, sagt der Typ.

»Warum bist du dann hier im Bahnhof? Sitzt du nur hier rum, um den Coolen zu spielen und verbotenerweise bei McDonald's zu rauchen?«

»Der Bahnhof hier ist eine absolute Bauhaus-Perle, rein architektonisch gesehen. Ich wollte ihn mir einfach anschauen.

Und außerdem natürlich bei McDonald's sitzen und den Coolen spielen.«

»Okay«, sage ich und weiß, dass ich ziemlich ratlos aussehe. *Bauhaus-Perle.* Das hört sich an, als hätte er es in einer Broschüre oder einem Reiseführer gelesen.

»Der Bauhausstil ist eine Richtung in der Architektur. Dreißigerjahre etwa. Aber auch wenn Florenz nicht unbedingt für den Bauhausstil bekannt ist, ist zumindest der Bahnhof hier sehr bekannt. Die Erbauer wollten anscheinend etwas völlig anderes machen als späten Neoklassizismus oder reine Mogel-Renaissance so viele Jahrhunderte nach …«

Mein Blick ist jetzt so ratlos, dass ich die Sonnenbrille wirklich brauche, um mich vor der Welt zu schützen.

»Okay«, sage ich. »Es gibt bestimmt ziemlich viel Kunst und so. Hier in Florenz, meine ich.«

Was sage ich da? *Kunst und so.* Selbstmord an meiner Intelligenz.

»Das stimmt. Hier in Florenz gibt es ziemlich viel *Kunst und so.* Wahrscheinlich gibt es auf der ganzen Welt keine andere Stadt, in der es so viel Kunst und so gibt. Ich glaube, es ist nicht übertrieben, zu sagen, Florenz sei die Wiege der westlichen Kunstgeschichte. Nichts Geringeres.«

Er sieht mich an. Grinst er?

»Okay«, sage ich und spüre, wie ich immer mehr zum Suppenhuhn werde, das einen guten Eindruck machen möchte. »Papa ist, wie gesagt … sehr kunstinteressiert. Wahrscheinlich ist das der Grund, weshalb er hierher gekommen ist.«

Jetzt bin ich ganz sicher, dass er grinst.

»Ich heiße übrigens Jakob«, sagt der Typ und gibt mir die Hand. Ein fester, warmer Händedruck.

»Frida«, sage ich.

»Eine der besten und interessantesten Künstlerinnen der Welt heißt Frida«, sagt Jakob. »Frida Kahlo.«

»Okay«, sage ich.

Was ist nur mit mir los? Warum habe ich plötzlich so große Lust, an seinem Hals zu riechen, dass ich mich fast nicht zurückhalten kann?

Wir laufen einfach los. Mir ist piepschnurzegal, ob wir eine gute Baguette-Bar finden oder nicht.

Jakob bleibt vor einem kleineren achteckigen Gebäude direkt vor dem Big-Ben-Torten-Dom stehen. Das Gebäude war mir vorhin überhaupt nicht aufgefallen. Eine Frau vor uns hält einen Schirm mit 101 Dalmatinern darauf über die Köpfe einer Horde von vielleicht vierzig japanischen Touristen, die sich ein paar schwere Türen anschauen, die aussehen, als wären sie aus Gold.

»Was schauen die sich alle an?«, frage ich.

»Sie schauen sich die Reliefs der Paradiestür an, der schönsten aller dekorierten Türen des Baptisteriums, der Taufkapelle von …«

Jakob verschluckt plötzlich den Rest und ist bumsstill.

»Von *was?*«

»Bist du sicher, dass du das hören willst? Ich halte Leuten oft Vorträge. Über Kunst und so. Ich kann dann nicht mehr aufhören. Die Leute sind aber nicht immer so interessiert, wie ich hoffe. Ich bin ein echter Freak. Und die haben schlechte Antennen für andere, habe ich gehört. Ich habe keine spannenden Hobbys. Ein paar Pfadfinderwanderungen im Wald, als ich klein war, ein bisschen Klarinette, ich habe auch nichts mit Hobbywerkstätten oder Drehbänken am Hut und nicht viele Freunde. Ich habe meine ganze Kindheit einfach weggelesen. Im Guten wie im Schlechten.«

»Das sagst du nur, um einen auf interessant und schüchtern zu machen.«

»Ja«, sagt Jakob. Aber er sieht tatsächlich ziemlich schüchtern aus.

»Warum interessierst du dich ausgerechnet für Kunst? Warum nicht für Briefmarken? Autos? Die Königsfamilie?«

»Keine Ahnung. Briefmarken und Autos sind vielleicht zu einseitig. Vielleicht suche ich lieber etwas, was Bestand hat. Was die Leute seit Jahrhunderten sehen wollen? Ein Gemälde ist etwas Direktes. Alle können es sich anschauen. Analphabeten und Taube.«

»Keine Blinden«, sage ich.

»Eh … nein. Keine Blinden.«

Jakob holt eine Zigarette heraus und steckt sie sich hinters Ohr. Macht er das, um cool zu wirken, oder ohne darüber nachzudenken?

»Erzähl!«, sage ich. »Jemand muss etwas davon haben, dass du so viel gelesen hast. Du bist bestimmt superklug. Und auch wenn Papa behauptet, Kunst sei ja so wichtig, weiß ich fast nichts darüber. In der Schule haben wir noch weniger gelernt, nur Bruchstücke über Picasso und Munch, ich glaube eigentlich, dass auch die Lehrer nicht so wahnsinnig viel wissen. Erzähl mir was über die Paradiestür. Zeigt sie wirklich das Paradies?«

Jakob räuspert sich. Es sieht so aus, als stünde er tatsächlich unter Leistungsdruck. Das gefällt mir.

»Die florentinischen Machthaber wollten Anfang des 15. Jahrhunderts deutlich machen, dass die Pest endlich besiegt war, und so wurde ein Wettbewerb ausgeschrieben, wer die schönste Tür zur Taufkapelle des Doms entwarf. Nach einigem Hin und Her gewann der Künstler Lorenzo Ghiberti. Eine Art Programmkomitee suchte zehn wichtige Geschichten aus der Bibel heraus, die er illustrieren sollte. Das erste Motiv ist der Geschichte von Adam und Eva entnommen, die aus dem Garten Eden, also dem Paradies, vertrieben werden, und das Letzte zeigt den weisen König Salomo, der von der Königin von Saba Besuch bekommt. Ghiberti hat im Grunde die Jahrtausende lange Geschichte des Alten Testaments in nur zehn Bildern wiedergegeben, ja, die Auswahl mag etwas seltsam anmuten, warum haben sie zum Beispiel einen – zumindest für uns Protestanten – weniger zentralen Text über Noah ausgewählt, anstatt die Arche zu nehmen, die Noah gebaut hat.«

»Sag schon«, sage ich.

»So ist das halt, wenn man eine Auswahl trifft. Ich glaube, dass ich im Großen und Ganzen dieselben Bilder ausgewählt hätte. Ghibertis Werkstatt brauchte jedenfalls 21 Jahre für die Tür. Irgendwo habe ich gelesen, dass es sogar 27 Jahre gedauert haben soll. Wenn man sich mit Kunstgeschichte beschäftigt, stellt man fest, dass viele Informationen aus dieser Zeit nur ungefähre Angaben sind, wir wissen tatsächlich nicht so viel, wie die Autoren gerne vorgeben.«

»Aber manches hast du herausgefunden?«, frage ich.

»Ja, und das meiste kann man mit eigenen Augen sehen. Ghibertis Siegerentwurf bricht dermaßen mit dem damals herrschenden gotischen Stil, dass viele in der Paradiestür das allererste Renaissancewerk sehen. Das sehe ich allerdings anders. Auch wenn Ghiberti ein absolutes Ass in Sachen Perspektive war, meine ich, dass die Renaissance eigentlich früher angefangen hat.«

»Ich glaube dir«, sage ich. Was soll ich sonst sagen? Ich kann ja nicht beurteilen, ob Ghiberti als Erster ein Ass in Sachen Perspektive war. Ich weiß nicht einmal richtig, was die Renaissance überhaupt ist. Sie hat irgendwas mit Kunst und so zu tun, das ist klar. Aber was genau? Es macht mich ziemlich fertig, dass der Typ so viel weiß. Was habe ich in meinem Leben gemacht? Er ist höchstens zwei Jahre älter als ich. Hauptsache, er hält mich nicht für total kindisch.

Jakob greift nach der Zigarette hinterm Ohr und zündet sie an.

»Das Komische ist, dass alle Reisegruppen hier stehen bleiben, die Türen wurden von Millionen Touristen aus der ganzen Welt bewundert, gefilmt und fotografiert. Der alte italienische Maler und Kunsthistoriker Vasari nannte die Türen das vollkommenste und schönste Kunstwerk der Welt. Michelangelo höchstpersönlich war der Meinung, die Türen seien es wert, ins Paradies zu führen. Sie wurden aber aufgrund der Luftverschmutzung abgenommen, die Türen, die jetzt hier hängen, sind Kopien, Fälschungen also. Ghibertis Originale werden im Museo del Duomo aufbewahrt. Aber dorthin gehen nicht so viele.«

»So what?«, frage ich. Und bereue es sofort. Warum fällt mir nichts IQ-mäßigeres ein? Papa hat seinen Job, der Tochter eine klassische Bildung angedeihen zu lassen, nicht erfüllt. Ich habe zwar von Michelangelo gehört. Aber beim alten Vasari setzt es schon aus. Beim alten Ghiberti auch.

»Tja, so what«, sagt Jakob mit zaghafter Stimme, und ich bereue wirklich, dass ich es gesagt habe. Konnte ich nicht etwas anderes sagen, was weniger bescheuert klingt?

»Das hier sind jedenfalls nicht die Originale. So ist es halt«, sagt Jakob und betrachtet einen Punkt in der Luft, den ich nicht identifizieren kann. »Die Leute geben sich häufig mit dem Zweitbesten zufrieden.«

»Manchmal hat man vielleicht nur das Zweitbeste zur Verfügung?«, sage ich und habe keine Ahnung, wohin der Hase gerade läuft.

»Ja … vielleicht«, sagt er erneut. »Ich bin hier schon ein paarmal vorbeigekommen und hatte plötzlich ganz große Lust, mir die Originale anzuschauen. Es fühlte sich irgendwie wie ein Muss an.«

Jetzt hört es sich an, als wollte er sich entschuldigen. Mir wird angenehm flau im Bauch, wenn er erzählt, egal, ob er nun schlau oder affektiert ist. Und plötzlich habe ich Lust, ihm über die Wange zu streichen, ausgerechnet. Über den Wangenknochen. Dort, wo es weich und hart zugleich aussieht. Aber natürlich traue ich mich nicht. Ich würde mir wünschen, die Welt wäre so, dass man einem Jungen über den Wangenknochen streichen kann, ohne dass es albern wirkt. Oder ich würde mich trauen. Irgendwo habe ich gelesen, wenn dir jemand über die Wange streicht, ist die erste instinktive Reaktion darauf, herauszufinden, ob es für dich gefährlich sein kann.

»Ich muss sagen, dass ich immer noch ziemlich hungrig bin«, sagt Jakob.

»Sorry«, sage ich. Und meine es auch. »Suchen wir die Baguettes.«

»Und du? Interessierst du dich für die Königsfamilie?«

»Königin Sonja interessiert sich ja unglaublich für Kunst und so«, sage ich und trotte hinter Jakob her wie ein vor Verliebtheit benommenes Schulmädchen.

»Ich kann für dich bestellen, was willst du haben?«

Die Baguette-Bar ist eine einfache, kleine Kneipe mit einem Tresen, an dem verschwitzte Männer Butterbrote schmieren, während verschwitzte Kunden auf hohen Barhockern sitzen und essen und aus dem Fenster schauen, das zur Straße geht.

»Ein Thunfischbrot und ein paar Pommes«, sage ich.

»Pommes? Wie bei McDonald's?«

»Ja. Ich esse gern Kartoffeln, auch wenn ich McDonald's nicht mag«, sage ich.

Jakob bestellt. Auf Italienisch!

Die meisten Gäste in der Baguette-Bar sind keine Menschen, die Kulturstadturlaub machen und sich alte Kirchen und Museen anschauen. Hier sieht es ziemlich untouristisch aus, mit Servietten auf dem Boden und verschwitzten Männern im Unterhemd.

»Mal ganz ehrlich, machst du Ferien oder bist du wirklich auf Vatersuche?«, fragt Jakob und setzt sich neben mich, während er das Tablett mit dem Essen auf den Tisch stellt. Aus irgendeinem Grund freut es mich, dass er das Gleiche genommen hat wie ich.

»Tja«, sage ich. »Ich versuche herauszufinden, wohin sich mein Vater abgesetzt hat. Ganz ehrlich.«

Ich frage mich, warum ich *mein Vater* sage, wo ich sonst immer *Papa* sage. Versuche ich ihn unsympathischer zu machen, als er eigentlich ist? Ich überlege auch, ob ich von meinen Augen erzählen soll und meinem Plan, etwas von der Welt zu sehen, bevor alles schwarz wird. Er fragt bestimmt bald, warum ich ständig mit der Sonnenbrille im Gesicht herumlaufe. Jakob fragt nicht weiter. Sieht mich nur an. Ich kann seinem Blick auch jetzt nicht standhalten, nicht einmal mit Sonnenbrille.

»Du musst schon einige Zeit hier sein, dass du Kneipen wie diese kennst?«

»Nein, noch nicht so lange. Ich habe ein Talent, solche Kneipen ausfindig zu machen.«

»Osterferien?«

»Halb. Ich sitze gerade an einem Projekt über Kunst und so, ein Vorwand für die Reise. Ich wollte lieber nicht nur durch die Gegend fahren, hatte einiges gespart, was ich nicht einfach zum Fenster rauswerfen wollte. Ich hatte auch überlegt, hier an der Universität einen kurzen Sprachkurs für Ausländer zu machen. Aber, tja, ich kriege meinen Kopf nicht dazu. Und die meisten Kurse finden im Sommer statt. Ich will wie fast immer zu viel auf einmal.«

»Und außerdem hast du noch Liebeskummer«, sage ich. »Das zehrt.«

Jakob zieht eine Augenbraue hoch und wischt einen Thunfischkrümel weg, der auf sein schwarzes T-Shirt gefallen ist. Steckt sich eine Zigarette hinters Ohr. Ganz schön viel auf einmal.

»Mir ist aufgefallen, dass sich mein Gehirn leider nicht so sehr für Sprachen eignet.«

»Dann ist Kunst und so also weniger anspruchsvoll?«

»Kunst und so ist anspruchsvoll genug. Für den Teil meines Gehirns, der etwas wacher ist. Kunst ist sogar gefährlich. Vor allem hier in Florenz.«

»So?«

»Schon mal was vom Stendhal-Syndrom gehört?«, fragt er und sieht mich an.

»Eh, nein«, sage ich. Diesmal fühle ich mich nicht so dumm, ich kann schließlich nicht alles wissen.

»Bist du sicher, dass du das hören willst? Jetzt kommt wieder ein Vortrag. Ich kann mich nicht kurz fassen, überhaupt nicht. Vor allem Mädchen finden es auf die Dauer etwas nervtötend.«

»Du hast die falschen Mädchen kennengelernt«, sage ich. »Du hast die Uninteressierten getroffen. Ich gehöre zu den Interessierten.«

Jakob sieht mich an.

»Okay. Stendhal war ein französischer Schriftsteller, der einmal nach Florenz gereist ist. Schon auf dem Weg dorthin hat er sich wie ein Kind gefreut, ja, er war innerlich richtig aufgewühlt, heißt es, wenn er an all die Bilder dachte, die er bald zu Gesicht bekäme. Mit der Zeit kriegte er richtig Herzklopfen, war verwirrt und abwesend, und es wurde noch schlimmer, als er in der Stadt eintraf. Und als er endlich in einem Museum stand, reagierte er so stark auf die einzelnen Kunstwerke, dass er fast umfiel. *Nervenanfälle*, nannte er diese Zustände, innere Erregung, ja beinahe Ekstase, er fiel fast in Ohnmacht. So ist es auch anderen ergangen, die hierher gekommen sind. Und nicht nur hypersensible Künstlertypen, auch ganz normale Touristen kann es überkommen.«

»Und wie vielen passiert das so?«

»In zehn Jahren hat man in der psychiatrischen Abteilung hier im Krankenhaus, das sich um so was kümmert, über hundert Fälle registriert.«

»Und weiß man warum?«, frage ich. Der Typ mit dem Fast-ganz-weggewischten-Thunfischkrümel-auf-dem-T-Shirt ist das reinste Lexikon.

»Vielleicht halten wir so starke Kunsteindrücke, so viel Schönes auf einem Haufen nicht aus«, sagt Jakob. »Hier befinden sich sehr viele bekannte Werke auf engstem Raum.«

»Es wird einem also regelrecht too much?«, frage ich und wische mir mit einer dieser glatten Servietten, die in einer kleinen glänzenden Box auf dem Tisch stehen, den Mund ab. Ich frage mich, ob die Italiener glauben, dass glatte Servietten zu irgendetwas zu gebrauchen sind. Außerdem werfen sie manche einfach auf den Boden. Ich dachte, die Italiener wären piekfein und würden nicht einfach mit benutzten Servietten um sich werfen.

»Das Stendhal-Syndrom äußert sich ganz unterschiedlich, manche drehen völlig ab, andere werden depressiv oder bekommen Panikanfälle. Manche erleben sogar Halluzinationen. Aber noch ist kein Italiener je davon erfasst worden, das finde ich interessant.«

»Und wer ist von den *normalen* Touristen am meisten betroffen?«

»Alleinreisende«, sagt Jakob.

»Danke. Mir ist noch nicht schwindlig«, sage ich. »Aber ich habe auch nicht so viel Ahnung von Kunst. Ich befinde mich vermutlich nicht in der Gefahrenzone.«

»Aber hat dir denn dein Vater nichts über Kunst beigebracht?«

»Ich weiß nur wenig über Kunst, und ob du es glaubst oder nicht, zurzeit weiß ich noch weniger über meinen Vater«, sage ich und lasse die Serviette auf den Boden fallen.

Sein Handy piept. Irgendein Gospellied, das ich kenne. *Oh, When the Saints* ... So die Richtung.

»Tja, ich muss wohl los«, sagt Jakob und wirft einen raschen Blick auf die Uhr, die er nicht trägt.

»Hast du interessante Pläne für den Abend?«, frage ich und merke, dass ich aus irgendeinem Grund die Zehen in meinen unsexy Turnschuhen krümme.

»Tja, ob sie interessant sind ...«, sagt Jakob. »Ich muss nur ein paar Dinge erledigen. Du triffst dich bestimmt mit deinem Vater, oder?«

»Ja. Vielmehr, nein. Vielmehr, ich weiß nicht. Er geht nicht ran, wenn ich ihn anrufe. Er behauptet zwar, dass er hier in Florenz wohnt, aber ich hätte überprüfen sollen, ob das tatsächlich stimmt, bevor ich losgefahren bin. Das Ganze ist etwas unklar. Wenn ich ganz ehrlich sein soll.«

»Hört sich ja ziemlich vage an.«

Ich weiß, dass das nicht so geschickt ist. Aber ich brauche einfach jemanden, der mich bedauert.

»Aber er weiß, dass du kommst?«

»Nein, nicht wirklich, eigentlich.«

»Nicht wirklich, *eigentlich*?«

»Nein.«

Jakob sieht mich an. Nimmt die Zigarette hinterm Ohr in die Hand. Steckt sie wieder zurück.

»Na ja.«

»Wo bekomme ich eine Übersicht über das, was ich mir in dieser Stadt anschauen sollte?«, frage ich mit dem, was ich für eine süße Kleinmädchenstimme halte.

»Ich weiß auch nicht viel mehr als das, was im Reiseführer steht. Darum bin ich hier.«

»Das glaube ich nicht. Ich glaube nicht, dass viele ihren Reiseführer so intensiv lesen.«

Ich hole tief Luft.

»Ich brauche eher einen guten Führer«, sage ich und versuche zu lächeln, glaube aber, dass es eher so aussieht, als hätte ich ein Muskelleiden. »Isst du oft was?«

»Eh … Kommt schon mal vor.«

»Sorry, isst du oft hier, meine ich.« Ich höre, wie ich ein Leicht-verzweifelt-falsches-Mädchenlachen lache.

»Ja.«

Ich bleibe abwartend stehen, weiß aber nicht, worauf ich warte. Doch, ich weiß es. Auf mich. Auf das, was ich in einem Film sagen müsste.

FRIDA (äußerst verlegen): »Es ist das erste Mal, dass ich so direkt danach frage, aber ich würde wollen, dass du mich morgen zum Frühstück einlädst. Dort, wo du wohnst. Und rein praktisch gesehen, muss ich vielleicht auch irgendwo übernachten, habe kein Hotel. Aber meine eigene Zahnbürste dabei.«

»Vielleicht sieht man sich bald mal wieder«, sagt Jakob und steht auf. Er und ich wissen, dass das eine Floskel ist, die man halt so sagt.

»Ciao«, sagt er und legt die Serviette vorsichtig auf den Tisch.

»Ciao«, sage ich.

Er zieht wieder eine Augenbraue hoch. Und geht. Ich bin völlig überrascht, wie leer eine Baguette-Bar sein kann, nachdem ein Junge, der eine Augenbraue hochgezogen hat, gegangen ist. Nein, nicht einfach *irgendein Junge.*

Ich heiße übrigens Jakob.

Ich will das Kindergeld nicht für ein Hotel ausgeben, wenn es nicht absolut notwendig ist.

Ich warte, bis es halb zwölf ist. Um diese Zeit ist der normale Italiener bestimmt im Bett.

Ich gehe am Domplatz vorbei und noch ein Stück weiter. Die Haustür der Via Ricasoli 1 steht immer noch offen. Die Straße ist menschenleer.

Ich stehle mich hinein, gehe die Treppe hinauf und klingele an derselben Tür, keine Reaktion. Vielleicht gehe ich jetzt etwas zu weit, aber ich packe den Mumienschlafsack aus, den schon Mama auf ihren Reisen immer dabei hatte, rolle die Liegeunterlage aus und lege mich in den Hausflur, vor die Tür, die, wenigstens theoretisch gesehen, Papas sein könnte. Wenn er jetzt wirklich versucht sich davonzustehlen, stolpert er wenigstens über mich. Ich tippe mal, dass ich die Nacht nicht besonders tief schlafen werde.

Ich spiele oft Kino, spiele damit, wie es wohl wäre, wenn er doch zu Hause wäre und die Tür aufmachte, wie wir versuchen würden, miteinander zu reden:

PAPA: »So wohne ich, Frida. Hier hat seit einiger Zeit niemand mehr aufgeräumt.«

FRIDA: »Ist schon okay für einen Mann, der allein hier wohnt.«

(Papa gibt vor, die Anspielung nicht zu verstehen.)

PAPA: »Hast du Lust auf eine Pizza? Ein Stück weiter die Straße hinauf ist ein Lokal, das so spät noch auf hat. Dort gibt es köstliche italienische Pizza mit knusprigem Boden. Ganz anders als zu Hause. Sie werden bei viel höherer Temperatur gebacken.«

FRIDA: »Nein, danke. Ich habe gerade ein Baguette gegessen. Ich muss dir übrigens noch was erzählen.«

(Frida erzählt ihm, was seit ihrem letzten Treffen Grausames vorgefallen ist, dass seine einzige Tochter ihr Augenlicht verlieren könnte und dass sie es bisher nicht erzählt hat, weil ihr Vater so extrem schwer zu erreichen ist.)

PAPA (mit ganz ernster Stimme): »Das ist ja sehr, sehr traurig, Frida. Ich hatte wirklich keine Ahnung …«

(Plötzlich klopft es an der Tür. Papa geht los und macht auf. Eine äußerst aufreizende Frau mit goldblonden Haaren kommt herein.)

PAPA (gestresst): »Ja, ich weiß nicht, ob ihr euch schon kennt …?«

FRIDA: »Ich würde Sie gern etwas besser kennenlernen, aber ich muss jetzt leider los.«

Dann fällt mir nichts mehr ein.

Fine. The End. Schluss.

Ich fände es schön, wenn Gott mir jetzt einen Engel schicken würde. Einen richtigen Engel mit Humor, der mir etwas Irdisches und Konkretes erzählt. Und toll wäre auch, wenn die Stiche in meinen Augen nichts Ernstes wären. Bevor ich einschlafe, klappe ich den Briefschlitz in der Tür auf und schaue hinein. Drinnen ist es vollkommen still und dunkel. Es herrscht ein stickiger Geruch nach überreifen Früchten und Zigaretten. Es riecht gut. Ja, das könnte Papas Geruch sein, ein Geruch, der, wie ich mir einbilde, immer da gewesen ist, all die Jahre, als mir der Gedanke noch nicht gekommen war, dass Mama und Papa nicht für immer Mama und Papa in ein und demselben Haus sein könnten; Mama und Papa waren verheiratet und vertrugen sich, die Tage waren herrlich gleichförmig, alles war gut, und ich dachte nicht einmal darüber nach, ob ich ein glückliches Kind war oder nicht. Lange, bevor sie mit den fürchterlichen Streitereien anfingen, die sie im letzten Jahr hatten, Streitereien, die sie mit der Zeit nicht mehr verheimlichen konnten, so dass ich dann oft nach draußen ging. So war es nicht, als ich klein war. Hoffe ich zumindest. Da war alles einmal gut.

SAMSTAG, 19. MÄRZ

»Sveglia! Non puoi stare qui sdraiato!«

Ich wache auf und erlebe einen Albtraum. Die Stiche im Auge sind eine Bagatelle dagegen. Ein Polizist mit roten Streifen an den Hosen steht über mir und redet mit strenger Stimme auf mich ein. Ich verstehe nicht, was er sagt, aber ich verstehe durchaus, dass er mir gegenüber nicht sehr positiv eingestellt ist. Er tritt mich in die Seite. Nicht sehr hart, aber trotzdem. Er *tritt* mich!

Ich bekomme Panik. Kriege fast nicht den Reißverschluss auf. Rot im Gesicht und gehetzt versuche ich aufzustehen. Ich zeige auf die Tür, die theoretisch gesehen zu Papas Wohnung gehören könnte.

»Padre, padre!«, sage ich und zeige auf die Tür. Padre? Woher nehme ich das Wort? Ich hoffe, es bedeutet Vater, nicht dass er glaubt, ich wollte einen Priester sprechen. Auch wenn das vielleicht gar nicht so dumm wäre.

Hinter ihm steht noch jemand. Eine hübsche Frau mit dunkelroten Haaren. Ich habe es gewusst! Ich kann hellsehen. Die aufreizende, goldblonde Frau gibt es wirklich, ich habe mich nur in der Haarfarbe geirrt!

»Passaporto!«

Das verstehe ich. Fühle mich total gestresst, brauche unglaublich lange, um den Pass aus dem Rucksack zu holen.

Der Polizist mit den roten Streifen an der Hose besieht sich lange das blasse Farbfoto, auf dem meine dunklen Haare fast karottenrot aussehen. Die Frau mit den echten roten Haaren betrachtet das Foto über seine Schulter.

»What do-e you-e want-e here?«, fragt sie in erbärmlichem Englisch. »Who are you-e? It's illegal to sleep in private casa.«

»My dad«, sage ich und zeige auf die Tür. »And who are you?«, frage ich.

Sie schüttelt den Kopf, sagt auf Italienisch etwas zu dem Polizisten, macht auf den hochhackigen Stiefeletten kehrt und geht.

Der Polizist packt mich am Arm und führt mich auf die Straße. Er wirft mir ein paar kurze, böse Sätze an den Kopf, die ich nicht verstehe, und sieht mich an, als wäre ich eine Prostituierte. Vielleicht ist er aber auch nur von meiner Haarfarbe enttäuscht, dass ich keine langen hellen Haare habe, wo ich aus Skandinavien komme, es ist verdächtig, dass meine Haare so dunkel sind. Ich werde zu Drogenabhängigen und Bettlern künftig hyperfreundlich sein.

Ich schaue in alle Richtungen, aber die rothaarige Frau ist verschwunden.

Ich fühle mich total abgestempelt. Von einem Polizisten getreten zu werden ist zu viel. Man riskiert in Florenz mehr als nur das Stendhal-Syndrom. Und ehrlich gesagt: Über so kranke Sachen wie das hier zu lügen, ist nicht sehr schlau. Ich kann froh sein, dass ich nicht in der Gummizelle gelandet bin. Aber in letzter Zeit habe ich festgestellt, dass Lügen oft ganz okay ist. Ehrlich sein ist meistens der totale Wahnsinn. Sagt man, dass man heroinabhängig ist oder als Prostituierte arbeitet, wer gibt einem dann einen Job? Oder sagt man einer Freundin, sie soll sich einen anderen Lover suchen?

Camilla hat einen Lover. Even Olsen. Alles war wunderbar getimt und arrangiert. Camilla hat mich gefragt, wie ich ihn finde. Nicht so direkt zwar. Indirekt, wie Mädchen halt so fragen. Oder Jungs. Ich habe gesagt, dass ich Even für einen etwas mädchenhaften Streber halte, der bestimmt mal ein übler Kapitalist werden wird und nur auf Geld aus ist und auf alles, was man mit Geld kaufen kann. Auch wenn er jetzt einen auf schweigsam macht und mit ruhiger Stimme spricht, ist er eigentlich nur ein stahlbürstiger Oberschichtenjunge, der hofft, die Leute würden ihn für einen Philosophen halten, der aber nur so schweigsam ist, weil er nichts zu sagen hat. Das alles habe ich aber nicht so deutlich gesagt. Eher indirekt. Ich weiß eigentlich gar nicht so genau, was ich sagen wollte. Fühlte mich einfach verpflichtet, etwas vorzubringen, da sie schon mal fragte. Eigentlich weiß ich nichts über Even.

Ich hatte nicht die Absicht gehabt, so ehrlich zu sein, dass Camilla mich nicht mehr anruft, das Letzte, was ich wollte, war ein Experiment, ein Experiment soll ja Spaß machen, das hier war nicht lustig und das Ergebnis ziemlich deprimierend. Es ist ja nicht so toll, dass man nicht lange am Stück ehrlich sein kann. Aber nach der Sache mit Camilla habe ich mir vorgenommen zu üben. Und ich denke immer mehr, dass ich es schaffen sollte, alle zwei Wochen eine Minute lang ehrlich zu sein, ich sollte es zumindest versuchen. Ich nenne diese Idee die *Minute der Wahrheit*. Wenn sie ein Hit werden sollte, woran ich so meine Zweifel habe, kommt mir die Ehre zu, sie erfunden zu haben: Frida Riis – die Erfinderin der Minute der Wahrheit. Es ist eine einfache Erfindung: Einmal alle zwei Wochen ehrlich sein, maximal eine Minute am Stück. Bei etwas, das einem wichtig ist. Wichtig und wahr. Nicht eine Sekunde länger. Das Ganze hat nichts Moralisches, man kann gern jemanden beschimpfen, wenn es einem wichtig ist. Man kann durchaus nicht ganz so nette, aber ehrliche Absichten haben. Zum Beispiel den Lehrer beschimpfen, wenn er ein totaler Idiot ist. Man könnte vielleicht einwenden, dass man bei der *Ausführung* der Minute der Wahrheit niemanden kränken oder etwas Unvorteilhaftes sagen sollte, das anderen schaden kann. Aber das geht nicht. Dann bleibt es bei derselben Lügerei wie immer. Der Punkt ist ja gerade, dass man probiert, eine einzige Minute lang ehrlich zu sein. Koste es, was es wolle, wie es so optimistisch heißt. Man kann sich aussuchen, wo und wann man sie praktiziert, aber wenn das Ganze einen Sinn haben soll, dann muss man es alle zwei Wochen machen. Wenn man es über sich bringt: Es gibt kein Diplom, kein T-Shirt mit Schlagwort auf der Brust, keinen Club, dem man beitreten könnte, kein Fernsehprogramm zum Anschauen oder Mitmachen. Es verschafft einem weder Freunde noch Fans. Ich weiß offen gestanden nicht, was man dafür bekommt. Ob man sich selbst danach ein bisschen näher ist? Eine Minute der Wahrheit alle zwei Wochen reicht jedenfalls. Denn jedes Mal, wenn ich meine Minute der Wahrheit praktiziert habe, brauche ich zwei Wochen, um wiedergutzumachen, was ich in *einer* ehrlichen Minute angerichtet habe. Ehrlichkeit kann auch in winzigen Dosen schon ziemlich problematisch sein. Wenn man auch nur eine klitzekleine Kleinigkeit ausspricht, wird sie oft zu etwas Großem: ein Kieselstein, der Orkanwellen auslöst, ein Tropfen Blausäure im Trinkwasser. Ich sage zu Mama wie zu Papa, dass die Wahrheit nun mal die Wahrheit ist. Mama behauptet, es gebe einen Unterschied zwischen der erbarmungslosen Wahrheit und der eigentlichen Wahrheit. Das hört sich klug an. Aber worin besteht eigentlich der Unterschied?

Camilla meint natürlich, ich sei nur neidisch, weil ich keinen Lover habe. Auf der Klassenfahrt in der Zehnten hat Camilla auf dem Tisch eine Tüte mit verschiedenen Kondomen ausgeleert. Es saß ein Lehrer dabei. Das war natürlich der Grund dafür, dass sie es getan hat. *Blackjack ist am besten*, behauptete Camilla. Die anderen machten einfach nur die Tüte auf und holten ein Päckchen nach dem anderen heraus. Sie grinsten und lachten dabei, aber es war eigentlich nicht so eine tolle Sache. Sogar der Lehrer hat gegrinst. Ich war die Einzige, die nicht mitgelacht hat. Ich bin nicht aufgesprungen und nach draußen gestürzt, aber Camilla hat durchaus gesehen, dass ich mich etwas unwohl gefühlt habe. Manchmal habe ich das Gefühl, wir spielen, dass wir tatsächlich in einem Jugendfilm mitmachen. Keine Ahnung. Ich habe nicht das Gefühl, dass ich so bin, wie Jugendliche sein sollten. Ich denke zu viel, analysiere ständig und werde es vermutlich auch machen, wenn ich mit jemandem schlafen sollte. *Dein Sexleben ist genauso geheim wie die Goldbarren im Fort Knox*, hat Camilla hinterher gesagt. Das sitzt noch tief. Weil es stimmt. Wäre ich die Hauptfigur in einem Jugendfilm, hätte ich massenhaft Freundinnen, die unternehmungslustig wären und mich bedrängten, damit ich einen Typen abkriege, und dann gäbe es einen Riesenrummel, aber ich würde zumindest auf Männer wirken, hübsche Jungs wären an mir interessiert, und nach vielen Verwicklungen würde es am Ende gut ausgehen und ich würde einen sympathischen Freund finden, der mein Leben zum Strahlen bringen würde.

Es ist nicht nur so, dass ich kein Sexleben habe. Ich habe auch kein Liebesleben. Und ich rede auch nicht gern darüber. Partykiller-Frida. Ich will auch nichts über das Liebesleben der anderen hören. Ich finde es peinlich, wie damals, als Papa einen ziemlich harmlosen derben Witz erzählt hat. Nicht, weil ich Papa widerlich oder schweinisch fand, ich mag es einfach nicht. Dieses Jahr fühle ich mich besonders allein. Das Problem ist, dass ich völlig anders bin als die anderen. Das behaupten alle von sich, oder sie wollen es zumindest sein, aber ich glaube, dass ich mich tatsächlich verlorener fühle als die meisten anderen.

Ich räume meine Sachen ordentlich in den Rucksack und laufe eine Stunde durch die Stadt, gehe schließlich wieder zum Bahnhof und esse Chicken McNuggets zum Frühstück. Florenz hat mich getreten, außerdem ist die Stadt dabei, mich unter Leistungsdruck zu setzen. Was zählt hier eigentlich? Die Kunst und die alten Gebäude? Einige Bilder gefallen mir, aber ich *verstehe* nichts von Kunst. Wie diese mathematischen Nüsse oder IQ-Tests. Und Jakob. Ist er auch einer dieser Mathenuss-Typen? Zu seinen schönen Augen hat er auch noch schöne Hände. Nichts ist so sexy wie Hände. Aber er ist ziemlich schnell verschwunden, fand mich wohl nicht so aufregend.

Ich will nach Hause. Es kann nicht sein, dass man allein in Florenz hockt und bei McDonald's frühstückt.

Ich stehe auf, weiß, dass ich den ganzen Weg bis zum Domplatz gehen, mich dort hinsetzen und einfach nur ein klitzekleines bisschen auf jemanden in der Stadt warten werde. Plötzlich weiß ich, wie kläglich mein Leben ist, im Moment hängt alles an einem einzigen Satz, den Jakob von sich gegeben hat: *Ich bin hier schon ein paarmal vorbeigekommen.*

Ich setze mich auf die Treppe. Sitze einfach nur da. Mit steifem Rücken. Tausendmillionen Menschen, die filmen und fotografieren, aber keinen Bock haben, sich die Originale der Paradiestür anzuschauen. Ich bin einer von ihnen. Ich schicke Gott ein Gebet. Sitze einfach nur rum. Gott hat reichlich Zeit zu antworten. Er ist ja … ewig.

Die Paradiestür ist wirklich schön. Ich frage mich, ob *ich* mir jemals Ghibertis Originale anschauen werde. Bestimmt nicht. Ich bleibe vielleicht zwei Stunden auf der Domtreppe sitzen. Nichts ist so ätzend wie warten, mein armes Herz wird von der Uhr in die Mangel genommen.

Als er endlich kommt, ist es kurz vorm Abkratzen.

Ich wusste nicht, dass es so schlimm um mich stand.

Meine kranken Augen haben sich nicht geirrt.

Er hat dieselben hilflos nackten Hände wie gestern.

»Sitzt du einfach nur sinnlos hier rum und nimmst Drogen?«, fragt Jakob.

»Ja«, sage ich.

»Ich bin von der Polizei vermöbelt worden«, sage ich und hoffe, dass es ihn beeindruckt. »Ein Polizist hat mich in die Seite getreten.«

»Wirklich?«

»Ja.«

»Warum?«

Er sieht ein bisschen beeindruckt aus. *Ein bisschen.*

»Weil ich irgendwo geschlafen habe, wo ich nicht schlafen durfte. Es war meine Schuld. Aber er hätte mich nicht zu treten brauchen.«

»Jetzt hast du mein Bild von Italien als dem touristenfreundlichsten Land der Welt zerstört. Wer wird denn ein Mädchen wie dich treten?«

»Der böse italienische Polizist mit roten Streifen an der Hose.«

»Wo hast du denn geschlafen?«

»Im Bahnhof. Aber es war auch ein bisschen meine Schuld. Es ist nicht so schlau, Drogen zu nehmen.«

»Ich hätte nicht gedacht, dass du so drauf bist.«

»Die grausameren Sachen erzähle ich dir ein andermal«, sage ich und streiche meinen Pony auf eine Weise weg, die er hoffentlich ganz mädchenhaft süß findet.

»Es muss ein ziemliches Mathegenie gewesen sein, der das hier gebaut hat«, sage ich und nicke in die Luft, während mein Herz hysterisch versucht, sich wieder auf seinen normalen Rhythmus einzustellen.

Es dauert ein paar Sekunden, bis er mich anschaut, und noch etwas länger, bis er kapiert, dass ich die Domkuppel meine.

»Ja, ein totales Mathegenie. Brunelleschi hat sie entworfen. Ich bin so schlecht in Mathe, dass ich nie nie, auch wenn mein Leben bedroht wäre, so etwas berechnen könnte. Viele haben sich damit abgemüht, eine Lösung für die Konstruktion zu finden. Sie wollten nämlich eine Kuppel mit einem Durchmesser von ganzen 45 Metern und einer Höhe von nahezu 100 Metern bauen. Das erste Problem war, Gerüste aufzustellen, die hoch genug waren, sie hatten sogar überlegt, den ganzen Kirchenraum in der Mitte mit einem riesigen Erdhaufen zu füllen, in dem sie Münzen verstecken wollten, damit Kinder und arme Leute die Erde hinterher wieder hinaustrugen, wofür sie die Münzen behalten durften, die sie zufällig fanden.«

»Es hat damals schon solche schmierigen Geschäftsleute gegeben?«

»Ja. Und viele von ihnen waren hier in Florenz. Das meiste, was sie bauten, war natürlich auch damals schon ein Sieh-mich-an-ich-bin-das-größte-aller-Bauwerke-Gebäude, auch wenn es offiziell zu Ehren Gottes errichtet wurde. Das gilt auch für diese Kuppel. Der Künstler und Architekt Brunelleschi hat die Lösung gefunden, indem er zwei Kuppeln übereinander gebaut und haufenweise andere schlaue Sachen gemacht hat, ich will dich nicht mit den Details langweilen. Aber siehst du, ich unterhalte mich seit zehn Minuten mit dir und habe schon einen Vortrag gehalten. Du hast deinen Vater gestern also nicht getroffen?«

»Nein.«

Ich muss wohl etwas mehr sagen.

»Papa hat immer wieder über Projekte gesprochen, die er gern verwirklichen würde. Dass er zu wenig Geld verdient, dass in seinem Leben zu wenig passiert. Er wohnt jetzt bei einem früheren Klassenkameraden, Ruben, der eine total schicke Visitenkarte hat. Als Papa das letzte Mal von ihm gesprochen hat, wollte er ein Restaurant eröffnen, *Hands On* nannte er es. Ein Restaurant, in dem man mit den Händen essen musste, es durfte keinerlei Messer, Gabeln oder Löffel geben. Er hatte die Idee aus Köln mitgebracht, wo es ein Restaurant gab, das *Unsicht-Bar* hieß und von Blinden betrieben wurde. Darin war es stockduster, man konnte also auch nicht sehen, was man aß, man musste mit anderen zusammensitzen und sich vortasten. Wollte man aufs Klo, musste man Bescheid sagen, dann wurde einem vom Kellner geholfen. Der selbstverständlich blind war. Es war also nicht so schlimm. Ich weiß nicht, ob die Kellner die Gäste bis aufs Klo begleitet haben. Beliebt war das Restaurant trotzdem.«

»Ich glaube, ich weiß, wer Ruben ist«, sagt Jakob.

»Papa und Mama waren einmal hier in Florenz, es gibt ein Foto von uns vor einem Turm, aber ich weiß nicht, wo er steht. Moment mal.«

Ich hole das Bild aus meinem Geldbeutel.

»Auch wenn ich dich im Bauch nicht sehen kann, warst du als Kind anscheinend richtig süß«, sagt Jakob und betrachtet das Bild.

»Der Turm ist leicht zu erkennen. Giottos Campanile, der Glockenturm des Doms. Er hat ihn … ja … ca. 1334 entworfen, aber der Turm war erst 22 Jahre nach seinem Tod fertig.«

»Wo steht er?«, frage ich.

»Direkt neben der Kirche, vor der Kapelle mit Ghibertis Tür.«

»Unglaublich«, sage ich. »Ich habe ihn nicht gesehen.«

»Es passiert schnell mal, dass man Sachen nicht erkennt, wenn man sie in der Realität sieht. Das Foto ist vom Boden aus aufgenommen mit Blick nach oben.«

»Dann bin ich ja froh«, sage ich. »Ich bilde mir ein, dass wir damals alle drei glücklich waren.«

»Wie schön.«

»Ich wünsche mir nur, dass er zurückkommt, dass er bloß etwas erledigen muss, was vorbeigeht, wie eine heftige Grippe. Mama behauptet, Ruben sei ein Schönredner, ohne dass ich genau weiß, was sie damit meint. Ein bisschen weiß ich es aber vielleicht doch. Ruben hat eine eigene Homepage für seine

Firma, EWYL – Enjoy While You Live, hört sich an, wie ein schmieriges Handyangebot für Jugendliche.«

»Ewylewylewylewylewyl – wenn man es schnell hintereinander aufsagt, wird es zu *evil*«, sagt Jakob.

»Ja, und als ich Papa ausführlicher über die Unsicht-Bar ausgefragt habe, hat er erzählt, dass manche von den sehenden Gästen es nicht ertragen konnten, völlig blind zu sein und absolut nichts zu sehen. Sie bekamen während der Mahlzeit Panik, Klaustrophobie, hatten das Gefühl, nie mehr nach draußen zu finden, sie hätten beinahe die Wände eingerissen, wollten so schnell wie irgend möglich nach draußen.«

»Kannst du ihn denn nicht telefonisch erreichen?«

»Nein. Er geht nicht ran. Und ich habe schon eine ganze Nacht vor seiner mutmaßlichen Tür gelegen.«

»Hast du nicht im Bahnhof übernachtet?« Jakob sieht mich an.

»Doch, auch. Anschließend. Dort kam dann die Polizei.«

Ich glaube nicht, dass ich sehr rot geworden bin.

»Und was machst du jetzt?«

»Ich weiß es nicht. Keine Ahnung. Hast du einen Tipp?«

Jakob holt die Zigarette hinterm Ohr hervor und zündet sie an. Er atmet den Rauch nicht richtig ein. Ich habe noch nie gesehen, dass er es macht. Ich habe ihn im Verdacht, auf einigen Gebieten Anfänger zu sein, beim Inhalieren ist er es in jedem Fall.

Er zuckt mit den Schultern.

»Keine Ahnung. Zur Polizei gehen vielleicht?«

»Ich glaube nicht, dass ich ihn dort antreffe«, sage ich. »Und Bekanntschaft mit der Polizei habe ich ja schon gemacht.«

»Du solltest einbrechen. Nachschauen, ob du einen Hinweis darauf findest, wohin er verreist ist.«

»Würdest du mir dabei helfen?«

Sein Handy piept, er hat eine SMS bekommen.

»Sein Schloss aufzubrechen und so?«

»Ja.«

Jakob starrt auf das Display, sieht entweder ein winziges bisschen enttäuscht aus oder verdächtig ausdruckslos, oder vielleicht sogar ein bisschen froh. Oder nur ganz normal. Schwer zu sagen. Die SMS kann gut und gerne von einem Kumpel sein. Oder von seiner Freundin. Oder von seiner Mutter. Oder von seinem Vater. Oder, ja … von seiner Freundin.

»Sind deine Eltern so ganz offiziell geschieden?«, fragt er, als das Handy zurück in seine Hosentasche gefunden hat.

»Ich weiß nicht. Nicht offiziell, glaube ich.«

Ich denke noch einmal daran, wie absurd es ist, dass ich das sage. Ich habe uns immer als stabile Familie gesehen.

»Was würdest du als Kunstguru mir empfehlen? Was sollte ich mir in der Geburtsstadt der westlichen Kunstgeschichte anschauen? Ich brauche etwas Guiding.«

Ich versuche, mich zusammenzunehmen und wie immer auszusehen, aber kranken und einsamen Leuten wie mir fällt das nicht leicht.

»Bist du sozusagen auf der Grand Tour?«, fragt er.

Jakob sieht mich an und holt eine Schachtel Zigaretten aus dem Rucksack. Gott sei Dank habe ich meine Brille.

»Was ist die Grand Tour?«, frage ich. Ich hasse es, zugeben zu müssen, dass ich Fragen zu ganz nahe liegenden Sachen nicht beantworten kann.

»Zur Grand Tour sind junge Menschen im 17. und 18. Jahrhundert aufgebrochen, haben eine Rundreise durch Europa gemacht, vor allem durch Italien und gerne mit eigenem Diener, sie haben sich angeschaut, was damals schon klassische Kunst war. Es gibt eine Karikatur von einem Sohn, der als affektierter Schnösel zu seinem Vater zurückkehrte, mit einem winzigen Hut auf einer irre großen Perücke. Der Vater hat einen mittelschweren Schock bekommen.«

»Könntest du dir vorstellen, die Rolle als Guide und Diener zu übernehmen?«

Ich versuche, zuckersüß zu lächeln und dabei obercool auszusehen, weiß aber nicht, ob mir die Kombination gelingt.

Jakob spielt an seiner Zigarettenschachtel herum.

»Ich bin gerade dabei, eine längere Artikelserie über Kunst für Jugendliche zu schreiben, nur ein paar kurze Artikel, eine Einführung light. Für eine christliche Zeitschrift, ein Magazin. Papa kennt dort einen Typen, der mich gefragt hat, ob ich das machen würde. Sie finanzieren jedenfalls mein Interrail-Ticket.«

Er lächelt. Verlegen.

»Machst du Witze? Ist das *dein* Projekt?«

»Nein.«

»Wie kommst du denn dazu, über Kunst zu schreiben?«

»Das ist eine lange Geschichte.«

»Ich mag lange Geschichten gern.«

»Weil diejenigen in meiner Umgebung wissen, dass ich viel drinnen sitze und alles Mögliche über Kunst lese, bin ich gefragt worden, ob ich Bilder von Jesus durch die ganze Kunstgeschichte vorstellen könnte, eine Artikelserie für eine, nun ja, christliche Zeitschrift. Sie hat einen komischen Namen: *Kriegsruf*, du hast sie wahrscheinlich schon gesehen, die Leute von der Heilsarmee verkaufen sie auf der Straße.«

»Ich weiß. Ich habe immer ein bisschen ein schlechtes Gewissen, wenn ich ihnen keine abkaufe.«

»Das musst du in Zukunft schon tun, jetzt, wo du einen ihrer vielversprechenden Autoren kennst. Sie haben mich jedenfalls gefragt, und ich dachte, so kann ich ein bisschen zeigen, was ich kann, also habe ich ja gesagt. Zu irgendetwas müssen all die Tage, die ich lesend in meinem Zimmer verbracht habe, ja gut sein.«

»Jesus durch die gesamte Kunstgeschichte ist bestimmt keine schlechte Idee für eine christliche Zeitschrift«, sage ich.

»Wahrscheinlich nicht, nein.«

Jakob sieht etwas verlegen aus.

»Ich meine das nicht ironisch«, sage ich.

»Viele Leute haben irgendwie Sympathien für die Heilsarmee, aber ich weiß nicht, ob sie verstehen, woran die Leute von der Heilsarmee glauben. Manchmal denke ich, sie sehen in ihr nur eine komische, aber wenigstens nette Sekte, die Leuten hilft, denen es schlecht geht, eine Versammlung von realitätsfremden Gutmenschen, die komischerweise in Uniform herumlaufen. *Kriegsruf* ist vielleicht auch kein besonders geschickter Name für eine Zeitschrift.«

»Und jetzt schreibst du also über Jesus?«

»Ich fand es eine gute Idee, über ein Motiv zu schreiben, das sich durch die ganze Kunstgeschichte zieht. Ich bin nach Hause gegangen und habe in verschiedenen Büchern nachgeschaut. Dann in der Bibliothek. Im Netz. Ich habe unendlich viel gefunden. Fast alle großen Maler haben irgendwann Jesus am Kreuz gemalt.«

»Glaubst du, Gott gefällt es, wenn Jesus auf so viele Arten dargestellt wird?«, frage ich. »Ist es nicht wichtig, dass er immer der Gleiche ist, wie in der Religion?«

»Tja, darüber lässt sich ziemlich viel sagen. Wenn es Gott gibt, dann mag er Variation und Freiheit. Der Teufel liebt Militärparaden und massenproduzierten Kitsch.«

»Erzähl mir mehr. Ich finde das todspannend«, sage ich und beiße mir auf die Lippen. *Todspannend.* Ein völlig deplatziertes Wort, wenn man von Jesus am Kreuz spricht.

»Am ersten Ort, zu dem ich will, gibt es vier Bilder. Der Start ist also ziemlich heavy.«

»Nicht schlecht. Sind eigentlich alle Perioden in Jesus-Bildern vertreten?«

»So ziemlich.«

»Wie teilt man die Kunstgeschichte eigentlich ein? Beginnt man bei … Ägypten?«

Jakob will sich gerade eine Zigarette anzünden, legt sie aber wieder weg.

»Der Teil der westlichen Kunstgeschichte, über die ich schreibe, ist nicht so alt. Und als Jesus gekreuzigt wurde, war die Blütezeit in Ägypten schon vorbei. Aber über so was zu reden, kostet Zeit, bist du sicher, dass du das hören willst?«

»Angeber. Klar, will ich das hören. Du hast doch Geld für dein Projekt bekommen, solltest du da das Ganze nicht erst an jemandem ausprobieren, sozusagen einen Schnelldurchlauf machen? Ich bin schließlich eine typische … Jugendliche, die einen … Artikel für Jugendliche lesen könnte.«

»Es kann schon ziemlich ausarten, jedenfalls, wenn man es mündlich macht.«

»Du kannst mir die Regenbogenpresse-Fassung servieren. Ich bin das Versuchskaninchen.«

»Das ist vielleicht gar nicht so dumm«

»Es ist sogar ziemlich schlau«, sage ich.

Jakob sieht mich an und zündet die Zigarette an.

»Lass es dir durch den Kopf gehen«, sage ich. »Zuerst musst du die Namen der verschiedenen Perioden aufzählen. Wenn du nicht bei den alten Pharaonen anfängst, wo dann? Von welchem Jahr sprechen wir?«

»Dreizehnhundert. Oder etwas früher.«

»Okay. Welches sind die zehn wichtigsten?«

»Die wichtigsten was?«

»Die zehn wichtigsten Perioden. Ich glaube fest daran, dass

man fast alles durch zehn teilen kann«, sage ich und lächele, nehme beide Hände hoch und spreize die Finger.

»Genau wie Ghiberti.«

»Wie das Programmkomitee«, sagt Jakob.

»Ja, verlier du dich nur in den Details.«

Jakob lächelt.

»Ich habe mich noch nicht entschieden, wie ich darüber schreiben werde. Die Kunstgeschichte ist ja kein siebenhundertjähriger Staffellauf, bei dem ein Maler aus dem Mittelalter den Pinsel an einen Maler weitergibt, der die Renaissance einleitet. Und die alten Künstler haben auch nicht hübsch pädagogisch erklärt, wer sie zur jeweiligen Zeit waren. Bisher reise ich nur herum und sehe mir die Bilder an, die ich ausgewählt habe.«

»Okay«, sage ich. Jakob muss das bestimmt sagen, um sich abzusichern. »Aber *du* bist doch sehr pädagogisch.«

Er holt tief Luft.

»Viele verschiedene Richtungen haben zur selben Zeit nebeneinander existiert, die verschiedenen Kunstgeschichtler und sonstigen Gurus sind sich im Grunde eigentlich gar nicht so uneinig, aber sie verwenden verschiedene … jetzt hast du bestimmt schon die Nase voll.«

»Nein, nein«, sage ich. »Ich glaube zwar nicht, dass es so einfach ist, aber ich bin dabei. Du musst dir allerdings den einen oder anderen Kniff einfallen lassen. Wie wäre es, wenn du mir alles erklären würdest, als wäre ich vom Hals aufwärts gelähmt? Wenn du mir innerhalb von einer Minute einen Schnelldurchlauf bieten müsstest, wie würdest du vorgehen?«

»Ich weiß nicht, ob das überhaupt geht. Intellektuell gesehen ist das … Selbstmord.«

»Ja, es ist bestimmt nicht ganz ohne. Aber kannst du es nicht trotzdem versuchen? Eine Minute. Denk dran: Du schreibst für Leute, die vermutlich nicht viel schlauer sind als ich.«

Jakob lächelt. Er hat auch noch schöne Zähne.

»Eine Minute«, sage ich.

Jakob holt tief Luft.

»Okay, das Ganze fing im späten Mittelalter an, genau hier sogar.«

»Dreizehnhundert?«

»Etwas früher. Der byzantinische, später dann der gotische Stil herrschten vor …«

»Hier in Florenz?«

»Ja.«

»Was für ein Glück, dass wir hier sind«, sage ich und schließe die Augen. »Ich spüre die guten Vibes einer Geschichte.«

Auch bei geschlossenen Augen merke ich, wie Jakob mich anschaut. Es tut übrigens richtig gut, die Augen geschlossen zu haben. Und das ist vielleicht kein so gutes Zeichen.

»Ich meine es ernst«, sage ich. »Im späten Mittelalter herrschte also der gotische Stil vor, und dann kam …«

»Die Frührenaissance. Die Hochrenaissance. Die Spätrenaissance und der Manierismus. Aber das …«

»Du hast nur eine Minute. Nach dem Manierismus …?«

»Das Barock und das Rokoko, aber …«

»Noch vierzig Sekunden!«

»Ja, dann kamen wohl der Klassizismus und die Romantik, der Realismus, der Impressionismus …«

»Und …«

»Ja … Der Postimpressionismus, der aus dem Symbolismus und dem Expressionismus besteht, das ist allerdings sehr vereinfacht ausgedrückt … dann … Die Einteilung ist also ziemlich grob …«

»Und nach dem Postimpressionismus kam …«

»Der Kubismus, der Futurismus, die Abstraktion, der Konstruktivismus, das Bauhaus, der Dadaismus und der Surrealismus … und dann … dann kam der Zweite Weltkrieg, und danach wird das Ganze kompliziert. Wenn wir uns unserer Zeit nähern, kommt es zu einem Wirrwarr aus großen und kleinen Strömungen …«

»Aha«, sage ich. »Nenn mir ein paar Beispiele für diesen Wirrwarr, du hast noch etwa sieben Sekunden.«

»Der Dadaismus geht in den Surrealismus über, nein, das habe ich schon gesagt, also in die nichtfigurative Kunst, die später zum abstrakten Expressionismus, Minimalismus, Tachismus, der metaphysischen Malerei, der Pop-Art wird, aber man kann vermutlich nicht von irgendeiner Hauptrichtung sprechen, jetzt läuft alles in verschiedene Richtungen, manche betreiben zum Beispiel figurative europäische Malerei, die ihr Ideal im Altertum sucht, die letzten hundert Jahre lassen sich nicht so leicht fassen, auch weil wir sie nicht mit Abstand sehen können, es gibt keine Hauptströmung mehr, sie alle haben sich ins Meer ergossen, aber man kann Nebenflüsse erkennen. Kunst ist auch nicht nur Malerei und Bildhauerei, das ist schon lange nicht mehr so, manche behaupten sogar, die Malerei sei tot.«

»Okay«, sage ich. »Du hast die Minute überschritten. Schon lange. Macht aber nichts. So schlimm war es doch gar nicht, oder?«

Jakob schaut die Zigarette an.

»Ich finde Kunstgeschichte schwierig«, sagt er. »Erst im 19. Jahrhundert ist die Kunstgeschichte zu einem Studienfach geworden, Kunst landete im Museum und wurde systematisiert. Davor war Kunst einfach da, als Altarbild oder Dekor, als Skulptur oder Gemälde. Und dann kamen natürlich auch die Kunstkritiker mit ihrer Kunstkritik. Und dann wurde es für die Leute ziemlich schwierig.«

»Nur für solche wie mich. Du bist ein Wunderkind. Aber wenn du mir das Ganze erklären willst, musst du das, was du eben gesagt hast, noch mal auf sechs bis acht Hauptperioden reduzieren.«

»Machst du Witze?«

»Nein. Vergiss nicht, dass du zu Jugendlichen sprichst. Jugendliche wissen sehr wenig, sie können nur mit Mühe und Not Drogen über das Internet bestellen.«

»Ja, das stimmt«, sagt Jakob und drückt die Zigarette aus. Er hat nicht ein einziges Mal daran gezogen.

»Tja. Es gibt einige, die von acht bis zehn Hauptperioden sprechen.«

»Das ist gut so. Und diese wären?«

Jakob holt noch einmal tief Luft. »Die gotische Kunst, die italienische Renaissance, die nordische Renaissance, Barock und Rokoko, Klassizismus und Romantik, Impressionismus und Postimpressionismus, und der ganze Rest nennt sich Malerei des zwanzigsten Jahrhunderts.«

»And that's it?«, frage ich. »Das hat nur zwölf Sekunden gedauert.«

Mir wird plötzlich ganz flau.

»Ja. Und übrigens: Ich habe Hunger.«

»Als Nächstes musst du dir dann eine Art Hitparade überlegen«, sage ich, »damit ich nicht vergesse, wer wer ist. Und dann musst du mir erzählen, womit sich die jeweiligen Künstler beschäftigt haben, wessen Fan sie waren, eine kurze Biografie, ob sie einen Lover oder eine Geliebte hatten, den üblichen Promi-Klatsch halt.«

»Promi-Klatsch?« Jakob sieht müde aus. Ich hoffe nicht, dass ich ihm auf die Nerven gehe. »Ich kriege einen Bärenhunger, wenn ich über Kunst rede. Lass uns das erstbeste Lokal nehmen, in dem es was zu essen gibt.«

»Vielleicht nicht gerade McDonald's?«, frage ich. »Ich gehe eigentlich nicht so oft essen. Ich merke aber, dass ich Lust habe, erwachsen zu werden.«

Jakob glaubt bestimmt, ich meine das ironisch. Die Wahrheit ist, dass mir einfach nur ganz flau ist. Und dass ich überhaupt keinen Hunger habe.

Endlich überquere auch ich den berühmten Ponte Vecchio, und ja, er ist schön. Voller Verkaufsbuden, er ist ebenso sehr ein Gebäude wie eine Brücke, ich kann verstehen, dass er berühmt ist.

Jakob läuft etwas gebeugt, zieht die Beine ein wenig nach, seine Schuhe gleiten über den Boden, ohne sich besonders von ihm zu lösen.

Auf der anderen Seite des Arno setzen wir uns in ein Restaurant und essen etwas, was ich ziemlich bald im Verdacht habe, eine mikrowellenerhitzte Lasagne zu sein. In Italien. Nicht zu fassen.

»Wonach suchst du die Maler aus?«, frage ich und hoffe, dass er nicht glaubt, ich würde ihn nur fragen, um das Gespräch am Laufen zu halten.

»Es gibt zigtausend Maler, und von den meisten hat man nie auch nur gehört. Viele waren in ihrer eigenen Zeit bekannt, viele nicht einmal das. Die Maler, die ich aufgenommen habe, sind nicht nur Vertreter irgendeiner Richtung oder eines -ismus, man wird ja nicht von irgendwem als Kubist angestellt, die Besten repräsentieren eine eigene Richtung, wie Michelangelo oder Picasso oder Chagall … ja, es gibt viele. Die Großen sind so groß, dass sie in kein Schema passen, sie sprengen gewissermaßen alle Rahmen. Und ich habe nur die Supermaler ausgewählt.«

Endlich kann ich Jakob über längere Zeit aus nächster Nähe in Augenschein nehmen. Er ist vielleicht ein Jahr älter als ich, oder auch zwei, geht in die letzte Klasse auf dem Gymnasium oder ist mit der Schule fertig. Er ist nicht zu groß und nicht zu klein, hat fünf Sommersprossen und ziemlich dunkle Haare, ziemlich braune Haut, einen etwas groß geratenen Adamsapfel, eher schmale Schultern, aber sie passen zum Rest, einem dünnen, fast hageren Körper. Er ist vermutlich in einer Akademikerfamilie aufgewachsen, der Vater ist Kunstprofessor und hat Jakob und seine Geschwister mit in Kunstmuseen auf der ganzen Welt geschleppt.

Und wo war ich? Ich, die ich nicht einmal sicher weiß, welches zurzeit die schickste Sonnenbrillenmarke ist. Ich muss zugeben, dass ich darüber nachdenke, was ich sagen soll, damit er mehr erzählt. Ich muss es unbedingt vermeiden, völlig abwegige Fragen zu stellen.

»Und dann hast du also Geld bekommen, um hierher zu fahren und zu schreiben? Wie ein echter Schreibprofi?«

»So in etwa. Ich hatte eigentlich gedacht, dass es damit getan wäre, den Text zu schreiben, aber dann hatte ich plötzlich die Idee, herumzureisen und mir wenigstens ein paar der Bilder live anzuschauen. Es gibt so viel zu berücksichtigen. Eigentlich ist es schwierig, die Kunstgeschichte einzuteilen. Perioden überlappen sich, und die Dinge waren in ihrer Zeit nicht so eindeutig, wie sie hinterher in Büchern wirken. Außerdem hat jeder Autor seine Lieblingsperioden. Es ist alles ziemlich schwierig.«

»Über wie viele Bilder willst du schreiben?«

»Nicht so viele, ich will ja nur die zentralen Punkte der westlichen Kunstgeschichte behandeln.«

»Verstehe. Und wie viele Bilder sind das dann?«

»Dreiunddreißig Kreuzigungsszenen.«

»Ganz schön viele.«

»Finde ich nicht.«

»Warum ausgerechnet dreiunddreißig?«

»Tja, drei ist eine heilige Zahl, Jesus war dreiunddreißig, als er starb, und irgendwo muss ich den Schlusspunkt setzen.«

»Schaffst du die jetzt alle über Ostern?«

»Nein. Das ist das Problem, es gibt kein Museum, in dem alle Bilder hängen, auch keine Stadt. Nicht einmal Florenz. Die Bilder sind überall verteilt. Und einige hängen auch in Museen oder Sammlungen in den USA. Deshalb habe ich versucht, mich auf Europa zu beschränken.«

»Fährst du denn dann weiter?«

»Die ersten fünf sind hier in Florenz. Die will ich mir auf alle Fälle anschauen.«

»Hört sich toll an«, sage ich.

»Ja«, sagt Jakob.

Ich halte die Luft an. Das passt ja fast zu gut. Vielleicht hat mich Gott doch gehört? Vielleicht ist Jakob die *Antwort auf ein Gebet*, wie es in Mamas Freikirche heißt. Jetzt muss ich, FRIDA, sagen:

FRIDA: »Ich brauche unbedingt eine schnelle Einführung in die Kunstgeschichte, muss das Schönste sehen, was Menschen erschaffen haben.«

(Sie beugt sich vor und sieht Jakob tief in die Augen.) »Es klingt bestimmt wie ein billiger Trick, aber vielleicht sitze ich bald im Dunkeln und lerne die Blindenschrift, lese solche Fass-mich-an-Bücher, laufe mit einem weißen Stock durch die Gegend, bekomme einen Blindenhund, werde von fremden Menschen, die mich kennenlernen wollen, im Gesicht abgetastet, keine Ahnung. Nimm mich mit auf die Grand Tour!«

JAKOB (sieht überglücklich aus, weil Frida ihn endlich fragt, darauf hat er gewartet, seit er sie bei McDonald's kennengelernt hat): »Ja, komm mit! Lass mich dein Guide sein!«

(Fade to black.)

Aber ich habe nicht den Mumm, ihn noch direkter zu fragen, als ich es schon getan habe. Deshalb sage ich nichts mehr, schon gar nicht jetzt, wo er sich zu mir vorbeugt, um das Feuerzeug in seiner Jacke zu suchen, die er neben mich gelegt hat. Das Kunstfeuerzeug. Die einsame blaue Figur. Ich ahne auch jetzt noch nicht, wer das Bild gemalt haben könnte. Wenn ich es herausfinde, ohne Jakob zu fragen, habe ich auf dieser Tour einiges über Kunst gelernt, überlege ich.

Aber im Moment genieße ich nur, wie gut er duftet.

Sein Handy piept.

»Ich muss los«, sagt er, nachdem er die SMS gelesen hat. »Ich lasse fünfzehn Euro da. Das sollte reichen.«

»Ja«, sage ich. »Das reicht.« Die Plastiklasagne kostet elf Euro. Aber ich will nur noch sterben.

»Trinkgeld«, sagt Jakob. »Ciao.« Mehr sagt er nicht. Er steht auf und geht in Richtung Ponte Vecchio. Ich bleibe sitzen. Ich hasse es, sitzen zu bleiben, muss aber warten, bis der Kellner mit der Rechnung kommt. Ich bin schließlich kein Dieb.

Es muss jemand relativ Wichtiges sein, der ihm ständig SMS schickt. Vielleicht reagiert er aber auch nur schneller panisch auf Mädchen als ich. Ich kann ihn nicht einmal mehr fragen, ob er mit jemandem verabredet ist, ob er eine Freundin hat oder in einem Hotel in der Nähe wohnt, oder warum er auch heute hier war, schon verschwindet er in einer amerikanischen Reisegruppe, in der die Männer solche Westen mit tierisch vielen Taschen tragen und viele der Frauen hellblaue Seidenkopftücher. Ich habe Bauchschmerzen. Mir wird klar, dass ich auf dieser Reise nur noch eins will, und das ist, ihn so schnell wie möglich wiedersehen.

Jakob also. Ich hätte die Geschichte mit meinen armen Augen vielleicht doch forcieren sollen.

Nachdem ich bezahlt und dem Kellner kein Trinkgeld für

die Plastiklasagne gegeben habe, gehe ich über den Ponte Vecchio zurück und achte darauf, dass Jakob lange genug weg ist, damit er nicht glaubt, ich würde ihm wie eine psychisch Kranke in einem Film folgen.

Ich gehe zurück und schaue mir den Glockenturm an. Er ist überhaupt nicht schwer zu erkennen, es ist todsicher derselbe Turm wie auf dem Foto. Es ist bestimmt der schönste Turm auf der ganzen Welt. Auch wenn ich nicht weiß, wer Giotto ist. Ich hätte einen Fotoapparat mitnehmen sollen.

Ich komme noch einmal an dem beinlosen Maler vorbei. Er sitzt nach wie vor an derselben Stelle, sogar in derselben Stellung, und schaut verträumt in die Luft. Ich betrachte mir die Zeichnung. Es ist dieselbe wie letztes Mal, absolut identisch. Er hat ihr, soweit ich erkennen kann, nicht einen einzigen Strich hinzugefügt. Und jetzt, wo ich sie zum zweiten Mal sehe, fällt mir auf, dass das Papier an den Kanten etwas abgegriffen ist, es ist exakt dieselbe Zeichnung, die Tag für Tag hervorgeholt und dem Behinderten auf den Schoß gelegt wird, dem behinderten Betrügerkünstler, der niemals auch nur einen einzigen Strich malt.

OSTERSONNTAG, 27. MÄRZ

Der Taxifahrer hat Musik aufgelegt. Sie klingt in meinen Ohren völlig fremd. Pakistanische Musik. Falls er aus Pakistan kommt. Oder aus Indien. Was denkt er über mich? Glaubt er, dass ich ins Ullevål Krankenhaus will, um an ein Sterbebett zu eilen? Oder sieht er, dass ich die Patientin bin? Oder ist es ihm scheißegal? Der Verkehr schleppt sich langsam weiter, wir sind erst beim Gebäude der Heilsarmee, glaube ich. Geht Jakob hier ein und aus?

Es sticht-sticht-sticht in meinen Augen. Ich darf jetzt nicht mehr daran denken. Darf nicht denken, dass ich zu spät komme. Sollte einfach nur denken, dass ich noch rechtzeitig komme, dass es noch nicht zu spät ist. Überhaupt nicht.

Meine brennenden Augen können nichts dafür, dass sie den Rest des Tages nach Jakob Ausschau halten. Und ich weiß, dass es passieren wird. Ich werde es zuerst abtun, bagatellisieren, lachend von mir weisen, ironisieren, mich schützen. Aber ich weiß es schon jetzt. Insgeheim. Im Moment sind nicht nur meine Augen gefährlich. Oder das Stendhal-Syndrom. Oder der Polizist mit den roten Streifen an der Hose. Ich leide auch an den Symptomen der schlimmsten und schönsten Krankheit der Welt. Mitten in Florenz. Die Symptome sind ganz allgemein gesprochen: Ein herrliches Wattegefühl im Kopf, leichter Schwindel, ich brauche nichts zu essen, muss nur trinken, ansonsten kann ich lange hungrig herumlaufen, ja, fast ist es sogar toll, hungrig zu sein, das verstärkt das Schwindelgefühl. Ich kann mit etwas Cola und Schokolade mit Orangenfüllung leben. Und kann mich auf nichts konzentrieren, spüre nur den Schwindel, die Schmerzen im Körper, meine Gedanken drehen Loopings. Alles andere scheint unwichtig. *Ist* unwichtig. Lieber Gott – was bin ich verliebt!

Dann nimmt die Intensität zu, es wird konkreter. Ich höre auf zu bagatellisieren, zu leugnen. Ich ziehe los und kaufe die Musik, die er mögen könnte. Wäre ich zu Hause, würde ich mir alle glibberigen Kitschfilme ausleihen, die ich mir vorstellen kann. *Before Sunrise. Before Sunset. Notting Hill. Vier Hochzeiten und ein Todesfall.* Und, na klar, auch *Schlaflos in Seattle* und *Tatsächlich … Liebe.* Und dann *Die Liebenden von Pont Neuf. Der Liebhaber.* Filmclub-Filme. Aber normalerweise wird es noch schlimmer. Ich gehe in Parfümerien und versuche, seinen Duft ausfindig zu machen. Danach geht es erst richtig ab. Ich gestehe mir alles zu, koste die Krankheit aus, denke mir alles

Mögliche aus, um ihn zufällig zu treffen, will ihn sehen, ohne dass er mich sieht, setze mich auf eine kalte Treppe und friere mir den Hintern ab, nur für ein winziges, verzagtes *Hallo*. Es kann sogar vorkommen, dass ich bei ihm vorm Haus sitze, nur um seine Brüder oder Schwestern zu sehen oder seine Eltern, den Hund, die Katze, den Kanarienvogel, das Fahrrad oder die Topfpflanzen im Fenster. Oder ich laufe wie eine psychisch Kranke im Film vorbei. Nur um etwas zu sehen, was zu seiner Welt gehört. Außerdem finde ich zahllose deutliche Anzeichen dafür, dass wir zusammenpassen könnten, wie zum Beispiel, dass ich einen Typen kennenlerne, der sich so sehr für Bilder interessiert, während ich kurz davor bin zu erblinden, dass der Typ keine Uhr trägt genau wie ich, dass er IQ-Tests hasst und Ausdrücke wie *Selbstmord an der Intelligenz* verwendet. Aber mehr weiß ich nicht, weder über sein Parfüm, seine Familie noch über die Topfpflanzen bei ihm zu Hause. Die Symptome reifen zu einer Krankheit heran, die das Beste aus mir herausholt, ich werde wacher, kreativer, geduldiger und ungeduldiger zugleich, weniger nörgelig, ich glaube sogar, dass ich charmanter werde. And above all: Ich werde nicht müde, Tag und Nacht an ihn zu denken, an ihn zu denken, an ihn zu denken.

Zu denken. An. Ihn.

So sieht es im Allgemeinen aus, wenn ich verliebt bin. Ich bin schon öfter verliebt gewesen, aber diesmal fühlt es sich nicht wie leichtes Herzflattern an. Es entwickelt sich zu etwas mehr. Die Krankheitssymptome tauchen wie ein gefährliches Virus auf, ich weiß nicht, woher es kommt, aber ich weiß, dass mich die Krankheit schwer erwischt hat, wenn alles in mir nach diesem einen Typen im Weltall schreit. Die Krankheit heißt nicht einfach *Verliebtheit*, sie hat immer auch einen konkreten Namen, den ich wie bescheuert vor mich hinmurmele, bis ich im Kopf ganz benommen davon bin.

Ich heiße Jakob.

Jakobjakobjakobjakobjakobjakobjakob

Heute will ich im Hotel übernachten, will lieber nicht riskieren, dass ich noch einmal von einem Polizisten getreten werde, weil ich am falschen Ort schlafe. Ich brauche ein kühles, weißes Bett, einen Ventilator an der Decke, Kabelfernsehen, eine Minibar und alles. Alles.

Ich hole mein Handy heraus.

Bin bald wieder in Oslo. Habe Lust, dich wiederzusehen. Frida.

Ich sitze da und schaue mir die Nachricht an. Wenn ich sie abschicken würde? Wenn er sie tatsächlich lesen würde? Was würde er denken? Dass ich ein verzweifeltes, aufdringliches Mädchen bin, das nicht gut allein reisen kann? Oder würde er mich bedauern, wüsste keine Antwort darauf? Ich spüre wieder einen Stich. Und plötzlich, ohne dass ich recht weiß, wie mir geschieht, sehe ich, wie mein rechter Daumen auf *send* drückt. Ich warte, bis die Nachricht wie ein Gerade-flügge-gewordenes-Vogeljunges in die Welt hinausflattert. Aber das Handy fragt nach der Nummer, an die ich die SMS schicken will. Ich habe seine Nummer nicht.

Ich rufe zu Hause an und frage Mama, ob sie herausfinden kann, wie viele Norweger Jakob heißen und ein Handy haben.

»Frida!«, sagt Mama. »Was ist los? Wie soll ich das rausfinden? Bei der Auskunft werden sie denken, ich bin nicht ganz richtig im Kopf. Also wirklich. Und-wie-geht-es-dir-eigentlich-du-bist-ja-jetzt-da-und-ist-mit-deinen-Augen-alles-in-Ordnung-und-wer-ist-eigentlich-dieser-Junge-den-du-über-die-Auskunft-ausfindig-machen-willst?«

Zum Schluss sage ich nur noch: »piep-piep, mein Akku geht zur Neige«, und wir finden es beide – sie und ich – beschämend, dass ich zu so einer billigen Lüge greife.

Der Nachmittag wird zum zähesten Nachmittag der Welt. Ja, ich bin bis nach Florenz gekommen, aber so what? Ich laufe immerzu im Kreis, wie ein verängstigtes Mäuschen in seinem

Loch. Es ist natürlich ganz schön deprimierend, das zugeben zu müssen, aber ich will heim, weiß schon jetzt, dass ich es nicht durchstehen werde, die ganzen Osterferien allein hier zu verbringen. Ich gehe wieder zum Bahnhof, durchkämme ihn, schaue zweimal bei McDonald's vorbei. Dann wieder den ganzen Weg zurück zum Dom, stelle mich in die Schlange und gehe hinein.

Kirchen sind so anders als das Leben draußen, man hat das Gefühl, man kommt in eine völlig andere Wirklichkeit, drinnen ist es kühler und riecht anders, nach Weihrauch? Und ich merke, dass ich ganz still sein möchte, flüstern möchte, am liebsten gar nichts sagen.

Ich habe keinen Bock auf Kunst. Gehe nur zu einem kleinen Altar. Bezahle drei Euro, zünde eine Kerze an und schicke einen Gedanken an Gott. Drei Euro ist ganz schön viel, und ich bete zu Gott, dass er mir helfen muss, bringe es aber nicht einmal über mich zu sagen, wobei. Ich merke auch nicht, ob ich eine Antwort bekomme. Das habe ich mir schon gedacht. Es nützt nichts zu bezahlen. Gott antwortet nicht. Nicht so direkt. Jedenfalls nicht bei mir. Vielleicht ist es auch nicht so einfach, mir zu helfen, wenn ich so wenig konkret bin.

Ich gehe wieder nach draußen, direkt in die Einkaufsstraße Via dei Calzaiuoli und haue für ein paar hyperschicke Stiefeletten in einer hyperschicken Boutique, in die ich mich fast nicht hineingetraut hätte, eine viel zu große Portion des gestohlenen Kindergelds auf den Kopf. Ich fühle mich nicht gerade wie ein selbstständiges Mädchen, das sicher und stark ist und genau weiß, was es hier im Leben will. Als ich den halben Wege zum Bahnhof zurückgelegt habe, weiß ich nicht, ob es ein geschickter Schachzug war, diese Stiefeletten zu kaufen. Man kann damit nicht laufen.

Anstatt ihn zu vergessen, versuche ich, mir einen Jakob-Tag zu machen. Ich werde ihn sowieso nicht los, also kann ich genauso gut zugeben, dass ich unaufhörlich an ihn denke. Ich komme an einem Internetcafé vorbei, lade Mahalia Jacksons (Papa mochte ihre Weihnachtslieder so gern) Version des Lieds herunter. Stelle Lied Nummer fünf auf repeat: *Oh, When the Saints, oh, When the Saints, oh, When the Saints Go marching in, Oh Lord I want to be in that number* ... Es klingt toll, aber was bedeutet es eigentlich? Ich gehe auch noch in eine Parfümerie und teste alle Düfte durch, bis ich zu dem Schluss komme, dass er wohl ein Aftershave namens *Fahrenheit* benutzt. Ich kaufe mir die kleinste Flasche. Sie ist nicht wirklich klein. Total krank. Man sollte für Kindergeld kein Aftershave kaufen.

Dann sitze ich am Bahnhof und höre am laufenden Band *Oh, When the Saints Go marching in* ... Und noch mal. Und noch mal. Und rieche. Die Stöpsel in meinen Ohren kochen. Meine Nase ist wie betäubt. Ich versuche, es abzutun: Ich bin nur verliebt, weil ich verliebt sein will. Ich bin nur verliebt, weil ich mich selbst bemitleide und erblinden werde. Ich bin nur verliebt, weil Papa ... und so weiter. Ich bin nur verliebt, weil ich im Ausland bin. Ich bin nur verliebt, weil ich das Leben satt habe. Ich bin nur verliebt, weil ich sentimental und albern bin. Ich bin nur verliebt, weil ich allein auf der Welt bin. Ich bin nur verliebt, weil ich keine Ahnung von Kunst habe. Ich bin nur verliebt, weil ich verliebt sein *will.*

Ich würde mir wünschen, ich hätte irgendeine Entschuldigung, an die ich glauben könnte. Aber ich habe mich wohl noch mit einem anderen Bazillus infiziert als diesen Augenbakterien. Mein Blut, mein ganzer Körper ist mit Jakob infiziert. Zum Schluss genehmige ich mir eine kurze Minute der Wahrheit für mich selbst: Die Wahrheit, Frida, die Wahrheit ist, dass ich nur verliebt bin, weil ich *tatsächlich* verliebt bin.

Zum x-ten Mal nehme ich mein Handy in die Hand. Ich habe natürlich keine SMS bekommen. Es ist bestimmt ganz gut, dass ich die Nummer nicht habe. Immer bin ich diejenige, die sich aufdrängt. Es muss schon eine gewisse Balance geben.

Dann denke ich darüber nach, ob Papa auch verliebt ist. Und ob er irgendwo eine Freundin hat, die nicht Mama ist, ja, ob es ihm so geht wie mir. Ich will eigentlich nicht daran denken. Das Ganze ist wirklich verwirrend.

Hat Jakob eine Freundin? Die Wahrscheinlichkeit ist leider groß. Ein Typ, der so gut riecht. Vielleicht ist Verliebtheit ein übles Gesellschaftsspiel, das alle verwirrt. Solche Spiele, bei denen man sich einen Schal vor die Augen bindet, im Kreis gedreht wird, um dann durch die Gegend zu irren und Leute zu befummeln, habe ich immer vermieden. Ich beschließe, mir nie mehr, bis in alle Ewigkeit, einen Schal vor die Augen zu binden, um etwas zu machen, das eine Beziehung zwischen zwei anderen zerstören kann.

Schließlich quartiere ich mich in einem Hotel ein, es ist so teuer, dass ich mein Budget, das ich irgendwann vor Ewigkeiten festgelegt habe, um vier Tage überziehe.

Nachdem ich den Rucksack abgestellt habe, gehe ich ins Bad, hier riecht es unnatürlich intensiv nach Putzmittel, aber das Bad ist nicht so sauber, wie der Geruch vermuten lässt, die Duschkabine ist von einem gräulichen Belag überzogen, und in den Ecken liegen Haare. Ich betrachte mich widerstrebend im Spiegel, schaue mir die Augen nicht so genau an. Frage mich, ob er mich hübsch findet. Ich weiß, ich bin befangen. Das Einzige, was objektiv stimmt, ist, dass ich ziemlich blass bin. Und dunkle Ringe unter den Augen habe. Ich bin müde nach einer Nacht mit wenig Schlaf. Meine Beine schmerzen. Mein restlicher Körper auch. Ja, und vermutlich auch mein Herz.

Erneutes Tropfen-Träufeln. Und einmal ins Wasser tauchen. Und Salbe. Mehr schaffe ich heute nicht. Ich schlafe ein und träume fantastische Dinge, an die ich mich wirklich nicht erinnern muss. Ich will lieber wach sein.

PALMSONNTAG, 20. MÄRZ

Ich versuche noch einmal, mich für die Heimkehr zu entscheiden. Stehe auf und dusche mich kalt ab. Hier in Italien ist alles mit Duftstoffen versehen, sogar das Toilettenpapier.

Ich gehe zur Rezeption, checke aus und bezahle. Die Rechnung erinnert mich noch einmal an etwas, was ich schon weiß, dass ich einen Teil des Kindergeldes, das Mama gespart hat, gestohlen habe. Ich hätte natürlich auch Jakob fragen können, wo er wohnt. Doch er ist ein aussichtsloser Fall. Er hat eine Freundin. Davon muss ich ausgehen.

Aber zuerst noch ein letztes Frühstück in einem großen internationalen Restaurant. Ich habe Kopfschmerzen, als ich mich im Bahnhof erneut auf einen Plastikstuhl von McDonald's setze. Und Schmerzen in den Beinen. Aus reinem Trotz habe ich auch heute wieder die hochhackigen Stiefeletten angezogen. Ich beobachte eine große spanische Reisegruppe, in der alle dieselben gelben Pullover und leuchtend weiße Joggingschuhe tragen, sie stehen in einer Reihe und sind bereit, das Maximum aus Florenz herauszuholen. Ich werde noch eine Spur trauriger. Und frage mich, ob es möglich sein kann, dass sich sogenannte normale Menschen so einsam fühlen, dass sie arbeitsunfähig werden. Das müsste möglich sein. Dann sollte man einen Betreuer zugewiesen bekommen, der einen mit ins Kino nimmt.

Ich sitze wieder bei McDonald's, mitten in der architektonischen Perle von Hauptbahnhof, esse etwas Süßes und trinke

Kaffee. Frühstück, dann – Abreise. Nur noch unterwegs sein. Tag und Nacht, mit der Dänemarkfähre und allem Drum und Dran. Alle anlügen, ich hätte eine fantastische Reise gehabt, und allen empfehlen, so wie ich zu reisen. Ich habe auf der ganzen Welt noch keinen Menschen getroffen, der zugegeben hat, einen missglückten Urlaub verlebt zu haben, sich gelangweilt zu haben, keine netten Leute kennengelernt zu haben, ziemlich schlechtes Essen bekommen zu haben, keine interessanten Märkte gefunden zu haben oder keine Lust gehabt zu haben, in die bekanntesten Museen zu gehen, geschwitzt und sich in der Sonne verbrannt zu haben, ohne überhaupt am Strand gewesen zu sein, und im nächsten Jahr, in der Urlaubszeit, nur noch Filme ausleihen und thailändische Fertiggerichte essen zu wollen, allerhöchstens die Taco-Variante der Pizza Grandiosa zu probieren. Einige müssen bezüglich ihres Urlaubs lügen, wenn ich sie von *diesem* lustigen Restaurant oder *jenem* lustigen Luigi erzählen höre, der einen ganz besonderen Wein aus seinem Keller geholt hat, oder von Sonnenuntergängen an einem Strand, den man komplett für sich hatte, oder der hypersympathischen Familie, die einen zu sich nach Hause eingeladen hat, um zu zeigen, wie die Einheimischen richtig feiern, und man wurde sogar zu einer griechischen Hochzeit eingeladen als Ehrengast, und alle tanzten barfuß, bis ihnen der Fetakäse zwischen den Zehen herauskam und die Sonne im Osten aufging.

Ich will gerade aufstehen und mir einen Hähnchensalat holen, als auf meinem Handy eine SMS eingeht: HALLO RIIS. SCHOENE SCHUHE.

Ich sehe mich verwirrt um. Wer schickt mir eine SMS aus lauter Großbuchstaben? Gott?

Jemand tippt mir auf die Schulter. Ich drehe mich um. Er steht so dicht vor mir, dass ich anfangs gar nicht erkennen kann, wer es ist. Ein Engel?

»Ciao bella«, sagt er, steht leibhaftig vor mir und sieht mich an, das Handy in der Hand. »Wieder Frühstück bei McDonald's? Oder bist du wegen der guten Stimmung hier?«

»Hallo!«, sage ich und höre, dass meine Stimme viel zu erfreut klingt. »Nicht nur die Abende sind schlimm. Ein Frühstück bei McDonald's garantiert für unpersönliches Essen und eine unpersönliche Stimmung. Dann wirkt mein Leben nicht ganz so kläglich.«

Jakob lächelt.

»Jetzt hast du mich offen gestanden etwas verblüfft«, sage ich. »Wie bist du an meine Nummer gekommen?«

»Ich habe die Auskunft im guten alten Norwegen angerufen. Du hast erzählt, dass dein Vater Rikard Riis heißt. Und dich hast du schon mit Frida vorgestellt. Daraufhin habe ich kombiniert. *Frida* und … *Riis.* Das Leben ist nicht immer so hart und schwer. Sie hatten jedenfalls deine Nummer.«

Korrektur: Ich bin nicht nur *etwas* verblüfft. Jakob sieht nicht so überrascht aus, mich hier zu treffen, wie er sollte.

»Und dann hast du zu allem Überfluss noch erraten, dass ich hierher gehe? Beobachtest du mich schon lange?«, frage ich.

»Lange genug, um zu sehen, dass du dir neue Stiefeletten gekauft hast. Ich hoffe, nicht meinetwegen.«

»Natürlich«, sage ich. »Ich will doch nicht aussehen wie eine bombensichere Norwegerin mit Akrylpullover und Jeans aus den Achtzigern. Du hast mich ganz schön unter Druck gesetzt.«

»Sorry«, sagt Jakob. »Ich sollte mich nicht so aufspielen. Meine große Schwester behauptet, es wäre nicht sehr geschickt, Mädchen mit so was aufzuziehen.«

»Das stimmt«, sage ich.

Ich würde ihn gern fragen, ob er hierher gekommen ist, um nach mir zu suchen, traue mich aber nicht.

Ich würde dich gern heiraten, würde ich auch gern sagen und merke, wie mir schwindlig wird. Stattdessen sage ich etwas

Neutraleres: »Was machst du schon wieder bei … ich meine, hier?«

»Ich laufe einfach so durch die Stadt«, sagt Jakob.

»Einfach so?«

»Das macht man schon mal … wenn man eigentlich nichts Wichtiges vorhat. Hast du Lust, mit mir eine Runde durch ein Kunstmuseum zu drehen? Florenz ist schließlich vor allem bekannt für seine Kunst und so.«

»Ich muss bloß meine alten Joggingschuhe wieder anziehen«, sage ich. »Mir tun schon jetzt die Füße weh.«

Ich schenke es mir, ihn zu fragen, ob er nicht eigentlich jemand anderes treffen wollte und warum er trotzdem hier auftaucht. Ich nehme mein Handy in die Hand und gebe vor, eine interessante SMS bekommen zu haben, sorge aber nur dafür, seine Nummer zu speichern. Ich bin gerade ganz gerührt, über jede Kleinigkeit. Allein schon, dass er Großbuchstaben verwendet, wenn er mir eine SMS schickt, reicht aus, dass mein Herz Himmel und Hölle spielt.

»Was möchtest du sehen? Hier können wir tage- oder wochenlang rumlaufen. In Florenz gibt es unfassbar viel zu sehen.«

Seine Arme hängen gerade herab. Er sieht aus wie ein dünner Zinnsoldat.

»Ich möchte alles sehen«, sage ich. »Zeig mir wenigstens die Bilder, über die du schreiben willst.«

Jakob lächelt. Das war wohl die richtige Antwort.

»Die großen Kunstmuseen, die Uffizien und die Accademia, sind die reinsten Schatzkammern, aber meine Bilder hängen direkt hier gegenüber, gut für deine Füße, oder? In der alten Santa Maria Novella, zwei Minuten von hier. Höchstens.«

Das ist unglaublich gut für meine Füße. Fast könnte ich den Verdacht hegen, er hätte es geplant. Das stimmt wohl nicht, ist aber eine herrliche Lebenslüge.

»Welche Bilder sind das?«

»Unter anderem ein großes altes Kruzifix, das gerade frisch restauriert wurde. – Komm mit!«

Jakob lächelt ein Lächeln, das wohl verschmitzt sein soll.

Wir ziehen los, es sind wirklich keine zwei Minuten zu gehen, wir geben einem missgelaunten asiatischen Mädchen am Eingang etwas Geld zusätzlich, damit sie auf unsere Rucksäcke aufpasst, und gehen in die Kirche. Es dauert eine halbe Minute, bis sich meine Augen an das Halbdunkel gewöhnt haben, aber das Erste, was ich sehe, ist eine ganze Patrouille oder wie das heißt von Pfadfindern, *erwachsenen* Pfadfindern auf einem Ausflug: Sie tragen Kniestrümpfe und graubraune Hemden mit Halstüchern in Ledermanschette. Irre. Sie sehen unnatürlich kerngesund und positiv aus. Komisch, dass sie so groß sind, sie sehen aus wie verwachsene Kinder. So war ich angezogen, als ich sieben und Wölfling war. Sie sind mindestens fünfundzwanzig. Die Frauen haben riesige Hintern und die Männer dicke Babyknie mit kleinen Grübchen darin.

»Man kann durchaus sagen, dass hier drei oder vier wichtige Werke hängen, die uns verraten, wie die westliche Kunstgeschichte nach dem Spätmittelalter ihren Anfang nahm. Die Meinungen dazu gehen sehr auseinander, aber ich bin der Auffassung, dass der Reigen hier eröffnet wurde.«

»Welcher Reigen?«

»Die gesamte westliche Kunstgeschichte. Die Renaissance und alles. Hier!«, sagt Jakob und zeigt nach oben.

Zum ersten Mal für heute setze ich die Sonnenbrille ab, in der Kirche ist es gar nicht so dunkel, wie ich gedacht hatte.

Das Kruzifix, auf das Jakob zeigt, hängt fast über unseren Köpfen und ist riesengroß. Riesengroß. Es hängt mitten in der Kirche, unter der mächtigen Decke. Es ist bestimmt fast sechs Meter hoch. Ich sehe zu Jakob hinüber. Er sieht erfreut aus.

»Es ist ein Frühwerk von Giotto, 1290 gemalt. Damals war seit Jahren der byzantinische Malstil üblich, so ähnlich wie auf alten Ikonen, wo Jesus symbolisch dargestellt wird, ja, das Jesuskind konnte viel größer abgebildet sein als zum Beispiel ein bekannter Bischof, steif und ernst, es sollte nicht realistisch aussehen, man wollte zeigen, dass das Baby Jesus der Herrscher des Universums ist. Kreuz und Christentum kamen mehr als tausend Jahre vor Giotto nach Florenz, aber Giotto hat Jesus als lebendigen Menschen gemalt. In der entsprechenden Größe.«

»War Giotto nicht auch der Architekt des Turms?«

»Ja.«

Soso, Giotto. Ich merke, dass ich Giotto immer mehr mag.

»Wer sind die beiden neben seinen Händen am Rand?«

»Die Frau auf seiner rechten Seite ist Maria, die Mutter Jesu. Der Mann auf der anderen Seite ist der junge Apostel Johannes. Beide standen am Kreuz, als Jesus starb. Es ist ganz üblich, sie so zu malen, aber dieses Kruzifix trägt trotzdem einen Anfang in sich, um es etwas großspurig auszudrücken. Giotto hat weicher gemalt, lebendiger«, sagt Jakob mit seriöser Professorenstimme. »Auch anrührender.«

»Großspurige Worte sind gut. Den Anfang von was?«

»Es ist nicht mehr länger eine symbolische, stilisierte Darstellung Christi. Giotto wollte, dass die Leute in Jesus einen lebenden, körperlich existierenden Menschen sahen. Einen Menschen, der Schmerzen erlitt, als große Eisennägel durch seine Hände und Füße getrieben wurden, dem die Arme weh taten und der am Kreuz langsam zu Tode gequält wurde.«

→ **Siehe Abbildung 1 im Bildteil**

Jakob zeigt wieder auf das Gemälde. »Wenn du dir seine Finger anschaust, sie krümmen sich. Christus ist nicht nur Dekor, ist nicht so platt gemalt wie das Kreuz, sondern ein Mensch aus Fleisch und Blut, und aus seinen wirklichen Händen fließt Blut, Blut spritzt aus der Wunde an seiner Seite, rotes Blut tropft aus den Füßen auf die Erde.«

»Das ist ja grausam. Und irgendwie auch schön«, flüstere ich. »Aber ich finde, das Bild ähnelt anderen Sachen, die ich gesehen habe, haben nicht viele so gemalt?«, flüstere ich und weiß sofort, dass das die falsche Bemerkung ist.

»Doch, aber das hier wurde 1290 gemalt«, sagt Jakob und sieht mich mit einem Blick an, der besagt, dass dies fast alles erklärt.

Ich fühle mich unter Druck.

»Damals hatte die Welt so etwas wie das hier noch nicht gesehen. Jesus hat man vorher nicht so dargestellt. Das ist der Punkt. Bist du enttäuscht?«

»Überhaupt nicht«, sage ich. »Es ist überraschend schön. Und sieht irgendwie neu aus. Aber du musst mir noch mehr erzählen, damit ich die Zusammenhänge besser verstehe. Ich habe ja noch nie von Giotto gehört, ist er einer der Großen?«

»Es war eine neue Art zu malen. Giotto war ein Superheld. Mr. Incredible. Einer der ganz, ganz Großen. Mit Giotto hat im Spätmittelalter die ganze westliche Kunstgeschichte angefangen. Nach Giotto wurde der Künstler hinter einem Werk sichtbar und wichtig, davor hatten Künstler eher als tüchtige Handwerker gegolten und große Werke gemalt, ohne dass wir ihre Namen wissen. Giorgio Vasari, der erste Kunsthistoriker der Welt, nannte Giotto den *Vater der Malerei*. Nichts Geringeres«, sagt Jakob und macht eine winzige Kunstpause. »Er wurde auch berühmt.«

Auch wenn sich Jakobs Stimme ganz positiv anhört, fühle ich mich wieder ein bisschen Kleinmädchen-mäßig.

Und Jakob sieht verlegen aus. Als wollte er nicht zeigen, dass er so viel weiß. Oder würde es bereuen, dass er einer bescheuerten Tussi wie mir überhaupt etwas erklärt, von dem er dachte, es würde mich … keine Ahnung.

»Ein Superheld also. Und tauchte er plötzlich aus dem Nichts auf?«

»Aus der Zeit gibt es ja nicht sehr viele Biografien, aber Vasari schreibt, dass Giotto als Junge entdeckt wurde, als er ein Schaf in einen Stein ritzte und zufällig der bekannte Maler Cimabue vorbeikam, es klingt fast wie im Märchen, aber Cimabue hat das Talent des Hirtenjungen erkannt und ihn mit nach Florenz in die Lehre genommen. Doch der Hirtenjunge wurde größer als der Lehrer.«

»So wie *Der kleine Prinz*?«

»He … was meinst du?«

»Er wollte auch ein Schaf malen.«

»Ja?«

»Vergiss es. Jetzt hast du mir also das Werk eines der wichtigsten Maler der Kunstgeschichte gezeigt? Stimmt's?«

»Klar. Zumindest in der europäischen Kunstgeschichte. Es ist das erste Mal für mich, dass ich das Original sehe.«

»Wow! Wirklich?«

»Ja. Es ist lange Zeit restauriert worden. Ich bin eigentlich nur hierher gekommen, um es zu sehen.«

»Irre.«

»Du sagst das sicher, um nett zu mir zu sein, aber ich bin ziemlich aufgewühlt im Kopf. Die Kreuzigungsszene ist eins der europäischsten Motive überhaupt.«

»Ein ziemlich einsames Bild«, sage ich und überlege, ob ich das besser nicht gesagt hätte. Vielleicht glaubt er jetzt, ich wollte einen auf tiefgründig machen.

»Wie meinst du das?«

»Nein, keine Ahnung. Das Bild von einem Menschen, der

allein stirbt. Und wir, die wir ja auch allein sterben werden und …«

»… alle vielleicht ziemlich allein sind«, sagt Jakob.

»Ja«, sage ich. »Du hast dir da ein düsteres Motiv ausgesucht. Dreiunddreißig Bilder von einem Mord, von einem Menschen, der allein stirbt.«

»So habe ich es noch nie gesehen«, sagt Jakob. »Dass es ein Bild der Einsamkeit ist.«

Ich merke, dass es mich glücklich macht, etwas Kluges beizusteuern, aber jetzt sollte ich besser den Mund halten, um nicht gleich wieder alles kaputtzumachen.

»Ich kann nicht fassen, dass überhaupt jemand all diese Bilder in ein System bringen konnte«, sage ich. »Es haben doch beim Malen bestimmt nicht so viele die Kunstgeschichte im Blick gehabt.«

»Tja. Keine Ahnung. Viele Maler waren damals schon genau so eitel wie heute. Die waren sich darüber im Klaren, dass sie gut waren. Aber sie sind nicht die ganze Zeit über durch die Gegend gelaufen und haben versucht, wie Bronzestatuen auszusehen«, sagt Jakob. Er ist ganz eifrig, redet wie besessen, eine Mischung aus kleiner Junge und Kunstprofessor, von der Mischung wird mir ganz flau. Dass er sich so gut auskennt. Und dass das so wichtig für ihn ist. Ich kenne keine anderen Kunstfreaks in seinem Alter.

»Auf einem anderen Bild, das Giotto zehn Jahre später von Maria gemalt hat, hat er nicht nur die himmlische Mutter Jesu gemalt, sondern eine lebendige Frau, die ein Kind auf dem Schoß hält und dich dabei anschaut. Wenn man ganz genau hinschaut, kann man unter dem Kleiderstoff sogar die rechte Brustwarze sehen. Vielleicht hat genau dort die Renaissance begonnen, mit einer richtigen Frauenbrust. Ich tippe zumindest mal, dass die Leute ziemlich genau hingeschaut haben. Und Giotto hat im Großen und Ganzen auch die Gesichter unterschiedlich gemalt, es sehen nicht alle gleich aus. Es sind individuelle Menschen. Die Porträtmalerei ist später eine große Sache geworden. Damals gab es den Fotoapparat noch nicht.«

»Das hätte ich jetzt gewusst«, sage ich.

Jakob sieht mir in die Augen. Es ist ärgerlich, dass ich seinem Blick zuerst ausweiche. Und es wäre ziemlich albern, jetzt die Sonnenbrille aufzusetzen.

»Aber mal im Ernst, muss man die Bibel kennen, um die Kunstgeschichte zu verstehen?«

»Man muss oft Ahnung von der Bibel haben, wenn man den Hintergrund der Bilder verstehen will. Es ist schließlich *das* Buch unserer Kultur. Aber einer der größten modernen Maler, Henri Matisse, hat einmal gesagt, dass man die biblische Geschichte nicht kennen muss, um Giottos Bild zu verstehen, das Bild trägt die Wahrheit in sich.«

»Siehst du das auch so?«

»Jedes Mal, wenn ich ein Bild von Giotto sehe, absolut jedes Mal, geht ein Halleluja durch meinen Körper«, sagt Jakob.

Er lächelt verlegen, es ist kein Witz.

Ein Halleluja. Es wurmt mich, dass ich noch nie von Giotto gehört hatte, aber ich habe auch keine Ahnung, wer Matisse ist.

»Über Kunstwerke in dieser Kirche gibt es viel zu erzählen«, sagt Jakob. »Falls es dir keine Angst macht, dass ich ein belehrender Onkeltyp bin. Hast du Lust auf mehr?«

»Hab ich«, sage ich.

»Es gibt noch zwei wichtige Kreuzigungsmotive, eins von Brunelleschi und eins von Masaccio.«

»Demselben Brunelleschi, dem Mathegenie, der die Domkuppel entworfen hat?«

»Ja.«

»Und wer kam von den beiden zuerst?«

»Das kann man so einfach gar nicht sagen. Brunelleschi hat im Grunde vor und nach Masaccio gelebt. Er wurde 1377 geboren und starb so gegen 1446.«

»*So gegen?*«

»So gegen. Und Masaccios Leben war kurz. Irgendein Kunsthistoriker hat einmal gesagt, Masaccio sei ein Komet am Himmel gewesen, der die Welt erleuchtet hat, bevor er mit nur siebenundzwanzig Jahren starb. Brunelleschi soll angedeutet haben, dass Masaccio in Rom vergiftet wurde. Aber in dem Jahr starben sehr viele, in der Stadt herrschten bestimmt nicht sehr gesunde Zustände.«

»Es wäre natürlich interessant zu wissen, ob er vergiftet wurde.«

»Ja«, sagt Jakob. »Das würde der ganzen Sache einen ziemlichen Kick geben.«

»Ich ahne schon, dass ich nie was aus meinem Leben machen werde, nie ein Komet in der Welt sein werde. Als er so alt war wie ich, hatte er bestimmt schon … den Hofmarschall höchstpersönlich gemalt.«

»Den Hofmarschall?«, fragt Jakob.

»Ja. Den Hofmarschall. Und seine entzückende Gattin«, sage ich. »Und ihre bezaubernden acht Kinder auch.«

Jakob sieht mich an. Kramt eine Zigarette hervor. Ich hoffe, er hat nicht vor, sie hier in der Kirche anzuzünden. Aber er steckt sie hinters Ohr.

»Ja, die größten Künstler waren zum Glück unverschämt gut«, sagt Jakob. »Gott sei Lob und Dank.«

»Mozart ist auch sehr jung gestorben. Mit etwas über dreißig?«

»Siebenunddreißig«, sagt Jakob. »Glaube ich. Manche glauben, auch Mozart sei ermordet worden. Aber du solltest dir zuerst Brunelleschi ansehen, vor Masaccio. Komm!«

Er zieht mich mit sich. Elektrische Stöße gehen durch meinen Arm. Hin zu einem großen Holzkruzifix. Dann lässt er mich los. Ein heller Jesus an einem braunen Holzkreuz. Das Blut läuft rot aus einer Wunde auf der rechten Körperseite, bis zu den sich krümmenden Zehen hinunter. Und weiter oben fehlt Jesus ... der Unterleib. Dort ist alles ganz glatt.

Jakob sieht, dass mir das auffällt.

»Es ist heute weg, früher war ein Stück Stoff um seinen Unterleib gewickelt. Aber du siehst, dass er Giotto komplett übernommen und ein Modell von einem lebendigen Menschen angefertigt hat, ganz wie die alten Griechen und Römer in der Antike. Man sieht Blutadern und Muskeln unter der Haut. Aber er hat nicht den ersten nackten Christus gemacht.«

Jakob hüstelt wie ein Professor, der sich die Aufmerksamkeit seiner Studenten wünscht, die sich nicht konzentrieren können. Ich muss aufpassen, dass ich das nie zu ihm sage. Brav stehe ich da und höre zu, wie ein Erstsemester, der gerade erst seine Studentenbude bezogen hat und noch nicht einmal bis zu IKEA gekommen ist, um sich eine Zimmereinrichtung zuzulegen.

»Brunelleschi war der Chef«, sagt Jakob. »Er hat das hier gemacht, weil er der Meinung war, das Kruzifix eines anderen bekannten Künstlers, Donatello, sähe aus wie ein gekreuzigter Bauer. Und nicht nur der menschliche Körper war ihm wichtig. Er war Architekt, er hat, wie gesagt, die Domkuppel entworfen. Ihm lag die Größe Roms am Herzen, die Antike, er fuhr in den

→ **Siehe Abbildung 2 im Bildteil**

Süden, nach Rom, setzte sich dort in die Steinhaufen und malte die Ruinen alter Tempel und Paläste. Er wollte eine neue Architektur erschaffen, aber indem er sich die Ideale und Werte der Alten anschaute. Und er hat eine neue Epoche in der Kunst und der Architektur geschaffen: die Renaissance. Was so viel wie *Wiedergeburt* bedeutet. Die Wiedergeburt des Alten. Ich könnte noch viel darüber sagen, wie er es geschafft hat, alte Dinge zu verpacken und etwas Neues zu schaffen, das eleganter war als alles davor. Wir können uns aber vor allem darüber freuen, dass er die Perspektivgesetze begriffen hat, die mathematischen Regeln dafür, wie Dinge kleiner werden, wenn der Abstand zu ihnen wächst.«

»Perspektivgesetze hört sich an wie ein Matheding.«

»Ja. Kein Künstler der Antike wusste genau, wie sie funktionieren. Brunelleschi muss von Ergriffenheit gepackt gewesen sein, als er es kapiert hat. Und somit hüpfe ich elegant zu einem der Ersten weiter, die diese Gesetze in ihrer Malerei angewendet haben: dem guten Masaccio.«

»Okay. Ich bin schon ganz ergriffen.«

»Dazu hast du auch allen Grund. Hinter dir befindet sich nämlich Masaccios größter Hit, eins der Hauptwerke der Frührenaissance.«

»Hier?«

»Ja.«

Ich drehe mich langsam um, schaue nach links und nach rechts.

Hier ist alles voller Kunst, ich müsste es eigentlich erkennen können, bin aber nicht ganz sicher.

»Geh zurück zu Giotto an der Decke.«

Brav gehe ich zurück zum Eingang.

»So. Jetzt dreh dich um, nein, hinter dir, rechts an der Wand.«

Jetzt sehe ich es. Oder zumindest eine Kreuzigung. Direkt

an die Wand gemalt. Ziemlich groß, das Bild sieht irgendwie auch gar nicht so alt aus. Und ist ziemlich rosa.

Jakob kommt mir nach. »Der Maler Delacroix hat einmal gesagt, Masaccio allein stehe für die größte Revolution in der Malerei. Und das hier ist eins der revolutionärsten Bilder. Er hat es vermutlich in seinem letzten Lebensjahr gemalt.«

Ich schaue mir das Jesusbild an.

»Wie … rosa es ist.«

Jakob sieht überrascht aus. *Rosa!* Wie komme ich bloß darauf?

»Das ist mir noch nie aufgefallen.«

»Worin besteht die Revolution?«

»Donatello, Brunelleschi und Masaccio werden von allen zu den ersten großen Künstlern der Renaissance gezählt. Aber ich bin der Meinung, dass die Frührenaissance eigentlich mit Giotto angefangen hat, nach ihm gab es nur eine kleine Pause.«

»Was für eine Pause?«

»Die Pest. Aufgrund der Krankheit wurde die Revolution ein wenig verschoben. Und dann kam Masaccio. Man kann aber nicht einfach sagen, die Pest hätte alles gekillt, auch wenn viele gestorben sind. Die Pest hat aus verschiedenen Gründen auch zu einem Aufschwung der Toskana geführt. Die Renaissance war in jeder Beziehung eine große Sache für die ganze Gegend.«

Ich versuche, auf lässige und natürliche Weise tiefsinnig auszusehen, bin aber nicht sicher, ob es mir gelingt.

»Ist das Gott, der Jesus hält?«, frage ich, ich weiß nämlich nicht so genau, wer die Figuren auf dem Bild sind. Ein großer alter Mann hält das Kreuz.

»Ja. Das Gemälde heißt *Trinitá*, Dreifaltigkeit. Brunelleschis Kruzifix hing vermutlich schon hier, als Masaccio das Bild

→ **Siehe Abbildung 3 im Bildteil**

gemalt hat. Man kann sehen, wie Jesus in seiner Haltung Brunelleschis Figur ähnelt. Gott wird in der Kunst selten abgebildet, aber das hier ist ein ganz traditionelles Motiv, ein Gnadenstuhl. Es zeigt Gott, der akzeptiert, dass Jesus am Kreuz geopfert wird.«

»Akzeptiert? Das verstehe ich nicht. Muss Gott Jesus akzeptieren? Gehören Gott und Jesus denn nicht zusammen?«

Jakob sieht mich an, sucht nach Worten.

»Es kostet etwas Zeit, die Theologie dahinter zu erklären. Bei Albrecht Dürer gibt es übrigens ein ganz ähnliches Motiv.«

»Sorry. Von dem habe ich noch nie gehört«, sage ich. »Aber ich fange an zu kapieren, dass das Bild hier ein Riesending ist.«

»Ja. Einer der großen Wendepunkte in der Geschichte der Malerei, eins der ersten Gemälde, in denen ein Maler konsequent die Perspektivgesetze anwendet, es gibt allen Grund zur Annahme, dass Brunelleschi Masaccio ein paar Tipps gegeben hat. Das Bild ist ein Fresko, gemalt auf der frischen, nassen, glatten Wand, die also zwei Dimensionen hat, Länge und Breite. Es sieht aber dreidimensional aus, die Tiefe im Deckenbogen und der Raum, der weit nach hinten geht, sehen aus wie ein wirklicher Raum, der in die Wand hineingeht. Und alle Figuren sehen natürlich und lebendig aus. So zu malen wurde erst dank der Perspektivregeln möglich. Man spricht auch von Zentralperspektive. Die Zentralperspektive ist in der Kunst eine große Sache und wurde bis zum Modernismus, der fünf bis sechs Jahrhunderte später begann, angewendet. Das Mathegenie war auch nicht allein, keiner von ihnen war allein, Giotto war nur früher auf der Spur und wurde deshalb einer der *Väter der Perspektive* genannt. Aber bei Masaccio sieht man es in Vollendung. An den Wänden dieser Kirche war auch eine kleine Clique anderer berühmter Künstler am Werk, Filippino Lippi, Ghirlandaio, Ucello …«

»Aber von all den Bildern ist das hier das Wichtigste?«, unterbreche ich ihn.

»Ja. Mit den frühen Renaissancekünstlern, Donatello, Brunelleschi und Masaccio, kam auch eine mathematische Sichtweise der Welt ins Spiel, die Kunst passte zu dem mathematischen, wissenschaftlichen Verständnis der Welt in der damaligen Zeit. Das hat die Kunst sehr geprägt. Es war aber nicht nur eine neue Technik, es war eine ganz neue Art, Dinge darzustellen, damit sich die Menschen mit dem, was sie auf den Bildern sahen, stärker identifizierten. Mit der Renaissance kam der Mensch ins Zentrum. Und so sah man Jesus als einen leidenden Menschen. In der orthodoxen Kirche im Osten ist Jesus vor allem Gott, das ist vielleicht der größte Unterschied zwischen der östlichen und der westlichen Kirche.«

»Eh. Ja. Aber ist das denn für uns heute noch von Bedeutung?«

Ich kann hören, dass das eine bescheuerte Frage ist.

»Ja, schon. Keine Ahnung. Für mich auf alle Fälle. Die Kunst der Griechen, der Ägypter und der großen Maler anderer Zeiten gehört nicht der Vergangenheit an. Vielleicht ist sie heute lebendiger als früher. Die Kunst entwickelt sich nicht aus sich allein. Die Vorstellungen der Menschen ändern sich und somit auch die Art sich auszudrücken.«

»Klingt schlau«, sage ich.

»Das hat auch ein schlauer Typ gesagt. Picasso. Aber eins gilt zumindest zu allen Zeiten: Siehst du das Skelett, das Masaccio darunter gemalt hat? Darüber steht etwas auf Latein geschrieben, was in etwa so viel bedeutet wie: *Ich war der, der du bist, du wirst zu dem, der ich bin.* Message kapiert? Eine kleine Botschaft von einem Skelett an sein Publikum, und …«

»Und das Publikum sind *wir*. Die Botschaft besagt, dass wir alle eines Tages sterben müssen«, sage ich.

»Ja. Der Tod war damals genauso an der Tagesordnung wie

heute. Die Leute starben scharenweise. Die Pest kam Mitte des 14. Jahrhunderts nach Florenz. Künstler haben zu allen Zeiten Totenschädel und verschiedene Todessymbole in ihre Bilder eingearbeitet. Sie sprachen vom *Memento mori. Bedenke, dass du sterblich bist.* Das Einzige, was allen Menschen gemeinsam ist, ist der Tod. Kein Kirchenfest ist mehr dem Tod geweiht als Ostern. Damals war die Pest für die meisten ein Todbringer. Aber mit Masaccio kehrte das Frühjahr zurück, er hat wirklich kapiert, was Giotto gemacht hat, und in den wenigen Jahren, die er gelebt hat, alles gegeben. Die Renaissance ist eigentlich kein eindeutiger Stil oder eine bestimmte Art zu malen, sie ist eher eine Art, die Welt zu sehen, um es mit etwas einfachen Worten zu sagen. Und die Renaissance gilt nicht nur für die Bildkunst. Sie gilt auch für die Literatur und alle Wissenschaften. Ein Renaissancemensch beherrscht viele Wissenschaften. Am besten alle.«

In dem Moment piept mein Handy, obwohl hier mehrere Hinweisschilder stehen, dass Handys in der Kirche auszustellen sind. Eine Nummer, die ich nicht kenne. Schon wieder einer der fleißigen Doktoren? Egal, es passt gerade überhaupt nicht, und ich fummele so lange an meinem Handy herum, bis es aus ist.

»Sorry«, sage ich.

Ist Jakob enttäuscht? Über mein eingeschaltetes Handy während seiner Vorlesung? Oder habe ich die erste Runde bestanden? Ich gebe zu, dass ich ein extremes Bedürfnis habe, von diesem Typen gemocht zu werden, bis zur Selbstverleugnung.

»Willst du mich noch weiter über Masaccio belehren?«

»Ich fürchte, du hast bald die Schnauze voll davon. Aber dieses Bild ist der Schlüssel zum Verständnis dessen, was danach kam. Vasari behauptet, Masaccio habe uns derart lebendige Figuren beschert, dass ihm so viel Ehre zukommt, als hätte er die Kunst selbst erfunden. Große Worte von Vasari, der das Bild, vor dem wir jetzt stehen, mit seinem eigenen Bild sozusagen zugedeckt hatte. Man hatte sein Bild vor das Fresko von Masaccio gehängt; und erst dreihundert Jahre später wurde das Fresko wiederentdeckt. Es ist eine Lektion in früher Renaissancekunst. Es ist genauestens geplant worden, damit wir es auf Augenhöhe sehen können. Und am dichtesten vor uns liegt das Skelett. Die Perspektive ist geometrisch exakt, die Linien werden in einem einzigen Fluchtpunkt gesammelt, den man immer noch erkennen kann, eingeritzt in den Putz hinter der Farbe. Die Architektur des Bildes wirkt ebenso wirklich wie diese Kirche, der künstliche Raum, den er gemalt hat, ist so gut getroffen, dass man ihn eigentlich direkt in Stein bauen könnte.«

Endlich holt Jakob Luft. Er ist vom vielen Reden herrlich rot im Gesicht. Ja, es ist fantastisch, wie er sagt, *die Linien werden in einem einzigen Fluchtpunkt gesammelt, den man immer noch erkennen kann, eingeritzt in den Putz hinter der Farbe.* Woher weiß er das?

»Aber Giotto, Masaccio und die großen Künstler nach ihnen waren nicht nur an den neuen Dingen interessiert, die erfunden wurden, sie wollten sie vor allem dazu benutzen, den inneren Sinn eines Bildes zu zeigen.«

»Und wer ist der nächste Große nach ihm?«

»Rate mal.«

Jakob sieht mich gespannt an. Ich stehe total unter Leistungsdruck.

»Wenn ich jetzt einen Namen nenne, siehst du nur, dass ich überhaupt nichts kapiert habe.«

»Komm schon! Der Mann, der Masaccio wirklich verstanden und sein Anliegen aufgegriffen hat, hängt auch hier in Florenz.«

»Natürlich. Und das ist …?«

»Das rätst du. Ein anderer bekannter Typ, der mit M. anfängt.«

»Mmmmmm … keine Ahnung. Wie soll ich das erraten! Vergiss nicht, ich hatte bis heute noch nie von Masaccio gehört.«

»Er ist superbekannt. Mi…«, hilft mir Jakob.

»Mi…casso?«

Jakob sieht mich mit etwas flackerndem Blick an.

»Wenn du von mir belehrt werden willst, musst du das ernst nehmen. Sonst werde ich unsicher und fahrig und sehr kryptisch und vielleicht sogar abstoßend arrogant«, sagt er.

»Michelangelo«, sage ich.

»Ja. Gott sei Dank weißt du mal was. Ich kann niemanden belehren, der völlig gelähmt im Kopf ist.«

»Jetzt spiel hier nicht den Coolen«, sage ich und merke, wie ich leicht erröte. Leicht. »Du weißt zwar viel, aber du bist nicht so viel älter als ich.«

Ich hätte nie gedacht, dass so wenig nötig ist, damit er errötet. Leicht.

»Hier sind wir fertig«, sagt Jakob.

»Es hört sich fast so an, als wärst du der Meinung, ich fände das hier genauso interessant wie einen Zahnarztbesuch. Versprich mir eins«, sage ich. »Dass du mir zu allen Bildern etwas erzählst. Allen dreiunddreißig. Und dass du dir Zeit lässt, alles sagst, was dir einfällt. Ich will diese Lähmung gern weghaben.«

Plötzlich packe ich seinen sehr nackten Arm. Er ist warm. Camilla macht das ganz oft. Fasst Leute an. Ich bin da anders, finde das etwas klammerhaft, billig, der typische Anmachetipp, den man überall bekommt: *Denk dran, den Jungen, den du kennenlernen willst, oft und wie zufällig zu berühren.* Ich jetzt also auch.

»Ich will von diesen Bildern Karten kaufen, bevor wir gehen, ist das möglich?«

Hinter diesem Raum befindet sich noch ein weiterer, dort gibt es tonnenweise Karten. Jakob geht links am Altar vorbei. Ich muss seinen Arm loslassen. Dort ist ein großer Raum, eigentlich viel zu groß und schön, um als Postkartenverkaufsraum zu dienen. Ich blättere alle Karten durch, die auf einem riesigen Holztisch mitten im Raum liegen. Ich fange an zu begreifen, dass es in dieser Stadt unendlich viel Kunst gibt. Zum Schluss entscheide ich mich für zwei Karten mit Giottos Kruzifix, einmal vor und einmal nach der Restaurierung. Und natürlich für eine Karte von Masaccio. Karten sind billig und nett, aber sie reichen nicht im Entferntesten an die schönen Originale heran. Mir wird eine ganz einfache Sache klar: Jakob hat natürlich recht. So ist es wohl mit allen Bildern. Man hat sie eigentlich erst gesehen, wenn man sie live gesehen hat. Das ist in gewisser Weise auch deprimierend, weil ich kaum alle Bilder werde sehen können, die ich in diesem Leben gern sehen würde. Schon gar nicht, wenn ich meine Sehkraft verliere. Ich nehme natürlich auch noch eine Karte von Brunelleschi mit.

»Woher weiß man überhaupt etwas über diese Künstler?«, frage ich. »Giotto hat doch vor siebenhundert Jahren gelebt.«

»Vasari. Er schon wieder. Er war ein populärer Maler und Architekt der Hochrenaissance. Aber am bekanntesten ist Vasari dafür, dass er die erste große Kunstgeschichte geschrieben hat. Viel von dem, was wir über die großen Künstler wissen und denken, steht bei ihm, in zwei dicken Büchern. Er war der Meinung, der eher schwierige Michelangelo sei der Größte von allen. Vasari selbst war nicht so schwierig, er malte unermüdlich, hatte viel zu tun, viele Aufträge, und war bei der supermächtigen Familie Medici, die Florenz regierte, sehr beliebt, er und seine Assistenten haben Auftragsarbeiten angefertigt. Sie haben in Florenz und Rom Wände mit Fresken dekoriert. Vasari wurde zu einem Markenzeichen. Und er hat für die Medicis große Teile der Uffizien entworfen. Aber ich weiß nicht, ob ich ihn in meinen Artikel aufnehmen werde. Wenn du dich umdrehst und dir die Wand hinter dir anschaust, siehst du Vasaris großes Kreuzigungsbild.«

»Was ist das? Versteckte Kamera? Brauche ich mich einfach nur umzudrehen, und schon ist hier ein Vasari-Gemälde von Jesus am Kreuz?«

»Ja.«

Ich drehe mich langsam um. Betrachte mir die Wand. Ja. Es ist ein großes Bild von einer Kreuzigung. Jesus hängt mit geschlossenen Augen am Kreuz, er ist tot, hat einen fast friedlichen Gesichtsausdruck. Um ihn herum schwebt eine ganze Fußballmannschaft aus Frauen und Männern.

»Wow. Und das sagst du erst jetzt?«

»Ja.«

»Du weißt unglaublich viel.«

»Das war jetzt auch ein bisschen Glück.«

»Wirklich?«

Jakob lächelt, sieht zu Boden, sieht aus, wie ein Schuljunge, der von der Lehrerin gelobt wird.

»Wer schwirrt da um Jesus herum, sie sehen nicht aus wie Engel?«

»Das sind die Tugenden. Aber offen gestanden, finde ich, Vasari trägt etwas zu dick auf. Er war nicht gerade Minimalist. Ich habe nicht vor, ihn aufzunehmen, auch wenn er schon wichtig ist. Und die Tugenden … das ist eine längere Geschichte. Ich möchte eigentlich lieber das Kreuzigungsbild von Fra Angelico dabeihaben, das sich in einer anderen berühmten Kirche hier in Florenz befindet. Er war von dem Motiv so ergriffen, dass er beim Malen weinte.«

»Von den Tugenden und Fra Angelico musst du mir ein an-

→ **Siehe Abbildung 4 im Bildteil**

dermal erzählen. Und vielleicht auch von den supermächtigen Medicis. Muss ich mich sehr schämen, dass ich nicht ganz auf dem Laufenden bin?«

»Nein. Ich freue mich einfach nur, dass du Lust hast, zuzuhören. Es gibt nicht viele, die das alles so packend finden.«

»Willst du Vasari wirklich nicht aufnehmen?«

»Ich glaube nicht.«

»Der arme Vasari. Er hat bestimmt sein Bestes gegeben.«

»Ja. Aber manche muss ich weglassen. So viele, dass es fast weh tut.«

Die griesgrämige, blasse, verschlossene Frau an der Kasse steckt die Karten in eine kleine Tüte, wie sie uns die Oma in Bergen gern mit Süßigkeiten gefüllt hat. Ich merke, dass ich Vorurteile gegenüber verschlossenen Frauen habe. Sie seufzt, als ich anschließend noch eine Karte mit Vasaris Bild kaufe.

»Das war einfach nur ganz fantastisch«, sage ich und frage mich, ob ich nicht etwas übertreibe. Aber ich belasse es nicht dabei. »Ich brauche deine Augen«, höre ich mich sagen. Es hört sich vielleicht etwas oberschlau an, wie etwas, über das ich lange nachgedacht habe, aber es kam mir gerade eben erst in den Sinn.

Errötet er? Ja, er errötet.

»Ich brauche einen Kaffee«, sagt Jakob.

»Den hast du dir verdient.«

Er sieht glücklich aus. Auch ich bin glücklich, als sich Jakob auf dem Weg aus dem Kirchenschiff heraus ein letztes Mal umdreht. »Du hast recht. Masaccio ist tatsächlich ziemlich rosa. Das war mir noch nie aufgefallen.«

Es fühlt sich plötzlich total unangenehm an, ins helle Licht zu kommen, der Kontrast zu der sanften Dunkelheit in der Kirche ist riesig.

»Ich mag es gern, wenn mein Herz richtig laut schlägt«, sagt Jakob, nachdem er in einer Bar bei der Kirche Santa Maria Novella einen doppelten Cappuccino in sich hineingekippt hat. Es ist herrlich, endlich wieder zu sitzen.

»Und ich merke, wie mir schwindlig ist«, sage ich.

»Das ist gut so«, sagt Jakob.

»Woher weißt du so viel über Kunst?«

»Na ja ... Mama hat mir immer Kunstbücher gekauft, und Papa kannte einen Maler, dem er ab und zu Bilder abgekauft hat. Papa und ich waren zusammen in seinem Atelier, das war echt irre. Wir haben ein großes Bild von ihm zu Hause, das mich schon immer fasziniert hat. Ich dachte lange, es gäbe auf der ganzen Welt nur ein einziges Bild, das so aussah, und hielt es für mindestens ebenso wertvoll wie die Mona Lisa. Das stimmte leider nicht. Es hängt vielleicht damit zusammen, dass ich alle Bilder zuerst in Büchern gesehen habe, bevor ich etwas über sie gelesen habe ... ach ja, nein, keine Ahnung, sie gefallen mir einfach. Und je mehr ich mit der Zeit darüber las und nachdachte und je genauer ich sie mir anschaute, desto mehr wurden sie zu alten Bekannten, denen ich vertraute, die ich immer besser kennenlernte ... Keine Ahnung, es hört sich vielleicht total gaga an. Ein verrückter Kunstfreak, der sich mit Bildern unterhält ... Aber ich kann mich galaktisch freuen, wenn ich irgendeine Reproduktion von Giotto oder Rembrandt sehe, ich weiß, es hört sich schräg an, aber so ist es halt. Es kann schon sein, dass ich mehr physische Freunde bräuchte.«

»Ich glaube dir«, sage ich. »In der Theorie. Ich habe den ganzen Kram irgendwie einfach nie kapiert, glaube ich. Kunst ist halt Kunst. Ich sehe natürlich den Unterschied zwischen der *Mona Lisa* und Edvard Munchs *Schrei*, aber na ja. Manche Bilder gefallen mir besonders gut, aber ich weiß nicht, warum sie wer gemalt hat, warum derjenige sie so gemalt hat und in welche Zeit sie gehören, zu welcher Richtung, und welche Richtungen es überhaupt gibt. Ich habe von Michelangelo und Leonardo da Vinci gehört, aber keine Ahnung, ob es sich lohnt, nach Paris zu fahren, und einmal die Mona Lisa lächeln zu sehen, ich habe so viele Reproduktionen gesehen, aber … Was macht eigentlich ein gutes Bild zu einem guten Bild?«

»Tja«, sagt Jakob. »Das kann ich nicht erklären, das übersteigt meine Fähigkeiten. Aber es lohnt sich immer, sich das Original anzuschauen.«

»Versuch's wenigstens«, sage ich. »Du hast bestimmt schon darüber nachgedacht.«

Jakob holt die Zigarette hinterm Ohr hervor.

»Wenn man wirklich beurteilen will, ob ein Bild gut ist, muss man Tausende gesehen haben. Ein gutes Bild sagt so viel mehr als Worte, es ist wie Musik. Wenn ich erklären soll, warum ich mein Lieblingslied so toll finde, kann ich am Ende nur sagen: *Du musst es dir einfach mal anhören!* Genauso ist es mit Bildern. Wenn ich ein gutes Bild sehe, hat es fast einen physischen Effekt. Mein ganzer Körper ist einfach happy, die Farben, die Komposition sind so wortlos gut, das geht durch und durch. Ich weiß noch, wie ich Rembrandt im Rijksmuseum in Amsterdam zum ersten Mal gesehen habe. Ich hatte vorher schon Reproduktionen gesehen, und dann kam ich in das Museum und hatte Angst, enttäuscht zu werden, aber als ich sie sah … Ich weiß, es hört sich komisch an, aber es war, als wäre ich nach Hause gekommen, ich hätte glattweg heulen können. Ich musste mich ziemlich zusammenreißen, damit mich keiner abführt und in die geschlossene Anstalt schafft. Nachdem ich Rembrandt gesehen hatte, habe ich mir die ganze kolossale Van Gogh-Sammlung angeschaut, gleich über dem Platz hinter dem Rijksmuseum. Dort hingen die Sonnenblumen und die schwarzen Raben über dem gelben Acker. Ich bin Tage danach noch wie benommen durch die Gegend gelaufen. Hatte Lust, laut in die Welt hinauszuschreien. So ist es einfach. Aber ich habe gelernt, mich abzugrenzen, und heute laufe ich hier herum und sehe so ein bisschen herablassend-besserwisserisch aus, ein bisschen ich-hab-schon-größere-Zwerge-gesehen. Ich bekomme nie genug. Vielleicht ist es so, wie wenn man sich nackte Mädchen anschaut«, sagt Jakob.

»Kunst ist also wie … Sex?«, frage ich.

Jakob zuckt mit den Schultern. »Tja. Keine Ahnung. Nein, das hört sich wirklich zu absurd an.«

Er atmet den Rauch nicht richtig ein. Ich habe Angst, dass mir ihm gegenüber irgendwann einmal eine Bemerkung dazu herausrutschen wird.

»Wohin willst du als nächstes fahren?«

»In eine Stadt, die San Gimignano heißt, nicht so sehr weit von hier.«

»Welches Kunstwerk hängt dort?«

»Dort gibt es in einer Kirche ein paar tolle Bilder, aber ich will mir auch noch etwas anderes anschauen. Und außerdem habe ich Lust, mir die Stadt anzusehen. Sie soll sehr schön sein, habe ich gehört.«

Mehr sagt er nicht. Ich weiß auch nicht, was ich sagen soll, hoffe nur, dass er mich nicht total bescheuert findet, und außerdem muss ich dauernd darüber nachdenken, ob er *keine Ahnung* sagt, weil er wirklich keine Ahnung von Sex hat.

Im Moment habe ich Angst vor Pausen, habe Angst, sie könnten offenbaren, dass ich nichts beizutragen habe.

»Ich muss bald los. Was magst du eigentlich?«, fragt Jakob.

Ich bekomme einen trockenen Mund. Und spüre die Stiche in den Augen stärker als sonst.

»Ich bin eigentlich ein totaler Mathenussfreak. Superintelligent, knacke IQ-Tests, gehe auf diese Mensa-Treffen der Oberschlauen und so.«

»Wirklich?«

»Ja. Ich habe einen IQ von 140.«

Jakob sieht etwas verunsichert aus.

»Ich habe mich immer schon gefragt, was man bei diesen Mensa-Treffen eigentlich macht. Sitzt man da und löst von der NASA frisch entwickelte amerikanische Tests?«

»So ungefähr. Wenn wir richtig ernst machen, kaufen wir uns sechzig Überraschungseier, machen sie auf, legen die Schokolade zur Seite, öffnen die gelben oder orangefarbenen Eier darin, werfen die Anweisungen weg und verstreuen die Teile aller sechzig Eier auf dem Tisch. Dann stürzen wir uns alle miteinander darauf und bauen innerhalb einer bestimmten Zeit so viele Überraschungseierteile wie möglich zusammen. Und wer gewinnt, darf die Schokolade futtern.«

»Wirklich?«

»Es macht mehr Spaß, als es den Anschein hat. Aber mal was ganz anderes, ich möchte, dass du mich begleitest«, sage ich plötzlich. »Ich brauche deine Hilfe.«

»Ich bin kein Mensa-Typ.«

»Ich brauche nur einen Dolmetscher. Der mit jemandem spricht, der im selben Haus wohnt wie Papa.«

FRIDA (zu Frida): »Was faselst du da?«

FRIDA: »Keine Ahnung.«

FRIDA: »Wenn du so weitermachst, wirst du noch schizophren. Im medizinischen Sinne. So lernt man keinen Jungen kennen. Halte dich an gängigere Anmachetricks.«

Jakob hüstelt etwas.

»Ich habe dir offen und ehrlich gesagt, dass ich in Sprachen nicht besonders gut bin, ich habe nur einen Italienischkurs an der Scuola d'italiano in der Bygdøy Allé besucht«, sagt Jakob. »Und ich wäre lieber zum Kochkurs ins Nachbarzimmer gegangen. Grammatik kann geruchlich nicht mithalten. Wo wohnt denn dein Vater?«

»In der Via Ricasoli 1.«

»In derselben Straße liegt die Accademia«, sagt Jakob. »Hausnummer sechzig.«

»So? Was ist das?«

»Die Accademia ist die bekannteste Kunstakademie der Welt, die erste in Europa. Viele der ganz Großen haben dort eine Ausbildung bekommen. Heute ist sie ein Museum. Dort steht der David von Michelangelo. Michelangelo ist überall, fast ein Symbol für Florenz, ja, er ist im Grunde …«

Ich muss schmunzeln. Jakob ist so unglaublich enthusiastisch. Er ist einfach ein … Traumguide.

»Komm! So viel will ich gar nicht fragen.«

Wir setzen wieder unsere Rucksäcke auf und gehen los. Wir hätten sie bei der Gepäckaufbewahrung am Bahnhof aufgeben sollen. Ich habe außerdem Lust, Jakob zu sagen – wo er anscheinend danach sucht –, dass ich zum Beispiel ganz sicher eine … sehr *physische* Freundin sein könnte.

Die Haustür steht wohl Tag und Nacht offen. Die Florentiner sollten besser aufpassen. Wir gehen die Treppe hinauf. Jakob sagt jedenfalls nichts, was darauf hindeuten könnte, dass er mir nicht glaubt.

Ich klopfe an die erstbeste Tür neben der Wohnung, in der Papa theoretisch gesehen wohnen könnte. Was mache ich da? Die Angst wächst.

»Was soll ich fragen?«, flüstert Jakob.

»In der Nachbarwohnung wohnt Papa. Ich weiß nicht, bei wem wir jetzt klopfen. Darum habe ich dich ja mitgenommen.«

»Eh …«, sagt Jakob. Er sieht nicht allzu happy aus.

»Sag, dass ich die Tochter von Rikard Riis bin, und frag sie, ob sie ihn in letzter Zeit gesehen haben.«

Ich klopfe noch einmal. Wenn die Rothaarige hier wohnt, springe ich davon.

Schließlich macht eine alte Frau die Tür auf. Sie sieht mich ängstlich und verwirrt an. Es sieht so aus, als würde ich sie an die fremde Tochter erinnern, die doch noch den Krieg überlebt hat. Was ich wohl für ein Quälgeist bin? Eine Drogenabhängige, die ihr Leben zerstört?

»Sag was«, flüstere ich Jakob zu.

Jakob fasst sich ein Herz:

»Questa ragazza è la figlia del signor Rikard Riis, eh … l'hai visto di recente?«, fragt Jakob.

»Toll«, sage ich. »Sag ihr, dass er in der Wohnung neben ihr wohnt.«

»Ma, se abita in questo apartamento«, sagt Jakob und zeigt auf Papas Tür.

Die alte Frau sieht ziemlich verwirrt aus.

»Frag sie, ob sie weiß, wo er sich aufhält. Wann sie ihn zuletzt gesehen hat.«

»Ma, sai dov'è? Quand'è che … eh … l'hai … eh visto l'ultima volta?«

Der Professorenjunge kann weitaus mehr als ein Thunfischbrot bestellen!

Ich nicke der Frau zu und hole ein Blatt Papier heraus, auf das ich schreibe: *Bin hier in Florenz, echt. Ruf mich an! Frida.* Darunter schreibe ich meine Handynummer. Ich glaube schon fast selbst daran.

»Non lo so«, sagt die Frau, die jetzt skeptischer aussieht.

»Sie weiß es nicht.«

»Sag ihr, ich bin schwer krank, ich muss ihn sehen«, sage ich. »Gib ihr diesen Zettel.«

»Meinst du das ernst?«, fragt Jakob und beäugt ihn skeptisch.

»Ja.«

»Eh … lei è gravemente malata. Deve incontrarlo. È possibile trovarla a questo numero. Glielo puoi dare … eh … dicendogli di telefonare … al più presto possibile?«

Ich nicke erneut.

Jakob gibt ihr den Zettel. Er sieht völlig verschwitzt aus.

»Grazie«, sage ich schließlich.

»Nur eins noch, wohnt er allein in der Wohnung? Frag sie das?«

»Tra l'altro, abita da solo, o ha … eh … qualcuno in casa con lui?«, fragt Jakob.

»Non lo so«, sagt die Frau. »Non lo so.«

»Sie weiß es nicht«, sagt Jakob. »Ich glaube, sie weiß nicht sehr viel. Und ich kann auch nicht mehr.«

Ich will schon nach einer weiteren Sache fragen, entscheide mich aber anders. Ich sollte jetzt aufhören.

»Grazie«, sage ich. Und nicke zum dritten Mal, versuche, lieb und verwirrt und gleichzeitig schwerkrank auszusehen. Das ist nicht so leicht.

»Du bist ganz schön gut!«, sage ich, als wir wieder auf der Straße stehen.

Aber Jakob sieht mich nur an.

»Wir haben doch überhaupt nichts in Erfahrung gebracht. Bist du ganz sicher, dass er dort wohnt?«

»Die Frau war nicht so ganz da. Aber du sprichst ja genauso gut Italienisch wie der Papst!«

Jakob schüttelt den Kopf, und wir gehen zurück zum Dom.

»War das nicht ziemlich billig, die arme Frau damit zu triezen, dass du angeblich schwerkrank bist?«

»Vielleicht. Sie hat jedenfalls nicht gesagt, dass er nicht hier wohnt«, sage ich. »Außerdem stimmt es.«

»Was?«

»Dass ich krank bin.«

»Und du flunkerst nicht?«

»Nein. Ich flunkere nicht.«

»Was für eine Krankheit hast du denn?«

»Ich habe eine schwere Augenentzündung. Eine bakterielle.«

Ich versuche es locker und neutral zu sagen.

»Wo am Auge?«

»Auf beiden Hornhäuten.«

»Ist es was Ernstes?«

»Na ja. Es kann schlimmstenfalls bedeuten, dass meine Hornhäute so schlecht werden, dass sie … unbrauchbar werden könnten. Aber ich bin in Behandlung. Im Ullevål Krankenhaus hoffen sie zumindest, dass das die Entzündung eindämmt.«

Ich übertreibe vielleicht etwas arg, aber ich brauche eine Spur Sympathie. Der grausame Papa, die gefährliche Augenkrankheit. Das Ullevål Krankenhaus. Mehr habe ich nicht zu bieten.

»Auf Dauer kannst du also schlimmstenfalls das Augenlicht verlieren und erblinden?«

»Wenn ich nicht vorher neue Hornhäute bekomme. Aber das gilt nur im schlimmsten Fall.«

Noch ein Punkt mehr auf der Liste unserer Gemeinsamkeiten: Jakob ist auch ein Worst-case-Pessimist.

»Das hört sich ja ziemlich übel an«, sagt Jakob. »Aber ist es dann gut, dass du hier bist? In Ferien?«

»Darüber will ich lieber nicht reden. Okay? Ich habe einfach beschlossen, die Arznei viermal am Tag zu nehmen, nachts die Salbe aufzutragen und ansonsten alles für einige Zeit zu verdrängen.«

Jakob sieht aus, als wollte er noch etwas sagen, aber ich unterbinde das, hole mein Handy heraus und konzentriere mich ganz darauf, eine SMS an Mikkel Fuchs zu schreiben, ohne dass ich weiß, ob ich sie zum Mond oder nach Afrika schicken soll. Ich merke, dass ich zu dem Ganzen eine nicht ganz unverkrampfte Haltung habe.

»Hallo, die Sonne geht in etwa einer Stunde unter«, sage ich. »Wo hat man hier die schönste Aussicht? Ich muss im Leben noch ein paar Sonnenuntergänge mitnehmen, falls alles um mich herum schwarz werden sollte«, sage ich. Auch das soll witzig und locker klingen, aber Jakob sieht mich ernst an.

»Die Piazzale Michelangelo gilt als der schönste Ort dafür«, sagt er. »Aber wenn du bereit bist, noch etwas weiter zu gehen, gibt es wenige Plätze mit einer schöneren Aussicht als die Kirche San Miniato al Monte. Es gibt überhaupt nur wenige Orte auf dieser Welt, die schöner sind. Und außerdem können wir durch die Via del Monte alle Croci gehen. Den alten Kreuzweg. Dante, der Dichter aller Dichter, der aus Florenz stammte, hat ihn mit dem Weg zum Paradies verglichen.«

»Klar bin ich bereit«, sage ich und hätte nichts dagegen, ein Taxi zu nehmen. Aber wir gehen zu Fuß, über den Fluss, am Ufer entlang, jede Menge Treppen hinauf. Die braunen Holzkreuze stehen am rechten Wegrand.

»Sie stehen für die Via Dolorosa, den Weg, den Jesus zu seiner Kreuzigung gehen musste.«

»Okay«, keuche ich. Und weiter geht es nach oben, oben, oben, zuletzt ein paar beschwerliche Treppenstufen, dann endlich – die Kirche.

Puh! Ich drehe mich um und schaue nach unten. Hier ist es nicht nur *ziemlich nett*. Es ist schwindelerregend schön. Der Fluss, die tausend braunen Dächer der Altstadt, die riesige Brunelleschi-Kuppel am Dom und Giottos Glockenturm, der alle rotbraunen Gebäude überragt.

»Ist dein Vater sauer auf dich? Oder wie ist das?«

Ich setze mich hin, hole tief Luft.

»Es ist wohl eher so, dass ich sauer auf meinen Vater bin. Er überschlägt sich nicht gerade, um Kontakt zu seiner einzigen Tochter aufzunehmen. Ich weiß eigentlich nicht, wie die Dinge stehen. Er hat Mama und mich verlassen. Wollte nach Italien. Ich habe eine Adresse und eine Telefonnummer bekommen, unter der er nicht zu erreichen ist. Er hat drei- oder viermal angerufen, aber er sagt meinen Namen wie ein Telefonverkäufer. Als würde er selbst nicht glauben, dass er mich so lieb hat, wie er es sollte. Was er zu Mama gesagt hat, weiß ich nicht.«

»Du bist nicht vielleicht ein bisschen paranoid?«, fragt Jakob und zündet sich eine Zigarette an. »Er ist vielleicht nur unterwegs. Verreist oder so.«

»Schwachsinn«, sage ich. »Mein Vater hat sich für die Midlife-Crisis einen Teflonschutzmantel zugelegt. Jetzt prallt alles an ihm ab.«

»Lass mich mal deine sagenumwobenen Augen anschauen«, sagt Jakob plötzlich und beugt sich zu mir herüber, kommt ganz dicht heran. Er hat die Zigarette auf das Mäuerchen gelegt, auf dem wir sitzen. Sie qualmt. Dann setzt er meine Brille ab. Das Erlebnis ist so physisch, dass mein Herz drei Schläge lang aussetzt. Ich hoffe, er findet meine Augen schön.

»Ich kann nicht sehr viel sehen«, sagt er und sieht mich mit seinen sehr braunen Augen an. Er ist mir ganz nah. Zigaretten- und Aftershave-Geruch. *Sex-Wässerchen*, wie Mama es einmal genannt hat. Ich war ganz überrascht, dass Mama so etwas sagt.

Jakob ist keine dreißig Zentimeter von mir weg, ich fühle mich leicht schwindlig, kann nicht genau sagen, wer ich gerade bin, das Stendhal-Syndrom vielleicht. Zu viel Schönheit auf einmal. Eigentlich brauche ich nicht viel mehr im Leben, als mit diesem Kunstfreak hier zu sitzen, denke ich, das würde mir genügen, hier sitzen, alles ausblenden, was mein Leben für gewöhnlich ausmacht, meinen Herzschlag spüren, den Puls im Handgelenk, zwei winzige Vogelherzen zeigen die Zeit an, dort, wo die Uhr normalerweise sitzt, ich befinde mich jenseits aller Zeit, als mein Telefon klingelt.

»Du musst rangehen«, sagt Jakob, als ich noch zögere.

»Hallo Frida, mein Schatz«, sagt Papas Stimme, als wollte er mir einen neuen Handyvertrag andrehen.

Speak about the devil, wie die Engländer sagen.

»Hallo«, sage ich und ärgere mich darüber, dass meine Stimme etwas kurz angebunden klingt.

Pause.

»Du bist ja wirklich auf Tour, wie ich gehört habe.«

»Ja, ich bin auf Tour.«

Erneute Pause.

»Wie geht's dir, Kleines? Ich habe Mama angerufen. Sie sagt, du wärst krank. Das hättest du mir doch sagen können.«

Ich hole tief Luft, mein Gehirn braucht mehr Sauerstoff. Ich weiß nämlich nicht, was ich Papa sagen soll. Ich weiß es wirklich nicht. Soll er reden.

Jakob steht auf und geht ein Stück weg, erfasst anscheinend die Stimmung.

»Und ist Florenz toll?«

»Ja.«

»Bist du mit jemandem zusammen unterwegs?«

»Ja und nein. Ich habe jemanden kennengelernt, aber hierher bin ich allein gereist.«

»Okay«, sagt Papa. »Du bist ja groß genug, um auf dich aufzupassen.«

Ich sage nichts. Wie kann es sein, dass sich ein Papa und seine Tochter so wenig zu sagen haben.

»Ich hab dich lieb, Kleines. Das mit dem Telefon tut mir leid.«

»Das hast du schon gesagt.«

»Ich habe eine Wohnung in St. Hanshaugen. Zurzeit funktioniert nur die Handynummer.«

»Okay.«

Peinliche Pause. Ich höre, dass ich total down bin.

»Wenn du Zeit hast, musst du noch Siena mitnehmen«, sagt Papa. »Eine Stunde südlich von Florenz. Eine sehr schöne Stadt.«

»Okay«, sage ich.

»Ruf an, wenn du was brauchst.«

»Okay.«

»Mach's gut, Kleines.«

»Mach's gut«, sage ich und lege auf. Würde am liebsten Sturzbäche heulen, weiß aber, dass ich es nicht kann.

»Er lügt«, lüge ich Jakob an, kann sogar noch ein paar Tränen abdrücken. »Ich glaube, er hat jemandem den Wohnungsschlüssel der Via Ricasoli gegeben.«

Ich erwarte eigentlich nicht, dass Jakob antwortet oder kapiert, was in unserer Familie los ist. Ich weiß es selbst nicht. Was mit mir los ist. Warum ich lüge.

»Leben deine Eltern zusammen?«

»Ja. Sie leben zumindest im selben Haus. Wie gut es ihnen miteinander geht, weiß ich nicht. Man kann sich manchmal gar nicht vorstellen, dass meine Eltern vermutlich einmal genauso jung waren wie wir und sogar verliebt. Aber sie haben sich ja auch irgendwann einmal kennengelernt.«

Klar habe ich darüber nachgedacht. Habe in letzter Zeit ganz viel darüber nachgedacht.

»Sie haben wenigstens überhaupt jemanden kennengelernt.«

»Wie meinst du das?«

»Wie ich es sage. Dass sie wenigstens überhaupt jemanden kennengelernt haben, in den sie sich verliebt haben – sich gegenseitig. Und dann fliegen sie davon. Wie zwei Vögel, die sich mehr oder weniger zufällig gepaart haben. Den Beweis dafür haben sie geliefert. Wir, die wir hier sitzen.«

Jakob sieht mich an, steckt sich eine Zigarette in den Mund.

»Telefone sind ein Mistzeug«, sage ich. »Es ist schon schwierig genug, zu wissen, was Leute denken, wenn man sie sieht. Da hat man wenigstens eine Chance. Papa behauptet zum Beispiel, wenn man Zeit hat, sollte man sich noch San Gimignano anschauen. Das ist doch die Stadt, wo du hinwillst, oder? Ist San Gimignano eine große Stadt?«

Ich kratze mich an der Nase, ich habe gelesen, dass man das häufig tut, wenn man lügt.

»Nein. Sie ist nur sehr schön. Und hat, wie gesagt, ein interessantes Museum. Und eine Kirche voller schöner Fresken.«

»Ich tippe mal, du würdest überall in Italien ein interessantes Museum finden.«

»Mir würde eine ganze Menge einfallen. Und ja, es gibt sehr viele. Wo ist dein Vater jetzt? Das war er doch am Telefon?«

»Ich habe vergessen zu fragen. Er ist weiter nach Süden gereist«, sage ich. »Aber er ist ständig unterwegs, Mama behauptet, er ist so rastlos, dass er ein neues Auto haben will, sobald der Aschenbecher voll ist.«

»Wenn du schon so schlecht über deinen Vater denkst: San Gimignano ist der typische Ort, an den man einen Lover mitnimmt. Nur, dass du das weißt: Die Stadt ist hyperromantisch. Und was wäre, wenn du deinen Vater dort mit einer Frau treffen würdest, so rein theoretisch?«

»Ich weiß nicht immer, was ich will. Aber eine hyperromantische Stadt will ich schon gern sehen«, sage ich und merke, wie Jakob kapiert, dass ich mich ziemlich cool gebe. »Wie kommt man dahin? Mit dem Zug?«

»Mit dem Bus.«

»Wann wolltest du dorthin?«, frage ich.

»Vielleicht morgen.«

Ich weiß nicht, warum ich tue, was ich jetzt tue. Aber ich stehe auf.

»Komm«, sage ich und nehme seine Hand, ziehe ihn hoch. Sie ist fest und warm. Dieser Impuls passte einfach nur unglaublich gut, wirkte ganz natürlich, ich habe nicht vor, ihn nach seinen Plänen für heute Abend zu fragen. Lasse ihn los, sobald er steht.

»Hat dein Vater sonst noch was gesagt?«

»Nein, wenn ich ihn nach konkreten Dingen frage, kriege ich nur mehr oder weniger chinesische Halbweisheiten zu hören, wenn du verstehst, was ich meine.«

»Eh … nicht ganz. Gib mir ein Beispiel für eine chinesische Halbweisheit.«

»*Schläfst du zu viel allein, wird deine Haut von Angst gepackt.* So was halt. Er ist im Moment irgendwie nicht ganz da.«

Das Gute im Leben ist, dass es abwärts schneller geht als hoch. Wir kommen zur Piazzale Michelangelo. Die auch ganz hübsch ist, aber mit zig Touristen.

»Der David«, sagt Jakob. »Eine Kopie des echten von Michelangelo. Ich sage es nur.«

»Ein großer, nackter Mann«, sage ich, »nicht schlecht.«

»Das Original ist besser«, sagt Jakob. »Ich glaube, wir müssen ein Taxi nehmen, damit wir den Bus noch erreichen«, sagt Jakob.

»Ich lade dich ein«, sage ich. »Ich habe in letzter Zeit hart gearbeitet und ein paar Kronen auf die Seite gelegt, wie es heißt.«

»Okay. Aber du brauchst nicht zu bezahlen.«

Und so geschieht es einfach. Wir sind auf dem Weg. Nach San Gimignano. Siena ist im Verhältnis dazu bestimmt eine beschissene Stadt.

Das Taxi ist ein weißer Mercedes. Ein weißer Mercedes ist toll. Ich komme Jakob auf dem Rücksitz ganz nah. Hätte Lust, den Kopf an seine Schulter zu lehnen, traue mich aber nicht.

Zurück zum Bahnhof, von hier geht der Bus.

Ich kenne mich in der Stadt allmählich aus, vor allem rund um den Bahnhof. Und so kam es, wie man so schön sagt, dass wir den Abendbus nach San Gimignano nahmen. Kurz bevor wir einsteigen, geht auf seinem Handy eine SMS ein. Unmöglich festzustellen, ob es etwas Nettes oder Interessantes ist oder nur seine Mutter. Er hält sich ziemlich bedeckt, was seine SMS angeht.

Wir setzen uns im Bus nach hinten, und plötzlich, keine Ahnung, ist Jakob ziemlich still. Langweilt er sich? Langweile ich ihn? Ich würde mir wünschen, ich könnte ihn festhalten, witzige Sachen sagen, ihn überraschen, er würde mich, wenn schon nicht für das schönste, dann doch wenigstens für das witzigste Mädchen halten, das er je kennengelernt hat. Ach, wüsste ich nur zwei Sachen über das Mädchen, in das er verliebt ist. Oder ist er vielleicht nur genauso todmüde wie ich. Der heutige Tag war unendlich lang. Ich hole das Chloramphenikol-Fläschchen heraus und träufele etwas Flüssigkeit in meine Augen. Ich glaube, ich habe es heute einmal vergessen.

»Gibt es auch *außerhalb* von Florenz bekannte Künstler?«, frage ich, als sich der Bus in den dichten Verkehr einreiht. Zurzeit herrscht vielleicht Rushhour? Ich bereue schon, dass ich nicht noch einmal auf der Toilette war, bevor ich in den Bus gestiegen bin. »Oder hat sich alles hier in der Stadt abgespielt?«

»Na ja. Nicht weit von hier liegt Vinci, eine kleine Stadt …«

»Mit etwas Glück errate ich vielleicht, wer von dort stammt … Leonardo di Caprio, nein, warte, warte, warte, ich weiß es … ich mache nur Spaß. Michelangelo da Vinci.«

Jakob zieht erneut die rechte Augenbraue hoch. Vielleicht macht er das einfach automatisch, vielleicht findet er es aber auch total schick, es sieht bescheuert und cool aus. Ich frage mich, ob er es geübt hat oder einfach kann. Ich ziehe ebenfalls eine Grimasse, kriege es aber nicht hin.

»Und was kannst du einem armen unwissenden Mädchen über unseren guten Leonardo erzählen?«

»Super, dass du fragst, über ihn weiß ich nämlich unverschämt viel«, sagt Jakob.

»Glück gehabt!«

»Ja. Der bekannteste Künstler von allen hat nämlich gar nicht so viele Bilder gemalt. Nach Giotto, Brunelleschi, Masaccio und der ganzen Clique der Frührenaissance kam die Hochrenaissance, eine irre Zeit, in der sich noch mehr große Künstler in die Schlange einreihen. Und auch wenn die Bilder des bekanntesten von ihnen, des Universalgenies Leonardo da Vinci, oft zerstört oder nur halb fertig sind, sieht man trotzdem genau, wie wichtig er war. Obwohl vieles darauf hindeutet, dass er so seine Schwierigkeiten mit dem Lesen hatte, weshalb er seinen Zeitgenossen als nicht sehr gebildet galt. Im Gegensatz zu Michelangelo, der als schwergewichtiger Akademiker angesehen wurde. Leonardo war zuzeiten melancholisch und deprimiert, aber heute ist er *der* Renaissancemensch, der beste und vielseitigste von allen. Das sehen wir jetzt. In seiner Zeit wurde er von den hippen Leuten jedoch nicht eingeladen.«

»Trotzdem zählte er zu den ganz Großen? Hat er auch Kreuze gemalt?«

»Leider habe ich von Leonardo noch keine Kreuzigungsszene gesehen, auch wenn nicht auszuschließen ist, dass er eine gemalt hat. Er hat zumindest mehrmals Szenen aus dem Leben Jesu gemalt, sein größter Hit hier in Italien ist das Wandgemälde *Das Abendmahl* in einem Kloster in Mailand. Es ist wie Masaccios Bild auf Augenhöhe gemalt, so dass sich die Mönche, die einst in dem Speisesaal mit dem Wandgemälde saßen, mit Jesus und seinen Jüngern in einem Raum befanden. Ein total geniales, lebendiges Bild. Es fasst alles zusammen, was die Renaissance ausmacht. Leider ist es gefährdet.«

»Inwiefern?«

»Er war ein rastloser Kerl, hat wohl etwas zu viel mit Farben experimentiert. Da Vinci hat ständig versucht, neue Sachen zu erfinden, hat sich nie auf die Akademiker oder andere verlassen. Er wollte die Welt noch einmal sehen, mit eigenen Augen. Er war, gelinde gesagt, ziemlich neugierig. Nicht nur in Sachen Farben und Kunst, er hat um die dreißig Leichen seziert und erforscht, von der Wirbelsäule und den Hüftknochen bis zum Kind im Mutterleib. Er entwickelte Maschinen und Spiele, die Prinzipien des Tauchanzugs und das Fahrrad, baute Hubschrauber und Flugzeuge, aber auch Kriegsspielzeug und Maschinen zum Töten. Und malte mittendrin das bekannteste und berühmteste Bild der Welt, die *Mona Lisa*. Er muss ziemlich rastlos gewesen sein. Und seine Freiheit genossen haben. Es wird behauptet, dass er auf dem Markt Vögel gekauft hat, um sie freizulassen. Du siehst übrigens auch etwas rastlos und gestresst aus, nerve ich dich?«

»Nein. Ich muss nur ziemlich dringend wohin und hoffe, der Bus hält bald mal an.«

»Ich kann den Fahrer bitten, kurz anzuhalten. Dann kannst du dir einen Busch suchen.«

»Nein, nein. Das ist mir zu peinlich. Erzähl mir lieber was von Michelangelo.«

»Ich weiß nicht, ob Michelangelo bei Harndrang hilft.«

»Doch, doch. Alles, was mich auf andere Gedanken bringt, hilft. Hat er zur selben Zeit gelebt wie Leonardo?«

»Ja, Michelangelo hat sich selbst vor allem als Bildhauer gesehen, und dann hat er das größte gemalte Werk der gesamten Kunstgeschichte geschaffen. Außerdem hat er natürlich den David gemacht. Die Kreuzigung hat er nur in ein paar Zeichnungen und Aquarellskizzen dargestellt, aber es gibt eine Kreuzigungsstatue, die Michelangelo in jungen Jahren gemacht hat, eine Holzskulptur. Er wollte unbedingt wissen, wie der menschliche Körper aussieht. Das herauszufinden, war damals nicht so einfach. Deshalb ging er in ein Kloster, an das ein Krankenhaus angeschlossen war. Dort durfte er die Leichen untersuchen und zeichnen. Als Dank für die Leichenzeichnungen hat er den Mönchen im Kloster diese Jesusstatue vermacht. Es ist aber ein frühes Jugendwerk. Du kannst dir denken, wo es sich befindet.«

»Doch wohl nicht in Florenz, oder?«

»Doch! In der Tat! In einer Kirche.«

»Aha«, sage ich. I get the picture, im wahrsten Sinne des Wortes. Schon wieder. Florenz war die Stadt, wo es wirklich abging.

»Ich würde die Statue gern sehen.«

»Du kannst sie dir gleich anschauen. Ich habe ein Bild davon in meinem Rucksack«, sagt Jakob.

»Machst du Witze?«

Jakob holt eine einfache Plastikmappe mit einem Packen DIN-A4-Blätter heraus.

»Hast du alle Bilder aus deinem Projekt in dieser Plastikmappe?«

»Ja. Es sind aber nur Farbkopien, ich kann nicht alle Bücher im Rucksack mit mir herumschleppen.«

Ich merke, wie ich immer dringender wohin muss, weil die Straße so kurvenreich ist.

Jakob nimmt die Bilder einzeln aus der Mappe, sie liegen fein säuberlich aufeinander, das erste ist von Giotto. Dann kommt Brunelleschi. Dann Masaccio. Die habe ich schon gesehen. Dann reicht er mir ein neues Blatt. Das Foto einer Holzfigur, die leicht als Jesus am Kreuz zu identifizieren ist. Jesus sieht etwas gelblich aus, aber sehr sauber und schön. Und richtig nackt. Nicht so glatt wie bei Brunelleschi.

»Gefällt sie dir?«

»Ja, sehr.«

»Das wissen nicht viele, aber es ist eine der ersten nackten Jesusfiguren, von denen wir wissen. Und stammt typischerweise aus der Renaissance. Damals wurde es langsam salonfähig, nackte Menschen zu malen. Dieses Kruzifix hat Michelangelo gemacht, als er in deinem Alter war. Mit siebzehn nämlich.«

»Genauso nackt wie die Davidstatue, die wir gerade auf der Piazzale Michelangelo gesehen haben?«

»Ja. Er malte und bildhauerte ganz einfach gern nackte Menschen. Das bereitete ihm manchmal richtiggehend Probleme, er wurde von einem schlechten Gewissen geplagt, weil er den nackten, sinnlichen Körper darstellte, während er zugleich Gott dienen und sich für das Höhere interessieren wollte, und nicht auf nackte Brüste und Hintern starren, um es mal mit einfachen Worten zu sagen. Dann bekam er gewissermaßen die Chance, Gott und Körper an der Decke der Sixtinischen Kapelle in Rom zu vereinen. Es gab nämlich eine Decke im Vatikan, die nur mit Sternen bemalt war, und die wollte man etwas aufpeppen. Er wollte den Auftrag eigentlich gar nicht haben, bekam ihn aber doch. Michelangelo war ein schwieriger einsamer Wolf. Er war mit seinen Assistenten auch nicht besonders happy und arbeitete an dieser Decke ganz allein. Über Jahre hinweg lag er rücklings auf einem Gerüst unter der Decke und malte bekannte Motive aus der Bibel, es kamen viele nackte Körper dabei heraus. Ein Papst erwog später, das Ganze unter Verschluss zu setzen, er fand so was in einem Gotteshaus unangebracht. Aber als er fertig war, applaudierten alle, das Gemälde war ein Riesenerfolg, und seine Malerkollegen pilgern bis auf den heutigen Tag dorthin.«

→ **Siehe Abbildung 5 im Bildteil**

»Du meinst, Michelangelo wurde wie ein Star gefeiert?«, frage ich, allmählich hilft es auch nicht mehr, dass ich die Beine übereinander schlage. Aber obwohl ich dringend wohin muss, hoffe ich, dass die Busfahrt ewig dauert. Ein ziemlich aussichtsloser Wunsch. Draußen ist es jetzt dunkel, und alles wirkt irgendwie ganz einfach. Nur noch wir zwei hier, Jakob und Frida auf einer unendlichen Busfahrt. Am allerliebsten unterhalte ich mich mit anderen Menschen. Ernsthaft. Über etwas, was von Bedeutung ist, was meinem Gesprächspartner richtig am Herzen liegt. Ich habe einmal einen Film gesehen von einem Paar, das Sex miteinander hatte, ziemlich intensiv. Und unglaublich gut fand ich, dass sie sich miteinander unterhielten, als würden sie einfach nebeneinander sitzen, in einem Bus zum Beispiel, sie redeten fast die ganze Zeit. Ich frage mich, ob es Jungs gibt, mit denen man sich unterhalten kann, während man mit ihnen schläft, ob es Jungs gibt, die das toll finden. Und erröte dummerweise schon beim Gedanken daran.

»Nach Michelangelo hat niemand mehr etwas Vergleichbares geschaffen, und trotzdem wurde er sein ganzes Leben lang von dem Gefühl gequält, nicht zu genügen. Vier Jahre lang hat er dagelegen und gemalt, es muss einiges an Farbe auf seinen Bart getropft sein, und seine Hose war hinterher bestimmt so schwer, dass sie aufgeschnitten werden musste. Es heißt, dass er so daran gewöhnt war, alles verkehrt herum zu sehen, dass er sich einmal, als ihm ein Bote einen Brief brachte, zum Lesen auf den Rücken legen musste. Später hat er auch den Petersdom gebaut. Es war das Letzte, was er geschaffen hat. Die Kuppel und alles hat er gratis gemacht. Für Gott. Keine fünf Øre hat er dafür genommen. Aber zuerst diese Jesus-am-Kreuz-Skulptur. Splitternackt. Ein Mensch wie du und ich.«

»Er hat im Alter bestimmt wie alle anderen gehofft, ewig zu leben, nicht in seinem Körper, und dann macht man vielleicht auch einiges gratis«, sage ich und hatte eigentlich vor, noch viel mehr zu sagen, aber jetzt ist der Bus am Ziel, hält direkt vor einem alten Stadttor. Ich stehe auf, und Jakob nimmt beide Rucksäcke. Sobald die Tür aufgeht, springe ich hinaus und stürme in einen Laden mit Touri-Nepp, wo ich die Toilette benutzen darf, ich bin nicht gerade die Höflichkeit in Person. Es ist kurz vor Ladenschluss. Als Dank für den Toilettenbesuch kaufe ich anschließend das Erstbeste, was mir in die Finger kommt, eine Touri-Davidstatue aus Gips für nur einen Euro. Auf einem Regalbrett neben der Kasse steht eine ganze Fußballmannschaft solcher Davids. Ich habe nicht vor, Jakob die Figur zu schenken.

Ich habe Mühe, den Namen der Stadt auszusprechen, zu deren Besuch ich mich habe hinreißen lassen.

»San *Djiminjano*«, wiederholt Jakob mehrmals hyperdeutlich. Findet er es etwa klasse, so zu tun, als hätte er es mit einem kleinen Kind zu tun?

San Gimignano ist wirklich eine hyperromantische kleine Stadt. Schon aus der Entfernung konnten wir die Lampen sehen, die die hellen Steine erleuchten. Eine Märchenstadt.

»Jemand hat San Gimignano das Manhattan der Toskana genannt. Bestimmt irgendwelche Amerikaner. Die Stadt ist nicht so groß, aber die Sache ist die, dass im Mittelalter verschiedene Familien darum gerungen haben, den höchsten und coolsten Turm zu bauen. Sie hatten viel Geld, weil alle Pilger aus Nordeuropa auf dem Weg nach Rom hier vorbeikamen und ein ganzes Jahreseinkommen in der Stadt zurückließen. Man brauchte also nur munter drauflos zu bauen. Jetzt fange ich schon wieder an …«

»Weißt du was, Jakob? Ich finde es total irre, dass du so viel weißt«, sage ich und beiße mir sofort auf die Lippen. Die flirtende Frida schlägt wieder durch.

Er scheint sich zu freuen.

»Auch wenn du es vielleicht nicht glaubst, ich weiß, wie gesagt, nicht mehr als das, was in jedem Reiseführer steht«, sagt Jakob. »Aber das Wenige schreie ich in die Welt hinaus. Manchmal gebe ich auch etwas an. Ich frage mich zumindest ernsthaft, ob es so ist.«

»Im Gegensatz zu dir weiß ich irgendwie nicht so viel über irgendein spezielles Gebiet. Ich habe mich noch mit nichts wirklich intensiv beschäftigt. Ich kenne mich nur in vielen Dingen so ein bisschen aus. Vor allem in abstrusen Dingen. Vielleicht lese ich auch nur so viele Geschichten, um mich interessant zu machen.«

»Was für Geschichten?«

»Ja, zum Beispiel die Geschichte von der vierzehnjährigen Donna Ashlock, die sich im Pacific Medical Center in San Francisco einer Herztransplantation unterzogen hat. Hast du von ihr gehört?«

»Nein«, sagt Jakob. »Habe ich nicht.«

»Direkt nach der Herztransplantation kam ihr Vater zu ihr ins Zimmer und sagte, sie könne sich bei ihrem fünfzehnjährigen Freund Felipe Garza bedanken, dass sie noch lebte. Er hatte ihr sein eigenes Herz geschenkt.«

»Wirklich?«

Vielleicht mag Jakob es auch, wenn man ihm Geschichten erzählt? Jetzt sieht er tatsächlich ein bisschen interessiert aus.

»Ein paar Tage vor Weihnachten hatte der Arzt Donna eröffnet, dass sie eine Herztransplantation bräuchte, um weiter zu leben. Als Felipe das hörte, sagte er zu seiner Familie, er würde am liebsten sterben, damit sie leben kann. Da Felipe scheinbar kerngesund war, taten seine Eltern es als romantische Spinnerei ab. An Neujahr wurde Felipe aber mit Blaulicht ins

Krankenhaus gebracht, ein Blutgerinnsel im Gehirn, die Ärzte erklärten ihn bald für hirntot. Felipes Eltern hatten Donna noch nie gesehen, die beiden waren ja noch so jung. Aber sie erinnerten sich an seine Worte und nahmen Kontakt zur Familie Ashlock auf. Am selben Abend noch wurde Felipe nach San Francisco ins Krankenhaus geflogen. Die Ärzte operierten fünf Stunden lang, und Donna bekam das Herz ihres Freundes, alles verlief so gut, dass sie nach zwei Wochen aus dem Krankenhaus entlassen wurde. Sie wurde berühmt, man wollte einen Film über sie drehen und alles Mögliche. Kein Mensch weiß, warum ein kerngesunder Fünfzehnjähriger plötzlich ein tödliches Blutgerinnsel bekommt. Hat er sich selbst geopfert, um seine geliebte Donna zu retten? Über solche Dinge mache ich mir Gedanken.«

»Kein Mensch ist so verliebt wie ein verliebter Junge«, sagt Jakob. »Das behauptet jedenfalls meine Mutter.«

»Siehst du das auch so?«

»Ja«, sagt Jakob.

Mir fällt nichts Gescheites ein, was ich dazu sagen könnte. Erleben wir gerade so was wie eine klitzekleine peinliche Stille?

»Ich will solche Sachen gern glauben«, sage ich. »Aber ich frage mich, warum sich solche Geschichten immer in den USA zutragen. Und ob sie wirklich wahr sind. Sie hören sich etwas illustriertenmäßig an. Das ist bei dem, was du erzählst, zum Glück anders. Du bist eher nachrichtenmäßig drauf, glaube ich.«

»Jetzt weiß ich nicht mehr, was ich sagen soll«, murmelt Jakob. »Die Geschichte von Donna und Felipe hört sich jedenfalls glaubwürdig an.«

Es ist zu dunkel, als dass ich sehen könnte, ob er errötet. Ich bin kurz davor, ihm über die Wange zu streichen, es würde nur eine Sekunde dauern. Aber mitunter ist selbst eine Sekunde zu lang.

»Ich glaube manchmal auch, dass es leichter ist, jemanden umzubringen als jemanden zu lieben. Keine Ahnung«, sage ich. »Das habe ich bestimmt irgendwo gelesen und sage es nur, um mich aufzuspielen.«

»Aber du denkst viel über die Liebe nach?«

»Ich bin eine Theoretikerin.«

San Gimignano ist etwas völlig anderes als Florenz. Es ist eine ziemlich kleine Stadt, das Leben verläuft hier still und ruhig, keine Kamikaze-Vespapiloten oder psychotische Taxifahrer, die versuchen, uns umzubringen, als wir ruhig die Hauptstraße, die Via San Giovanni, entlanglaufen. Viele machen an diesem leicht kühlen Abend einen Spaziergang.

Wir kommen zu einem großen offenen Platz mit einem großen Brunnen und erkennen schnell, dass hier die meisten Hotels stehen. Da wären wir jetzt. Okay. Was nun?

Ich muss nicht weiter grübeln. Jakobs Handy piept.

»Ich hol nur schnell noch Zigaretten«, sagt Jakob, nimmt das Handy mit und verschwindet in einem Winzladen mit einem großen T auf einem Schild davor.

Er könnte doch einfach rangehen, bräuchte nicht extra Zigaretten zu kaufen. Es ist normal, dass man angerufen wird. Deswegen braucht man nicht zu lügen. Ich bleibe zurück wie ein kleines Mädchen am Flughafen mit einem Ich-reise-allein-Schild um den Hals. Ganz klar: Er *hat* eine Freundin.

»Hast du Zigaretten bekommen?«

Jakob kommt langsam mit dem Handy in der Hand auf mich zu. Er sieht verwirrt aus. Vielleicht hat er seine Freundin angelogen, nicht gesagt, dass er mit mir in dieser hyperromantischen Stadt ist.

»Sie hatten meine Marke nicht.«

Jakob sagt keine Silbe mehr. Wir setzen uns schließlich in eine billig aussehende Straßenkneipe, mit Plastikstühlen und Sonnenschirm. Ich bin fix und fertig.

»Es ist schon spät. Wir suchen uns jetzt ein Hotel. Ich lade dich ein«, sage ich.

Jakob sieht mich nur an. Aber mir ist es jede Krone wert. Mit einem Typen im Hotel zu wohnen, für den mein Herz Schläge aussetzt, lenkt mich angenehm ab. Und wenn ich jetzt etwas brauche, dann sind es angenehme Ablenkungen.

»Möchtest du ein Glas Wein?«, fragt Jakob.

»Ich bin noch nicht alt genug, vergiss das nicht«, sage ich. »Und ich habe keine Lust, bei meinem Alter zu flunkern.«

»Ich bin eigentlich auch nicht alt genug«, sagt Jakob. »Wenn man genauer hinsieht.«

»Wie alt bist du eigentlich?«, frage ich und hoffe, dass die Frage ziemlich neutral klingt.

»Neunzehn.«

»Dann darfst du fast alles.«

Jakob zieht die rechte Augenbraue hoch, erwischt den Kellner und bestellt den billigsten Wein.

Ich weiß nicht, was ich sagen soll. Ich sehe zum Fernseher an der Theke. Dort laufen bestimmt gerade die Nachrichten, etwas über den Papst, ich erkenne den Petersplatz in Rom, kann es nicht deutlich sehen. Er ist krank. Keine Ahnung. Ich finde den alten Mann ziemlich komisch. Ich kann sehen, dass die Leute an der Theke innehalten und zuhören.

»Der Papst«, sage ich. »Hier glauben ganz viele an ihn.«

Jakob sitzt anders herum, mit Blick auf den offenen Platz.

»Italien ist Papstland. Buchstäblich. Der Vatikan liegt höchstens drei Stunden von hier entfernt.«

»Ich habe in meinem Leben noch nicht so viel über den Papst nachgedacht, aber ich finde es traurig, dass er sterben wird, die Welt ist zurzeit irgendwie verrückt. Meine Mama ist ein bisschen … heimliche Christin, ich glaube, dass sie es ziemlich peinlich findet. Aber mittlerweile geht sie zu Andachten, ich hoffe, es ist ihr ernst, sie erlebt nicht nur so eine Retrogeschichte in ihrem Leben. Aus irgendeinem Grund will ich nicht mit ihr darüber reden. Warum feiern wir eigentlich Ostern? Warum ist Jesus am Kreuz gelandet? Wie geht die Geschichte? Ich hatte auch keine Lust, den Film mit Mel Gibson zu sehen. Und wo kommt der Papst ins Spiel? Das alles sollte ich wissen, ich bin schließlich konfirmiert, aber in meiner Kirche ging es mindestens genauso um Umweltschutz und Afrika wie um Gott. Und um Fußball und das familiäre Umfeld. Ich glaube, auf diese Weise will man zeigen, dass die Kirche etwas für ganz normale Leute ist, raus mit dem Waffeleisen und den Schienbeinschonern. Aber du siehst das anders, oder? Wenn du über den Mann am Kreuz schreibst?«

»In meinem Projekt kommen Waffeleisen und Schienbeinschoner tatsächlich kaum vor.«

»Ist das Kreuz für dich was Altes? Was Interessantes? Oder nur ein *Motiv*?«

Ich muss mich etwas zurückhalten. Meine Stimme hat etwas Forderndes bekommen. Er ist schließlich nur ein Typ, der etwas über Kunstgeschichte schreibt. Warum habe ich immer so große Erwartungen? Ich brauche wohl doch bald einen Therapeuten.

»Es ist schon komisch, früher haben sich die Leute hingekniet und vor dem Kruzifix gebetet«, sagt Jakob und nippt an seinem Wein. »Kein Mensch käme auf den Gedanken, das in einem Kunstmuseum zu machen. Aber nein, Bilder sind für mich nicht nur ein Motiv.«

»Ich bin ganz eindeutig als Touristin hier, sehe mir hier und da Sachen an, habe aber keine Lust, in einen Reiseführer zu schauen. Wie hat denn Ostern angefangen? Ein uralter Brauch, um zu feiern, dass man die Saat ausgebracht hat? Und dann kamen Jesus und das Christentum?«

Jakob nippt erneut an seinem Wein. Zum Glück dreht er das Glas nicht in der Hand.

»Kann ich dir das morgen erklären? Es gibt nämlich hier in der Kirche ein paar Bilder, die das zeigen.«

»Das glaube ich unbesehen«, sage ich.

Jakob sieht etwas müde aus. Und das ist meine Schuld. Trotzdem stelle ich ihm die große Frage: »Glaubst du, es gibt eine große Wahrheit, die … wahrer ist als alles andere?«

Der Kellner gibt uns deutlich zu verstehen, dass die Bar geschlossen ist, wir sind die einzigen Gäste.

»Wenn ich ja sage, hält man mich für einen Fundamentalisten. Wenn ich nein sage, lüge ich. Komm!«

Jakob nimmt die Weinflasche mit, und wir setzen uns ein Stück weiter auf eine Treppe.

»Ich übe mich«, sage ich. »In der Wahrheit. Mit etwas, das ich die Minute der Wahrheit nenne.«

»*Die Minute der Wahrheit*, das hört sich unheimlich an. Was ist das?«

»Dafür muss ich einen kleinen Vortrag halten«, sage ich.

»Freaks wie ich mögen Vorträge«, sagt Jakob und kann fast verbergen, dass er gähnen muss.

»Okay«, sage ich. »Wir lügen vermutlich wesentlich öfter, als wir die Wahrheit sagen. Eigentlich ständig. Der amerikanische Psychologe Gerald Jellyson, natürlich ist es ein amerikanischer Psychologe, der solche Sachen feststellt, behauptet, dass wir am Tag circa zweihundertmal lügen. Das meiste sind sogenannte weiße Lügen: *Doch, ich glaube schon, dass ich das Buch gelesen habe, Mama und Papa haben sich noch nicht entschieden, wohin wir dieses Jahr in Ferien fahren, deine Hose ist super klasse, nein, ich habe für den Test wirklich ganz viel gelernt.* Weiße Lügen. Die Wahrheit ist zu kompliziert, Lügen ist einfacher. Ich habe in Illustrierten gelesen, dass wir in allen Bereichen lügen, ob wir den Kühlschrank frisieren, indem wir haufenweise schöne Trauben, teure Käsesorten und Gemüse einkaufen, wenn wir Besuch erwarten, um zu zeigen, wie viel leckeres Essen wir haben, oder als Mutter den Kindern vielleicht nie erzählen, dass ihr Papa eigentlich gar nicht ihr Papa ist. Und Oma hat erzählt, dass in dem christlichen Laden, in dem sie gearbeitet hat, pro Jahr jede Menge Bibeln verschwanden. Die Bibel war der meistgestohlene Artikel. Es ist nicht zum Aushalten, aber ich mache es auch. Zweihundertmal am Tag. Ich glaube nicht, dass man die ganze Zeit über ehrlich sein kann. Auch nicht die Hälfte der Zeit. Weit weniger als die Hälfte der Zeit. Und oft gefällt den Leuten die Vorstellung nicht, dass es eine Wahrheit geben könnte. Jedenfalls keine absolute Wahrheit. *Es gibt keine absolute Wahrheit*, hat Papa einmal in einer Diskussion gesagt. *Je älter du wirst, umso runder formt dich das Leben. Nur in der Jugend ist man so viereckig wie ein … Zuckerwürfel.* Er hat das mit ruhiger und bedächtiger Flugkapitänstimme gesagt. *Ich glaube trotzdem, dass es eine Wahrheit gibt. Ich habe schon als Kind nach der Wahrheit gesucht*, habe ich daraufhin gesagt. *Es sind die Erwachsenen, die aufhören zu suchen. Außerdem: Die Feststellung, dass es keine absolute Wahrheit gibt, ist schon eine absolute Wahrheit.* Papa zieht nur die Augenbrauen hoch, wenn ich so was sage. Er hält mich bestimmt für eine altkluge Hobbyphilosophin. Aber auch beim Versuch, Tagebuch zu schreiben, habe ich festgestellt, dass ich lüge. Es ist unglaublich, ich habe keine Ahnung, welchen Sinn es haben sollte, dass man sich selbst etwas vormacht. Schon meine Gedanken zu diesen Sachen, dass ich mir darüber überhaupt Sorgen mache, ist eine Art Lüge. Es ist zum Verrücktwerden. Ich habe aufgehört, Tagebuch zu schreiben. Wusste außerdem nicht so recht, worüber ich schreiben sollte«, sage ich.

»Und?«, fragt Jakob.

»Und ab und zu bemühe ich mich«, sage ich, »übungshalber ganz ehrlich zu sein, eine ganze Minute lang die Wahrheit zu sagen. Viel länger geht es nämlich nicht, ich kann maximal eine Minute am Stück ehrlich sein.«

»Nicht länger?«

»Nein. Maximal eine Minute. Das ist mehr als genug und eigentlich nicht zum Aushalten.«

Ich kann Jakobs Gesicht im Dunkeln nicht richtig sehen. Auch weiß ich nicht, ob ich es im Moment wirklich sehen will.

»Du hast recht. Alle wichtigen Dinge im Leben werden in sehr kurzer Zeit erledigt. Eine Minute ist in etwa die Zeit, die man für eine Taufe braucht, für eine Hochzeit und bis der Pfarrer dreimal Sand auf deinen Sarg geschaufelt hat, wenn du tot bist.«

»Das stimmt. Eine Minute dauert es auch mehr oder weniger, um herauszufinden, ob man schwanger ist. Oder um sich zu verlieben«, sage ich.

»So?«, sagt Jakob und trinkt jetzt direkt aus der Flasche. »In allen Räumen der Heilsarmee in einhundertneun Ländern der Welt gibt es eine sogenannte Bußbank. Eine richtige Bank, wo man mit seinen Gebeten vor Gott treten und ihm sagen kann, was man Verkehrtes getan hat. Aber du meinst vielleicht etwas anderes, wie praktizierst du deine Minute der Wahrheit? «

»Ich praktiziere sie nicht«, sage ich. »Oder zumindest ziemlich selten. Es ist zu gefährlich. Höchstens einmal alle zwei Wochen.«

»Du bist also einmal alle zwei Wochen ehrlich?«

»Ich versuche zumindest, laut zu sagen, was ich denke.«

»Die Wahrheit kann doch nicht *so* interessant sein?«, sagt Jakob. »Ich bin oft froh, dass ich nicht weiß, was die Leute um mich herum so denken.«

»Meinst du das ernst?«, frage ich.

Ich halte die Luft an.

»Ja«, sagt Jakob. »Das Wichtigste kann man vielleicht nur Gott sagen.«

Er zündet sich eine Zigarette an. »Gib mir ein Beispiel für deine Minute der Wahrheit.«

»Okay«, sage ich nach einer halben Minute. »Nimm die Zeit. Und keine Sekunde länger.«

»In Ordnung«, sagt Jakob. »Ich sehe auf die Uhr.«

»Du hast keine Uhr.«

Er holt sein Handy heraus.

»Es ist jetzt 01:57 Uhr. Ich sage Bescheid, wenn es 01:58 Uhr ist. Dann hast du eine Minute bis um 01:59 Uhr. Okay?«

Es ist totenstill. Die Sekunden schlagen viel langsamer als mein Herz.

»Okay … *jetzt!*«

Ich hüstele zuerst ein wenig, auch wenn ich überhaupt nicht erkältet bin.

»Die Zeit läuft«, sagt Jakob.

»Ich habe vor Kurzem einen Jungen kennengelernt, ich finde ihn komisch, süß und schlau, und ich mag ihn total gern. Aber ich habe keine Ahnung, ob er sich für mich interessiert, und ich übertreibe immer, wenn ich ein seltenes Mal fast gefährlich verliebt bin, dann wird es schnell irgendwie zu viel, und die Leute bekommen Panik, stimmt's?«

Ich merke, dass ich ganz langsam spreche.

»Dreiundzwanzig Sekunden«, sagt Jakob.

»Und ich weiß nicht, wie ernst meine Verliebtheit ist, aber ich glaube, sie ist eigentlich ziemlich ernst, weil sich mein ganzer Körper unglaublich freut, wenn ich ihn treffe, und ich wäre am liebsten ständig mit ihm zusammen. Obwohl ich ihn gerade erst kennengelernt habe, kann ich nachts fast nicht schlafen, und derjenige …«

»Die Zeit ist jetzt…«, sagt Jakob, »… um!«

»… *bist du*«, flüstere ich so leise, dass ich es selbst nicht höre. Ich bin heute vielleicht nicht ganz ich selbst, bin um ein Vielfaches verzweifelter als sonst.

»Du hast die Zeit überschritten«, sagt Jakob. Mit leicht erkälteter Stimme. »Du hast die Zeit überschritten. Um eine Sekunde.«

Der Platz ist jetzt ganz still. Unglaublich still. Und mondbeschienen. Hat er gehört, was ich geflüstert habe? Wohl kaum. Vielleicht doch? Ich hoffe nicht. Oder?

»Mir geht es auch ein wenig so wie dir«, sagt Jakob. »Ich bin seit fast einem halben Jahr in ein Mädchen verliebt. Wir sind befreundet, aber ich glaube, sie wollte meine Andeutungen nicht wahrhaben. Meine Chancen sind in den letzten drei Monaten geschrumpft, und zurzeit gehen sie direkt auf null zu, um es mal so auszudrücken. Es sei denn … es geschieht etwas. Wir wollten diese Reise eigentlich gemeinsam machen. Aber dann musste sie plötzlich arbeiten. Doch noch. Leider.«

»Ist alles denn schon so geschrumpft, dass es vorbei ist?«, frage ich.

»Nein. Ich glaube, sie ist schon interessiert. Keine Ahnung. Sie möchte noch darüber nachdenken. Die Dinge brauchen Zeit.«

Er hat eine Freundin! Ich tue alles, um nicht den Mond anzuheulen.

»Auch unsere Lehrerin hat immer gesagt, die Dinge bräuchten Zeit. Aber sie war einfach unfassbar faul.«

Ich frage nicht weiter. Werde nicht die verständnisvolle Superfreundin spielen. Will es auch nicht.

»Ich verliebe mich nicht so schnell. Aber wenn ich mich erst verliebe, geht es auch nicht so schnell wieder vorbei, glaube ich. Das heißt – eigentlich weiß ich es nicht. So verliebt bin ich noch nie gewesen. Ich habe auch Angst, dass es nicht vorbeigeht. Deshalb ist es jetzt klasse, dass sie angefangen hat, meine Andeutungen ein bisschen zu verstehen. Sie schickt mir zumindest immer mal wieder eine SMS. Aber wie kann man sich sicher sein?«, fragt er und sieht mich an.

»Hier im Leben kann man sich nie sicher sein«, sage ich mit belegter Stimme, obwohl ich beschlossen habe, nichts zu sagen. *Hier im Leben.* Als hätte er gerade erfahren, dass er Krebs hat oder so was in der Art.

»Ich weiß nicht«, sagt er. »Ich hoffe, dass sie mit mir zusammen sein will. Jedes Mal, wenn das Handy piept, bekomme ich einen kleineren Infarkt. Das ist schon etwas anstrengend, aber ich kann nicht länger zusammenhängend denken. Um mich herum dreht sich alles, wie in einer Zentrifuge. Als würde sich der Körper nicht im selben Tempo drehen wie die Erde.«

»Okay«, sage ich. »Ich glaube, ich weiß in etwa, wie das ist. Ziemlich deprimierend.«

Ich stehe auf und gehe los.

»Zeit, den Feierabend einzuläuten?«, fragt Jakob und zündet sich eine Zigarette an.

»Ich lade dich ein. Besser gesagt, Papa. Ich schicke ihm die Rechnung. Wir überqueren den Platz und nehmen das erstbeste Hotel. Hotel Leon Bianco. Rauch du nur fertig, ich gehe schon mal rein und checke ein.«

Der Portier ist schlecht gelaunt, hatte wohl schon für den Abend dichtgemacht. Italien ist offensichtlich ein Land, in dem alles früh schließt. Der Preis ist total überzogen. Aber ich habe das Kindergeld als Sicherheitsnetz.

Jakob kommt mir langsam nach.

»Wir logieren heute Nacht wohl im Weißen Löwen«, sage ich und spüre zugleich den Schwarm an Nachtfaltern, die in meinem Bauch zum Leben erwacht sind. Und die brennenden Augen. Sie brauchen jetzt Ruhe.

Ich habe keine Lust, ihn weiter über seine Freundin auszufragen. Ich werde später ganz sicher noch mehr über sie erfahren. Sein Blick flackert, wenn er spricht. Und seine Stimme zittert leicht. Aber auch wenn mich Camilla Hobbypsychologin schimpft, bin ich anscheinend nicht der Typ Vertrau-dich-der-Superfreundin-an. Was soll ich sonst sagen? Ich bin zu fertig, um zu reden. Bald werden wir in einem großen Hotel-Doppelbett liegen, der letzte Mensch der Welt, mit dem ich jetzt in einem Bett liegen sollte, auch wenn ich so gut es geht signalisiere, dass wir nichts anderes tun werden, als freundschaftlich unter unseren Decken zu liegen. Wir haben einen sehr plausiblen Grund, hier zu sein. Hat er kapiert, dass ich das Ganze geplant habe?

Der Portier braucht unverschämt lange, will beide Pässe sehen.

»Ich bin total müde«, sage ich und merke, dass ich mich ganz nach Jugendfernsehserie anhöre. »Ich will nur noch schlafen.«

Jakob sagt dem Portier etwas auf Italienisch, was ich nicht verstehe.

Der Portier seufzt, gibt noch etwas in seinen PC ein und reicht Jakob einen Zimmerschlüssel. Schock! Hat er sich jetzt ein eigenes Zimmer genommen? Was ist das für ein Typ? Und was denkt er eigentlich von mir? Die ich nach einem Doppelzimmer gefragt hatte.

»Sorry«, sage ich. »Ich wollte nur Geld sparen.«

»Ist schon okay«, sagt Jakob.

Ich fühle mich jetzt so gedemütigt, dass ich auch gleich fragen kann: »Wie heißt sie denn?«

»Ida.«

»Schöner Name.«

Er lächelt nur und geht langsam die Treppe hinauf. Ich sehe bestimmt ganz verzweifelt und verloren aus, schleppe mich in mein Doppelzimmer mit dem boshaften Grinsen des Portiers im Rücken.

Was ist das für ein Mädchen, mit dem Jakob zusammen sein will? Was für Mädchen mag er? Sie ist bestimmt groß und dunkelhaarig oder groß und hellblond, eine Künstlerin, vielleicht arbeitet sie aber auch in der Werbebranche oder spielt Bratsche oder arbeitet beim Film oder besucht die Theaterhochschule. Aus irgendeinem Grund denke ich, dass sie sich Klamotten von DKNY oder Dolce & Gabbana leistet. Oder sie studiert Medizin. Ja, das kann gut sein. Sie studiert bestimmt Medizin. Sie ist eine Dolce & Gabbana-Medizinstudentin. Selbstsicher und sozial, gut in Naturwissenschaften, vor allem in Mathe, kennt die empfindlichsten Stellen am ganzen Körper, kann Jakob ein Pflaster auf die Wunde kleben und noch viel mehr. Und sie ist hübsch. Ich denke, auf einer Schönheitsskala von eins bis zehn liege ich bei fünf. An einem extrem guten Tag vielleicht bei sechs. Sechs minus. Ich bereue schon, dass ich gefragt habe. Auch wenn ihr Name kurz ist, spricht er ihn so nett aus, dass es weh tut. Weder fünf noch sechs reichen aus.

Findet er meine Hüften zu schmal? Ich habe schmale Hüften. Fast wie ein Junge. Und meine Brüste sind auch nicht gerade Flugzeugträger. Mag er Flugzeugträger?

»Gute Nacht, Frau Riis. Versuch, nicht so viel an deinen Vater zu denken, damit er dir nicht den Schlaf raubt.«

»Du kannst mich Frida nennen.«

»Ich weiß. Gute Nacht, Frida.«

Es hört sich in seinem Mund nicht so schön an wie Ida. Frrrrida. Sogar ich kann hören, dass es nicht dasselbe ist wie *Ida*. Ich bin eigentlich kein besonders großzügiger Mensch. Ich bezweifle, dass ich heute Nacht sehr viel schlafen werde.

Er geht in sein Zimmer. Ich in meins. Ich putze mir die

Zähne, wasche mir die Hände, nehme meine Augentropfen, trage die Salbe auf. In jeder Beziehung ein braves Mädchen.

Irgendwann schlafe ich in meinem Mumienschlafsack tatsächlich ein, werde aber gegen halb zwei von einem Handy geweckt. Es ist seins. Mit der Melodie von *Oh, When the Saints …* Die Wände in diesem Hotel sind dünn. Dünn genug, dass ich ihn höre, aber nicht verstehe, was er sagt. Nur seine Stimme. Schiebt sie vielleicht Nachtschichten? Ich frage mich, was er Ida über Frida erzählt. Erlaubt sich Gott einen Spaß mit mir, wenn er ihr einen Namen gibt, der mit meinem fast identisch ist, nur schöner und netter klingt? Wenn ich darüber nachdenke, wäre es billiger gewesen, mit dem Taxi zurück nach Florenz zu fahren.

MONTAG, 21. MÄRZ

Obwohl ich todmüde bin und schlecht geschlafen habe, bin ich die Erste im Speisesaal. Klopfe nicht an seine Tür. Frage den Hotelmenschen nach dem Busfahrplan. Er hat keinen.

Ich setze mich an einen Tisch und nehme meine Augentropfen. Das mache ich nicht gern in meinem Zimmer, ich will mich nicht im Spiegel sehen. Dann frühstücke ich, habe mich an die süßen Briochettes und den Cappuccino als erste Mahlzeit des Tages noch nicht gewöhnt, aber das ist nicht schlimm.

Nach einer halben Stunde kommt Jakob. Er sieht müde aus. Langes Telefongespräch heute Nacht?

»Ich bin ein berechenbarer Typ, nur damit du das weißt«, sagt Jakob und leert seine Kaffeetasse. »Außer der Kirche gibt es hier noch ein Museum, das ich sehen will.«

»Gibt es irgendein Städtchen in der Toskana, in dem es nicht ein oder mehrere Kunstmuseen gibt, die du sehen willst?«, frage ich.

»Es ist kein Kunstmuseum. Es ist ein Foltermuseum.«

»Ein Foltermuseum? So eine Art Comicladen? Mit Rüstungen und Schwertern und solchen Kugeln mit Stacheln dran? Und einer Drachenhöhle?«

»Nein«, sagt Jakob. »Das glaube ich eher nicht.«

Doch ja, warum eigentlich nicht? Ich kann den Tag heute genauso gut mit einem Foltermuseum beginnen wie mit etwas anderem. Vielleicht bringt es mich auf andere Gedanken, und ich muss dann nicht immer an meine Augen denken, an Papa und die Dolce & Gabbana-Tussi.

»Avanti«, sage ich, die ich mit Frühstücken längst fertig bin. Jakob zieht nur eine Augenbraue hoch. Wir gehen los.

Das Museum liegt schräg über den Platz. Hier in der Stadt gibt es ganz offensichtlich nur einen einzigen Platz, der zählt.

Wir sind die ersten Besucher. Anfänglich hat man so ein leichtes Comicladen-Feeling, rote gotische Buchstaben auf schwarzen Schildern. Der erste Mensch, dem wir begegnen, ist eine Putzfrau, die eine schwarze eiserne Jungfrau absaugt, in die man Menschen lebend einsperrt. Dann kommt eine Axt, mit der man den Leuten früher den Kopf abgehackt hat. Und ein Stuhl mit Stacheln auf den Armlehnen, an der Rückenlehne, auf der Sitzfläche, überall, und mit Metallriemen, mit denen man die armen Menschen, die verhört und gefoltert werden sollten, festgeschnürt hat. Plötzlich ist das Comicladen-Feeling verschwunden. Auf einem Schild steht, dass die meisten Dinge, die hier ausgestellt sind, früher wirklich benutzt wurden.

Wir sind beide ganz still. Gehen langsam weiter, sehen eine Eisensäge, mit der man Menschen durchsägen kann, eine Zeichnung zeigt einen Mann, der vom Schritt aufwärts durchgesägt wird, Käfige, die man aufgehängt hat, damit Menschen darin langsam verhungerten und zugleich von Vögeln aufgefressen wurden. Manche Käfige wurden wohl auch in der Kirche aufgehängt. Auf einem Schild steht erneut zu lesen, dass sie echt sind. Mir wird ganz schwindlig davon, dass man sich so viele Dinge ausgedacht hat, um Menschen so gut es geht zu quälen. Wir gehen weiter. Jakob bleibt stehen und liest, was auf den Schildern steht, sieht sich die alten Illustrationen an, die zeigen, wie alles benutzt wurde: Menschen, die vom Enddarm bis zur Schulter aufgespießt wurden, Menschen, die langsam verbrannt oder in den Flammen gewälzt wurden, an eine Leiter gebunden, Schraubgeräte, die Daumen zerquetschten, Eisengeräte, um Frauen bei lebendigem Leib die Brüste abzureißen. Sie werden in vielen Ländern der Dritten Welt noch heute verwendet, steht ganz sachlich auf einem anderen kleinen Schild.

»Ich kann nicht mehr«, sage ich. »Ich will hier raus.«

Warum wollte Jakob eigentlich hierherkommen? Mag er einfach nur Museen, egal welche?

»Es ist irre, wie viel Energie die Menschen darauf verwendet haben, andere zu quälen«, sage ich.

»Wir sind auf diesem Gebiet zu allen Zeiten sehr kreativ gewesen.«

»Nicht *wir*. Ich könnte so etwas nie im Leben machen.«

»Bist du ganz sicher?«, fragt Jakob. »Ein berühmter Schriftsteller hat einmal gesagt, in uns allen wohnen ein Mörder und ein Engel. Ich kann, glaube ich, leider nicht garantieren, dass ich so etwas nie machen würde. Wenn ich in einem anderen Land aufgewachsen wäre, mit einem Vater, der mich täglich geschlagen hätte, wenn ich seit meiner Geburt ein schreckliches Leben gehabt hätte. Und so weiter. Oder wenn ich mich einfach nur langweilen würde.«

Ich sehe ihn mir genauer an. Meint er es ernst?

»Mir ist ganz schwindlig«, sage ich und sehe mir einen kleinen Gegenstand an, der sehr sorgfältig gearbeitet ist, an seinem birnenförmigen Ende ist ein kleiner Teufel eingraviert. Der Text darunter erklärt, dass das Gerät in den After des Opfers eingeführt wird, um dann geweitet zu werden. Es ist hübsch gemacht, fast ein kleines Kunstwerk. Ich frage mich langsam, ob unser Glaube an das eigentlich Gute im Menschen nicht nur ein schöner Gedanke ist.

Zum Schluss kommen wir in einen kleinen Innenhof. Dort befinden sich viele verschiedene Kreuze. Ich warte auf einen Vortrag, aber Jakob sagt kein Wort. Es ist nicht schwer zu erkennen, dass alle Kreuze dieselbe Funktion haben. Das Opfer so sehr wie möglich zu quälen, bis zum Tod.

Jakob macht mit seiner kleinen Kamera Aufnahmen.

»Mir ist auch ganz schwindlig. Ganz schön heavy, so viel ungefilterte Bosheit an einem Montagmorgen«, sagt Jakob. »Man sollte sich solche Sachen vielleicht überhaupt nicht anschauen.«

»Ich weiß nicht«, sage ich und denke, dass die Wirklichkeit manchmal wirklicher ist, als wir verkraften, wir verkraften kaum eine Minute der Wahrheit alle vierzehn Tage.

»Komm, gehen wir raus«, sagt Jakob und steckt die Kamera in die Tasche.

Wir gehen zurück, bleiben nicht mehr stehen, um uns noch etwas anzuschauen. Die Frau mit dem Staubsauger sieht kaum auf, als wir Ciao sagen, sie saugt gerade irgendein Gerät ab, von dem ich nicht mehr wissen will, wofür es gut ist.

Hinaus in die Sonne, hinaus auf den offenen Platz. Wir bleiben an dem großen Brunnen in der Mitte stehen. Über der Öffnung befindet sich ein Gitter, daher weiß ich nicht, ob es sinnvoll ist, eine Münze hineinzuwerfen und sich etwas zu wünschen. Eine Sache wird mir gerade richtig klar. Ich will, dass jemand meine Hand nimmt, dass mich jemand im Arm hält. Ich will, dass mich jemand lieber mag als andere. Ich will, dass mir jemand etwas erzählt, wenn ich Lust auf eine Geschichte habe. Eine lange Geschichte. Und es wäre schön, wenn sie am Ende gut ausginge.

»Was war das Zweite, was du dir anschauen wolltest?«

»Die Kirche Collegiata.«

»Okay«, sage ich. Ich bin erschöpft, körperlich wie seelisch. Möchte aber um jeden Preis mitkommen.

Wir biegen um die Ecke und kommen auf eine kleine Piazza, von wo eine breite Treppe zu einer ziemlich einfachen Kirche führt.

»Zwei Türen, ursprünglich eine für die Frauen und eine für die Männer«, sagt Jakob.

Beide Türen sind verschlossen. Wir müssen links um die Kirche herum und Eintrittskarten kaufen.

Drinnen ist es ziemlich dunkel. Und leer. Nur ein Mann mit drei Fotoapparaten vor dem Bauch, vielen Klettverschlusstaschen an der Weste und Tennissocken in Sandalen ist da.

»Hier gibt es sehr viele Bilder, aber ich interessiere mich vor allem für die Bilder von Moses hier links an der Wand und die Szenen aus dem Leben Jesu auf der rechten Seite.«

»Warum?«

»Weil sie uns Ostern erklären. Die Bilder sind auch ein pädagogisches Projekt, früher konnten viele Kirchgänger nicht lesen. Sie brauchten die Bilder. Bartolo di Fredi hat Moses und die Geschichten des Alten Testaments gemalt. Wer Jesus auf der anderen Seite gemalt hat, weiß man nicht genau, aber Ghiberti behauptet, es sei Barna da Siena gewesen. Doch wer immer es war, er muss meiner Meinung nach Giottos Fresken gekannt haben, sie weisen viele Ähnlichkeiten auf, und die Bilder hier wurden deutlich später gemalt.«

»Und was ist nun die Story hinter Ostern? Ich brauche vielleicht auch die Bilder, um die Geschichte zu verstehen.«

»Die Kreuzform selbst birgt schon eine Art Antwort in sich. Und hier gibt es eine herrliche Kreuzigungsszene, die ich mit aufnehmen werde. Die christliche Kirche war von jeher der Meinung, die senkrechte Achse des Kreuzes zeige an, dass Jesus der wahre Gott ist, die waagerechte, dass er ein wahrer Mensch ist. Es ist auf alle Fälle das gebräuchlichste christliche Symbol und gehört vor allem zu Ostern.«

»Warum?«

»Das Ganze beginnt ein paar hundert Jahre vor Jesu Geburt. Ich kann ja mal versuchen, dir die Kurzfassung zu geben, aber leicht ist es nicht. Es handelt sich um mein gesamtes Kindergottesdienstwissen. Adam und Eva haben die Regeln übertreten, die Gott für den Garten Eden vorgegeben hatte, das Böse kam in die Welt, Lügen und Mord und all der andere Mist. Gott hat auf vielerlei Arten versucht, den Menschen vom Bösen zu erlösen, und eine seiner Rettungsaktionen handelt von Moses. Zm ersten Osterfest kam es, weil Gott Moses und sein Volk retten wollte. Die Geschichte ist den frühesten Schriften der Bibel entnommen … Ich gebe nicht nur den Kunstonkel, ich habe jetzt auch noch Angst, wie ein Sonntagsschullehrer zu klingen«, sagt Jakob.

»Solange du keinen Overhead benutzt und nicht mit erhobenen Händen sprichst«, sage ich.

»Okay.«

Jakob holt tief Luft.

»Das jüdische Volk oder das Volk der Hebräer hatte sich mit dem Einverständnis des Pharaos in Ägypten niedergelassen, wo es viele Jahre lebte und es ihm gut ging. Du hast vielleicht die beiden Zeichentrickfilme von Steven Spielberg über Josef und Moses gesehen?«

»*Der Prinz von Ägypten* und *Josef – König der Träume*«, sage ich, happy, dass ich auch einmal etwas weiß.

»Ja. Dort unten rechts an der Wand siehst du Josef, wie er im Bett liegt und träumt, und auf dem Bild auf der anderen Seite siehst du, wie sie ihn in den Brunnen werfen. Da weiß man, dass üble Zeiten angebrochen sind, die Hebräer wurden immer mehr zu Sklaven unter einem unberechenbaren und bösen Pharao. Moses lebte allein in der Wüste, nachdem er einen Ägypter erschlagen hatte, der einen Hebräer gequält hatte, und in der Wüste begegnete Moses Gott.«

»In einem brennenden Dornbusch«, sage ich und betrachte das Bild, auf das Jakob zeigt.

»Moses erhielt von Gott den Auftrag, sein Volk aus der ägyptischen Gefangenschaft zu führen, aber erst, nachdem der Pharao zwölfmal gewarnt worden war. Der Pharao weigerte sich, seine Sklaven ziehen zu lassen, auch wenn nach jeder Warnung eine neue Landplage über Ägypten kam, der Nil wurde zum Beispiel rot wie Blut, im ganzen Land wurde es dunkel, eine Heuschrecken- und eine Froschplage suchten das Land heim, und zu guter Letzt drohte Gott damit, in jedem ägyptischen Haus den ältesten Sohn zu töten, den des Pharaos inklusive. Dort oben rechts siehst du, wie Moses vor dem Pharao einen Stock in eine Schlange verwandelt.«

Jakob steht ganz dicht neben mir und zeigt nach oben. Er riecht herrlich. Nicht zu stark, nicht zu schwach. Und die Bilder sind leicht zu verstehen, wenn Jakob sie erklärt, wie ein altes Bilderbuch für Kinder.

»Die Schlange sieht aus wie ein kleiner Drachen«, sage ich.

»Ja, und der Pharao wie ein mittelalterlicher König. Was daran liegt, dass dies für Bartolo di Fredi die Wirklichkeit war, als er das hier 1367 gemalt hat. Er nahm sich die Welt zum Vorbild, die er kannte.«

»Und was geschieht dann?«

»Der Pharao weigerte sich standhaft. Eines Abends sagte Moses zu seinen Leuten, sie sollten sich bereit machen für die Reise, sie sollten Brot backen, dessen Teig nicht aufzugehen brauchte, sie sollten all ihre Sachen packen und ein Lamm schlachten, das sie verzehren sollten, anschließend sollten sie das Blut des Lammes auf die Türrahmen ihrer Häuser streichen, so würde der Todesengel Gottes, wenn er in der Nacht käme, wissen, dass er diese Häuser aussparen könnte. Aber in alle anderen Häuser, an denen kein Blut am Türrahmen war, würde der Todesengel eindringen und den ältesten Sohn töten. Und so geschah es auch. Als der Morgen kam und der Pharao seinen eigenen Sohn tot vorfand, entließ er endlich das Volk der Hebräer aus der ägyptischen Sklaverei. Anschließend führte Moses sein Volk vierzig Jahre lang durch die Wüste in das Land Israel, das Gott ihnen versprochen hatte. Sie hätten die Strecke in wenigen Monaten bewältigen können, aber weil das Volk der Hebräer so trotzig war, konnten sich die Leute nicht einigen, ob sie an Gott und Moses glauben sollten oder vor allem an sich selbst. Danach haben gläubige Juden viele Jahre lang ein unschuldiges Lamm geschlachtet und zur Erinnerung an die Zeit der Befreiung vom Pharao Ostern gefeiert. Auf dem großen Bild darunter kannst du sehen, dass der Pharao seine Entscheidung bereut hat und Soldaten hinter den Hebräern herschickte und dass Gott die Ägypter im Roten Meer ertrinken ließ.«

Die Figuren auf dem Bild sehen seltsam steif aus, die Soldaten fallen gewissermaßen von selbst ins Meer, fast wie schlechtes Theater.

»Und warum feiern wir heute noch Ostern?«

»Bis zur Ankunft Jesu feierte nur das jüdische Volk Ostern. Jesus war Hebräer. Jude. Und die Juden feiern auch heute noch ihr Osterfest auf diese Weise. In unserer Kirche feiern wir Ostern aber heute wegen Jesus, er hat eine neue Feier, eine neue Wirklichkeit geschaffen. Unsere Zeitrechung und unsere Kultur verdanken wir Jesu Geburt und Tod und seiner Auferstehung an Ostern vor zweitausend Jahren. Und auch diese Geschichte ist ziemlich lang.«

»Ja, das kann ich mir denken.« Ich setze die Sonnenbrille ab und sehe ihn an. »Aber jetzt sind wir halt mal hier. Und wenn ich was verstehen soll, musst du mir die ganze Geschichte erzählen.«

»Okay. Wenn wir auf die andere Seite gehen, können wir die Osterbilder sehen. Auf dem Bild links unten reitet Jesus auf einem Esel in die Stadt. Jesus ging nach Jerusalem zurück, um zusammen mit seinen Freunden Ostern zu feiern. Doch das hier geschah am Sonntag davor. Dem Tag, den die Kirche Palmsonntag nennt.«

»Warum Palm?«

»Als er in die Stadt hineinritt, nahmen die Leute ihre Kleider ab, breiteten sie vor ihm auf dem Weg aus und winkten mit Palmenzweigen, um König Christus zu huldigen, obwohl er ironischerweise auf einem Esel ritt und nicht auf einem stattlichen schwarzen Hengst.«

»Dort oben steht auch noch einer in einer Palme und schneidet Zweige ab?«

»Ja. Die Leute, die mit Palmenzweigen gewedelt und *Hosianna, gesegnet sei der, der im Namen des Herrn kommt* gerufen haben, waren so ziemlich dieselben, die ein paar Tage später die Faust zum Himmel erhoben und verlangten, Jesus solle bei lebendigem Leib ans Kreuz genagelt werden. Weiter rechts auf dem Bild siehst du schon die Menschen, die ihn als König willkommen heißen.«

»Die Leute sind nicht sehr stabil«, sage ich.

»Nein. Die eigentliche Passionsgeschichte beginnt am Donnerstag darauf, auch Gründonnerstag genannt. Da versammelte Jesus seine Freunde wieder um sich und teilte die Ostermahlzeit mit ihnen, wie es die Juden seit Moses getan hatten.«

»Dort auf der Schale liegt ein Lamm!«, flüstere ich enthusiastisch und zeige wie ein Kindergartenkind auf das Bild.

»Doch diesmal verlief die Ostermahlzeit anders. Jesus verlangte, die Füße der Jünger waschen zu dürfen, was Petrus ihm verweigerte. Jesus hat die Welt so radikal auf den Kopf gestellt, der Meister selbst hat die Arbeit eines einfachen Dieners übernommen. Zu allem Überfluss hat Jesus noch hinzugefügt, wenn er Petrus nicht die Füße waschen dürfe, könne dieser Jesus nicht verstehen. Petrus lenkte sogleich ein. Das musste er. Petrus wurde später in der christlichen Kirche groß und mächtig. Er war der erste Papst.«

»Stimmt das?«

»Petrus wurde ebenfalls gekreuzigt, in Rom, er bat darum, mit dem Kopf nach unten ans Kreuz genagelt zu werden, im Gegensatz zu seinem Meister. Angeblich liegt er unter der Kirche im Vatikan begraben, zu der Michelangelo die Kuppel gebaut hat ...«

»Dem *Peters*dom«, sage ich. »So viele Zusammenhänge sind absolut naheliegend, wenn man um sie weiß. Ich bin froh, dass man Konfirmanden nicht mehr durchfallen lässt.«

»Dann nahmen Jesus und die Jünger das letzte Mahl zu sich, bei dem Jesus das Brot brach und es den Jüngern gab und sagte, dies sei sein Leib, und er gab ihnen auch Wein und sagte, dies sei sein Blut. Das Abendmahl wurde zur neuen Ostermahlzeit und ersetzte das alte Mahl, das sie in Ägypten gegessen hatten. Es wurde eingeführt von Jesus – auch Lamm Gottes genannt oder Gottes Sohn oder Messias oder Christus, dennoch war er derselbe Mensch. Später am Abend gingen sie in einen Garten, der Gethsemane hieß, wo Jesus beten wollte. Er wusste schon dort, dass sein Jünger Judas von den Gegnern gekauft worden war und mit Soldaten käme, die ihn gefangen nehmen sollten, dass er gefoltert und getötet werden würde. Auf dem Bild unten links siehst du, wie er betet, nachdem er Petrus und seine Freunde mehrmals gebeten hatte, gemeinsam mit ihm zu wachen. Er hatte Angst, hatte solche Angst, dass er Blut schwitzte, wie es geschrieben steht. Aber sie schliefen ein.«

Das kann ich sehen. Auf dem Bild, das Jakob mir zeigt, schläft die gesamte Jüngerschar.

»Wir sind *wirklich* wenig stabil.«

»Wirklich. Auf dem nächsten Bild, rechts davon, kommt

Judas mit den Soldaten in den Garten. Judas küsst Jesus, damit die Soldaten wissen, wen sie mitnehmen sollen, und alle Jünger flüchten. Leider wurde dieser Kuss zum berühmtesten Kuss der Welt.«

Judas sieht aus wie ein echter Schleimer.

»Wer ist derjenige mit dem Schwert, der dem Typen ganz vorne auf dem Bild das Ohr abhaut?«

»Petrus versucht anfangs noch, Jesus zu verteidigen, aber Jesus bittet ihn, das zu unterlassen, und heilt den Soldaten, der sein Ohr verloren hat. Petrus verliert seinen Glauben und lässt Jesus allein. Er, der hoch und heilig versprochen hatte, Jesus niemals im Stich zu lassen. Auch wenn alle anderen es täten, er würde bleiben. Ein paar Stunden später schwört er, Jesus nicht zu kennen, den Kerl noch nie gesehen zu haben. Alle ließen Jesus im Stich, als es zählte.«

»War da nicht noch was mit einem Hahn?«

»Doch. Jesus hatte prophezeit, noch bevor der Hahn am Morgen kräht, würde Petrus ihn dreimal verleugnet haben. Und so geschah es auch. Petrus ging allein hinaus in die Nacht und weinte.«

»Auf dem nächsten Zyklus, dem Bild oben links, sieht man, wie Jesus vor dem Hohen Rat, dem jüdischen Gericht, von Priestern und Schriftgelehrten verhört wird. Der Hohe Rat konnte über alles Urteile fällen, aber kein Todesurteil aussprechen. Der Hohepriester Kaiphas bat Jesus, die Wahrheit zu sagen, ob er wirklich der Messias sei, Gottes Sohn? Jesus bestätigte das. Kaiphas zerriss voller Abscheu seine Kleider. Und alle waren sich einig, dass das Urteil für eine solche Behauptung nur der Tod sein könne. Also brachten sie Jesus zu Pontius Pilatus, dem Statthalter des Kaisers in Jerusalem. Pilatus' Frau war am Morgen zu ihm geeilt, um ihm mitzuteilen, dass sie geträumt habe, Pilatus solle sich von Jesus fernhalten. Pilatus scherte sich wenig um die internen religiösen Probleme der Juden, er war ein römischer Bürger mit völlig anderen Göttern. Die jüdischen Gelehrten und Priester behaupteten jedoch, wolle er sich mit dem Kaiser in Rom gut stellen, müsse er diese Sache klären. Jesus sei ein Rebell, ein Aufwiegler, eine Bedrohung des Friedens und der Ruhe in der gesamten römischen Provinz Judäa.«

»Das mit Jesus war also eine politische Sache?«

»Es wurde zumindest äußerlich betrachtet dazu. Pilatus fühlte sich in der Zwickmühle, nur *er* konnte Leute hinrichten lassen. An Ostern war es Brauch, dass die Menschen einem Mann das Leben schenken durften, Pilatus ließ Jesus und einen Mörder mit Namen Barabbas holen. Er fragte, wen er freilassen solle. Barabbas!, brüllte die Menge. Aber was hat dieser Mann getan? Pilatus war unruhig. Er wollte lieber Jesus freilassen. Doch es steht geschrieben, die Leute hätten nur noch lauter gerufen: *Kreuzige ihn!* Und schließlich schickte Pilatus ihn fort und ließ ihn auspeitschen.«

Es überrascht mich, wie leicht ich mir das, was Jakob erzählt, vorstellen kann, wenn ich mir die Bilder dabei betrachte. Jesus an einen Pfahl gebunden, während ihn zwei brutale Soldaten auspeitschen. Im Hintergrund steht Pilatus mit einem Lorbeerkranz und unterhält sich mit den Schriftgelehrten. Dann wird Jesus mit einer Binde vor den Augen vom Volk verhöhnt.

»Auf dem letzten Bild muss Jesus selbst sein Kreuz zur Hinrichtungsstätte tragen, die Golgatha hieß, Schädelstätte.«

Jesus wird wie ein Schaf abgeführt, mit einem Seil um den Hals. Auf dem Bild herrscht eine widerliche Stimmung, die ganze Menge folgt dem Zug, es gibt sogar einen Mann, der einen Hammer und große Nägel dabeihat. Sie wollten ihn wirklich umbringen, ihre Augen leuchten wie die einer Schar von Meuchelmördern, die in Mississippi einen Schwarzen töten wollen. Keine Gnade. Die reine Mordlust.

»Und dann endlich: Das große Kreuzigungsbild, das ich mit aufnehmen möchte.«

Jakob nickt zu dem größten Bild. Es ist toll und grausam zugleich. Voller Gestalten und Ereignisse.

»Hier wurde er ans Kreuz gehängt, um langsam zu sterben. Zur Abschreckung.«

»Ich habe mich schon immer gefragt, was das Schild über seinem Kopf auf dem Kreuz bedeutet, ich habe es schon öfter gesehen. Was steht da?«

»Pilatus ließ ein Schild aufhängen, auf dem steht *Jesus Christus – König der Juden.*«

»Aber bevor er starb, war da nicht noch was mit den Räubern, die neben ihm hingen?«

»Doch, Jesus wurde zusammen mit zwei zum Tode verurteilten Verbrechern gekreuzigt. Der eine verhöhnte Jesus und forderte ihn auf, vom Kreuz hinabzusteigen und sie zu retten, wenn er tatsächlich König wäre. Doch der andere bat Jesus, an ihn zu denken, wenn er in sein Reich zurückkehrte. Worauf Jesus antwortete, er käme heute noch mit ihm ins Paradies. Jesus schenkte dem Räuber das ewige Leben.«

»Und dem anderen nicht?«

»Ich weiß es nicht. Der glaubte vermutlich, Jesus wäre ein ebensolcher Schurke wie er selbst.«

Auf dem Bild kommen zwei Engel und nehmen die Seele desjenigen mit, der Jesus gebeten hatte, an ihn zu denken. Über dem anderen warten zwei schwarze Teufel. Mir läuft es eiskalt über den Rücken.

»Und dann wird Jesus von dem getötet, der den Speer in ihn rammt?«

»Nein. Der Speer in der Seite ist ein Test. Es konnte drei Tage dauern, bis man am Kreuz starb. Um etwas nachzuhelfen,

→ **Siehe Abbildung 6 im Bildteil**

brachen die Soldaten oft die Beine des Sterbenden. Aber Jesus starb vorher. Das Letzte, was er schrie, war: *Es ist vollbracht!* Er hatte getan, wofür er in die Welt gekommen war. Er hatte sein Leben gegeben. Dann starb er. Sicherheitshalber stachen sie ihm mit dem Speer in die Seite. Und wenn eine wässrige Flüssigkeit herauslief, bedeutete das, dass Jesus tot war.«

»Und das ist das Ende?«

»Es steht geschrieben, dass sich eine große Dunkelheit über das Land senkte, im Allerheiligsten des Tempels riss der Vorhang, und jemand sah, wie Tote durch die Stadt liefen. Sogar ein römischer Soldat, der am Kreuz Wache hielt, sagte, das hier müsse Gottes Sohn sein. Der längste Freitag in Jesu Leben war vorbei. Ein paar seiner Freunde brachten den Leichnam in ein Grab. Und damit nicht das Gerücht ging, der Rebell sei wiederauferstanden, ließ Pilatus einen großen Stein vor die Graböffnung rollen und stellte Wachen davor auf. Pilatus hatte das ganze Hickhack satt, und alle wussten, dass ein römischer Soldat, der bei der Wache einschlief, zur Strafe hingerichtet würde. Mehr Gerede sollte es darüber nicht geben. Der König der Juden war tot.«

»Kein Happy End eigentlich«, sage ich. »Aber was ist der Sinn der ganzen Geschichte?«

»Es ist zwar das letzte Bild, die Geschichte ist aber noch nicht zu Ende«, sagt Jakob. »Der Sinn des Ganzen heißt Gnade. Die Kirche glaubt, dass Jesus alle Sünden der Menschen auf sich geladen hat, wodurch derjenige, der an ihn glaubt, Vergebung erlangen kann für das, was er getan hat, und seiner Strafe entgeht. Das Lamm Gottes hängt stellvertretend für uns am Kreuz. Jesu Opfer ist Gottes großes *Ja* an die Menschheit. Das wollte Barna da Siena denen zeigen, die in der Kirche saßen und nur die Bilder hatten. – Wollen wir nachsehen, ob der Bus bald fährt? Das hier ist zu einer richtigen Predigt ausgeartet. Jetzt bin ich ganz schön hungrig.«

Wir teilen uns in der Bar, in der wir gestern waren, ein trockenes Sandwich mit Schinken und Käse. Dann gehen wir zurück ins Hotel. Ich laufe schnell nach oben, um meine Sachen zu holen, stopfe einfach alles in den Rucksack, spurte wieder nach unten, erhalte beide Pässe und bezahle mit dem Kindergeld beide Zimmer, bevor Jakob herunterkommt.

»Ich verstehe nicht, warum du unbedingt bezahlen willst«, sagt Jakob. »Bist du so reich?«

»Ja«, sage ich.

»Ich bin trotzdem nicht so richtig happy darüber. Ich gebe dir das Geld zurück.«

Ich sage nichts. Wünsche mir nur, dass er meine Hand nimmt. Wir gehen zusammen Richtung Stadttor. Es ist aber offensichtlich niemand in der Nähe, der Lust hätte, meine Hand zu nehmen.

»Ich friere«, sage ich, auch wenn wir wieder draußen in der Wärme sind. Kirche und Foltermuseum. Unglaublich, was sich in zwei Gebäuden in diesem unfassbar schönen Städtchen mit Sonnenschein und blauem Himmel nicht alles befindet.

»Würdest du mir vielleicht über den Rücken reiben?«, flüstere ich. Eigentlich wollte ich mit ganz normaler sachlicher Stimme fragen, aber es kommt nur dieses gekünstelte Flüstern dabei heraus.

»Ja, okay«, sagt Jakob. »Mach ich.«

Und dann reibt er mir über den Rücken. Auf und ab. Irgendwie fühlt es sich ziemlich … mechanisch an.

»Würdest du mir vielleicht noch ein wenig die Arme reiben?«, frage ich. Mir geht plötzlich auf, dass ich einen BH trage und die Riemchen im Weg sind, auch wenn sie ganz schmal sind.

Er reibt mir die Arme, ganz ruhig, auf und ab. Es tut unglaublich gut, berührt zu werden. Selbst ein etwas mechanisches Arm-Reiben fühlt sich total fantastisch an. Es ist unverantwortlich lange her, dass ich zuletzt massiert wurde.

»Was machst du jetzt mit deinem Vater?«, fragt Jakob, mit leicht unnatürlich natürlicher Stimme.

Die Antwort bleibt mir erspart. Gerade kommt der Bus. Es steht nicht Florenz drauf. Jakob steckt den Kopf hinein und unterhält sich mit dem Fahrer.

»Er fährt nach Prato, etwas nördlich von Florenz. Ich kann mitfahren und dann in den Zug umsteigen«, sagt Jakob. »Aber in vierzig Minuten geht ein Bus ins Zentrum von Florenz. Das überlebst du doch, oder?«

Mein Herz sackt nach unten wie ein grauer Stein in schwarzer See. Nichts werde ich überleben.

Schließlich muss ich die unvermeidliche Frage stellen: »Wo willst *du* jetzt hin?«

»Nach Norden. Nach Padua. Giottos Hauptwerk befindet sich dort in einer Kapelle. Eine Kreuzigungsszene, die ich sehen muss, auch wenn ich sie eigentlich nicht aufnehmen will. Es gibt so … unglaublich viel.«

»Okay«, sage ich.

»Es war ein schöner Ausflug …«, fängt Jakob an, beißt sich aber sogleich auf die Lippen. »Hoffentlich findest du deinen Vater noch. Es …«

»Ist schon in Ordnung«, sage ich. »Ich weiß auch nicht genau, was gerade los ist.«

Wir stehen noch etwas zögerlich herum. Ich würde ihm gern sagen, dass er gut massiert. Denke aber, dass es nicht so toll klingt. *Wie gut du massierst.* Sein Bus geht in fünfzehn Minuten. Ich habe keine weiteren Tricks auf Lager.

»Ich hasse es, *Tschüss* zu sagen. Deshalb sage ich einfach nur *Danke für deine Gesellschaft* und gehe noch einen Kaffee trinken«, sage ich. »Ciao.«

Auch Jakob sieht aus, als wollte er noch etwas sagen, oder hoffe ich es nur? Er bringt aber kein Wort heraus. Will er eine Umarmung, soll er sie von mir aus haben.

Aber er will wohl keine.

»Ciao«, sagt er. »Wir sehen uns bestimmt irgendwann wieder.«

»Ja, sicher«, sage ich. »Fährst du mit dem erstbesten Zug weiter – auf deiner großen Kunstreise?«

»Ja, so in etwa«, sagt Jakob. »Ich bin auch auf der Grand Tour. Und du … fährst du … wieder … nach Hause?«

»Ja, ich denke schon.«

Das hier hat sich zu einer Pünktchen-Pünktchen-Pünktchen-Unterhaltung entwickelt.

»Ich hoffe, das mit deinen Augen … kommt wieder in Ordnung.«

»Dann viel Glück«, sage ich. »Mit der Kunst und der Jugend und allem. Und vielen Dank für deine … Gesellschaft.«

»Tja … War nett, dich kennenzulernen, Frida.«

Kann sein, dass er glaubt, dass ich glaube, dass er glaubt, dass ich glaube, dass er glaubt, dass … dass … Aber das wird zu kompliziert.

Ich versuche, leichtherzig und frohen Mutes zu sein, meinen Rucksack zu nehmen und loszugehen, aber mein Herz ist mir in den Bauch gerutscht.

Eine winzige Andeutung nur, dass er mich dabei haben möchte, und ich könnte hinten im Bus nach Prato sitzen und mich den ganzen Tag lang von Jakob belehren lassen. Ich könnte noch einen weiteren Vortrag über Giotto verkraften. Aber es ist vorbei. Es geht natürlich nicht mehr. Ich habe mich bis nach San Gimignano an ihn geklammert. Jetzt muss ich damit aufhören. Er hat eine Freundin. Ida.

Sieht Jakob etwas verloren aus? Oder wünsche ich es mir nur? Wenn er will, dass ich mitkomme, muss er es jetzt sagen.

Ich drehe mich um und gehe, werde mich nicht noch einmal umdrehen. Ich gehe wieder die Straße hinauf, um einen Kaffee zu trinken und auf den Bus zu warten.

War nett, dich kennenzulernen, Frida.

Pünktchen-Pünktchen-Pünktchen. Ich heule schon nach ungefähr achtundzwanzig Metern, ohne dass ich es will, es kommt ganz von selbst. Ich glaube, es liegt daran, dass ich ebenfalls gern den Giotto in Padua gesehen hätte. Und weil ich Angst habe, dass ich nie mehr wieder von Jakob massiert werde. Wenn es nur noch einmal dazu käme, würde ich meinen BH ausziehen, damit dieses blöde Riemchen nicht im Weg wäre. Sollte er mir nur eine winzige SMS schicken, egal mit welchem Wortlaut, nehme ich sie als Zeichen eines göttlichen Engels, dass er mich dabeihaben will. Dann renne ich den ganzen Weg zurück, fahre mit dem Taxi hinter dem Bus her und haue das Kindergeld mehrerer Jahre auf den Kopf.

Ich halte es nicht aus, nehme das Handy in die Hand und rufe Mama an.

Mein Handy piept, noch bevor ich die ersten Tränen getrocknet habe und bevor Mama rangeht, eine panische SMS von Jakob: HALLO RIIS. HAST DU MEINEN PASS? HABE IHN WOMOEGLICH AN DER REZEPTION VERGESSEN? RUF MICH AN, SOFORT!

Ist das die Hilfe eines Engels?

Ich lege auf und düse zurück wie eine Katze mit Senf im Hintern. Jakob steht in der Tür und sieht ziemlich gestresst aus. Natürlich. Ich hatte vergessen, dass ich seinen Pass stibitzt habe.

»Sorry«, sage ich. Und meine es auch. Fast.

»Zum Glück ist es mir noch eingefallen«, sagt Jakob.

Wir sehen einander an. Es ist für ihn bestimmt auch ganz

schön nervig mit dem störenden, hysterischen Wummern im Hintergrund. Meinem Herzschlag.

»Kann ich mit dir mitkommen, zusammen mit dir reisen, mir mit dir die Bilder anschauen? Es ist, wie gesagt, nicht sicher, dass das mit meinen Augen gut geht. Ich habe Lust, etwas von dem zu sehen, was die besten Künstler der Welt gemalt haben, falls ich erblinden sollte. Willst du einem Vielleicht-bald-blinden-armen-Mädchen den letzten sehenden Wunsch erfüllen? Ich jage dir vielleicht Angst ein, aber gerade jetzt brauche ich deine Augen.«

Ich halte die Luft an. Es ist die alles entscheidende Risiko-Frage. Wenn er nicht ja sagt, werde ich niemals wieder Atem holen.

»Ja«, sagt Jakob. »Na klar.«

Na klar.

Warum habe ich ihn nicht früher gefragt? Warum habe ich mich wie auf eine Himalaja-Expedition vorbereitet?

Mir ist schnurzpiepegal, ob er es ehrlich meint oder nicht. Sicherheitshalber halte ich die Luft an, bis ich fast ohnmächtig werde.

»Ich könnte dich auch enttäuschen«, sage ich, atme hörbar aus und steige ein. »Ich kann nämlich nicht garantieren, dass ich blind werde.«

Plötzlich fühle ich mich Himalaja-mutig. Ich setze mich neben ihn.

»Glaubst du an die Liebe?«, frage ich und bereue es sofort. Ich sollte jetzt nicht zu weit gehen, wo ich schon mitkommen darf.

Die Straße ist kurvig, mir ist leicht übel.

»Okay. Ich muss jetzt mal eine Minute der Wahrheit einschieben«, sagt Jakob.

Ich halte erneut die Luft an. Das sollte ich eine Minute lang schaffen.

»Ich will nur eine Sache klarstellen. Und zwar, dass ich dich für ein pfiffiges Mädchen halte, Frida Riis. Und ich will keinen Trouble.«

»Was für Trouble?«

»Trouble, wie es ihn geben kann, wenn ein Mädchen und ein Junge zusammen reisen. Ich komme gerade mit einem Mädchen zusammen. Alles hängt zwar noch etwas in der Luft, aber ich will, dass die Sache gut ausgeht. Ich bin irrsinnig verliebt in sie. Meinetwegen würde ich sie sofort heiraten mit allem Drum und Dran.«

Gute Güte. *Irrsinnig* verliebt in sie. Wie toll.

»Ja, ich bin ein pfiffiges Mädchen. Und für mich ist das in Ordnung«, sage ich leichthin. »Ich finde es okay, ob sie es aber auch so sieht? Den meisten Mädchen gefällt es nämlich nicht, wenn jemand zusammen mit ihrem Lover reist.«

»Aber du denkst nicht in solchen Kategorien, oder?«

Nein, nein, nein. Auf keinen Fall. Was denkst du denn von mir? Bist du verrückt?

»Nein«, sage ich mit Micky-Maus-Luftballon-Stimme. »So denke ich nicht. Ich sollte so denken. Ja, ich habe auch schon so gedacht. Früher. Aber jetzt nicht mehr. Darüber habe ich intensiv nachgedacht.«

Stop me somebody!

»Jetzt ist es zumindest gesagt«, sagt Jakob. »Jetzt weißt du, wie die Dinge stehen, dann ist es vielleicht nicht so schlimm?«

»Nein, es ist überhaupt nicht schlimm«, sage ich und denke an die blinde Blumenverkäuferin in der Szene, die Chaplin hundertmal gefilmt haben soll und mit der er trotzdem nie zufrieden war. Irgendwann musste er die Szene einfach so belassen.

»Aber gut, dass du ehrlich bist«, sage ich.

Der Bus hält, manche steigen aus und vertreten sich die Beine. Jakob und ich bleiben sitzen. Es sieht aus, als wollte er etwas sagen, aber er schweigt. Jungs sagen oft nicht, was sie denken.

»Woran denkst du?«, frage ich.

»An nichts Besonderes.«

»Ich finde es schlimm, das Kreuz ist eigentlich eine schöne Form, ein Hinrichtungsinstrument, das in all seiner Grausamkeit … schön ist«, sage ich. »Ich weiß nicht, ob man das so sagen darf. Vor allem nach unserem Museumsbesuch von heute Morgen.«

»Tja. Das stimmt. Es gibt sogar richtig schöne Bilder von Jesus am Kreuz. Obwohl es eigentlich ein Foltermotiv ist. Der Nächste auf meiner Liste, Raffael, gehört zu denen, die schöne Kreuzigungsszenen gemalt haben.«

»Und wo können wir uns Raffael anschauen?«, frage ich. »Nein, lass mich raten, wie wär's mit … Florenz?«

Jakob lächelt.

»Diesmal nicht. Sein bekanntestes Kreuzigungsbild hängt in London. Aber ich habe ihn ganz zufällig natürlich hier.« Jakob holt seine Mappe heraus.

»Hast du vielleicht Lust, dir alle Bilder jetzt schon anzuschauen, auf einen Schlag? Dann siehst du gleich mein ganzes Projekt …«

»Nein«, antworte ich rasch in fast schwindel-schwarzer Panik. »Nein, das will ich nicht. Ich will … ein Bild nach dem anderen sehen. So bin ich einfach. Ich blättere auch bei einem Buch nie zum Ende vor, muss alle Seiten lesen. Kein Geschummel. Jetzt bitte nur Raffael.«

»Okay«, sagt Jakob und sieht etwas verunsichert aus. Er blättert in seiner Mappe, zieht ein Blatt heraus und reicht es mir.

Jesus am Kreuz. Als Erstes fällt mir auf, dass alles sehr blau ist, es erinnert an diese Kindergottesdienstbilder, die ich von der Oma in Bergen bekommen habe.

»Manche haben Jesus lebend am Kreuz gemalt, andere tot. Hier ist er tot, du siehst, wie die beiden Engel das Blut aus seinen Wunden auffangen, die ihm die Nägel beschert haben, und aus der Wunde in der Seite, wo die Soldaten mit dem Speer hineingestochen haben. Die katholische Kirche behauptet, beim Abendmahl wird Jesu Blut getrunken. Raffael lässt es von den Engeln in Bechern auffangen, die für das Abendmahl verwendet werden könnten.«

»Und der Mond und die Sonne auf dem Bild?«

»Sie sind das Symbol für die zwei Seiten Jesu, er ist Gott und Mensch zugleich, und sie zeigen zudem, dass der Herr des Universums von der ganzen Natur verehrt wird.«

Der Himmel hinter Jesus ist fast unverschämt klar.

»Hier wird Gott im Ideal der Hochrenaissance gezeigt, und keiner vertritt diese Ideale stärker als Raffael, Jesus ist das Vollkommene. Sogar am Kreuz ist er der Herrscher der Welt, die alleinige Wahrheit. Und die Wahrheit ist, auch wenn sie erniedrigt wird, stark und schön. Hier herrscht eine große Symmetrie, die Stimmung ist sanft, ruhig und klar, die Kleider bilden nahezu spielerisch ein schönes Muster. Dem qualvollen Ereignis zum Trotz strahlt das Bild eine große Ruhe aus, und die Sonne und Jesu Gesicht sind gewissermaßen nur Details, gemessen an Gottes ewigem Licht. Denkt man an klassische Hochrenaissance-Kunst, denkt man an Raffael. Raffael war aber auch ein netter Kerl, freundlich, charmant und sozial. Und bei seinen Auftraggebern beliebt. Leonardo und Michelangelo hatten mehr Ecken und Kanten. Raffael hat sich bei anderen Stilrichtungen bedient, aber ohne sich sein eigenes Talent zu versauen, und er war so gut, dass er überall sehr gefragt war. Er fuhr nach

→ **Siehe Abbildung 7 im Bildteil**

Rom und arbeitete dort für den Papst, teilweise zur selben Zeit, als Michelangelo mit dem Bart voller Farbe unter der Decke lag. Es heißt, Raffael sei in Ohnmacht gefallen, als er sah, was Michelangelo an die Decke der Sixtinischen Kapelle gemalt hatte. Aber der vermutlich Einzige, der Raffael nicht mochte, war Michelangelo.«

»Das Leben hält immer auch unangenehme Dinge parat«, sage ich. »Egal, wie gut es einem geht.«

»Trotzdem hatte Raffael in Rom massenhaft zu tun. Er fertigte Zeichnungen an, und eine ganze Mannschaft von Assistenten half ihm dabei, die Bilder zu malen. Raffael spielte auch als Architekt des Petersdoms eine wichtige Rolle. Aber er starb leider schon mit sechsunddreißig Jahren.«

»Man muss also schleunigst in Angriff nehmen, was man im Leben vorhat«, sage ich.

»Ja. Vermutlich.«

»Und wer ist dein nächster Maler?«

»Ostern geht schnell vorbei, kann sein, dass ich gar nicht bis Padua komme. Dann begnüge ich mich mit dem Giotto, den wir schon gesehen haben. Der Nächste, den ich mir nach da Vinci, Michelangelo und Raffael ansehen will, ist Tizian in Venedig.«

»Tizian in Venedig?«, wiederhole ich wie ein benommener Papagei. *Venedig!*

»Und in Venedig hängt auch Tintoretto. Der buchstäblich eins der größten Kreuzigungsbilder gemalt hat.«

Ja! Nimm mich mit zu Tizian und Tintoretto!, jubelt es in mir. *Auch wenn ich kein Genie bin, kann ich vor meinem sechsunddreißigsten Lebensjahr sterben.*

Der Bus fährt jetzt langsamer.

Wir zucken beide etwas, als sein Handy piept. Jakob nimmt es in die Hand, lächelt leise, als er die SMS liest, wahrscheinlich, damit ich es nicht sehe.

»Ein paar Softfacts über Tizian«, bedränge ich ihn. Er darf jetzt nicht den Fokus verlieren. Ich weiß nicht, mit wem ich konkurriere. Ida?

»Ein paar Softfacts?«

»Du schreibst doch für Jugendliche.«

Jakob holt tief Luft.

»Ich weiß nicht, wann er geboren wurde, aber er war wie Michelangelo und Co. in der Hochrenaissance aktiv, arbeitete vorwiegend in Venedig, das Zentrum der Kunst hatte sich von Florenz über Rom nach Venedig verlagert, er war Schüler bekannter Maler, wurde aber größer als sie alle, wurde zu seiner Zeit ... *unser Tizian, der Göttliche ohnegleichen* genannt. Tizian war einer, der schon heftig losgelegt hatte und dann immer besser wurde.«

»Wie meinst du das?«

»Er wurde, kurz gesagt, mit den Jahren immer besser besser besser. Von der Sorte gibt es wenige – Picasso, Rembrandt, noch ein paar andere. Er war berühmt für die Bewegung in seinen Bildern, und die ihm eigenen intensiven Farben sicherten ihm seinen Status als Star. Tizian arbeitete für Kaiser Karl V., was nicht dumm war. Er war ebenfalls sehr beliebt. Eine Anekdote, eine ziemlich alte und nur halb wahre Story besagt, dass der Kaiser selbst einmal einen Pinsel aufgehoben hat, der Tizian heruntergefallen war. Das Kreuzigungsbild, das ich mit aufnehmen möchte, wurde ... tja, du kannst es dir ja gerne anschauen.«

Jakob blättert weiter und zieht das Bild heraus. Jesus am Kreuz. Es sieht dunkel und düster aus, Jesus wirkt unglaublich einsam. Das Bild ist ziemlich dramatisch, auch wenn ich nicht genau weiß, warum. Die Stimmung hat etwas von Ein-Gewitter-liegt-in-der-Luft. Wir sind in vielleicht einer Viertelstunde am Ziel.

Ich beuge mich vor. Meine Haare berühren sein Gesicht. Es

kitzelt im Bauch. Und in den Brüsten. Und meine Bluse ist noch dazu so geschnitten, dass man zumindest aus nächster Nähe etwas von ihnen sehen können müsste. Sie sind nicht sehr groß, aber ich bin auch kein Bügelbrett.

Jakob murmelt etwas, aber ich kann nicht länger vernünftig denken, höre nicht mehr zu, höre ihn nur noch Dinge sagen wie *psychologische Tiefe* und *Spiel mit dem Licht*.

»Beeindruckend«, sage ich. »Das würde ich gern sehen. In echt.«

»Ja«, murmelt Jakob, ohne dass ich weiß, ob er selbst überhaupt weiß, wozu er Ja sagt.

»Ich rede die ganz Zeit. Erzähl du mir mal was.«

Ich hole tief Luft.

»Ich habe einmal von einer Frau gehört, die man jeden Samstag an derselben Bushaltestelle sehen kann«, fange ich an. »Etwas außerhalb von Oslo Zentrum, sie steht einfach nur da und wartet, steigt in keinen Bus ein. Einmal vor vielen Jahren hat ihr der Kerl, den sie liebte, versprochen, um halb sechs mit dem Bus zu kommen. Er kam nie, aber sie steht immer noch da und wartet, jeden Samstagnachmittag. Er ist nicht im Krieg gestorben oder so. Er kam nur einfach nicht. Jeden Samstagabend um halb sechs steht sie da. Frisch geschminkt in den Kleidern, die sie anhatte, als sie sich kennenlernten. An derselben Haltestelle. Es hört sich total verrückt an, aber sie steht seit fünfzehn Jahren dort. Keine Ahnung, ich habe es nur gehört. Die Leute glauben schon lange nicht mehr daran, dass sie die Hoffnung irgendwann aufgeben wird, sie wird jeden Samstag dort stehen, bis zu ihrem Tod.«

Jakob sieht mich an.

Sagt aber nichts.

Ich hoffe, Jakobs Lieb-sein-zu-künftig-Behinderten-Quote

→ **Siehe Abbildung 8 im Bildteil**

ist nicht so bald erschöpft. Vielleicht bin ich nicht behindert genug? Ich sehe ja immer noch gut und kann nicht gerade behaupten, dass ich erblinden will, auch wenn die Liebe Menschen garantiert blind macht.

OSTERSONNTAG, 27. MÄRZ

Der Taxifahrer fährt jetzt wirklich schneller. Er will wohl seinen Hunderter haben.

Ich bin zu müde, um darüber nachzudenken, was im Hotelzimmer passiert ist oder nicht. Ich muss jetzt an mich denken, an sonst nichts. Als würde ich das nicht schon die ganze Zeit tun. Ist verliebt sein einfach nur die größte egoistische Lüge der Welt? Die Liebe auch? Ja, ja, Frida, denk du nur an diese großen Dinge, auf dem Weg zum Ullevål Krankenhaus. Vom Timing her ist es nicht so richtig klasse, Energie in schwierige Beziehungen zu stecken. Er hat ja Ida, die auf ihn wartet.

Es tut jetzt weh, kleine Glasscherben oder Sandkörner, die am Augapfel scheuern. Ich sollte allmählich ehrlich zu mir sein. Eigentlich hat es die ganze Zeit über wehgetan.

»Bis in die Accademia haben wir es gar nicht geschafft«, sage ich und hole die Billigshop-David-Statue heraus, für die ich in dem Kitsch-Laden einen Euro Toilettengeld bezahlt habe. »Ich will sie noch sehen, bevor ich blind werde.«

Die Straße ist gerader geworden, die Übelkeit verschwunden. Kein wirklich gelungener Witz, denke ich, als er mir herausrutscht. Ich kann hören, dass ich wieder einen Vorstoß wage. Oder sage ich es hauptsächlich, um zu zeigen, dass es mir mit der Kunst ernst ist? Dass es zwischen uns beiden keinerlei Trouble geben soll. Wir sind einfach nur zwei Kunstinteressierte, die sich zusammen Kunst anschauen. Am besten fangen wir gleich damit an. Die Kunst ist der Grund, warum ich gefragt habe, ob ich mitkommen darf.

Jakob nimmt den Ein-Euro-Michelangelo in die Hand und sieht ihn sich genau an.

»Fantastisch. Michelangelos Meisterwerk«, sagt Jakob und macht eine gespielt theatralische Handbewegung. »Es ist wirklich etwas anderes, sie live zu sehen, als in dieser Souvenir-Verkleidung oder als Postkarte mit einer Sprechblase am Penis, in der steht *Willkommen in Florenz.*«

»Ich bin total froh, dass ich ein so perfektes Exemplar ergattert habe«, sage ich.

Trotzdem fährt Jakob mit seinen bedächtigen Ausführungen fort. Zur Antike als Ideal der Renaissancekunst, und dass man damals nicht geglaubt hat, dass es mehr über den menschlichen Körper herauszufinden gäbe, als Michelangelo herausgefunden hat. Ich höre nur halb hin. Bin happy wie eine Schwalbe. Mir wird im Bauch ganz flau davon, dass Jakob so ernst ist. Soll er seine verdächtige Frömmigkeit nur haben, sie sei ihm gegönnt. Ich hätte Lust, ihn von hinten zu küssen, im Nacken, am Hals.

»Das Original wurde aus einem Marmorblock gearbeitet, der als kaputt und unbrauchbar galt. Es sollte sich aber herausstellen, dass er durchaus sehr brauchbar war. Michelangelo hat David eingefangen, kurz bevor der den Stein in die Schleuder legt und losschickt, ein paar Sekunden später ist der unbesiegbare Goliath mausetot, von einem Stein erschlagen, der ihn mitten in die Stirn getroffen hat. Michelangelo stellt es so dar, als wüsste David bereits, dass er es schafft. Er wirkt unglaublich selbstsicher, macht nur seine Arbeit, Gott ist bei ihm. David ist übrigens mit Jesus verwandt, Jesus kam ja in Bethlehem, der Stadt Davids, zur Welt.«

Jakob erzählt, als ginge es um seinen eigenen Cousin.

»Von Bethlehem habe ich schon gehört. Und Weihnachten feiern wir vor Ostern. Aber wo ist der Zusammenhang?«

»Wie viel Zeit hast du denn?«

»Ich sitze einfach nur da und genieße es, dass du mir was erzählst«, sage ich.

»Die Geschichte Jesu wird von den vier sogenannten Evangelisten erzählt, Matthäus, Markus, Lukas und Johannes. Wir lesen die Geschichte Jesu im Lukasevangelium, das ja mit der Weihnachtsgeschichte beginnt. Aber der Evangelist Johannes fängt sehr viel weiter vorne an, so weit, dass uns die Worte dafür fehlen. Dort steht, dass Jesus schon immer bei Gott gelebt hat, dass er Gott ist.«

»Wie geht das denn? Ist Gott nicht Gott?«

»Doch. Aber rein theologisch sehr problematisch. Der Lehre nach ist Gott dreieinig, Gott ist eins, zeigt sich aber auf drei verschiedene Arten.«

»Das verstehe ich nicht.«

»Ich auch nicht. Manche haben versucht, es sich wie Schnee, Eis und Wasser vorzustellen. Es ist ein- und dasselbe und tritt unterschiedlich auf. Ist ein- und dasselbe und trotzdem nicht ganz. Manche behaupten, der Begriff *Persönlichkeit* stamme von dieser christlichen Lehre ab, eine Person ist etwas Einzigartiges, Besonderes, mehr als ein Individuum, weshalb Jesus sagt, wer mich kennt, kennt den Vater. Das ist eins der großen Rätsel der Bibel. Nachdem Adam und Eva aus dem Garten Eden vertrieben wurden, weil sie Gott getrotzt und sich für das Wissen über das Böse entschieden hatten, war der Mensch verloren. Er konnte nicht mehr ewig leben, musste arbeiten, um etwas zu essen zu haben, gebar seine Kinder unter Schmerzen, der Mensch hatte die Richtung verloren und blieb mit einem abgrundtiefen Heimweh zurück.«

»*Abgrundtiefes Heimweh* klingt gut. Und dann?«

»Gott wollte den Menschen retten. Die ganze Bibel erzählt einzig und allein die Geschichte, wie Gott den Menschen zurückholen will. Den Tod aufheben.«

»Und wer hat die Bibel geschrieben?«

»Viele Autoren, es gibt sechsundsechzig Bücher, sie sind in zwei Hauptbücher unterteilt: Das Alte und das Neue Testament. Im Alten Testament geht es um den, der kommen wird, um die Welt zu retten. Den Messias. Dort steht geschrieben, dass er aus Bethlehem kommen wird, mit König David verwandt sein soll und noch viel mehr. Die Messias-Prophezeiungen. Sie ziehen sich durch das gesamte Alte Testament. Die christliche Kirche hält den Juden Jesus Christus für diesen Messias. Sie glaubt, dass er in den alten Schriften beschrieben wird. Dass er wie das Lamm ist, das die Hebräer auf Mose Geheiß hin geschlachtet haben und dessen Blut sie an den Türrahmen strichen, damit der Todesengel vorbeiging. Deshalb wird Jesus oft Lamm Gottes genannt.«

»Das Christentum ist also gewissermaßen das Judentum mit Jesus als Zugabe?«

»Gewissermaßen. Doch. Eigentlich schon.«

BILDTEIL

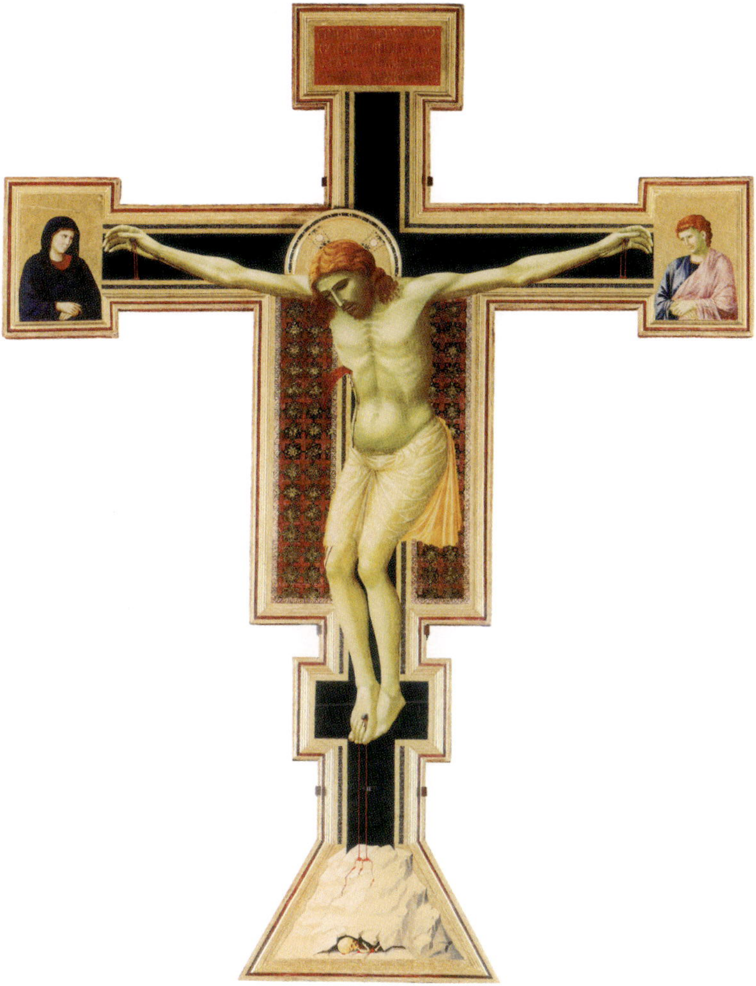

1 Giotto (eigentlich Giotto di Bondone)

Siehe Seite 130

2 Filippo Brunelleschi

Siehe Seite 136

3 Masaccio (eigentlich Tommaso di Giovanni di Simone Guidi)

Siehe Seite 138

4 Giorgio Vasari

Siehe Seite 145

5 Michelangelo Buonarroti

Siehe Seite 165

6 Barna da Siena

Siehe Seite 195

7 Raffael (eigentlich Raffaello Santi)

Siehe Seite 204

8 Tizian (eigentlich Tiziano Vecellio)

Siehe Seite 207

9 Jacopo Tintoretto

Siehe Seite 227

10 El Greco (eigentlich Domenikos Theotokópoulos)

Siehe Seite 233

11 Albrecht Dürer

Siehe Seite 240

12 Lucas Cranach der Ältere

Siehe Seite 241

13 Hieronymus Bosch

Siehe Seite 242

14 Pieter Brueghel der Ältere

Siehe Seite 243

15 Matthias Grünewald

Siehe Seite 269

16 Diego Velázquez

Siehe Seite 293

17 Nicolas Poussin

Siehe Seite 297

18 Peter Paul Rubens

Siehe Seite 300

19 Rembrandt (eigentlich Rembrandt Harmenszoon van Rijn)

Siehe Seite 320

20 Jacques-Louis David

Siehe Seite 331

21 Caspar David Friedrich

Siehe Seite 332

22 Francisco de Goya

Siehe Seite 333

23 Paul Gauguin

Siehe Seite 348

24 Edvard Munch

Siehe Seite 351

25 Emil Nolde

Siehe Seite 355

26 Pablo Picasso

Siehe Seite 358

27 Marc Chagall

Siehe Seite 362

28 Graham Sutherland

Siehe Seite 369

29 Francis Bacon

Siehe Seite 370

30 Salvador Dalí

Siehe Seite 373

31 Arnulf Rainer

Siehe Seite 376

32 Charlie »Cedar Creek« Fields

Siehe Seite 378

33 Luc Tuymans

Siehe Seite 379

34 Victor Sparre

Siehe Seite 418

»Und was glauben die Juden? Sie mögen die Christen doch nicht sonderlich?«

»Nein. Die gläubigen Juden sind der Meinung, Jesus sei ein falscher Messias, sie warten immer noch auf den richtigen, der sie erretten soll. Auch politisch, mit äußerlicher Macht.«

»Wie soll das gehen?«, frage ich.

»Das haben sie schon immer geglaubt. Israel, das Land, in dem Jesus zur Welt kam und wo er sein ganzes Leben verbracht hat, außer dass er als Kind nach Ägypten fliehen musste, war von den Römern besetzt. Chef war der römische Kaiser. Die Juden hassten die Römer, wollten ein freies Land. Als Jesus geboren wurde, war Kaiser Augustus Kaiser in Rom. Er war im Übrigen der erste gewählte Kaiser nach Julius Cäsar, der sich Diktator nannte.«

»Der von Asterix? Der durch ein Attentat ums Leben kam?«

»Derselbe Julius, den Asterix und Obelix bekämpft haben. Als junger Mann wurde Julius Cäsar von Seeräubern gekidnappt. Er freundete sich mit den Seeräubern an und kam am Ende frei, schickte aber anschließend Männer aus, um die Seeräuber zu kidnappen. Die Kreuzigung hielt er für einen allzu grausamen Tod. Deshalb ließ er ihnen nur den Hals abschneiden. Er war ja schließlich kein Unmensch.«

»Aber Jesus wurde von den Römern gekreuzigt?«

»Formal gesehen vom römischen Kaiser. Aber der stand nicht hinter der Tat.«

»Den Zusammenhang verstehe ich nicht. Das musst du mir erklären.«

»Augustus war Kaiser, als Jesus zur Welt kam. Israel war Rom unterstellt, und der Kaiser wollte wissen, wie viele Menschen wirklich in seinem Reich lebten, um abzuschätzen, wie viele Steuern er eintreiben konnte. Der Unterhalt eines solchen Reiches ist sehr kostspielig. Alle mussten in ihre Heimatstadt reisen, und Joseph, der irdische Vater von Jesus, machte sich zusammen mit Maria auf den Weg, um sich von Augustus' Männern in Bethlehem zählen und registrieren zu lassen. Dort beginnt, rein historisch gesehen, das Neue Testament. Mit der Weihnachtsgeschichte. Bei Lukas steht zunächst die ganze Ahnentafel oder Jesu Stammbaum aufgeführt. Es war denen, die die Evangelien verfassten, wichtig zu zeigen, dass Jesus vom Geschlechte Davids war und dass seine Sippe aus der kleinen Stadt Bethlehem kam. Herodes, der zu der Zeit König von Israel war, hatte Angst, ein neuer König könne ihn seiner Macht berauben. Seine Priester und Schriftgelehrten erzählten ihm von den Messias-Erwartungen, wonach eines Tages ein neuer König aus dem Hause Davids in der kleinen Stadt Bethlehem zur Welt kommen solle. Das war, als die berühmten drei Weisen ihm einen Besuch abstatteten, wer auch immer sie waren. Vielleicht waren es Astronomen, Wissenschaftler, sie hatten jedenfalls einen Stern gesehen, der ganz hell am Himmel leuchtete, und von einem König gehört, der zur Welt gekommen sein sollte. Die Weisen gingen zu Herodes' Schloss, um den neuen König zu begrüßen, aber dort fanden sie ihn bekanntlich nicht. Als sie Jesus dann in einem Stall in Bethlehem gefunden hatten, mieden sie auf der Rückreise Herodes' Schloss, wie es ihnen im Traum befohlen worden war. Herodes aber ließ alle Jungen unter zwei Jahren töten. Es muss ein übler Auftrag gewesen sein, sogar für seine an Blut gewöhnten Soldaten. Auch Joseph wurde gewarnt, von einem Engel, und floh nach Ägypten.«

»Davon hört man im Weihnachtsevangelium nicht so sehr viel?«, sage ich.

»Nein. Aber es gehört dazu. Hast du schon mal von dem Klagegeschrei gehört, das aus der Stadt Rama zu hören war, als Herodes' Soldaten dort wüteten? Hier gibt es übrigens eine Parallele zu Moses, denn auch damals wollte der König, der

Pharao, die erstgeborenen Hebräer töten, weil er sich vor ihrer Macht fürchtete. Moses wurde gerettet, weil seine Mutter und Schwester ihn in einen Schilfkorb legten und in der Nähe einer im Nil badenden ägyptischen Prinzessin aussetzten. Die Prinzessin entdeckte ihn und – o Wunder – im Schilf saß zufällig Moses' ältere Schwester Mirjam, die sogleich vorschlug, eine Hebräerin, die sie kannte, könne das Kind stillen. Diese Frau war, surprise, surprise, Moses' Mutter.«

»Wie in Spielbergs Film.«

»Ja. So wurde Moses gerettet. Nach Herodes' Tod kehrten Joseph und Maria nach Nazareth zurück, wo Jesus aufwuchs. Mehr wissen wir nicht über ihn, bis zu seinem zwölften Lebensjahr. Mit der Zeit hatten die Leute die Erwartung, Jesus sei der neue König.«

Der Bus hält. Wir sind in Prato. Wir nehmen unsere Rucksäcke und fragen den Fahrer nach dem Weg zum Bahnhof.

»Jetzt brauche ich etwas frische Luft«, sagt Jakob, als wir uns in die Bar neben der Bushaltestelle setzen, und holt die Zigarettenschachtel und sein Feuerzeug mit der einsamen blauen Figur heraus.

Ich hoffe, es beeindruckt Jakob, dass ich den Espresso in einem Schluck und ohne Zucker trinke, er ist so bitter, dass es mir eiskalt über den Rücken läuft. Und dass er sonst niemanden kennt, der das tut. Wir laufen ein wenig durch die Stadt. Prato ist nicht sehr groß.

»Du klingst so, als würdest du an Gott glauben. Dann glaubst du bestimmt auch an die Liebe?«, flüstere ich. Ich *muss* flüstern. Ein anderes Paar sitzt direkt neben uns. Es macht mir Spaß zu flüstern, wie in einem Museum. Oder in einer Kirche.

»Ich weiß nicht«, flüstert Jakob zurück. »Kann schon sein, und jetzt kommt wohl eine Art Minute der Wahrheit: Verliebt sein ist im Grunde ziemlich gefährlich. Peng! Man trifft jemanden und ist plötzlich unsterblich verliebt, verbringt Tag und Nacht zusammen, kocht sich was Tolles, was man am Anfang kaum runterbringt, weil man so irrsinnig verliebt ist, man verreist zusammen ...«

»Zum Beispiel mit dem Zug.« Ich flüstere nicht mehr. »Oder mit dem Bus.«

Jakob sieht verunsichert aus.

»Zum Beispiel. Und dann zieht man zusammen und studiert, und so geht es vielleicht ein bisschen hin und her, nichts Ernstes, keiner will sich binden, aber es geht vielleicht trotzdem gut, und man heiratet oder zieht zusammen und sucht sich eine Arbeit, kauft sich eine Wohnung, bekommt ein Kind oder zwei, kauft sich ein Haus oder ein kleines Auto, dann ein größeres Auto, dann zwei, und eine Hütte am See und eine Hütte in den Bergen, und dann ist alles gut, zu gut, und dann macht man noch etwas mehr Karriere, spendet hin und wieder Geld für Unicef, singt im Chor und engagiert sich in seinem Ort, reist aber auch und erlebt die Oper in Rom, die Architektur in Sankt Petersburg, Sonnenuntergänge im Mekongdelta in Vietnam, und die Kinder dürfen mit, zumindest bei einigen Reisen, und alles ist gut, die Kinder haben schon ihre Probleme, klar, aber im Großen und Ganzen ist trotzdem alles gut, ja, zu gut, und dann gerät einer von uns oder auch beide plötzlich in eine Krise, man wird wach und findet das Leben unerträglich platt: War das alles, und dann trifft man jemand Neues, in den man sich verliebt und mit dem man Tag und Nacht zusammen sein will und etwas Tolles kocht, was man fast nicht runterbringt, weil man so irrsinnig verliebt ist, und schon geht alles wieder von vorne los, mit Unicef und dem Mekongdelta und allem Drum und Dran. Manche schaffen vielleicht sogar drei oder vier Durchgänge, bis sie sterben.«

»Schon wieder *irrsinnig*. Will er mir etwas sagen?«

»Was hast *du* denn gelesen? Du hörst dich schon an wie ein grauenvoller Sechsunddreißigjähriger. Aber der Teil von Tag und Nacht zusammensein, der hat mir gut gefallen. Vielleicht ist das mit dem Interrail-Reisen dann gar nicht so schlau«, sage ich. »Interrail ist ja eigentlich schon so was wie *Nacht und Tag*. Aber du meinst es vielleicht nur ganz allgemein?«

Wir sehen uns an. Und lächeln ein möglicherweise etwas steifes Mutmachlächeln, wie zwei ängstliche Gören, die zusammen Äpfel klauen wollen. Oder gilt das nur für mich?

»Ich finde es schön, dass ich mit dir zusammen hier bin«, sage ich und bereue es sofort.

»Mmmm«, sagt Jakob. »Wir können ja sagen, dass wir uns zwar Gesellschaft leisten, aber nicht wirklich zusammen reisen. Ein Stück weit zumindest.«

»Das können wir gern«, sage ich. Es klingt auch ziemlich ehrlich. »Und ich will sowieso nach Norden. Nach Hause. Wegen meiner Augen.«

Er lächelt ein Lächeln, das alles Mögliche bedeuten kann. Ich überlege, dass Adam und Eva vor langer Zeit auch zusammen auf Apfelklau gingen. Hat Adam genauso gelächelt, als Eva ihm den Apfel gab? *Ja, ich bin ein pfiffiges Mädchen. Und das finde ich auch gut.* Ich sollte Ida gegenüber ein tintenschwarzes Gewissen haben, aber ich denke nur noch daran, dass ich auf dem Weg nach Venedig bin. In drei Stunden geht unser Zug. Wir reden über alles Mögliche. Die Zeit vergeht wie im Flug.

Venedig!

Endlich steigen wir ein, suchen uns ein Abteil für uns allein, das wir mit Beschlag belegen. Ein Zugabteil ist eine wunderbar geschlossene Welt, vor allem, wenn man als Mädchen und

Junge zusammen unterwegs ist, die Tür schließt und die senfgelben Vorhänge zuzieht.

Aber ich kann nicht umhin, mich in dem schmalen Spiegel über dem Sitz zu sehen, ein kleines, verängstigtes Mädchen, das fürchtet, als Einzige nicht zum Geburtstag eingeladen zu werden, ein Mädchen, zu dem ich mich am liebsten nicht bekennen würde.

»Du kannst gern an deinem Laptop arbeiten«, sage ich. »Ich leiste dir ja nur Gesellschaft, wir reisen ja nicht wirklich zusammen, keine größeren Verpflichtungen im Gepäck.«

»Gut zu wissen«, sagt Jakob und sieht mich an.

Es gibt Probleme auf der Bahnstrecke. Und die Züge in Italien fahren nun mal nicht so schnell. Im Moment finde ich das richtig klasse.

Ich hatte gehofft, wir würden das Abteil für uns haben. Aber es dauert nicht lange, bis wir es mit einem fast ausschließlich schwarz gekleideten, österreichischen Gothenpaar teilen müssen, Freizeit-Satanisten. Die beiden sind möglicherweise sogar jünger als wir und tragen ganz ähnliche Klamotten, schwarze Jacken, aber nicht aus Leder. Etwas Nachgemachtes. Ihre Klamotten sind adrett und gepflegt. Die Kreuze, die verkehrt herum hängen, sind sorgfältig auf der Brust befestigt. Das Mädchen ist sogar blasser als ich. Sie legen vielleicht Wert darauf, so blass wie möglich zu sein? Sind Christen das Gegenteil von Satanisten?

Ihre Augen hinter den Schlangenaugen-Kontaktlinsen leuchten auf, als sie erfahren, dass wir aus Norwegen kommen.

»Acchhh. Norwegen …«

»We have heard that some of the people in the bands are living in the woods or in caves in the Norwegian mountains. Is this true or just a lie?«, fragt der Junge.

»I'm not quite sure, but I think it is true«, sage ich.

Sie lecken sich fast die Lippen.

Jakob sieht mich nur an.

»You have so many famous bands! You have of course been to many concerts?«

»No«, sagt Jakob.

Und dann unterhalten sie sich lange über Musik und abgefackelte Kirchen und ich weiß nicht was. Jakob glaubt wohl mehr an Gott als ich, möglicherweise hat er hier eine Aufgabe.

Ich sehe ihm gern dabei zu, wie er spricht. Ja, ich habe fast Tränen in den Augen. Keine Ahnung, warum. Weil ich total in ihn verschossen bin. Oder aus einem völlig anderen Grund. Weil die beiden Österreicher aussehen, als wären sie gern zusammen, als würden sie sich jeden Abend dabei helfen, die Schlangenaugen-Kontaktlinsen herauszunehmen, als hätten auch Freizeit-Satanistenpaare ganz normale Sachen vor dem Schlafengehen zu erledigen. Und weil Jakob so gut aussieht. Ich bin auch früher schon verliebt gewesen, so ist es nicht. Aber das hier ist neu, größer. Und weil ich mir darüber im Klaren bin, dass ich keineswegs nur in die Verliebtheit verliebt bin, sondern dass ich den ganzen Typen lieber mag, als mir eigentlich gut tut, kriege ich plötzlich ganz viel Angst. Habe nicht nur alle Symptome, die mich schon seit Tagen quälen, es überrascht mich auch, dass sie mir Angst machen. Eine solche Furcht habe ich bisher nicht gekannt. Vielleicht habe ich auch noch nie jemanden so sehr gemocht. Ich wusste nicht, dass man überhaupt ... so sein konnte. So viel auf einmal. Dass man Angst bekommt. Na so was ... jetzt habe ich schon dreimal das Wort *Angst* benutzt.

Der Zug steht. Die zwei Ultraschwarzen hören auf ihren ultraweißen iPods Musik. Die Musik ist so laut, dass sie aus ihren Ohrstöpseln zu uns dringt. Es ist vielleicht etwas obertantenhaft gedacht, aber mit fünfundzwanzig werden sie taub sein.

Ich sollte jetzt auch schlafen, betrachte mir aber Jakob, denke, dass ich es mir nicht leisten kann zu schlafen. Plötzlich bin ich sicher, dass er nur ja gesagt hat, um nett zu Behinderten zu sein, dass er überhaupt nicht so empfindet wie ich, dass die Zeichen, nach denen ich suche, nicht da sind, dass ich genau deshalb so sehr nach ihnen suchen muss.

»Kannst du nicht schlafen?«, fragt Jakob, der offensichtlich auch nicht so tief schläft, obwohl er mit geschlossenen Augen dasitzt.

»Ich überlege gerade, ob ich lieber mit Jazzballett oder Lachyoga anfangen soll, wenn ich wieder in Oslo bin«, sage ich und lächele so kleinmädchenhaft, dass kein Zweifel daran besteht, dass ich Spaß mache.

Es lässt sich so verdammt schlecht verbergen, dass ich ihn irre gern mag. Kostet mich fast all meine Kraft. Es ist schwierig, immer nur stark und selbstständig zu sein. Sollte er mir nur eine winzige Chance geben, würde ich mich auf ihn stürzen und … ja. Das weiß er vielleicht genau. Vielleicht ist es genau so, wenn man die Binde erst mal vor den Augen hat, dass man sie gerne trägt, dass man mitspielen will, es passiert nicht einfach nur, es macht auch wirklich Spaß, Blindekuh zu spielen. Sage ich, die ich vielleicht bald schon Blinde-Frida spielen darf und mit einer Dauerbinde vor den Augen herumlaufe. Klasse, dass ich über so viel Selbstironie verfüge.

»Jazzballett und Lachyoga würden mir auch den Schlaf rauben«, sagt Jakob.

Die Räder kreischen, als sich der Zug wieder in Bewegung setzt.

Wir kommen nach Bologna, wo die Gothen aussteigen. Sie wollen weiter nach Mailand zu irgendeinem Konzert.

Es ist jetzt Nacht. Stunden sind vergangen.

Schließlich schlafe ich ein. Schlafe tief und fest.

Und werde von meinem Handy und seiner Pippi-Melodie in meinem Mumien-Schlafsack geweckt, verschwitzt und gestresst. Es sollte piepen, wenn wir am Ziel sind. Der Zug steht schon wieder still. Ich schaue nach draußen, sind wir schon da? Die Räder quietschen, als sich der Zug wieder in Bewegung setzt. Jakob verschläft das Quietschen und den Pippi-Wecker. Er schnarcht leise. Mit halb offenem Mund. Und kratzt sich plötzlich an der Wange. *Der* Wange, die ich so unendlich gern streicheln würde, seit ich ihn kennengelernt habe.

Ich beschließe, auf die Freundschaftsvariante zu setzen. Wenn er nicht will, will er nicht. Oder kann nicht. Trotzdem muss ich daran denken, wie es wäre, wenn ich jeden Morgen mit ihm in einem richtigen Bett aufwachen würde. Mein Gehirn sagt mir, dass ich nur daran denken muss, schon pocht mein Herz warm und hart. Aber mit einem guten Freund zusammen auf Reisen zu sein ist auch nicht zu verachten. *Man muss nehmen, was man kriegt*, sagt Mama. Sie hat vielleicht mehr recht, als ich wahrhaben will. Ich schaue aus dem Fenster. Aus dem Lautsprecher kommt eine knisternde Stimme. Ich deute sie dahingehend, dass wir bald ankommen. In einer der romantischsten Städte der Welt. Der Zug hat ziemlich viel Verspätung. Aber so what?

»Buon giorno«, sage ich laut und trete Jakob scherzhaft mit dem Fuß in die Schulter. Seit ich in Italien bin, hat sich mein Wortschatz wenigstens um zwei Wörter vergrößert. Mein Tritt fällt vielleicht etwas zu fest aus, ist aber sehr freundschaftlich gemeint.

DIENSTAG, 22. MÄRZ

»Möchtest du vielleicht Kekse mit Orangenfüllung und Schokoladenüberzug zum Frühstück?« Ich habe die Augenarznei herausgeholt und spüle meine entzündeten Augen. Das kühlt und tut gut. Das Spülen der Augen ist für mich mittlerweile genauso normal wie Naseputzen. Außerdem will ich ihm zeigen, dass ich es ernst meine.

Jakob macht ein paar Schmatzlaute, öffnet und schließt die Augen.

»Mmmm. Orange und Schokolade? Das ist too much. Dann warte ich lieber noch ein bisschen, glaube ich.«

Etwa zwanzig Minuten später quietscht sich der Zug in den Bahnhof von Venedig. Wir steigen aus. Es ist immer noch zu heiß. Ich würde gern duschen. Vielleicht suchen wir uns ziemlich bald ein Hotel.

Ich habe Bilder von Venedig im Kopf, habe mir Reiseprospekte, Fotos und Filme angeschaut. Den Gruselfilm *Wenn die Gondeln Trauer tragen*, zum Beispiel, den ätzendsten Film, den ich je gesehen habe, *Hannibal* ist dagegen wie Teletubbies. Wir verlassen den Bahnhof und setzen uns auf eine große Treppe, die bis zum Kanal hinunterführt. Es gibt wirklich keine Autos auf den Straßen und auch kaum Straßen, fast nur Kanäle mit Wasser. Wie im Film. Nur noch Venedig-hafter, als ich es für möglich gehalten hätte. Und überall sind Boote! Jakob behauptet, wir müssten ein *Vaporetto* nehmen, einen Wasserbus ins Zentrum.

»Ich besorge die Fahrkarten«, sage ich und gebe ihm die restliche Packung Schokoladenkekse mit Orangenfüllung.

Bevor er etwas sagen kann, bin ich schon weg, Jungs glauben immer, Mädchen könnten nicht das günstigste Angebot herausfinden.

Ich kaufe zwei Tageskarten, wage nicht zu hoffen, dass wir länger hier bleiben.

»Die Fahrkarte ist ziemlich teuer, aber sie ist den ganzen Tag gültig«, sage ich, als ich wieder bei Jakob bin.

»Du kannst mich nicht die ganze Zeit über einladen«, sagt er und steckt mir fünfzig Euro in die Hosentasche. Ich protestiere nicht. Es kitzelt herrlich am Bein.

Wir gehen an Bord des Vaporetto und schaukeln zusammen mit vielen anderen Touristen über den Canal Grande, der laut Jakob der größte Kanal ist. Es wird behauptet, dass Venedig ab und zu wegen Übergewichts geschlossen werden muss, weil auf der alten Stadt, die auf Pfählen gebaut ist, zu viel totes Gewicht lastet.

»Was willst du dir zuerst anschauen?«, frage ich, als wir am Markusplatz an Land gehen, von dem sogar ich weiß, dass er der bekannteste Ort Venedigs ist, ja eigentlich einer der bekanntesten der Welt.

»Vielleicht den Makronenkuchen dort!«, sagt Jakob und zeigt auf ein großes, nahezu rosa Gebäude. »Den Dogenpalast. Der Doge war im steinreichen Venedig der Chef der Chefs. Aber es dauert noch eine ganze Weile, bis die Sachen aufmachen, lass uns einfach durch die schmalen Gassen laufen, wir brauchen ein Frühstück. Und offiziell will ich in die Scuola di San Rocco. Dort hat sich Tintoretto am meisten und am besten ausgebreitet. Und dort hängt auch das Bild, das ich in meine Artikelserie aufnehmen möchte. Heute Nacht habe ich herausgefunden, dass der Tizian in Madrid hängt.«

Eigentlich hätten wir uns ein schönes Café suchen, Croissants essen und dunklen Kaffee trinken sollen, aber wir landen ausgerechnet bei McDonald's. Also wirklich. Das Schlimmste ist, dass es eigentlich mein Vorschlag war. Ich bin ein schwacher Mensch, ich weiß nicht einmal, warum ich dorthin wollte. Vielleicht weil ich Jakob in einem McDonald's kennengelernt habe. Manches lässt sich partout nicht vermeiden, auch wenn man nicht genau weiß, warum.

»Jetzt hätte ich sogar Lust auf etwas Schokolade«, sagt Jakob, nachdem er einen Caesar Salad mit Croutons und Kotzdressing gegessen hat.

»Nimm ein Sundae-Eis«, sage ich. »Wenn wir noch etwas drauflegen, packen sie uns die dreifache Menge an geschmolzener Schokolade oben drauf.«

»Welche Kunst gefällt dir denn am besten?«, fragt Jakob. »Ich bin mir vollkommen darüber im Klaren, dass die Frage absurd ist. Aber da du dich nun mal nicht davon abbringen lässt, mich zu begleiten …«

Ich lasse mir Zeit, schlucke nur langsam die Schokolade hinunter. Rücke die Sonnenbrille zurecht. »Mir gefällt am besten die Geschichte, wie John Lennon Yoko Ono kennengelernt hat«, sage ich. »Sie hatte ein Kunstwerk angefertigt, das aus einer Trittleiter bestand, auf die hinaufsteigen konnte wer wollte, um zu lesen, was auf einem Zettel stand, der an der Decke hing. Darauf stand nur ein Wort.«

»Ja«, sagt Jakob und sieht mich interessiert an.

»Weißt du, was darauf stand?«

»Ja.«

»Du weißt es?«

»Ja«, sagt Jakob.

»Du weißt also, dass *Ja* darauf stand?«

»Ja.«

»Du verstehst also, worauf ich hinaus will?«, frage ich.

Er sieht mich an. Seine Augen bewegen sich, aber er sieht mich unverwandt an.

»Ich weiß wirklich nicht, ob ich kapiere, was Yoko Ono damit sagen wollte, über Kunst und so«, sage ich und kann seinem Blick nicht länger standhalten. »Aber es hat mir gefallen.«

»Dann hast du zumindest einen gewissen Bezug zu Yoko Onos Konzept- und Performance-Kunst.«

»Einen *gewissen* Bezug«, sage ich. »Kunst und Liebe sind eine gute Kombination.«

Es ist gemein, dass er meinem Blick so gnadenlos standhält. Auch die Sonnenbrille nützt mir nichts. Ich hoffe, er sieht nicht, wie flau mir ist, ich muss mich ziemlich zusammennehmen, damit er keine Angst bekommt und irgendwann aus dem Zug springt. Ich merke schon, wie mein ganzes Freundschaftsvarianten-Konzept wie Softeis unter heißer Schokoladensauce schmilzt, wie es in seiner ganzen gefährlichen Herrlichkeit ertrinkt. Es ist nicht so einfach, einen auf freundschaftlich zu machen, wenn mein ganzes Ich, mein ganzer Körper nach einem anderen schreit.

Wir gehen an allen Menschen vorbei, an Horden von Leuten mit idiotischen Sonnenhüten und army-grünen Westen mit ihren zigtausend Klettverschlusstaschen, mit Reiseführern, Schirmen oder kleinen Stäbchen mit roten Fahnen daran, die den Auflauf der Hüte von Palast zu Palast, von Museum zu Museum anführen. Venedig ist sehr eng und sehr elegant.

Jakob geht mit seinem kleinen Plan voraus, und endlich betreten wir das Gebäude, das Scuola di San Rocco heißt. Diese Museen tun meinen Augen gut. Hier ist das Licht schön gedämpft, das grelle Sonnenlicht ausgesperrt. Überall hängen Bilder, aber Jakob zieht mich eine riesige Marmortreppe hinauf.

»Wir müssen uns das Beste zuerst anschauen, bevor wir zu müde sind«, sagt er und zieht mich in einen kleinen Raum auf der linken Seite.

»Guter Gott!«, sagt er. »Hier ist es!«

Wir stehen vor einem Gemälde, das so riesig ist, dass man es unmöglich auf einen Blick erfassen kann. Eine Reproduktion in einem Buch sieht bestimmt wie eine Briefmarke aus. Jakob bleibt lange davor stehen. Ich wusste nicht, dass zwölfeinhalb Meter so groß sein können.

»Wie du siehst, konnte sich Tintoretto nicht begrenzen, er war nicht zu bremsen, ja, er hat nicht nur dieses eine Bild gemalt, sondern gewissermaßen alle Bilder im ganzen Haus. Er hat unablässig gemalt, und viele halten genau das Bild hier für sein Meisterwerk, *Die Kreuzigung* von 1565.«

»Bist du ganz sicher, dass es nicht 1566 war?«, frage ich.

Jakob sieht eine Sekunde lang verunsichert aus.

»Hier wurde an nichts gespart, eine ganze Wand für das gesamte Drama, alles was in der Bibel steht und noch viel mehr. Ein Riesenprojekt«, seufzt er. »In diesem Bild steckt eine solche Kraft, dagegen nimmt sich sogar eine Riesenkinoleinwand mickrig aus. Man kann die großartige Komposition gar nicht erkennen, weil man so dicht davor steht.«

»Was willst du den Jugendlichen zu dem Bild sagen?«

»Dass Tintoretto diese seltsamen Farben hatte und eine … Intensität, die die ganze Szene kolossal dramatisch macht. So könnte es damals auf Golgatha gewesen sein. Jesus kippt fast nach vorn, er zieht alle an. *Kein anderes Bild der Welt enthält mehr vom menschlichen Leben, hier findest du alles, auch die größte Schönheit*, hat der Autor Henry James gesagt. Es ist einfach nur klasse, es live zu sehen. Eigentlich hatte er die meisten Menschen auf dem Bild zuerst nackt gemalt, sie aber später angezogen.«

»So was hören Jugendliche gern. Hast du noch mehr Highlights zu Tintoretto?«

→ **Siehe Abbildung 9 im Bildteil**

Es gefällt mir, dass Jakob Wörter wie *Intensität* und *größte Schönheit* benutzt.

»Der Name Tintoretto bedeutet *kleiner Färber*. Er war sogar Schüler von Tizian, wurde aber aus dessen Atelier geworfen.«

»Warum?«

»Vielleicht mochte Tizian die brutale Art nicht, mit der Tintoretto den menschlichen Körper malte. Aber Tintoretto war auf Tizian nicht sauer, er hat ihn sein ganzes Leben lang *Meister* genannt. Er ist einer der wichtigsten Maler der Spätrenaissance, die in eine Richtung übergeht, die man Manierismus nennt.«

»Und die ist ...?«

»Tintoretto ist zwar keiner der ganz typischen Vertreter, aber der Manierismus ist eine Art Verlängerung oder Fortsetzung der Spätrenaissance. Tintoretto war als Maler er selbst, seine Stärke bestand darin, dass er kein Blender war, er traute sich, ehrlich zu zeigen, was er sah, er konnte irre gut mit Farben umgehen, konnte das Irdische mit dem Himmlischen vermischen und hat mit Licht, Raum und Bewegung den Blick auf die Wirklichkeit verändert. Darum geht es in der Kunst wohl meistens, um den Blick auf die Wirklichkeit. Denn nach der Hochrenaissance mit Raffael, Michelangelo, Leonardo und Co. kam es in der Kunst zu einer Art Niedergang. Viele waren, wie gesagt, der Meinung, die Malerei sei jetzt vollkommen, etwas Neues gebe es nicht mehr. Und zahlreiche, heute völlig unbekannte Maler versuchten auf ihre Art, zum Beispiel Michelangelos toll verzerrte Menschenkörper zu kopieren. Viele Bilder aus dieser Zeit sehen daher aus wie eine Sportstunde oder ein Wettkampf mit tonnenweise Menschen um Jesu Krippe oder Kreuz. Tintoretto wurde nach Tizian zum führenden Maler Venedigs. Was er selbst über seine Malerei dachte, schrieb er an die Wand in seinem Atelier: *Tizians Farbe, Michelangelos Linie*. Tintoretto hat kein Blatt vor den Mund genommen und gehörte zu denen, die den Kurs für den Barock und die Malerei des 17. Jahrhunderts abgesteckt haben. Der englische Autor Ruskin hat einmal gesagt, er müsse Jacopo Tintorettos Bilder dem Zuschauer überlassen, sie ließen sich weder ausreichend analysieren noch loben.«

»Jacopo ist wahrscheinlich Jakob auf Italienisch?«

»Ja. Ich dachte, du wärst in Italienisch furchtbar schlecht.«

»Ein paar Sachen kriege sogar ich mit. Sorry, dass ich dich unterbrochen habe. Erzähl weiter.«

Ich versuche wie immer mit aller Kraft, cool auszusehen.

»Tintoretto war mit allen Wassern gewaschen und bei Kollegen nicht immer beliebt, er hat ziemliches Preisdumping betrieben, die anderen Maler ausgestochen. Als dieses Gebäude hier dekoriert werden sollte, gab es einen Wettbewerb, wer den kleinsten Saal bemalen durfte. Schon damals waren Wettbewerbe beliebt, und Tintoretto hat die ganze Sache unterlaufen, indem er keine Skizzen lieferte, sondern heimlich hierher kam und ein fertiges Bild an die Decke malte, das er hinter einem Vorhang verbarg.«

»Hier, wo wir jetzt stehen?«

»Ja.«

»Cool.«

»Als die Jury kam, zog er nur an einer Schnur, legte das Gemälde frei und vermachte es sofort der Bruderschaft, der das Gebäude gehörte. Er bekam den Auftrag, wurde dem größten Konkurrenten, Veronese, vorgezogen. Später durfte er auch die restlichen Wände bemalen. Tintoretto hatte unglaublich viel Energie, eine Zeitlang hat er die gesamte Kunst in Venedig bestritten. Zwei seiner Söhne und seine Tochter Maria wurden ebenfalls Maler. Aber es war wohl nicht so einfach, den Vater zu schlagen.«

»Mit Vätern ist das so eine Sache«, sage ich.

Mein Handy piept. Ich schalte es aus, ohne nachzusehen, wer mich erreichen will.

Jakob will hier alles sehen, geht von Saal zu Saal, von Wand zu Wand.

Aber ich bin von Tintorettos einem Gemälde so erschlagen, dass ich mich nach draußen in die Sonne setze. Oder bin ich von etwas anderem erschlagen? Vielleicht von den drei Nachrichten, die auf meinem Handy eingegangen sind, als es auf lautlos stand. Wahrscheinlich vom Dreiergespann Larsen, Dahl und Bøe, die mich erreichen wollen.

Ihnen zu Ehren nehme ich meine Augentropfen besonders früh. Und spüle auch gleich noch die Augen.

»Ich muss zugeben, ich bin high«, sagt Jakob mit leuchtenden Augen, als er seine Kunstrunde zu Ende gedreht hat.

Wir essen im erstbesten Straßencafé am Kanal zu Mittag. Auch hier gibt es Plastikstühle und karierte Tischdecken.

»Eigentlich bräuchte man in Venedig fast nicht ins Museum zu gehen. Venedig ist ein einziges, wertvolles, visuelles Bonbon!«

»Aber nur *fast* nicht«, sage ich. Ich beneide Jakob, der so unglaublich engagiert ist. Und überlege, dass Engagement vielleicht mehr Sexappeal hat als alles, was ich mir denken kann. Es gibt so viele, die einfach nur durch die Gegend laufen, ohne sich für irgendetwas besonders zu interessieren. Ich, zum Beispiel. Oder warum bestelle ich sonst schon wieder das Gleiche wie Jakob, ohne darüber nachzudenken? Lasagne. Ich sollte etwas anderes nehmen, zeigen, dass ich ein Eigenleben habe.

Auch wenn wir in Italien sind und die Lasagne bestimmt selbstgemacht ist, bin ich nicht hungrig. Komme gut mit nur wenig Lasagne, viel Luft und so aus. Ich bin in the mood, könnte problemlos die restlichen Ferien hier verbringen, es gibt genug Museen. Und außerdem würde ich mir gern eine Gondelfahrt gönnen.

»Hast du gehört, dass man sich die ewige Liebe sichert, wenn man seinen Lover unter der Seufzerbrücke küsst«, frage ich und versuche Jakob mit der Sonnenbrille auf der Nase tief in die Augen zu schauen.

Piep-piep.

»Nein, das wusste ich nicht«, sagt Jakob und sieht wie immer, wenn sein Handy piept, etwas gestresst aus.

»Venedig ist die Verliebten-Stadt Nummer eins oder zwei in der Welt. Venedig und Paris.«

Er zündet sich eine Zigarette an. »Ich habe nachgeschaut. Kurz nach drei geht ein Zug nach Turin. Und ich habe mich geirrt. Das Tizianbild hängt in Madrid«, sagt Jakob noch einmal. »Ich habe hier also alles gesehen, was ich wollte.«

Er ist ganz offensichtlich nicht in the mood.

Auch diesmal haben wir ein ganzes Abteil für uns. Mit den exakt gleichen senfgelben Vorhängen wie letztes Mal.

Ich gebe es zu. Ich bin sehr enttäuscht. Sehr. An nur einem Vormittag rein in die eleganteste Stadt der Welt und wieder raus, nur ein halber Tag im Märchenland. Was ist passiert? Aller Logik nach sollte Jakob mehrere Tage hier bleiben. Mit mir oder ohne mich. Hat es mit seiner Freundin zu tun, dass er schon wieder wegfährt? Ich kann nicht verlangen, dass er schon in der ersten Stadt wegen der romantischen Träume eines sentimentalen Mädchens seine Pläne ändert. Ich habe mich an ihn drangehängt. Ich bin hier der Parasit. Ich darf nicht beleidigt sein. Zum Glück habe ich nur zwei Tagestickets gekauft.

Jakob holt seinen Laptop heraus und schreibt. Ich frage mich, ob er jemals so etwas Unvernünftiges getan hat, wie Gameboy zu spielen.

»Schreibst du schon an einem frischen, jugendgerechten Artikel über Tintoretto?«

»Ja. Ich versuche, eine Form dafür zu finden. Das hier sind schwergewichtige Künstler, ich will so vieles zu ihnen sagen, sollte es auch. Aber vielleicht ist weniger besser als nichts?«

»Manchmal schon«, sage ich. »Wer ist der nächste Maler?«

»Domenicos Theotokópoulos.«

»Nie gehört«, sage ich. »Da bin ich ziemlich sicher. Es ist sehr lehrreich, aber auch ziemlich deprimierend, ich hätte auf einen griechischen Sänger getippt. Ist er sehr bekannt?«

»Ja. Sehr. Er ging bei Tizian und Tintoretto in Venedig in die Lehre und hat auch einen Abstecher nach Rom gemacht und sich Michelangelo angeschaut, bevor er nach Spanien fuhr und sich in Toledo niederließ. Er ging weiter als die anderen, war vielleicht der größte Manierist von allen. Die Manieristen haben die Perspektive überzeichnet, mehrere Perspektiven benutzt, haben sie buchstäblich verzerrt, haben die Figuren verlängert, und es drängten sich manchmal ziemlich viele Menschen und Figuren auf ihren oft großen Bildern, und es gab viel flackerndes Licht drum herum. Der Begriff Manierismus wurde anfänglich negativ verwendet, verwies auf etwas Raffiniertes an sich, die Kunst der Übertreibung, sie galt damals vielleicht vor allem der Aristokratie und dem Königshof. Man wollte etwas verstärken, etwas herausstellen, andere Farben verwenden, die mit der Natur brachen, könnte man sagen, um mehr Gefühle darzustellen. In gewisser Weise kann man die Manieristen vielleicht die ersten Modernisten nennen. Und keiner hatte längere, himmelschwebendere Figuren als …«

»Kopoulos«, sage ich, um zu zeigen, dass ich dem Unterricht folge. »Er hat bestimmt auch intensive Farben benutzt, oder?«, frage ich.

Jakob sieht wie immer, wenn ich ihn unterbreche, etwas verunsichert aus. Der Arme. Ich lasse ja nicht locker.

»Ja, neben einem schweren Namen hatte er auch intensive Farben. Nach einiger Zeit wurde er nur noch El Greco genannt, der Grieche. Er kam aus Kreta. Sein Vater war Ikonenmaler.«

»Du hast bestimmt ein Bild auf Lager, oder?«

»Na klar«, sagt Jakob, blättert weiter und nimmt einen etwas langen, sich windenden gekreuzigten Jesus heraus, der sehnsüchtig und traurig zum Himmel schaut.

»Es wurde 1580 gemalt. Sieh dir die Wolken an, wie sie sich unruhig zusammenziehen, El Greco will uns zeigen, dass sich auch die Natur, die Wolken und der Himmel vor Geburtsschmerz krümmen, dass die ganze Welt stillsteht. Jesus fragt Gott, warum er ihn verlassen hat, und das ist später, laut Bibel, vielleicht die wichtigste Minute der Welt ... der Augenblick der Wahrheit. Oder die wirklich große, die wirklich GROSSE, Minute der Wahrheit. El Greco wurde in Toledo populär, ansonsten mochten nicht sehr viele Menschen seine Kunst. Ein paar neunmalkluge Kreative behaupteten, El Greco hätte einen Sehfehler, weshalb er die Welt so falsch sehe und so male, wie er es tat. Eine vollkommen abwegige Behauptung. Er wurde später für viele moderne Künstler zu einem der wichtigsten Maler, auch wenn sich seine langen Figuren vielleicht der alten Ikonentradition verdanken. Die beiden Herren auf dem Bild kommen im Evangelium natürlich nicht vor, sie haben nur für das Bild bezahlt.«

»Ist Jesus für dich mehr als die Figur, die auf massenhaft Bildern zu sehen ist?«, frage ich.

Errötet er?

»Ja«, sagt er schließlich.

Er ist plötzlich so still, dass ich vor lauter Stress fast frage, ob ich eine Zigarette schnorren kann.

»Turin ist also die nächste Stadt?«, frage ich und gebe Jakob das Bild des Griechen zurück.

»Ja. In Turin befindet sich das berühmte Leichentuch, aber das weißt du ja vielleicht?«

»Das von Jesus?«

»Ja.«

→ **Siehe Abbildung 10 im Bildteil**

»Ist es denn echt?«

»Keine Ahnung. Ich glaube, das Physische, Konkrete sollte man nicht unterschätzen. Irgendein Kunsttheoretiker, ich weiß nicht mehr welcher, hat gesagt ...«

»Komisch, dass du ständig mit Kunsttheoretikern um dich wirfst, von denen du nicht mehr den Namen weißt«, sage ich.

Kaum zu fassen, Jakob errötet. Tatsächlich.

»Ich mache nur Spaß. Ich weiß nicht einmal mehr, wie mein kleiner Bruder heißt. Weiß nicht, ob ich überhaupt einen habe. Was hat dein Kunsttheoretiker also gesagt, sagst du?«

»Er hat von der Aura gesprochen, die ein Originalbild hat und die eine Reproduktion niemals einfangen kann. Ich fand das immer ulkig. Dass ein mehr oder weniger moderner Mann über so etwas Mystisches wie die *Aura* spricht. Und dass er der Meinung war, das konkrete Kunstwerk, das Original trage eine ganz eigene Kraft in sich. Ich wollte damit sagen, dass ich ihm recht gebe und dass es sich mit dem Leichentuch in Turin genauso verhalten könnte.«

»Es ist schon mal gut, dass es noch etwas anderes als Foltermuseen gibt«, sage ich. »Ich glaube, ich habe darüber mal was im Fernsehen gesehen, der Gedanke, dass es sich tatsächlich um das Leichentuch von Jesus handeln könnte, ist kolossal spannend. An mehr erinnere ich mich nicht.«

»Angeblich handelt es sich um das Leichentuch, in das Jesus bei seinem Begräbnis gehüllt war. Es ist mal hier, mal dort aufbewahrt worden, aber alle, die es in ihrem Besitz hatten, haben behauptet, es sei echt. Jetzt ist es Eigentum des Papstes, Millionen Menschen sind schon gekommen, um es zu sehen.«

»War es nicht so, dass auf dem Tuch ein Toter zu erkennen ist und kein Mensch erklären kann, wie er dort hingekommen ist? Diejenigen, die an die Echtheit des Tuchs glauben, gehen davon aus, dass es dazu kam, als Jesus wieder lebendig wurde.«

»Wiederauferstand«, sagt Jakob. »Es hört sich nicht sehr

wahrscheinlich an, aber vieles ist beunruhigend korrekt. Es gibt Blutspuren an den Füßen und Händen wie von einer Kreuzigung und Spuren einer Art Dornenkrone auf dem Kopf. Der Mann auf dem Leichentuch hat auch eine Wunde in der rechten Seite«, sagt Jakob. »Und verschiedene Proben haben ergeben, dass das Tuch aus dem Nahen Osten stammen muss, es wurden Pollen von Pflanzen gefunden, die nur dort wachsen. Andere Untersuchungen haben ergeben, dass es um die zweitausend Jahre alt ist, aber eine neue Untersuchung hat gezeigt, dass es höchstens achthundert Jahre sind. Neue Untersuchungen zeigen, dass die alten falsch waren. Die katholische Kirche will die Stimmung jedoch nicht anheizen, was ich eigentlich gut finde. Es zeigt, dass sie daran glaubt, dass Jesus gelebt hat, egal, ob das Leichentuch echt ist oder nicht.«

»Glaubst du daran?«, frage ich.

»Es ist nicht so wichtig, was ich persönlich glaube, aber ich frage mich natürlich schon. In der Kirche der spanischen Stadt Oviedo befindet sich nämlich das Schweißtuch von Jesus, mit dem sein Gesicht nach dem Tod bedeckt wurde, auch daran wurden Blutspuren gefunden. Aber für viele klingt das alles sehr zweifelhaft«, sagt Jakob. »Es war früher nicht so schwer, ein Stück Holz von Jesu Kreuz zu ergattern, sogar Finger oder Haare von Jesus oder was auch immer. Aber würde man alle Teile zusammennehmen, die von Jesu Kreuz stammen, hätte man einen ganzen Wald in Alaska zusammen.«

»Damit lässt sich bestimmt viel Geld verdienen?«

»Ja. Aber trotzdem, dreißig verschiedene Forscher aus unterschiedlichen Ländern haben herausgefunden, dass das Blut von dem Leichentuch in Turin und von dem Schweißtuch in Oviedo mit über neunzig Prozent Wahrscheinlichkeit vom selben Menschen stammt.«

»Ich weiß nicht, was ich davon halten soll. Aber solche Geschichten gefallen mir in jedem Fall«, sage ich.

Es knistert im Lautsprecher. Der Zug hat Alessandria erreicht, wo immer das ist, und wir müssen umsteigen. Wir rennen wie die Bekloppten, um den Zug nach Asti zu erreichen. Von dort geht es weiter nach Turin.

Es ist Abend geworden. Der Abend ist mein Freund. Mit seinem sanften Licht.

Wir sollen morgen früh kurz vor sechs in Turin ankommen. Ich stelle den Wecker am Handy auf eine halbe Stunde davor. Bin unendlich müde. Ich weiß nicht, wie lange ich schon schlafe, werde aber einmal kurz wach, weil ich glaube, Jakob hätte meinen Namen gesagt. Im Schlaf hört es sich fast genauso schön an wie *Ida*.

Es muss nach Mitternacht sein, als er mich an der Schulter fasst. Mir wird ganz flau im Bauch.

»Frida«, flüstert er.

»Ja«, flüstere ich.

»Jetzt ist es mir wieder eingefallen. Er heißt Walter Benjamin. Der Kunsttheoretiker.«

MITTWOCH, 23. MÄRZ

»Wie geht's deinen Augen?«

Jakob läuft mit einer ungerauchten Zigarette hinterm Ohr durch die Gegend und wirkt ganz komisch heute, fast verliebt. Er kann fast nicht anders, als mich zu fragen. Ich habe nämlich die Sonnenbrille abgesetzt, sitze in aller Herrgottsfrühe in einem kleinen Café am Bahnhof von Turin und habe meinen Augenspül-Kram über den ganzen Tisch verteilt. Plötzlich kommt mir der Gedanke, er könnte glauben, ich täte das nur, um ihm zu zeigen, dass ich keine Witze machen, um zu demonstrieren, dass das mit meinen Augen todernst ist.

»Gut«, sage ich und stehe auf. Ich werde ganz rastlos, wenn ich Jakob zusehe. »Vielleicht ist es ja auch gar nicht so schlimm. Ich kann, wie gesagt, nicht garantieren, dass ich blind werde.«

»Nein. Ich fände so eine Garantie natürlich schon ganz gut. Schließlich kann ich dir nur deshalb so viel geben«, sagt Jakob und grinst. Er sieht mir direkt in die Augen. Was sind seine Augen braun.

Wie immer schaue ich als Erste weg. Nur Jakob schafft das.

»Und welches Bild gibst du mir hier in Turin?«

»Keins. Es gibt hier zwar noch ein Kreuzigungsbild von Tintoretto, aber das schenken wir uns. Wir übernachten hier also nur. Das nächste Bild hängt eigentlich eine ganze Ecke von hier weg, in Colmar«, sagt er. »Und es gehört zu den Bildern, die mir am besten gefallen. Gemalt von Matthias Grünewald. Ich sollte dir auch noch etwas über ein paar andere nicht-italienische Künstler neben Grünewald erzählen oder sie zumindest nennen, zum Beispiel Albrecht Dürer und Hieronymus Bosch«, sagt Jakob. »Oder Lucas Cranach den Älteren. Oder Pieter Brueghel. Um sie wenigstens erwähnt zu haben. Sie waren ebenfalls Renaissancekünstler und nur nördlich von Italien tätig.«

»Die Renaissancekünstler nördlich von Italien darfst du auf keinen Fall vergessen«, sage ich und gehe auf ihn zu. »Bist du verrückt? Kein Einziger von ihnen darf in Vergessenheit geraten. Es gilt, die Jugend aufzuklären.«

Wir stehen jetzt ganz dicht voreinander.

»Aber kann ich vor der Belehrung über Brueghel und seine Freunde eventuell eine rein freundschaftliche Umarmung von dir bekommen?«, frage ich mit meiner Frida-Flirt-Stimme. »Frag mich nicht, warum. Ich brauche es einfach. Eine kurze und feste Prä-Belehrungs-Umarmung.«

Ich weiß wirklich nicht, warum ich mich gerade jetzt danach zu fragen traue. Es überkommt mich einfach.

»Ja«, sagt Jakob und hat etwas Zögerliches in der Stimme. Ich mache es ihm aber wohl auch schwer, Nein zu sagen.

Und dann. Dann legt er die Arme um mich und drückt mich an sich. Unbeholfen. Fest – und etwas länger als kurz. Es kommt wohl für uns beide etwas überraschend, wir stellen uns schrecklich ungeschickt an, ich bin nicht sicher, ob die Umarmung so freundschaftlich ausfällt, wie ich sie mir wünsche. Ich frage mich, ob er selbst denkt, dass er mich etwas länger umarmt, als er muss. Dann lässt er los. Ich halte immer noch die Luft an. Wenn das jetzt der Typ ist, den ich im Leben treffen soll? Wenn er es tatsächlich wäre? Wenn Jakob *der* Typ wäre. Der für mich bestimmt ist. Ich wage nicht einmal daran zu denken. Bin immer davon ausgegangen, dass nur ich so denke, wie ich denke, dass die Vorstellung, jemand anderes würde exakt so denken wie ich, völlig undenkbar ist … gewesen ist. Ich habe einen großen offenen Kamin in mir. Und mir fällt auf, dass er mich auf eine Art anschaut, die vielleicht, keine Ahnung, das Ganze nicht ganz unkompliziert macht. Empfindet er genau wie ich, und sei es nur jetzt, in dieser Sekunde, empfindet er genau wie ich, dass ich so ... ja, dass alles total verrückt ist ...

»Erzähl«, sage ich, nachdem ich begriffen habe, dass keine weitere Umarmung folgen wird. »Erzähl mir kurz was über die berühmten Künstler des Nordens.«

»Bist du ganz sicher?«, fragt er mit hektischer Stimme und roten Wangen.

»Todsicher.« Und ich muss mir ganz fest auf die Zunge beißen, damit sich mein Mund nicht öffnet und sagt, dass ich ihn liebe. Aber er ist derjenige, der eine Freundin hat. Ich für meinen Teil habe beschlossen, mich freundschaftlich zu geben.

Endlich greift Jakob nach der Zigarette hinterm Ohr und zündet sie an. Ich hoffe nicht, dass ich dazu beitrage, dass er auf dieser Reise zum Kettenraucher wird.

»Es wurde nicht nur in Italien gemalt, die Renaissance hat sich auch nach Norden ausgebreitet und hat dort der Kunst in Italien geähnelt und auch wieder nicht. Albrecht Dürer war einer der größten Künstler des Nordens, er ist hierhin und dorthin gereist und hat selbstverständlich auch eine Runde durch Italien gedreht.«

Jakob nimmt seine Mappe und holt vier Bilder heraus, will das Tempo vielleicht ein wenig anziehen und mit mir zu einem Ende kommen. Er legt alle vier fein säuberlich nebeneinander auf den Tisch und dreht das erste wie eine Karte um.

»Ich habe nur dieses eine Kreuzigungsmotiv gefunden, das er für einen Altar gemalt hat, das Allerheiligenbild *Anbetung der Dreifaltigkeit* mit Gott, der Jesu Opfer annimmt.«

»Das gleiche Motiv, das Masaccio gemalt hat, nur prächtiger.«

»Und mit demselben Ordnungssinn, wie Leonardo da Vinci ihn hatte. Nach der Rückkehr aus Italien hat Dürer ein Meisterstück nach dem anderen hingelegt. Er hat viele erschreckend gute Holzschnitte gemacht, die die biblischen Schilderungen des Jüngsten Gerichts illustrierten: Krieg, Hunger, Pest und Tod, aber er hat für seine Bilder großes Lob bekommen, stets präzise, einfühlsam und sicher in der Komposition seien sie. Das hört sich an wie aus einem Kunstgeschichtsbuch, aber seine Sachen sind wirklich stets präzise, einfühlsam und sicher in der Komposition. Kommerziell war er auch, hat Grafiken verkauft. Sie gingen weg wie warme Semmeln. Außerdem war er ein großer Philosoph und Theoretiker, ein intelligenter Kopf in jeder Beziehung, seine kunsthistorischen Abhandlungen waren für die deutsche Sprache genauso wichtig wie Luthers Bibelübersetzung. Er war ein deutscher Renaissancemensch, der in ganz Europa gefeiert wurde.«

»Luthers Bibel. Dann sind wir jetzt bei der Reformation angekommen?«, frage ich.

»Ja. Dürer hat Luther, der hinter der Reformation stand, zugejubelt. Und wer Martin Luther noch mehr zugejubelt hat, war Lucas Cranach der Ältere, er hat das superberühmte Porträt von Luther gemalt, das als Holzschnitt in ganz Europa verbreitet wurde. Cranach war daran beteiligt, die protestantische Botschaft in die Welt hinauszutragen, aber er war vermutlich nicht so konzentriert und vergeistigt wie Dürer.«

»Inwiefern?«

»Er war als Künstler fast schizophren. Auf der einen Seite malte er herrlich nackte Frauen für reiche Kunden, auf der anderen konnte er ergreifende religiöse Bilder malen. Wie dieses hier von Jesus und den Räubern am Kreuz.«

Jakob dreht das zweite Bild um.

→ **Siehe Abbildung 11 im Bildteil**

»Hört sich an wie ein typischer Mann«, sage ich und betrachte mir das Bild. Es ist brutal. Jesus sieht aus, als würde er zu Tode gefoltert. Sein Gesicht ist schmerzverzerrt. Obwohl die drei Männer, die gefoltert werden, in derselben Lage und also miteinander verbunden sind, denke ich, dass alle ganz allein sind, wenn sie sterben.

»Es sieht fast aus wie ein Reportagenfoto aus einer Zeit, in der es noch keine Kameras gab. Es hat nichts Verspieltes, ist hart und brutal, realistisch und klar. Stark von Dürer beeinflusst.«

»Hast du auch ein Frauenbild von ihm?«, frage ich. Nicht, um einen Witz zu machen. Eher, um mir das Bild nicht länger anschauen zu müssen.

»Frauenbilder passen irgendwie nicht so richtig in mein Projekt.«

»Und dann?«

»Wie: und dann?«

»Kommt jetzt nicht Bosch?«

»Eh … doch.«

»Ich bin eine ungeduldige Jugendliche«, sage ich.

»Okay«, sagt Jakob. »Hieronymus Bosch ist nicht leicht einzuordnen, irgendwo zwischen gotischer Malerei und Manierismus. Er hatte einen festen und starken Glauben, hier ist er.«

Er dreht das dritte Blatt um.

Jesus am Kreuz. Klar, nackt und rein. Ein Mann kniet demütig vor Jesus. Aber mir fällt vor allem die gestreifte Hose des Mannes ganz vorn im Bild auf.

»Vielleicht zeigt Bosch mit diesem Bild seine fromme Seite, ich finde das Bild fast ein wenig langweilig. Bosch ist vor allem für seine Höllenszenen mit irre mysteriösen, angsteinflößenden Figuren und Wesen bekannt, die grausamer sind als jede realistische Folterszene. Er ist weit von der Hochrenaissance

→ **Siehe Abbildung 12 im Bildteil**

entfernt, eigentlich gehört er fast noch ins Mittelalter. Seine Bilder berühren mich irgendwie. Er stellt die Realität völlig verfälscht da, dennoch kommt sie einem wahr und nah vor, wie ein Traum vielleicht. Die albtraumartigen Figuren und Dämonen sind genauso detailreich und körperlich dargestellt wie die Menschen in seinen Bildern. Bosch wurde im 20. Jahrhundert neu entdeckt, mit Freud und Jung und den Surrealisten, wurde *Meister des Monsterhaften und Entdecker des Unterbewusstseins* genannt. Davon ist hier wenig zu sehen.«

»Allein schon der Name Hieronymus Bosch hat etwas Angsteinflößendes«, sage ich.

»Bosch hat hier leider nur ein ganz normales Kreuzigungsmotiv gemalt, aber für mein Projekt ist es eben das Richtige. Warte nur, bis du Grünewalds Bild in Colmar siehst.«

»Die rot-schwarz gestreifte Hose ist jedenfalls schick. Wo liegt eigentlich Colmar?«

»In Frankreich. Südlich von Straßburg, nicht weit von der deutschen Grenze. Wir können heute Nachmittag den Zug nehmen. Oder morgen. Was ist dir lieber?«

»Ich richte mich nach dir«, sage ich.

»Okay. So kompliziert ist es auch wieder nicht. Vielleicht sollten wir hier den Feierabend verbringen?«

Yippi! Es ist zwar nicht Venedig, aber immerhin. Endlich, denke ich. Weiß schon jetzt, dass ich mich den ganzen Tag über abartig auf den Abend freuen werde.

»Ein Bild ist noch übrig, Brueghel?«

»Ja«, sagt Jakob und dreht das letzte Blatt um, als handle es sich um eine Quiz-Sendung im Jugendfernsehen.

»Ich habe leider gerade erst herausgefunden, dass das Bild ebenfalls in Florenz hängt. Too late. Brueghel war vielleicht der Einzige, der von Boschs Bildersprache etwas übernehmen

→ **Siehe Abbildung 13 im Bildteil**

konnte. Er ist ebenfalls nach Italien gereist, war aber vor allem von der Reise über die Alpen fasziniert, er hat sowohl das Kleine, Detaillierte als auch das Riesige, Majestätische gemalt. Es dauert lange, bis man seine Bilder erforscht hat, genau wie bei Bosch. Und man sieht schon hier auf diesem Bild, wie die Kreuzigungsszene fast in etwas ertrinkt, das an ein ausgiebiges Festival erinnert. Dass es sich hier um eine öffentliche Hinrichtung handelt, weiß man nur, weil das eigentliche Kreuz weiter hinten in der Landschaft so deutlich und klar zu sehen ist. Und wegen des Titels natürlich. Golgatha.«

Ja, es gibt unendlich viele winzige Details, und komisch, wie man trotzdem sieht, dass es in dem Bild um Jesu Tod geht, wo gerade so viele andere Dinge passieren, im Vorder- wie im Hintergrund. Ich betrachte mir die vier Bilder nebeneinander. Sie sind wie alle anderen Bilder, die wir gesehen haben, völlig unterschiedlich, obwohl sie das gleiche Motiv haben.

»Der Ältere hier, der Ältere da. Gibt es auch einen Brueghel den Jüngeren?«

»Ja. Seine Söhne, es gab einen *Samt-Brueghel*, der überwiegend Stillleben mit Äpfeln und so gemalt hat, und einen *Höllen-Brueghel*, der Szenen aus der Hölle gemalt hat oder zumindest Brandszenen. – Jetzt ist mein Mund vom vielen Reden ganz trocken. Wollen wir was essen gehen?«

»Ich möchte gern eine Runde durch die Stadt drehen, muss noch ein paar Geschenke kaufen.«

Ich bin zwar sehr hungrig, beschließe aber, ihm zu zeigen, wie stark und selbstständig ich bin, vielleicht auch nur, damit Jakob es nicht irgendwann satt hat, ständig mit einer halbblinden Frau im Schlepptau umherzuziehen.

»Okay«, sagt er. »Frauen müssen wohl shoppen. Das habe ich irgendwo gelesen. Ich will mir derweil gern das Leichen-

→ **Siehe Abbildung 14 im Bildteil**

tuch anschauen. Vielleicht kann ich ja auch darüber einen Artikel schreiben. Ich brauche so viele Vorwände wie möglich für meine Reise.«

»Bis später dann.«

Ich stehe auf und gehe. Sieht er etwas enttäuscht aus? Ein bisschen? Nichts wäre mir lieber. Noch immer sitzt die feste, unbeholfene Umarmung in meinem Körper. Aber ich traue mich nicht, um eine weitere zu bitten. Es war ein freundschaftliches Einmalangebot.

Ich drehe nur eine kleine Runde in den erstbesten Park, brauche jetzt etwas Schlaf, den ich nicht bekommen werde, wie ich weiß. Dann will ich wenigstens dasitzen und nachdenken, habe nicht einmal Lust zu lesen.

Ich suche mir eine Bank, die im Schatten steht. Es ist bescheuert, aber ich weiß, dass ich nur darauf sitzen und vor mich hinträumen will, die Sonnenbrille im Gesicht, und immer wieder werde ich Situationen vor mir sehen, in denen er etwas gesagt hat, was darauf hindeutet, dass er mich mag oder mir zumindest ein kleines Zeichen gibt, oder Situationen, in denen ich selbst plötzlich sage, dass er verdammt gut aussieht und ich ihn so gern mag, dass ich nicht weiß, wohin mit mir. Und wie er mich heute so innig umarmt hat. Er hat mich länger umarmt als nötig, oder? Wiederholung der Lieblingsszenen.

Ich schicke ihm eine SMS, über die ich den ganzen Nachmittag gegrübelt habe: *War's nett beim LeichenTuhch?*

Ich baue zwei Schreibfehler ein, ein großes T und ein zusätzliches h, damit er nicht denkt, dass ich den ganzen Nachmittag darüber nachgedacht habe, was ich ihm schreiben soll. Obwohl es ja so ist.

Ich leide trotzdem wie ein Hund, dass ich die SMS abgeschickt habe. Hätte mir nicht etwas Besseres einfallen können?

TJA, WAS HEISST HIER NETT?, piept es eine halbe Stunde später bei mir. DIE GANZE CHOSE WAR IN EINE KISTE EINGESPERRT, DIE ICH NICHT ZU SEHEN BEKAM. UM 19 UHR AM BAHNHOF?

Weiß er nicht, dass man auch Kleinbuchstaben verwenden kann?

Ich lege mich auf die Bank. Sobald ich meine entzündeten Augen schließe, sehe ich nur noch eins: meine Lieblingsszene, seine Umarmung. Ich bin total blockiert im Kopf. Kann nur noch an eine Sache denken.

Ich nehme mir vor, es ihm zu sagen. Dass ich ihn liebe. Oder zumindest, dass ich ihn sehr gern mag. Ich halte es nicht länger aus. Und dann ab nach Hause.

Natürlich kann ich nicht schlafen. Kaum zwei Stunden von ihm entfernt, drehen die Schmetterlinge in meinem Bauch total durch, ja, eigentlich dreht mein ganzer Körper am Rädchen vor lauter Sehnsucht. Ich denke an Äpfel und Birnen, Bienen und Blumen. Und dass es nicht gut ist, wenn ich ihn so sehr vermisse, dass es schmerzt. Zwei Stunden! Auch weiß ich nicht, ob das mit der Minute der Wahrheit so eine gute Idee ist. Denn ich weiß offen gestanden gut, dass ich es ihm nicht sagen sollte. Jakob zuliebe. Und Ida. Ich kann schwerlich garantieren, dass ich eigentlich keinen Trouble will. Ich fühle mich wie eine hilflose Kompassnadel, habe keine Wahl, wie sehr ich mich auch drehe und wende, am Ende zeige ich immer nach Norden. Wie sieht Ida aus? Ein einziges visuelles Bonbon? Er interessiert sich ja für Kunst und ist bestimmt wählerisch. Aber ist sie genauso verliebt wie ich? Wohl kaum. Das geht gar nicht. Ich weiß, es ist ein abgegriffenes Klischee, aber ich bin nicht sicher, ob ich ohne ihn leben kann.

Ich sehe auf die Uhr. Noch zwei Stunden. Von hier sind es

nur sieben oder acht Minuten zu Fuß. Papa und ich haben über Mamas leicht neurotische Angst, den Bus, die Straßenbahn, das Schiff oder das Flugzeug zu verpassen, immer gegrinst. Mama hat einmal, um sich zu verteidigen, gesagt, dass sogar der Vater der Psychologie, Sigmund Freud, immer ein paar Stunden vor Abfahrt eines Zuges zum Bahnhof kam, wenn er verreisen wollte. Ich weiß, dass Mama bei verschiedenen Psychologen war. Sie redet nicht gern darüber.

Ich bleibe vor einem Wäschegeschäft stehen. Kaufe das hübscheste Höschen und den hübschesten BH, die ich je hatte. Meine alten Höschen werden vor Neid auf diese italienische Designbombe total erschlaffen. Man sollte sein Kindergeld wirklich nicht für italienische Unterwäsche ausgeben. Es tut etwas weh, als ich bezahle. Aber ich überlebe es.

Viertel nach sechs stehe ich mit meinem Rucksack am Bahnhof. Ich sollte jetzt einfach irgendeinen Zug nehmen, von hier fahren Züge in alle Richtungen. Ich bin verdammt nervös. Fast eine halbe Stunde vor der Zeit, habe genug Zeit, mich auf einen x-beliebigen Zug zu stürzen.

Ich gehe in die Toilette und trage etwas Schminke auf, Lippenstift und etwas Rouge, aber keine Mascara und keinen Eyeliner, das traue ich mich nicht wegen meiner Augen. Im Bestreben, etwas Rationaleres zu tun, als für Kindergeld Unterwäsche zu kaufen, kaufe ich eine Taschenbuchbiografie über Picasso, habe aber keine Lust, gleich darin zu lesen.

Ich setze mich einfach mitten auf den Bahnsteig. Mir ist schwindlig, es wäre vielleicht nicht dumm, jetzt etwas zu essen, aber ich habe keine Lust. Ich sehe Leute mit Rucksäcken und Trolleys, Kaffee und Zeitungen in der Hand hin und her laufen. Wohin wollen sie alle? Gehören sie zu jemandem? Ich denke, dass alles vielleicht besser wäre, wenn alle jemanden hätten. An schlechten Tagen denke ich, das sollte gesetzlich verordnet werden. Alle sollten einen Lover bekommen, schlimmstenfalls vom Staat zugewiesen, vom Gesundheitsministerium, innerhalb einer bestimmten Frist, wenn sie es nicht selbst auf die Reihe bekommen.

Fly Me to the Moon.

Dort kommt er! Auch er ist sehr früh dran. Der Bahnhof von Turin ist nicht die Stazione di Firenze, eine architektonische Perle – der Bahnhof von Turin ist der größte architektonische Diamant der Welt.

»Hallo, hast du viel gesehen?«

»Nein, eher wenig.«

»Nichts?«

Sein Handy piept. Ida ist wirklich ein verzweifeltes Weibstück. Lässt nicht locker.

Jakob geht ein Stück weg. Damit ich nicht höre, was er sagt. Ich bleibe einfach sitzen. Es ist schwer, aber ich kriege es hin. Kann es eh nicht ändern. Ich kann ihn nicht zwingen, mich mehr zu mögen, als er will. Oder kann. Egal, was passiert, denke ich, wir sind gerade dabei uns anzufreunden. So richtig. Und ich, die ich Freundschaft eigentlich immer für Bullshit gehalten habe.

»Das war Ida«, sagt Jakob, als er zurückkommt. »Sie ist schon lange von ihrem Job genervt, ihr Chef im Krankenhaus ist wohl ziemlich schwierig. Ein Idiot. Sie will sich womöglich aus reinem Protest krank melden.«

»Aber sie ist nicht krank?«

»Nein. Nicht wirklich«, sagt Jakob.

»Ganz schön übel«, sage ich. »Sie kann sich bestimmt gut vorstellen, lieber mit dir im Urlaub zu sein? Interessiert sie sich auch für Kunst?«

Jakob fasst sich an die Nase.

»Ja, ich hoffe schon. Aber ich weiß nicht, ob sie zu einem Urlaub mit mir Lust hat, es ist ihr vielleicht zu freakig, von einer Stadt in die andere zu fahren, nur um sich Bilder im Museum anzuschauen, nun ja … sie fährt auch nicht gern mit dem Zug. Sie will versuchen, ein billiges Flugticket nach Madrid, Barcelona, Paris, Marseilles oder was auch immer zu bekommen. Dort treffen wir uns dann.«

Zut alors!, denke ich. Zut alors! Unser Französischlehrer in der Schule hat erzählt, dass das im Französischen der stärkste Ausdruck ist, der nicht als Fluch gilt. Mir fällt auf, dass ich nicht fluche, wenn ich mit Jakob zusammen bin. Hab ich's doch gewusst. Ida ist Medizinerin! Und jetzt fährt die Dolce & Gabbana-Medizinerin los, um Jakob zu treffen, sehr romantisch. Sie muss bestimmt nicht mal jobben. Hat vermutlich massenhaft Geld. Um auf eine romantische Reise zu zweit zu gehen. Sie braucht auch kein Kindergeld zu klauen. Medizinstudenten haben immer Ärztemütter und Ärzteväter, die massenhaft Geld in der Hinterhand haben. Aber sich krank melden, ohne krank zu sein, das ist wirklich Missbrauch sozialer Ressourcen!

Ich würde mich bestimmt verhalten wie Jakob. Würde auch von meinem Lover erzählen, wenn ich mit einem anderen unterwegs wäre. Alles andere wäre verdächtig. Jakob ist ein netter Kerl. Er versucht nicht, mich anzulügen. Auch Ida nicht. Hat er ihr von mir erzählt? Und wenn ja, was? Ich bin diejenige, die hier fürs Lügen zuständig ist.

Ich beschließe, damit aufzuhören. Schließlich habe ich die Minute der Wahrheit aufgebracht. Noch immer spricht er ihren Namen so verflixt nett aus.

»Warum inhalierst du eigentlich beim Rauchen nicht richtig?«, platzt es aus mir heraus. Seine Ohren leuchten plötzlich feuerrot.

»Eigentlich inhaliere ich schon, meistens«, sagt er.

So was. Ohne Not habe ich diesen Tag verdorben. Ich bin kränker als gedacht.

»Wir nehmen heute den Zug nach Frankreich, wenn es dir recht ist? Er geht in drei Stunden, möglicherweise müssen wir unterwegs umsteigen, keine Ahnung. Vielleicht sollten wir ein bisschen schlafen?«

»Klar ist mir das recht«, sage ich. »Ich komme mit.« Dann legen wir uns auf unsere Rucksäcke. Liegen nebeneinander und schlafen. Herrlich. Auch wenn mein Rücken ganz steif wird. Jakob weckt mich nach ein paar Stunden. Ich bin unglaublich müde.

Ein neuer Zug.

Wir suchen uns ein Abteil. Heute Nacht hätte ich mein Kindergeldkonto für ein Hotelzimmer geschröpft.

Jakob ist still wie eine leere Turnhalle. Und verschwindet mehrmals aus dem Abteil.

Um halb drei gehe ich in den Gang und bitte vorsichtig um eine Gutenachtumarmung.

Er umarmt mich kurz, auf eine Weise, die wohl freundschaftlich genannt werden muss. Oder eher so, als wären wir zwei männliche Politiker, die sich umarmen müssen, während alle Pressefotografen zusehen. Vielleicht um zu zeigen, dass die letzte Umarmung nur zufällig fest war und er nicht will, dass das ausartet. Eine normale freundschaftliche Standardumarmung. Für mich ist es aber auch dieses Mal nicht nur freundschaftlich, seinen Körper ein klitzekleines bisschen zu spüren.

»Ich bin todmüde, muss jetzt schlafen. Weckst du mich, wenn wir umsteigen müssen?«

Ich spüre noch zweimal Stiche in den Augen, nachdem ich mich in meinen Mumienschlafsack gekuschelt habe, aber nur ganz leichte. Ich versuche, sie zu ignorieren, trage jedoch etwas mehr Salbe auf als sonst. Ich kann mir nicht länger etwas in die Tasche lügen. Die Stiche sind mehr oder weniger ständig da. Eher mehr.

GRÜNDONNERSTAG, 24. MÄRZ

Ich habe keine Ahnung, wo wir sind, aber als ich aufwache, regnet es draußen, der Himmel ist dunkelgrau und riesengroß. Doch heute finde ich Regen klasse. Der Regen bindet den Staub, was meinen Augen gut tut, bilde ich mir ein.

»Frühstück«, sagt er. Jakob hat zwei Cappuccinos in Pappbechern organisiert und zwei Croissants, die in Servietten eingewickelt sind.

Der Zug fährt unfassbar langsam. Bis nach Colmar ist es noch weit.

Ein neuer Tag gibt mir immer wieder neue Hoffnung, sogar ein Regentag. Und heute – Frankreich. Ich gewöhne mich allmählich an den Zug-Rhythmus. Wir fahren nach Westen und überqueren die Grenze, die erste größere französische Stadt, in die wir kommen, ist Modane. Dann geht es ziemlich lange nach Norden. Ich gebe es auf, der Route auf der Karte zu folgen, lasse Jakob entscheiden. Typisch Mädchen, bestimmt, aber das ist mir schnuppe. Manchmal habe ich Lust, mich typisch mädchenhaft zu verhalten. Es ist sowieso etwas absurd, so zu reisen, wie wir es tun, hier und da eine Grenze zu überqueren, in einem neuen Land zu erwachen. Die Zugfahrt fühlt sich manchmal nicht so an, als würden wir nur ein Transportmittel benutzen. Wenn der Zug nicht allzu lange stillsteht oder überfüllt ist oder wir ständig umsteigen müssen, hat diese Art zu reisen etwas leicht Traumartiges, man lässt sich einfach mitnehmen, wie in einen angenehmen Traum, muss nicht mehr nachdenken, das tut besonders mir sehr gut. Mama hat erzählt, dass sie auch einmal mit drei Freundinnen auf Interrail-Tour war, und das ist natürlich einer der Hauptgründe, warum ich ebenfalls von einer solchen Reise geträumt habe. Sie haben auf Bahnhöfen und in billigen Jugendherbergen übernachtet, hatten ein Budget von etwas über hundert Kronen am Tag. Weil sie in so viele Länder fahren konnten, wie sie wollten, konnten sie sich irgendwie nicht beherrschen, hat sie erzählt, sondern sind an einem Tag hier gewesen, am nächsten dort, zwei Hauptstädte an zwei Tagen, ohne dass sie besonders viel gesehen hätten. Heute würde sie so nicht mehr reisen. Als Jugendliche glaubt man, man kann alles mitnehmen, sagt sie. Doch jetzt ist vieles anders. Ich weiß nicht, ob es die Freundinnen überhaupt noch gibt. Sie hat nicht sehr viele, glaube ich.

Papa ist nie per Interrail gereist. Er fand es nicht sehr verlockend, mit den billigsten Zügen zu fahren und in großen Schlafsälen oder billigen Hotels zu übernachten. Er mag Hotels und Flugzeuge und angenehme Sachen lieber. Ist nicht der Rucksacktyp. Wenn Papa über Weine aus Frankreich spricht, redet er gern vom *kräftigen Eichengeschmack, einer Spur Ledersohle oder einem Hauch von Omas alter Nachttischschublade*. Sachen, die man über Weine halt so sagt. Manches hat er wohl am Esstisch in der Villa in Vindern mitgekriegt.

Aber Mama und Papa sind beide gern gereist. Jeder auf seine Art. Eishockey und Eistanz. Ich befinde mich irgendwo dazwischen. Befinde mich generell irgendwo dazwischen, immer und zu jeder Zeit, zwischen Sonne und Regen, zwischen salzig, süß und sauer, zwischen heiß und kalt, zwischen gut und schlecht, zwischen Licht an und Licht aus.

Lieber Gott, bete ich. Lieber Gott.

Jakob steht auf und geht in den Gang. Nach wenigen Sekunden höre ich ihn husten und sich räuspern. Als er nach langer Zeit wieder hereinkommt, hat er noch immer rote Augen.

Ich glaube aber nicht, dass er über seine unmögliche Liebe geweint hat. Er hat wohl versucht zu inhalieren.

»Hast du Zug abgekriegt?«, frage ich und weiß nicht, ob ich ihn retten oder quälen will.

»Endlich etwas Regen«, hustet Jakob. »Irgendwie mag ich Regen lieber als Sonne.«

»Ich glaube, ich mag eigentlich auch traurige Dinge lieber als fröhliche.«

»Ich weiß nicht, ob es so einfach ist.«

»Nicht? Was ist für dich das Allertraurigste?«, frage ich. »Außer Tod und Beerdigungen.«

»Das Allertraurigste? Oder das Deprimierendste?«

»Das Allertraurigste.«

Jakob starrt lange in die Luft. Nimmt er mich ernst oder hält er das Ganze für Quatsch, findet mich schrecklich nervig?

»Keine Ahnung. Schönen teuren Schmuck auf der Haut alter Frauen«, sagt Jakob. »Das hat irgendwie was Trauriges. Diamonds are forever, Frauen nicht.«

»Schuld daran ist der Tod«, sage ich. »Findest du den Ehering an den dünnen Fingern derselben alten Frauen auch traurig?«

»Na ja, den Ehering vielleicht nicht. Aber alles andere schon. Ihre Haare, wenn sie zum fünfundsiebzigsten Geburtstag beim Friseur waren und viel Geld ausgegeben haben, um sich färben und herrichten zu lassen, und dann haben die Haare einen leichten Grünstich, und sie fühlen sich gestresst, wenn sie beim Bezahlen im Laden zu lange brauchen. Aber der Ehering natürlich auch. Zumindest bei jungen Frauen, vor allem die weiße Stelle am Ringfinger, wenn Leute, die sechsunddreißig sind und endlich die Wohnung oder das Haus haben, das sie immer haben wollten, und das Auto in der Garage, den Ehering genau in dem Moment abziehen müssen, wo alles an seinem Platz ist.«

»Mama hat bestimmt auch eine weiße Stelle am Ringfinger«, sage ich. »Für alle Welt sichtbar. Sie muss den Ring vermutlich bald abziehen. Das ist traurig. Aber du redest nur von Leuten, die mindestens doppelt so alt sind wie wir.«

»Oft machen auch Kinder einen traurig«, sagt Jakob.

»Inwiefern?«, frage ich und halte das Fläschchen mit meinen Augentropfen hoch.

»Schulkinder zum Beispiel. Erstklässler mit zu großem Ranzen, der am Rücken scheuert, und mit dem neuen Federmäppchen, in dem zu viele Filzstifte sind, die sie nicht benutzen dürfen, oder der Junge, der eine neue Brotbox mit einer etwas altmodischen Katze darauf bekommen hat statt der Spiderman-Brotbox, die er haben wollte, weil seine Mutter die falsche gekauft hat oder dachte, es sei egal, welches Motiv darauf abgebildet ist. Und jetzt traut er sich nicht, es seiner Mutter zu sagen, damit sie nicht traurig ist.«

Das ist richtig, denke ich. »Traurig sind auch geistig Behinderte, die allein durch die Stadt irren, ohne Ziel, die einfach in eine Messe hineinplatzen, um einen Gratis-Kugelschreiber zu bekommen, oder die im Kinofoyer stehen, ohne Kinokarte und ohne Begleitung.«

»Ja, das ist ätzend. Und was ist mit dem, der ein viel zu teures Ticket für einen dieser Busse mit offenem Dach gekauft hat, die Sightseeing-Touren durch europäische Großstädte anbieten. Aber der keine Freunde hat. Und dann sitzt er allein oben im Doppeldeckerbus, in der Nebensaison, vor Notre Dame in Paris, bereit für die letzte Runde, und es fängt an zu regnen, und aus irgendeinem Grund steigt er nicht aus. Er hat ja sein Ticket schon gekauft.«

»Hört sich an wie etwas, das mir passieren könnte«, sage ich.

»Dann würde ich aufspringen und zusammen mit dir durch den Regen fahren. Das ist fast genauso traurig wie der

Typ, der glaubt, mit Rauchen Eindruck zu schinden, und sich nicht darüber im Klaren ist, dass er nicht einmal richtig inhaliert.«

Jetzt sieht er mir direkt in die Augen.

»Oder der schlecht über andere redet und sich hinterher bemitleidet, weil er sich so unmöglich benommen hat«, sage ich.

Wir sehen einander an und lächeln. Lieber Gott. Frier diesen Augenblick fest.

Aber es gibt Dinge, die noch trauriger sind. Wir albern nur rum, spielen mit dem Ernst. Mit der Wahrheit. Dass es Kinder gibt, die sterben, weil sie eine Impfung nicht erhalten, die nur wenige Kronen kostet. Dass viele tausend Kinder, deren Gesichter wir nie zu sehen bekommen, verhungern. Dass der Südpol schmilzt. Dass es Kinder auf der Welt gibt, die andere Kinder getötet haben. Dass Frauen vergewaltigt, umgebracht oder wie Waren an ganz normale lüsterne Männer verkauft werden. Dass Kinder wie Sklaven arbeiten. Das ist traurig. Solche Sachen, über die man Aufsätze schreibt, die sich aber ganz unwirklich anfühlen. Das ist traurig. Und dass ich keine Ahnung habe, was ich dagegen tun kann. Und dass ich vielleicht nicht mehr so sicher bin, ob wirklich etwas hilft. Mein Patenkind in Tansania, dem ich mit Schulgeld geholfen habe, wo sie jetzt wohl ist? Schickt Mama ihr immer noch Geld? Warum habe ich jahrelang nicht an sie gedacht? Ich bin ja diejenige, die das mit den Rechnungen übernommen hat, seit Papa ausgezogen ist. Das ist traurig.

Es ist ebenfalls traurig, auch wenn es sich nur um einen kleinen Ausschnitt in dem großen Zusammenhang handelt, dass ein Mädchen sterbensverliebt ist und bald behindert sein und hautfarbene Blindenartikel kaufen wird, dass es einen Blindenhund haben und die Blindenschrift lernen wird und ansonsten die Positiv-obwohl-blind-Nummer wird geben müssen, dieses Mädchen, dem wärmer wird, als er sich vorstellt, wenn er sagt, dass er mit ihr im Regen Bus fahren würde, auch wenn sie ihm nicht zu glauben wagt. Aber nichts davon sage ich laut.

»Und was findet Frida Riis sonst noch traurig?«, fragt Jakob.

Ist er interessiert? Oder tue ich ihm nur leid? Dann sollte er es sagen. Wir sitzen schließlich da und geben zumindest vor, annähernd ehrlich sein zu wollen.

»Das Traurigste kann ich nicht in Worte fassen, wie es so schön heißt, es ist einfach nur, keine Ahnung, eine … Traurigkeit, die die ganze Zeit über da ist, eine Traurigkeit und eine Art Rastlosigkeit, die zur Folge hat, dass ich nie ganz glücklich bin. So gesehen werde ich Papa vielleicht auch nicht in alle Ewigkeit hassen können. Ich glaube, er ist genauso rastlos wie ich, oder umgekehrt, aber egal, vielleicht werde ich auch nie glücklich werden, vielleicht werde ich denjenigen, den ich liebe, sogar betrügen? Es einfach müssen. Weil ich so traurig und rastlos bin. Egal wie. Glaubst du, es geht allen so?«

Jakob starrt in die Luft. Er sieht etwas traurig aus. Dabei ist es nur wenige Minuten her, dass alles angefangen hat, so schön zu werden.

»Warum glaubst du an Gott?«, frage ich. »Das tust du doch, oder?«

Jakob zündet sich eine Zigarette an.

»Ja, doch, ich denke schon. Darauf kann ich keine vernünftige Antwort geben, ich glaube an Gott, weil, ja, weil es das Licht gibt, Sonnenaufgänge, Sonnenuntergänge, den Meeresgeruch, den Geruch eines kleinen Mädchens von einem Monat, dessen Onkel ich Ende Februar geworden bin, und wegen der Kunst, wegen Giotto und Rembrandt, und ja, vor allem wegen der Kunst, wegen Bob Dylan und Johann Sebastian Bach natürlich und all den tollen Mädchen, die es gibt, vor allem ihretwegen, und ich glaube, wegen der Kraft des Johannes-Evangeliums, das vor zweitausend Jahren geschrieben wurde, und mich trotzdem mitten im Bauch trifft.«

»Zweifelst du nie?«

»Doch ... vor allem wegen der ganzen Menschen, die sterben, weil es so viel Irrsinn in der Welt gibt, Hunger und Bombenangriffe, Mangel an Impfstoffen und sauberem Trinkwasser. Menschen, die alleine in Slums sterben oder in Flüchtlingslagern, an Alkohol oder Drogen, durch Gas oder Macheten, Menschen, die sich nicht geliebt fühlen, weder von anderen noch von Gott, Kinder, die gequält werden, ja, die vor allem, unschuldige Kinder, die leiden müssen, und wegen allen, die im Gefängnis sitzen, und allen, die Angst haben, dass keiner sie haben will.«

»Du wirst einmal Pfarrer werden«, sage ich.

»Das Traurigste, was ich mir vorstellen kann, ist, dass es Gott gibt, aber dass er mich nicht liebt«, sagt Jakob. »Keine Ahnung, ob ich Pfarrer werden kann, wenn ich so denke.«

»Ich ... könnte mir nie vorstellen, einen Pfarrer zu heiraten«, sage ich. Und frage mich, ob er kapiert, dass das gerade eine Liebeserklärung ist. Es sieht nicht so aus.

Ich habe in der letzten Zeit schon genug gesagt, deshalb beschließe ich, jetzt in den Sleep-Modus zu gehen, bei eingeschalteter Festplatte, und wenn Jakob mich anschaut, sieht er nur die Fische auf dem Bildschirmschoner. Ich nehme das Buch über Picasso in die Hand und blättere darin. Überfliege den Text. Bleibe an einer Stelle hängen, an der der Autor von seinem Familienleben erzählt. Er hatte viele Frauen und viele Kinder, war aber anscheinend keinem der Kinder ein guter Vater.

Es sind vielleicht zwanzig Minuten vergangen, bis ich Lust habe, wieder etwas zu sagen: »Wo du doch so viel über diese Künstler weißt. Denkst du manchmal daran, dass sie oft ziemliche Dreckskerle waren?«

Jakob nimmt sich eine Zigarette, steckt sie aber hinters Ohr. Das findet er bestimmt total schick.

»Auch viele Klempner sind Dreckskerle. Oder Bioingenieure. Oder Betriebswirte. Krankenpfleger. Fluglotsen. Und sind sie es nicht, sind sie zumindest ziemliche Egoisten.«

»Aber Künstler sollten anders sein. Sie sollten Kunstwerke über das Leben und den Tod, die Menschen, die Wahrheit, die Lüge anfertigen, dann ist es doch regelrecht primitiv, wenn einem Kinder und Frauen beispielsweise egal sind. Wenn sie Bilder malen oder schöne und einfühlsame Dinge über Kinder und die Liebe schreiben, müssen sie diese doch auch erlebt haben, oder? Ein Pfarrer, den ich im Radio gehört habe, hat einmal in etwa gesagt, dass zuerst die Kinder ins Reich Gottes kommen, dann die Clowns, dann die Künstler. Er war ganz offensichtlich der Meinung, Künstler seien gute Menschen.«

Jakob seufzt.

»Pfarrer erzählen manchmal den größten Blödsinn. Kinder, ja, das sehe ich auch so. Aber Clowns und Künstler nicht, ich glaube nicht, dass Künstler vor anderen Menschen in der Schlange stehen. Pfarrer sind manchmal ziemlich sentimental. Pass nur auf, dass du keinen heiratest.«

»Was kann man denn dann über die Liebe sagen?«, frage ich. »Und die Kunst? Picassos Frauen und Kinder wurden wie leere Joghurtbecher zurückgelassen.«

Jakob greift nach der Zigarette hinterm Ohr.

»Aber Picasso hat Bilder gemalt, in denen er ein gefährlicher Stier ist, der hinter der Leinwand lauert. Er sieht ziemlich berechnend aus, er hat auch gesagt, wenn man eine Taube malt, muss man ihr zuerst das Genick brechen«, sage ich. »Das steht hier in diesem Buch.«

»Ja, das klingt schrecklich cool«, sagt Jakob.

»Malst du?«, frage ich.

»Eh … ein bisschen«, sagt Jakob. »Aber ich habe noch niemandem das Genick gebrochen.«

»Bist du gut?«

»Nein. Ich habe ein paar Anfängerkurse besucht, in denen man lernt, wie man einen Bleistift hält und so, Komposition und Perspektive, Schattenwirkung und die geometrischen Grundformen. Es sieht alles so leicht aus, wenn man es in Büchern sieht.«

»Malst du auch nackte Mädchen?«

»Eh … nackte Mädchen eher nicht so viele. Ich habe ein paar Kurse belegt, aber vor allem in Bücher geschaut. In Büchern sieht es, wie gesagt, leicht aus, dort gibt es irre gute, wie zufällig aussehende Skizzen, die kein Laie nachmachen kann. Das hat mich ziemlich fertig gemacht, ungefähr so wie diese IQ-Tests. Im Kurs ging's etwas besser. Einmal stand sogar in einem dieser Erwachsenenbildungskurse, die ich besucht habe, ein Mann Modell. In dem Kurs waren ganz viele Frauen.«

»Aber Aktmalerei ist wichtig, wenn man gut werden will, das hat Papa immer gesagt. Er hat Mama ein paarmal gemalt. Vor Urzeiten. Es sind mit die besten Bilder, die er gemalt hat. Sie waren in gewisser Weise … authentisch. Unaffektiert. Sinnlich. Ich weiß nicht, ob sie dafür gedacht waren, dass ich sie in die Finger kriege.«

»Michelangelo hat den Körper tatsächlich das *höchste Motiv der Kunst* genannt. Aber außerhalb von Malschulen findet man keine Modelle.«

Das hier ist wirklich ein äußerst sprunghaftes Gespräch. *Darfst du deine Freundin denn nicht malen?*, würde ich gern fragen. Aber die Grenze für das, was ich fragen darf, verläuft möglicherweise exakt an dieser Stelle.

Es regnet den ganzen Nachmittag weiter. Der graue Himmel, der alles dunkler färbt als sonst mitten am Tag, und das monotone Geräusch der Räder auf den Schienen, machen uns beide müde.

Mein ganzer Körper ist ein einziger Schmerz in Brust und Bauch. Ich würde am liebsten den Kopf an seine Schulter lehnen. Aber mein Kopf sagt nur: Sieh dich vor! Wake up and smell the fish! Jakob ist ein aufrichtiger Typ. Er wird seine Freundin nicht betrügen und mit einer anderen herummachen. Natürlich hat so ein Typ eine Freundin.

Nur wir zwei im Abteil. Er schläft. Hat sich halb zu mir gedreht, atmet ganz ruhig, wie ein kleiner Junge, der nach dem Essen beim Lesen eines Donald-Hefts in seinem Bett eingeschlafen ist. Ich trage keinen BH. Ziehe mein T-Shirt aus. Bleibe ein paar Sekunden mit nacktem Oberkörper sitzen. Spüre, dass in mir etwas danach lechzt, von ihm begehrt zu werden. Wenn ich ehrlich sein soll, frage ich mich, ob Jakob jemals den Gedanken hatte, und sei es nur für eine Minute, dass er gern meine Brüste sehen würde. Und ob er sie genauso anschauen würde wie die, die Tizian oder Cranach ihren Frauen gemalt haben. Gibt es einen Unterschied zwischen den Brüsten in der Kunst und meinen? Auf den Bildern sind auch nicht alle Brüste schön. Künstler konnten bestimmt wählerisch sein. Wurden Künstler von ihren Modellen erregt? Ganz bestimmt. Picasso zum Beispiel.

Ich ziehe mein T-Shirt wieder an.

Ich schnappe mir meinen Gameboy und beschließe, Mario und Luigi dabei zu helfen, die Prinzessin zu retten.

Mario hat das Geisterland fast schon hinter sich gelassen, als plötzlich ein wunderschönes Mädchen im Abteil auftaucht. Sie hat mangoförmige perfekt-schöne Brüste. Ist schick gekleidet. Sieht aus wie das Mädchen auf der Interrail-Broschüre, die ich von Fahrkarten-Bente von der Norwegischen Staatsbahn bekommen habe. Es sieht nicht so aus, als würde sie schwitzen. Als könnte ihr Körper das gar nicht. Sie lächelt mich vorsichtig an, als ich ihr per Handzeichen signalisiere, leise zu sein, und dabei mit dem Kopf auf Jakob zeige.

Das Mango-Mädchen setzt sich neben ihn. Ihr Parfüm nimmt das ganze Abteil in Beschlag. Ein schwereres, saftigeres Parfüm, als ich es normalerweise benutze. Ich habe nur ein ganz neutrales Deo aus dem Supermarkt mit.

Zu allem Überfluss holt sie noch ein Buch heraus. *Sakrileg*. Ha! Ich mustere sie viel zu intensiv. Sie sieht wirklich toll aus. Die Haare wie aus einer L'Oreal-Werbung. Sie hat leider überhaupt nicht das Bedürfnis, mich mit meinen Zwei-Tage-fettigen-Haaren verstohlen zu mustern. Manchmal denke ich, dass ich so einigermaßen okay aussehe. Bis ich eine Frau wie sie zu Gesicht bekomme.

Ich hoffe, dass Jakob noch lange schläft. Hoffe, dass sie bald aussteigt. Aber sie bleibt sitzen. Ich hole wieder das Picasso-Buch heraus. Aber sie hat ja gesehen, dass ich mit einem kindischen Gameboy gespielt habe, also pfeife ich auf Picasso.

Jakob wird wach. Ihr Parfüm ist zu schwer und zu saftig.

»Hi«, sagt Jakob und lächelt dem schweißfreien mangobrüstigen Mädchen zu, kaum dass er die Augen aufgeschlagen hat. »Did I snore?«

Manchmal ist er mir doch etwas zu selbstsicher. Er hat sie noch nie gesehen, und schon lächelt er ihr genauso zu wie mir, als er mich zum ersten Mal bei McDonald's gesehen hat.

»Hi«, sagt sie. »No, you didn't. I'm Lisa. From Canada. Where are you guys from?«

»Norway«, sagt Jakob.

»Where are you going?«

»To Colmar. And later on to a church, maybe«, sagt Jakob, »in a small town called Agnais, in Bordeaux.«

»But we are not satanists«, sage ich. Lisa und Jakob sehen

mich an, ich komme aus dem Tritt und muss mit Mario und den Gespenstern noch mal von vorn anfangen. Ich verstehe nicht, warum 3+ auf einem Spiel steht, das Mensa-mäßig schwer ist. Und dass sie jetzt vor mir erfährt, wohin wir als Nächstes wollen.

Ich sollte mein eigenes Buch dabeihaben. Nicht nur das gekaufte Picasso-Buch, das ist zu offensichtlich. Vielmehr einen Lyrikband von einem ungarischen oder japanischen Dichter, von dem Jakob vermutlich noch nicht einmal gehört hat. Anstelle des Gameboys. Kapiert Jakob, dass sie eigentlich ziemlich blöd ist? Kann er das Buch, das sie liest, überhaupt sehen?

Jakob steht auf und nimmt sich eine Zigarette.

»What do you think about the book?«, frage ich, nur damit Jakob hört, was sie antwortet.

Aber genau in dem Moment geht Jakob in den Gang. Pech gehabt.

»I think it's the best book I have read. It's about Jesus and art and really interesting things.«

Hat er das gehört? Er steht im Gang und zündet sich eine Zigarette an. *Jesus and art and really interesting things.* Was soll man dazu sagen?

»I ... dont't know what to say«, sage ich und folge Jakob auf den Gang.

Er steht am Fenster und schaut hinaus. Draußen ist ein Typ zu sehen, der mit einem roten Traktor an einer kleinen roten Scheune vorbeifährt. Das Bild vor dem Fenster sieht aus, als wäre es einem Kinderfilm entnommen.

»Sind Jungs so einfach gestrickt, dass sie immer nur auf Titten und Beine abfahren?«, frage ich plötzlich. Und hoffe, dass meine Augen etwas blitzen.

»Ja, wohl schon«, sagt Jakob. »Aus der Perspektive eines Mädchens gesehen mag das etwas einfältig wirken, aber Titten und Beine sind tatsächlich etwas sehr Schönes.«

»Könntest du mit einem Mädchen ins Bett gehen, das schöne Titten und Beine hat, aber null Grips?«

»Sind wir schon wieder in einer neuen Minute der Wahrheit?«, fragt Jakob, inhaliert tief und bläst den Rauch in zwei gleichmäßig dünnen Streifen aus der Nase. Ohne zu husten, ohne Tränen in den Augen zu haben, ohne meinen Blick loszulassen. Er hat es gelernt. Das musste wohl irgendwann kommen.

»Ja«, sage ich.

»Ich weiß nicht, ob ich dazu bereit bin.«

»Das bist du bestimmt«, sage ich. Aber auch diesmal kann ich seinem Blick nicht standhalten.

»Die Frage, die du mir da stellst, Frida Riis, ist ziemlich hypothetisch. Die Mädchen stehen nicht gerade Schlange, um mich kennenzulernen. Wenn ein hübsches Mädchen so etwas wollte, wäre sie garantiert halb besoffen oder ganz. Und dann stellt sich die Frage anders.«

»Jetzt übertreibst du. *So* hässlich bist du nun auch wieder nicht«, sage ich.

»Danke«, sagt Jakob.

»Du hast meine Frage nicht beantwortet. Wenn sie zum Beispiel Jeanette oder so hieße und bildschön und nüchtern und wirklich willig wäre, würdest du dann wollen?«

Jakob seufzt. »Egal, was ich sage, ich habe schon verloren.«

»Warum?«

»Sage ich ja, hältst du mich für einen lobotomierten Lüstling, und sage ich nein, glaubst du wahrscheinlich, dass ich lüge. Deshalb antworte ich lieber gar nicht.«

»Nicht antworten ist feige«, sage ich und schaue ihm direkt in die Augen. Jetzt bin ich vermutlich mit beiden Füßen hineingetreten, spüre förmlich, wie das Fett über den Stiefelschaft und den Näpfchenrand läuft.

»Komm schon, nicht feige sein. Es ist doch nur eine Falls-wenn-sofern-Frage.«

Das Mädchen, das *Sakrileg* gut findet, schlüpft aus dem Abteil, nickt uns lächelnd zu und verschwindet Richtung Speisewagen. Ihr schweres, saftiges Parfüm hängt in der Luft wie ein unverdauliches Ausrufezeichen (wo nehme ich diesen Ausdruck her?).

»Okay. Falls-wenn-sofern ich also feige und erregt wäre und zum Beispiel Liebeskummer hätte, würde ich es vielleicht tun. Vielleicht. Falls-wenn-sofern ich keinen Liebeskummer hätte und nicht feige und erregt wäre, würde ich nicht mit einem Mädchen ins Bett gehen, nur weil sie bildschön ist. Mit jemandem ins Bett gehen ist nicht so ganz ohne, egal, was die anderen behaupten. Aber wenn sie schön und intelligent und nüchtern wäre und ich verliebt, sähe die Sache anders aus. Ich mag am liebsten pfiffige Mädchen. Außerdem ... nein.«

Ich glaube ihm nicht. Ich würde ihm gern glauben. Er würde bestimmt gern selbst daran glauben. Aber ich glaube ihm nicht.

»Warum eigentlich? Pfiffige Mädchen sind doch die reinste Pest und Plage. Außerdem haben sie oft kleine Brüste, schlechte Augen und schmale Hüften.«

Ich halte seinem Blick immer noch stand.

Jakob schnipst die Zigarette aus dem Fenster, ohne sie vorher auszudrücken, er sieht wirklich aus wie ein amerikanischer Schwarz-weiß-Filmstar. Ich hoffe, die Zigarette löst keinen tragischen Großbrand aus, von dem wir nie erfahren werden, weil wir einfach weitergereist sind.

»Ich habe nun mal das Problem im Leben, dass ich selbst so verdammt pfiffig bin«, sagt Jakob. »Und sehr klug und belesen. Darum brauche ich jemanden, der zu mir passt. Und das tun nicht viele Mädchen.«

Er geht wieder zurück ins Abteil. Eine leichte Missstimmung hängt in der Luft. Glaube ich. Etwas verärgert.

Jakob sieht aus dem Fenster.

Und ich habe festgestellt, dass ich ein heimliches Talent habe, von dem ich bisher nichts wusste. Eifersucht.

Ich nehme mein Handy und schicke ihm eine SMS: *Manchmal bin ich einfach nur !&%$$&%&!!#*, schreibe ich. *Sorry.* Und schicke sie ab.

Ein paar Sekunden später piept sein Handy. Er nimmt es langsam hoch und liest. Tippt eine Antwort ein. Legt es wieder weg. Ich warte gespannt darauf, dass er die Antwort abschickt. Aber mein Handy piept nicht.

Ich werde bestimmt kein Mensch sein, mit dem das Zusammenleben einfach ist. Jakob ist sauer oder einfach nur still, ich weiß es nicht, aber die mango-brüstige Kanadierin hat sich zum Glück verzogen. Er sitzt einfach nur da und schreibt etwas auf ein Blatt Papier, vermutlich extrem wichtige Notizen für seinen Artikel, auch wenn es so aussieht, als würde er nur zeichnen. Ich traue mich nicht zu fragen. Will, dass alles wieder wunderschön und nett wird. Und er einen kleinen Piep von sich gibt. Wunderschön und nett und einen kleinen Piep. Mehr will ich nicht.

Ich gehe zur Toilette. Lasse mein Handy zurück. Überlege, ob ich meine weiße italienische Unterwäsche anziehen soll. Bin aber noch nicht so weit. Ich trage etwas Lippenstift auf.

Als ich zurückkomme, wartet eine frische SMS auf mich:

ES SOLL AUCH MAEDCHEN GEBEN, DIE NUR AUF DEN KOERPER EINES JUNGEN AUS SIND.

OSTERSONNTAG, 27. MÄRZ

Das Taxi braust davon. Jetzt geht es schnell. Der Fahrer will den Hunderter Trinkgeld haben. Es wird die letzte Ausgabe dieser Reise sein, die ich mit gestohlenem Geld finanziere.

Vielleicht hätte ich besser einen Krankenwagen gerufen. Ich fühle mich nicht gut, auf dem linken Auge sehe ich gar nichts mehr.

Jakob sitzt sicher mit ihr in einem luftigen lokalen Bistro und trinkt Weißwein. Erzählt ihr von einem norwegischen Mädchen namens Frida, das er kennengelernt hat, das zuerst ganz nett wirkte, dann aber nur noch geklammert hat. Wenn er es sich genau überlegt, war sie wohl ziemlich verzweifelt.

Tuut-Tuut! Ankunft in Colmar. Endlich.

Okay, ich bilde es mir vielleicht nur ein, aber es sieht so aus, als würde er es bitter bereuen, dass er mit mir zusammen reist. Nett zu einer Behinderten zu sein war nur nervig. Schmollt er, oder hat er das Gefühl, die Dolce & Gabbana-Medizinerin zu betrügen?

Es gibt einiges, was hier nicht stimmt. Ich denke plötzlich, dass ich vielleicht nicht so genau hinsehe wie sonst. Ich kann nicht mehr so genau erkennen, wie alles aussieht, es strengt an, den Blick zu heben. Schwierig sind die Übergänge zwischen hell und dunkel in einer Stadt oder am Bahnhof, zwischen der Sonne am blauen Himmel und einem Bahnhof mit dunklem gewölbten Dach. Dafür ist da der Geruch. Auch wenn er variiert, verschiedene Nuancen hat – manche riechen mehr nach Obst, mehr nach Diesel, mehr nach Parfüm oder Tabak –, riechen alle Bahnhöfe nach Bahnhof. Und da ist das Kreischen der Züge beim Bremsen. Mir wird plötzlich bewusst, dass ich die Augen schließen und nicht nur wissen, sondern regelrecht spüren kann, dass ich mich in einem Bahnhof befinde. Ich habe ja davon gehört, dass es so ist, wenn man blind wird. Man entwickelt andere Sinne, hört und riecht besser.

»Dieser Grünewald ist also ein bisschen dein Favorit«, sage ich und versuche, das Gespräch wieder in Gang zu bringen, nachdem wir die Rucksäcke bei der Gepäckaufbewahrung am Bahnhof abgegeben haben und uns endlich frei bewegen können.

»Ja«, sagt Jakob.

Habe ich's mir doch gedacht. Er kann nicht auf Dauer stinksauer sein, wenn man auf Kunst zu sprechen kommt.

»Ist es denn erlaubt, Lieblingskünstler zu haben?«, frage ich. »Sind nicht alle wichtigen Maler *gleich* wichtig?«

»Finde ich nicht«, sagt Jakob. »Es gibt so viel gute Kunst. Es hat der Renaissance keineswegs an superguten Malern gemangelt, die die ganze Welt in einem einzigen Wassertropfen an einer wunderschönen Birne einfangen konnten. Aber es gibt Künstler, die etwas Authentisches haben, eine größere Wahrheit in sich tragen, viel Trauriges auch, *pain* vielleicht, Schmerz.«

»Pain?«

»Es hört sich vielleicht albern an, keine Ahnung, ich kann dazu nichts Vernünftiges sagen. Grünewald hat das in seinem Kreuzigungsbild. Du wirst schon sehen.«

Ich habe plötzlich große Angst, dass ich es nicht sehen werde. Dass ich ein *No-pain*-Mädchen bin, das sich von schönen Birnen und guten Malern beeindrucken lässt.

»Aber es weiß doch kein Mensch die Wahrheit über Jesus? Wie er ausgesehen hat? Wie er eigentlich gekreuzigt wurde? Sogar Fotos lügen einem vor, wie nett es doch zusammen mit Tante Iselin auf diesem Ausflug zum Blaafarveverket war? Auch Papa macht es Angst, wenn ich von der Wahrheit spreche. Er sagt dann mit unnatürlich ruhiger Flugkapitän-Stimme, dass nur die Jugend glaubt, die Wahrheit sei ein … viereckiger Zuckerwürfel.«

»Kunsthistoriker bekommen jedenfalls Angst, wenn von der Wahrheit die Rede ist«, sagt Jakob.

»Kunst ist eine Lüge, die uns die Wahrheit erkennen lässt«, sage ich.

»Wow!«, sagt Jakob und sieht mich gespielt überrascht an. »Wer hat das gesagt?«

Ich schaue ihn mit meinem unschuldigsten Blick an. Manchmal ist Lügen nicht einfach. Und er weiß bestimmt die Antwort.

»Ich habe ein bisschen über Picasso und Kunst und so gelesen«, sage ich. »Komm, wir nehmen uns ein Taxi zu Grünewald.«

»Ich lade dich ein«, sagt Jakob.

Man kann erkennen, dass das Bild Teil eines Kirchenaltars ist. Es ist ziemlich groß, etwa drei mal drei Meter. Es sollte nach wie vor in einer Kirche stehen. Eigentlich ist es komisch, dass man jede Menge Bilder und Altarbilder, die für ganz konkrete Gebäude und Kirchen angefertigt wurden, in Museen ausstellt, wo sie überhaupt nicht hingehören.

Die Kreuzigungsszene ist unerwartet grausam. Natürlich ist es ein schreckliches Motiv, aber es ähnelt den anderen Kreuzigungsszenen überhaupt nicht. Im Hintergrund ist es völlig dunkel, Jesus hängt am Kreuz, der Querbalken, an den seine Hände genagelt sind, ist so dünn, dass er sich unter dem Gewicht seines Körpers biegt. Der Körper ist graubraun, mit Wunden und Narben übersät. In vielen offenen Wunden steckt etwas drin, das wie Dornen aussieht. Er ist tot. Sein Gesicht ist geschwollen, der Mund steht offen, es sieht aus wie ein Foto, das ich in der Zeitung gesehen habe, von einem Schwarzen, der zu Tode geprügelt wurde. Die Dornenkrone sitzt fest auf seinen Haaren und wurde tief in die Stirn gezogen. Er wurde als Mensch geschlachtet. Große, schwarze Nägel stecken in seinen Händen und Füßen. Neben ihm steht Maria, blass im Gesicht, sie ist vermutlich in den Armen des Jüngers Johannes ohnmächtig geworden. Was nicht verwunderlich ist.

»Wenn Jesus die Wahrheit ist, würdest du dann sagen, dass

→ **Siehe Abbildung 15 im Bildteil**

Gott die Wahrheit festgeklopft hat?«, frage ich und hoffe, dass er es nicht als Witz auffasst.

»Das ist eine komische Art, es auszudrücken, aber ja, Gott hat die Wahrheit festgeklopft. Ein für allemal.«

Rechts neben dem Kreuz steht ein Mann mit einem aufgeschlagenen Buch in der Hand und zeigt auf Jesus, daneben ist ein kleines Lamm und trägt ein Kreuz.

»Johannes?«, frage ich.

»Ja. Aber nicht der Johannes, den du normalerweise in einem Kreuzigungsbild findest. Sondern Johannes der Täufer. Der Cousin von Jesus. Der Jesus getauft hat, er zeigt uns, dass Jesus das Lamm Gottes ist, das alle Sünden dieser Welt trägt. Und alle Krankheiten. Genau wie das Lamm in der Geschichte von Moses. Der Mann auf der linken Seite, der Maria hält, ist der junge Apostel Johannes. Und die Frau mit dem Krug ist Maria Magdalena.«

»Für eine Jesus-Amateurin wie mich ist das ziemlich viel auf einmal«, flüstere ich. »Warum ist das dein Lieblingsbild?«

»Es sagt etwas darüber aus, dass es Hoffnung gibt. Eine große Dunkelheit, aber ein noch größeres Licht. Dass ein Mensch für die Wahrheit gestorben ist. Und genauso schrecklich muss es ausgesehen haben. Oft wird die Kreuzigung zu etwas Schönem, Ästhetischem gemacht, heute, zweitausend Jahre später, ist das Ganze manchmal zur Zierde verkommen oder zur Deko, einem Schmuckstück, einem Ohrring. Bestenfalls etwas sehr Symbolischem«, flüstert Jakob. »Ich finde, kein Bild zeigt Gott menschlicher und leidender als das hier. Folter und Misshandlung haben nichts Schönes an sich.«

Es gefällt mir, dass wir dabei flüstern.

»Ist es denn nicht sowieso rein symbolisch?«

»Nein. Ich glaube ...«, setzt Jakob an, »... wenn jemand das Bild schön findet, dann liegt es daran, dass er etwas Wahres darin sieht, es erzählt eine größere Wahrheit.«

»Ehrlich gesagt hatte ich von Grünewald noch nie gehört«, sage ich schnell. »Ich bin peinlich ungebildet. Ich bin so froh, dass ich dich kennengelernt habe.«

Und freue mich sehr, als er errötet.

»Eigentlich weiß man über Grünewald ganz wenig, nur, dass er diese Bilder gemalt hat.«

»Fast wie bei Shakespeare?«, frage ich, von dem ich aus irgendeinem Grund weiß, dass man fast nichts über ihn weiß.

»Ja. Schon sein Name ist ein Rätsel. Mathis Gothardt Neithardt oder Nithart hieß er wohl wirklich, aber der falsche Name, den ein späterer Biograf benutzt hat, ist an ihm hängen geblieben: Matthias Grünewald. Er hat nicht viele Bilder gemalt, aber das hier ist ein ziemlicher Markstein in der Kunstgeschichte. Er lässt sich nicht so leicht in eine Epoche oder einen Ismus stecken. Aber genau dieses Bild hier hat ihm einen ewigen Platz unter den Allerbesten gesichert. Er hat drei Kreuzigungsbilder gemalt, glaube ich. Ich denke, alle, die versucht haben, die Kreuzigungsszene zu malen, waren gezwungen, sich über das Motiv Gedanken zu machen. Ein Mann, der an einem Kreuz gefoltert und getötet wird, als Symbol für die Liebe ist ziemlich heftig. Und keiner hat Jesu Tod gemalt wie er, später mussten sich alle, die diese Bibelgeschichte malen wollten, Grünewalds Version näher anschauen. Grünewalds Bild gehört genauso dazu wie …«

»Im Grunde hat er das Gegenteil von beispielsweise Raffaels Schönheit gemalt«, sage ich.

»Ja! Grünewald hat dieses Altarbild für eine Krankenhauskapelle gemalt, es sollte zeigen, dass Gott selbst sich Krankheit und Tod ausgesetzt hat, dass Gott den Aussätzigen zugejubelt hat, er war bereit zu sterben, er war nicht nur voller Sympathie für sie, er war auch einer von ihnen. Ein Kunsthistoriker hat gesagt, dass sich das Bild nicht aus unseren üblichen Kunstreferenzen heraus begreifen lässt.«

»Gut so, dass etwas aus allem herausfällt und sich nicht einordnen lässt.«

»Ja. Ich habe keine Lust, das Ganze kaputt zu reden. Ein Kumpel von mir war völlig erschlagen, nachdem er mit mir im Museum für Zeitgenössische Kunst in Oslo war.«

»Du redest doch nichts kaputt. Du magst die Bilder ja.«

Er scheint sich zu freuen, dass ich das sage.

Auf dem Weg nach draußen macht jemand ein Foto von etwas, das hinter mir hängt, der Blitz trifft mich mitten ins Gesicht, und meine Augen schmerzen, wie ich es noch nie erlebt habe.

Wir gehen wieder hinaus in die Sonne, das Licht kommt mir fast unnatürlich grell vor, und der Blitz macht es nicht besser, vielleicht war auch das Bild so düster. Jetzt schnell die Sonnenbrille aufgesetzt.

Man wird so egozentrisch, wenn man verliebt ist. Es kann nicht gesund sein, sich und alles andere zu Tode zu analysieren. Ich weiß zwar nicht, wie es anderen geht, aber ich durchlebe, wenn ich verliebt bin, solche Phasen. Die erste Phase ist schön, man flirtet ein wenig, und der andere hält einen vielleicht für interessant und witzig, aber dann kommt die grausame Phase zwei, man zweifelt an sich und allem anderen und weiß, dass man es nicht schaffen wird, die ganze Zeit über interessant und witzig zu bleiben, ich zum Beispiel weiß dann, dass ich irgendwann wieder die langweilige normale Frida sein werde, wenn ich überhaupt je etwas anderes war. So interessant ist das mit der Augenkrankheit und dem verschwundenen Papa nun auch wieder nicht. Es ist ganz normal, man knipst das Licht ein wenig mehr an und merkt, wie es bei dem anderen nachlässt, nicht viel, aber ein bisschen, während man selbst immer noch unverändert interessiert ist. Keine Ahnung. Und dann kommt Phase drei, von der ich … nicht weiß, wie sie ist. So weit bin ich nie gekommen.

Wir setzen uns in ein kleines Restaurant. Ich frage mich, wie viele Restaurants mit exakt denselben weißen, im sonntags geöffneten Gartenland-Center gekauften Plastikstühlen es in Europa eigentlich gibt. In Reisereportagen findet man nie etwas über diese weißen Plastikstühle. Hier gibt es dazu noch schmutzige Plastiktischdecken.

Jakob bestellt irgendwas mit Tintenfisch, ich halte mich zur Sicherheit an Pommes und Hamburger.

»Wir sind doch weit weg vom Meer, wie kannst du da Tintenfisch nehmen?«

»Das hier ist Frankreich, da riskiert man beim Essen nichts.«

»Aber sieh dir das Lokal doch mal an? Ganz schön viel Plastik.«

Jakob zieht die Augenbrauen hoch.

Gerade als wir unsere Cola bekommen, kriege ich eine SMS von Papa.

»*Könntest du mich bitte anrufen, Frida*«, lese ich so laut, dass Jakob es hören kann.

»Und, kannst du das?«, fragt er. »Du bist doch nicht so gut auf ihn zu sprechen.«

»Ich glaube nicht. Er lügt mich an.«

Jakob sieht aus, als würde er gern etwas sagen, lässt es aber bleiben.

»Ich fühle mich typisch weiberhaft nervig«, sage ich. »Ich erzähle die ganze Zeit Sachen von mir und meiner Familie. Nörgele über meinen Vater und meine Mutter, und du sitzt da wie eine Sphinx und musst alles über dich ergehen lassen. Was macht eigentlich deine Familie? Was ist mit deinen Geschwistern? Deiner Mutter? Deinem Vater? Ist er Kunsthistoriker? Universitätsprofessor?«

»Meine Schwester ist Computeringenieurin. Mama ist Soldatin. Und Papa Offizier. Kapitän. Beide in der Heilsarmee.«

»In der Heilsarmee! Wow!«, sage ich. »Darum weißt du so viel über den Unterschied zwischen dem einen und dem anderen Johannes in der Bibel. Und darum schreibst du natürlich auch für den *Kriegsruf*. Tragen deine Eltern Uniform?«

Errötet Jakob schon wieder? Ja, tatsächlich. Ein bisschen. Was auch nicht weiter verwunderlich ist, wenn ich so abgedreht daherlabere.

»Sie laufen nicht ständig damit herum, aber ja, sie haben eine.«

»Ich kenne niemanden, der in der Heilsarmee ist. Was ist denn ein Offizier?«

»Mein Vater ist Kapitän. Das bedeutet, dass er ... ja, dass er fest dabei ist. Es ist sein Job. Den macht er dort schon ewig.«

»Und du? Wirst du auch dort ... einsteigen?«

»Ich bin ja ›dort‹ aufgewachsen.«

»Heißt das, du hast auch eine Uniform? Und hast auch schon auf der Straße gesungen und Suppe ausgeteilt?«

Ich kann sehen, dass er es unterdrücken will, aber er errötet schon wieder. Ist das denn so peinlich?

»Ich habe mich dagegen entschieden, ich kann nicht in Uniform herumlaufen, wenn ich rauche und trinke. Aber es ist völlig okay, dass es so ist, ich will nicht dagegen rebellieren oder so. Die Heilsarmee hat klare und gute Regeln. Das gefällt mir. Das bedeutet nicht, dass ich nicht irgendwann einmal ... und so viel Suppe teilen die gar nicht mehr aus.«

»Ich habe vor so was Respekt, die helfen den Armen, kümmern sich um Menschen, denen es schlecht geht, und sie trauen sich, in ihrer Uniform herumzulaufen, ganz egal, was die Leute denken.«

Jakob will erneut etwas sagen, zögert aber. Dann sagt er: »Die meisten finden das eher altmodisch und komisch.«

»Ich nicht. Altmodisch wäre dann ja auch, dass du herumreist und dir solche Bilder anschaust. Wichtig ist aber nur, dass du es ernst meinst. Du glaubst ja auch an Jesus irgendwie.«

»Ja. Aber vielleicht bin ich auch nur feige. Manchmal habe ich Angst, dass andere denken, ich hätte eine Art Gehirnwäsche hinter mir. – Aber das sagen vielleicht alle, die eine Gehirnwäsche hinter sich haben.«

»Vielleicht denken manche so«, sage ich, »aber die meisten halten die Heilsarmee bestimmt nicht für eine Sekte, die Gehirnwäsche betreibt. Ich weiß nicht, was ich selbst glaube. Waren Jesus und Kunst und so denn für dich schon immer wichtig?«

»Ja. Schon immer.«

»Etwas Selbstverständliches?«

»Im Grunde schon. Genauso selbstverständlich wie das Abendgebet oder Nesquik oder ... ja. Ich habe immer schon Bilder gemocht. Vielleicht wäre ich sogar besser Katholik. Und wenn ich es meinen Eltern recht machen wollte, wäre ich jetzt als Jugendleiter in irgendeinem Osterzeltlager im Einsatz und würde zehn-, zwölfjährigen Jungs das Skaten beibringen. Und am Abend die Andacht halten. Aber ich war noch nie der Jugendleitertyp.«

»Du lässt also die armen Jugendlichen im Stich, um dich an Ostern nach Italien zu verdrücken«, sage ich.

»So ungefähr. Und ich weiß nicht wirklich, warum. Vielleicht habe ich eine Overhead-Allergie entwickelt.«

»Wie?«

»Du weißt schon: der Overheadprojektor, dieses Gerät, auf das man eine durchsichtige Folie legt, um Sachen an die Wand zu projizieren.«

»Zum Beispiel Liedtexte?«

»Ja. Ich weiß nicht, warum, es ist völlig irrational, aber ich kann das alles immer schlechter ab. Eine bessere Erklärung habe ich nicht. Zurzeit will ich meine Erfahrungen selbst machen. Außerdem kann ich nicht gut singen.«

»Darum haust du an Ostern lieber ab?«

»Ja. Die Heilsarmee ist irgendwie mein Zuhause. Aber ich weiß nicht, ob ich irgendwann einmal die Uniform anziehen werde.«

»Du glaubst also nicht mehr richtig?«

Jakob sieht plötzlich verunsichert aus. Fürchtet er, ich halte ihn für dumm, weil er an Gott glaubt?

»Ich hatte eine Kinderbibel und habe die Sonntagsschule besucht, damals, als wir noch in Bergen wohnten, da war alles noch einfacher. Jetzt versuche ich herauszufinden, was ich selbst eigentlich glaube. Das Weihnachtsevangelium ist zum Beispiel eine schöne Geschichte, aber was bedeutet sie? Dass Maria von einem Engel Besuch bekam und schwanger wurde, ohne mit einem Mann zusammen gewesen zu sein? Dass Gott seinen einzigen Sohn auf die Erde geschickt hat, um uns Menschen aus einer schlechten Welt zu erretten? Dass Jesus, und nur Jesus, der Weg, die Wahrheit und das Leben ist? Dass Jesus für unsere Sünden gestorben ist und wir ihm folgen müssen, auch wenn wir alles dafür aufzugeben haben? Dass wir den schmalen Weg dem breiten vorziehen sollen? Und dass sein Auftrag im Grunde nicht darin bestand, ein Weltanschauungsguru zu werden, sondern dass er die eigentliche Wahrheit war, an die ich glauben muss, um im nächsten Leben nicht völlig verloren zu sein? Und dass er von den Toten auferstand und einmal zurückkommen wird, um die Seinen zu holen?«

»Also hast du den Glauben verloren?«

»Das nun auch wieder nicht. Ich habe einmal fünfzehn Minuten lang versucht, Atheist zu sein, habe es aber nicht geschafft. Und danach hatte ich keine Lust mehr, es zu versuchen. Ich glaube an die Grundwahrheiten des Christentums. Das Problem ist, dass ich nicht weiß, was ich mit ihnen anfangen soll, vielleicht glaube ich schlicht und einfach nicht an *mich.*«

Es wirkt fast so, als würde Jakob eine Rede halten, auf die er sich lange vorbereitet hat.

»Meine Mutter ist auch mit Eltern aufgewachsen, die glauben«, sage ich. »Ich hatte eine Großmutter, die mir christliche Bücher und Kassetten geschickt hat, aber ich weiß trotzdem nicht viel über diese Religionssachen«, sage ich. »Ich habe den eigentlichen Punkt irgendwie nie verstanden. Auch nicht als Konfirmandin. Ich habe sogar bei manchen Pfarrern den Verdacht, dass sie uns lieber zu wenig erzählen, weil sie Angst haben, uns zu sagen, worum es eigentlich geht. Mama hat das auch gestresst. Damals. Aber jetzt hat sie angefangen, zu Andachten zu gehen. Papa mochte Jesus nicht so gern. *Jesus, Jesus, der Name hat etwas Beklemmendes an sich*, hat er einmal gesagt. Aber er hat Großmutter nicht gehasst und fand es auch ganz okay, dass ich konfirmiert wurde. Ich habe bloß nicht ganz kapiert, was ich da abonnieren sollte, was für ein Abonnement uns die Kirche verkaufen wollte. Kapierst du das?«, frage ich.

Lange Pause.

»Keine Ahnung. Ich bin mit dem Glauben aufgewachsen. *Ich glaube, weil es absurd ist*, hat der Maler gesagt, den Papa kannte. Das stand auch auf seiner Staffelei: *Credo, quia absurdum.*«

Jakob wippt ein wenig auf seinem weißen Plastikstuhl hin und her und hat wieder seinen Ich-schaue-einfach-nur-in-die-Luft-Gesichtsausdruck aufgesetzt. Ich frage mich, ob er aus Trotz gegen die Heilsarmee, die Familie, Gott und alles andere angefangen hat zu rauchen. Oder ob er überhaupt nicht so denkt. Ich würde ihn gern vieles fragen, traue mich aber nicht.

Ich denke, diejenigen, die glauben, haben oft große Angst, darüber zu reden. Sie haben eine Heidenangst vor ... tja, wovor eigentlich? Keine Ahnung. Ist es denn so schlimm, zu sagen, dass man an Jesus glaubt, dass man das Bedürfnis hat zu beten? Die Leute erzählen ja auch, dass sie glauben, in ihrem vorherigen Leben eine ägyptische Prinzessin gewesen zu sein, und Tuva aus dem Flügel- und Klaviergeschäft, in dem Mama gearbeitet hat, wollte Mama und mich mit zu einem Kurs in Lach-Yoga schleppen.

»Manche Mädchen finden Jungs in Uniform heute noch schick«, sage ich.

Ohhhh – schon errötet er wieder!

Siehst du uns jetzt, Gott? Und wenn ja, was denkst du dann? Hat man das Recht, für die ewige Liebe zu beten?

»Du, Frida«, sagt Jakob.

Es macht mich total fertig, wenn er meinen Namen sagt.

»Ja?« Aus irgendeinem Grund habe ich mich in eine rote Weingummifigur verwandelt, mein normaler Frida-Körper wurde gegen Zucker und Geliermittel eingetauscht.

Verflucht! Ausgerechnet jetzt piept ein Handy. Wie im Film. Es ist seins. Er geht ran und stellt sich auch diesmal zum Telefonieren ein Stück von mir weg.

Ich hole eine Illustrierte heraus und fange an zu lesen, als würde ich beim Zahnarzt im Wartezimmer sitzen. Als Jakob zurückkommt, sagt er nicht, wer angerufen hat. Aber es hängt nur Dolcegabbanadolcegabbanadolcegabbana in der Luft. Es sieht so aus, als würde sie *ihn* öfter anrufen als er *sie*. Ich frage mich, wann er sie anruft, vermutlich abends in seinem Zimmer. Ist er immer noch wirklich und echt in die Frau verliebt? Oder spürt er schon einen winzigen Hauch von Zweifel? Vielleicht liegt es daran, dass die Spannung irgendwie unerträglich ist, jedenfalls für mich, deshalb frage ich:

»Gilt für die Kunst dasselbe wie für Frauen? Dass die schönen Mädels nicht immer nur die schönen Mädels sind, und dass die weniger schönen Mädels nicht immer weniger schön sind?«

»Eh … ja«, sagt Jakob. »Natürlich. Oder glaubst du, Männer mögen Mädels nur, weil sie bildhübsch oder objektiv schön sind?«

»Ich weiß es nicht«, sage ich. »Ich hoffe nicht.«

»Dann müsste ja die ganze Welt Miss World am liebsten mögen, aber so funktioniert es nicht. Miss World ist trotz allem nicht die Wahrheit über hübsche Mädels.«

»Ich weiß nicht, ob ich verstehe, was du meinst. Von welcher Wahrheit sprichst du da, was ist die Wahrheit über schöne Mädels? Was für Mädels magst *du*?«

»Gott und die Mädels sind beides sehr große Fragen«, sagt Jakob. »Ich weiß nicht, ob man danach überhaupt fragen kann. Und ob ausgerechnet ich darauf eine Antwort habe.«

»Wie sieht Ida denn aus?«, frage ich und weiß, dass ich es lieber hätte lassen sollen. Vor allem meinetwegen. »Hast du ein Bild von ihr?«

»Nein«, sagt Jakob schnell. »Hab ich nicht.«

Für ein paar Sekunden erleben wir beide die bisher peinlichste Pause unserer Reise. Es ist nicht nur offensichtlich, dass ich zu weit gegangen bin, es ist auch ganz offensichtlich, dass wir beide lügen.

»Hast du schon einmal darüber nachgedacht, dass der Typ, für den sich ein Mädchen entscheidet, zeigt, für wen sie sich selbst hält?«, fragt Jakob nach so etwas wie einer Ewigkeit.

»Inwiefern?«

»Ein dicker Junge sucht sich immer ein dickes Mädchen,

traut sich an ein schlankes nicht heran. Hast du darüber noch nie nachgedacht?«

»Doch, das habe ich schon«, sage ich. »Vielleicht ist das wie mit den Hunden, die ihrem Besitzer ähneln. Oder umgekehrt. Wie viele Mädchentypen gäbe es dann eigentlich? So viele wie Hunde?«

»Du legst es darauf an, dass ich mich in die Nesseln setze«, sagt Jakob. »Aber gut: So wie ich es sehe, gibt es nur drei Typen oder Kategorien von Mädchen.«

»Als da wären?«

»Kategorie A: die Unattraktiven. Und Kategorie B: die Mädels, die für einige Zeit attraktiv sind. Das sind die zwei großen Kategorien. Dann kommt noch eine dritte, sehr, sehr kleine Kategorie, Kategorie C: diejenigen, die man heiraten will, egal, was passiert.«

»Und ich gehöre vermutlich zur Kategorie B, den Mädels, die für einige Zeit attraktiv sind.«

»Da darfst du mich nicht fragen«, sagt Jakob. »Ich kenne dich nicht.«

Ich merke, dass ich ganz blass bin, jetzt keine Minute der Wahrheit verkrafte.

Mein Handy piept, wie im Film. Mama. Sie kommt direkt zur Sache.

»Frida, ein Arzt vom Ullevål Krankenhaus hat hier angerufen. Ein Doktor Bøe. Er wollte sich nach dir erkundigen, war aber überrascht und ziemlich aufgebracht, als ich ihm sagte, du wärst verreist. Er hat gesagt, du solltest dich in Krankenhausnähe aufhalten, für den Fall, dass etwas passiert und du dringend … Er war sehr böse auf mich, Frida. Womöglich hast du mir da etwas verheimlicht? Du hattest hier Kontrolluntersuchungen und alles!«

Die Fragezeichen schwirren durch die Luft wie ein Schwarm Malariafliegen.

Ob ich ihr etwas verheimlicht habe!

»Ist schon in Ordnung, Mama«, sage ich. »Es geht mir wunderbar. Die Medikamente helfen. Ärzte sind eben manchmal so kontrollmäßig drauf.«

»Mir schlägt das alles furchtbar auf den Magen«, sagt Mama. »Das Ullevål Krankenhaus, Frida. Das *Ullevål Krankenhaus* hat hier angerufen. Du solltest vor Ewigkeiten bei ihnen vorbeikommen.«

»Aber mir geht's doch gut …«

»Du musst sofort nach Hause kommen und dich untersuchen lassen! Es kann sein, dass sich deine Augenentzündung schnell *sehr negativ* entwickelt, hat Doktor Bøe gesagt. Ich habe ihm angehört, dass er besorgt ist, dass er es gelinde gesagt für nicht sehr schlau hält, dass du jetzt verreist bist. Ich habe natürlich auch noch bei Doktor Larsen angerufen. Der hat mir etwas von einem Spezialisten namens Doktor Dahl erzählt, bei dem hattest du auch einen Termin! Er war genauso nett wie Doktor Larsen, und er macht sich auch große Sorgen. Hast du Papa davon erzählt?«

»Ich kann gerade nicht so gut telefonieren, und ich weiß, dass ich nichts sagen kann, was dich beruhigt, aber es geht mir gut. Und ich bin auf dem Weg nach Hause.«

Dann lege ich auf. Mache das Handy aus.

»Wolltest du mich nicht gerade etwas fragen, als dein Telefon gepiept hat? Und dann meins.«

»Nein«, sagt Jakob. »Eigentlich nicht.«

»Okay. Es … Ich dachte nur. Würdest du dich trauen, mich alles zu fragen?«

»Absolut alles?«

»Ja.«

»Deine Minute der Wahrheit beschert mir Bauchschmerzen.«

»Mir auch. Die Wahrheit macht Angst.«

»Ich traue mich nur, ehrlich zu sein und alles zu sagen, wenn ich eine super-beruhigende Sicherheitsweste anhabe«, sagt Jakob.

»Hast du denn eine super-beruhigende Sicherheitsweste?«

»Ja.«

»Und du traust dich, alles zu fragen, wenn du sie anhast?«

»Ja.«

»Trägst du sie auf den anderen Kleidern, wenn du richtig ehrlich bist?«

»Nein. Nicht unbedingt. Ich trage sie lieber darunter.«

»Du hast nichts als deine super-beruhigende Sicherheitsweste auf der Haut, wenn du die Wahrheit sagst?«

»Richtig.«

»Sonst nichts?«

»Nein. Nichts als die nackte Wahrheit.«

»Hast du sie jetzt dabei?«, frage ich.

»Nein, ich habe sie in Florenz zurückgelassen.«

»Weil du mich kennengelernt hast?«

»Darauf kann ich jetzt nicht antworten.«

Bin ich ein Mädchen, für das er sich entscheiden könnte, weil sich daran zeigen würde, wer er ist? Bin ich ein Mädchen, mit dem er sich gern zusammen zeigen würde? Äußerst hypothetische Fragen. Warum muss ich nur ständig an solche Sachen denken?

»Ich habe keine Kategorien. Ich mag dich einfach nur sehr gern«, sage ich.

»Okay«, sagt Jakob, als hätte ich ihm gerade erzählt, dass ich mir die Haare schneiden lasse oder dass ich den Zucker im Kaffee vergessen habe.

Kaum habe ich das Handy wieder eingeschaltet, gehen drei SMS ein. Mama lässt nicht locker. Ich stehe auf und gehe ein paar Schritte zu einem Plastikstuhl, bevor ich zurückrufe. Sie geht nach dem ersten Klingeln ran.

»Ich bin auf dem Heimweg«, sage ich. »In ein paar Tagen bin ich zurück. Der Zug braucht seine Zeit.«

Mama holt tief Luft.

»Ich verstehe ja, dass du gern vor allem davonlaufen und die Welt sehen willst. Aber wie kannst du nach der Untersuchung im Ullevål Krankenhaus denken, dass es nichts Ernstes ist?«

»Tja«, murmele ich. Und weiß, dass es eigentlich die einzige Antwort ist, die ich zu bieten habe. »Ich habe regelmäßig meine Medikamente genommen, und in Florenz war ich sogar beim Arzt und habe mich gründlich untersuchen lassen«, lüge ich. »Und jetzt bin ich auf dem Heimweg. Ich bin schon in Frankreich. In Colmar.«

»Ich habe keine Ahnung, wo das ist. Wie lange dauert es noch, bis du nach Hause kommst?«

»Ein paar Tage.«

Mama seufzt, ich höre, wie sie sich zusammenreißt, um nicht noch mehr zu sagen.

»Warst du, nachdem ihr geheiratet habt, jemals in einen anderen Mann als Papa verliebt«, frage ich, bevor sie ein weiteres Wort über die Doktoren einschieben kann.

»Nein«, sagt Mama.

»Ganz sicher?«

»Und außerdem spricht man über so was nicht mit seiner Tochter.«

»Ist das denn so schlimm?«

»Ja«, sagt Mama.

Peinliche Pause. Auch Mütter haben eine Grenze, die man nicht überschreiten darf. Aber ihre Stimme hört sich tatsächlich so entschieden an, dass ich davon ausgehe, dass sie ganz sicher in andere als Papa verliebt war.

»Warum fragst du?«

»Ich bin in einen Jungen verliebt, der in eine andere verliebt ist.«

Mama seufzt am anderen Ende. Holt wieder tief Luft. Ihr Gehirn braucht anscheinend viel Sauerstoff, wenn sie mit mir spricht.

»Ich war einmal verliebt. Anstatt es zu verdrängen, habe ich drei Monate lang Tag und Nacht an ihn gedacht. Dann ging es vorbei. Bist du deshalb weggefahren? Hast du jemanden kennengelernt?«

»Stimmt das?«, frage ich. »War es der Arzt und Krankenwagenfahrer in der Finnmark?«

»Nein.«

»Ganz sicher?«

»Nein, er war es nicht. Ein … Mann halt. Vor vielen Jahren.«

»Ist es denn einfach so vorbeigegangen? Wie eine Grippe?«

»Ja. Ich war ja verheiratet«, sagt Mama. »Mehr kann ich dazu nicht sagen. Er weiß es nicht einmal.«

Ich bin wirklich etwas überrascht. Mama verliebt als verheiratete Frau? Wer war der andere Mann? Weiß Papa davon? Das sollte er, vielleicht würde er dann langsam wieder zu ihr zurückfinden.

»Okay«, sage ich. Ich weiß nicht genau, was sie meint, wenn sie sagt *Ich war ja verheiratet*. Und ich weiß nicht, ob ich sie danach fragen will. Sie war plötzlich so … ehrlich. Und *wann* war sie in einen anderen als Papa verliebt?

»Danke«, sage ich. »Es hört sich zwar komisch an, aber ich meine es ernst.«

»Ich hab dich lieb«, sagt Mama. »Ich wünsche dir einfach nur das Beste in der Welt.«

»Ich weiß«, sage ich. »Ich komme jetzt nach Hause. Und rufe gleich Doktor Bøe an. Mach's gut.«

Dann lege ich auf, bevor meine Augen oder Papa erwähnt werden, das würde die Mutter-und-Tochter-haben-sich-ausgesprochen-Stimmung einer amerikanischen Nachmittagsserie verderben. Ich weiß es, und trotzdem ist es komisch, daran zu denken. Dass Mama auch eine Frau ist, meine ich.

Ich gehe zurück zu Jakob. Setze mich und habe wieder das Im-Sonntags-geöffneten-Gartenland-Center-gekaufte-Plastikstühle-Feeling unter dem Hintern.

»Ist *Oh, When the Saints* dein Lieblingslied?«, frage ich und mache das Handy aus. Ich will es erst wieder einschalten, wenn ich zu Hause bin.

»Nein. Es ist das Lieblingslied ... meiner Schwester. Meine Schwester versorgt mich immer mit Klingeltönen fürs Handy.«

Ich hoffe natürlich, dass auch er mir sagt, dass er mich mag. Aber ohne zu wissen, warum, begreife ich, dass er das nicht kann.

»Ich muss hier mal kurz rein.«

Wir sind in einer der vermutlich wichtigsten Einkaufsstraßen Colmars schon an einigen coolen Läden vorbeigekommen. Jakob ist vor einer Parfümerie stehen geblieben. Und er klingt, als hätte er plötzlich eine Magenverstimmung und Durchfall in einem und müsste aufs Klo. Der Tintenfisch?

Ich frage nicht nach.

»Kommst du mit?«

»Warum?«

»Würdest du mir helfen, ein Parfüm auszusuchen? Ida wird in ein paar Tagen zwanzig, und ich brauche ein Geschenk.«

Zwanzig! Bei allem, was ich mir an Gedanken über sie gemacht habe, habe ich nie daran gedacht, dass sie drei Jahre älter sein könnte als ich. Es würde nichts nützen, wenn ich hübscher wäre. Neben ihr bin ich einfach nur ein Suppenhuhn.

Die Damen in der Parfümerie sehen aus wie diese Playmobil-Frauen, deren Haare man mit einem einzigen Klick austauschen kann. Sie zwinkern mir zu und geben mir einen Papierstreifen nach dem anderen, auf den sie verschiedene Parfüms gesprüht haben. Manche sprühe ich mir auch auf den Arm. Und in all dem Durcheinander ist es herrlich, dass mich die Playmobil-Frauen für seine Freundin halten.

»Das hier ist … etwas ganz Besonderes«, sage ich über ein total abgefahrenes Parfüm. »Aber am besten kaufst du eins, das dir auch gefällt«, sage ich und drücke ihm den nackten Arm direkt ins Gesicht. Es kitzelt, als er daran riecht. »Ich kenne sie ja nicht.«

»Okay, das nehme ich«, sagt Jakob und sieht etwas seekrank aus.

Aber die Freude darüber, seine Freundin spielen zu können, hält nicht lange an. Drei Jahre älter! *Wake up and smell the fish!* Er lässt sich von mir nicht beeindrucken, findet mich nicht interessant oder tiefgründig, höchstens lieb und nett, mehr vermutlich nicht. Ich darf nur mitkommen, um ein Parfüm für seine Mediziner-Freundin zu kaufen, die zwanzig wird. Sie ist für ihr Alter bestimmt sogar noch reif. In Wirklichkeit ist sie vom Kopf her vielleicht siebenundzwanzig. Zehn Jahre älter! Was habe ich erwartet? Die Chancen, dass Jakob sich für mich entscheidet, stehen genauso gut wie die Antwort auf die hypothetische Frage, ob er sich für einen Elch bei Sonnenuntergang entscheiden würde oder für das Original der Mona Lisa.

»Wollen wir eine Post suchen?«, frage ich. Kaum zu glauben, wie nett ich bin.

»Nein, das ist nicht nötig«, sagt Jakob. »Sie kommt ja. Akzeptieren sie hier VISA?«

Die Playmobil-Frau nickt und packt das Kotzparfüm ein.

Kurz darauf komme ich an einem Laden vorbei, in dem ein hellblaues T-Shirt ausgestellt ist. Ich gehe sofort hinein und kaufe es. Es sitzt sehr eng, und mitten auf dem Bauch ist ein rotes Kreuz. Über den Brüsten und darunter steht *Night Nurse.*

Wir setzen uns in ein Café. Ich male ein wenig auf einer Serviette herum, die ich aus dem glänzenden Metallteil auf dem Tisch genommen habe. Ich male eine alberne Tussi mit dicken Lippen. Jakob schaut sich meine Zeichnung an. Findet es sicher mitleiderregend zu sehen, wie untalentiert ich bin. Ich nehme meinen Lippenstift und male die Lippen auf der Serviette rot an. Packe ihn wieder weg und signiere.

»Bitte schön! Ein Original«, sage ich und halte ihm die Serviette hin. Er sieht sich um, kein Kellner in Sicht, den er um die Rechnung bitten kann, nichts.

»Danke«, sagt er und nimmt die Serviette entgegen wie ein Papa, der von einer Fünfjährigen einen armseligen Im-Kindergarten-selbst-gemachten-Klopapierrollen-Weihnachtsmann zu Weihnachten bekommt. Vielleicht glaubt er, ich meine es ernst.

»Wohin wollen wir jetzt?«, frage ich.

»Etwas nach Süden und dann nach Westen«, sagt Jakob. »Oder etwas nach Norden und dann nach Westen.«

»Hört sich an wie ein Märchen«, sage ich.

Jakob und ich sind mittlerweile ziemlich gut darin, Abteile zu besetzen. Sobald wir im Zug sind, gehen wir von Abteil zu Abteil, bis wir ein leeres finden. Dann stürzen wir uns hinein, ziehen die Vorhänge zu, zerren unsere Schlafsäcke heraus, bauen, wo immer es möglich ist, die Sitze zusammen, stellen die Rucksäcke auf den Boden oder auf die Sitze und verteilen überall ein paar Klamotten. Falls jetzt wirklich noch irgendein armer Teufel die Tür aufmacht, findet er zwei Interrailer vor, die vorgeben, mitten in diesem wunderbaren Chaos zu schlafen, und auch wenn ihn das Gefühl beschleichen sollte, dass wir nur bluffen, wird er sich nicht trauen, es mit uns aufzunehmen, und weitersuchen, bis er ein Abteil mit gesitteten Menschen findet, die brav auf ihren Sitzen hocken.

Ich drehe mich von ihm weg und ziehe mein T-Shirt aus. Mit nacktem Rücken suche ich nach dem Night Nurse-Shirt und ziehe es an. Ich weiß, dass er nicht will, dass ich es mitbekomme, aber er wirft einen langen Blick darauf.

Anfangs gibt er nur vor zu schlafen. Dann schläft er ein.

Ich kann nicht schlafen.

Plötzlich werde ich von Panik erfasst. Nicht nur wegen der Augen, ich bin einfach so unglaublich allein. Zurzeit reise ich noch mit Jakob. *Darf* mit ihm reisen. Wir haben aber nicht darüber gesprochen, wie lange die Reise noch dauern soll. Bei dem Tempo, das er vorlegt, ist sie in wenigen Tagen vorbei, dann haben wir alle Bilder gesehen, und Ida kommt. Das dünne Fädchen, das uns verbindet, die Reise zu diesen Bildern, ist bald zu Ende. Und die Wahrheit ist: Ich werde wieder allein sein. Ängstlich und allein. Und ich überlege, dass ich, auch wenn ich vielleicht nicht erblinden sollte, irgendwann sterben muss. So oder so wird es dann dunkel.

Ich muss hier raus, muss in einem Zugtoilettenspiegel einen kurzen Blick auf mein Gesicht werfen, eine Millisekunde lang sehe ich ein kleines Mädchen mit blassem Gesicht, das sich nach

Hause sehnt, in sein Bett, an dem die Pu-der-Bär-Lampe die ganze Nacht brennt, und wo Mama kommt, sobald es schreit.

Jakob schläft jetzt wie ein kleiner Junge.

Plötzlich weiß ich, dass ich mich lieber mit ihm unterhalte als mit irgendeinem anderen Menschen auf der ganzen Welt. Aber ich traue mich nicht, ihn zu wecken. Ich weiß noch, wie wir einmal Oma und Opa in Bergen besucht haben und jemand anrief, keine Ahnung, wer es war. Jemand, der mit ihnen in dieselbe Kirche ging, rief mitten in der Nacht an. Ich weiß nicht mehr, was der Anrufer von Oma und Opa erwartete, jemand lag im Sterben. Ich stand auf der schmalen Holztreppe zum Dachboden und hörte alles mit an. Ich war elf. Es war vielleicht drei Uhr nachts. Ich weiß noch, dass ich dachte, sie würden etwas ganz Großes machen, es musste einen Grund geben, weshalb fremde Menschen mitten in der Nacht bei ihnen anriefen und sie um Hilfe baten, sie mussten davon ausgehen, dass Oma und Opa etwas wieder in Ordnung bringen konnten, die erforderlichen Kniffe kannten. Opa wollte sich gerade auf den Weg machen, als das Telefon noch einmal klingelte. Es war zu spät. Der Anrufer konnte nur noch vermelden, dass der Tod eingetreten war. Oma setzte sich an den Wohnzimmertisch und zündete eine Kerze an. Holte ihr hellbraunes Kreuz heraus, das sie immer bei sich trug. Und schloss die Augen. Ich glaube, sie hat gebetet. Opa ging mit mir nach oben, legte sich zu mir ins Bett, er merkte, dass ich Angst hatte. Er sang mir sogar etwas vor, um mich zu trösten, *Lieber Gott, es geht mir gut.* Und Opa musste mir von seiner Arbeit als Möbelpolsterer erzählen, wie er in einem kleinen blauen Peugeot zu den Leuten nach Hause fuhr. Ich entlockte ihm alle Details, wie er mit Hilfe eines Stoffhändlers in London einen rostroten Veloursstoff mit Eichenlaubmuster für eine unglückliche und nervöse Frau in Åsane ausfindig machte, oder wie er das eine Mal mit dem Mund voller kleiner schwarzer Nägel lachen musste. Ich wollte alles wissen, und schließlich schlief ich mit dem Kopf voll von glücklichen Details ein.

Vielleicht ist das alles, was wir füreinander tun können? Nichts lässt sich in Ordnung bringen. Es gibt keine Kniffe. Man kann nur singen, trösten, beten. Und von einem rostroten Veloursstoff mit Eichenlaubmuster erzählen.

Wenn ich mich doch nur trauen würde, Jakob zu wecken.

Kaum bin ich eingeschlafen, da passiert es erneut. Ich zucke zusammen. Spüre Stiche in den Augen. Schlimmer als bisher? Nein, es variiert nur, hat die ganze Zeit über variiert. Je nach Tagesform. Ich kann jetzt nicht nach Mama rufen oder zu ihr ins Bett kriechen. Ich habe Angst. Die Medikamente scheinen nicht so recht zu helfen, vielleicht bin ich dagegen immun geworden. Und dann?

Die Panik packt mich, ich bin wie ein Wespennest, auf das jemand mit einem Stock eingeschlagen hat.

Ich weiß nicht, ob er schläft, schüttele Jakob leicht.

»Erzähl mir von … oder … zeig mir lieber noch mehr Bilder von der kommenden Zeit«, sage ich.

Jakob wird wach und sieht mich an.

»Eh … *der kommenden Zeit* … welcher Zeit?«

»Der nächsten Epoche«, sage ich.

Er reibt sich die Augen. Übertrieben deutlich, wie im Film.

»Wie spät ist es?«

»Fast Morgen«, sage ich.

»Ich war gerade ganz weit weg«, murmelt er und legt sich wieder hin.

»Sorry«, sage ich. »Du kannst auch über etwas anderes reden als Kunst, wenn du willst. Was dir lieber ist.«

»Reden? Ich … weiß nicht, Papa hat sich fürs Fliegenfischen interessiert, aber trotzdem meistens mit Schwimmer … und Würmern geangelt«, murmelt Jakob. »Mit nichts anderem. Nur mit Schwimmer und Würmern. Mir hat das Angeln Spaß gemacht.«

»Und was kam dann?«, frage ich.

»Dann wurde der Fisch gebraten. Bergforelle. Pur. Ohne alles. Mit Öl. Etwas Pfeffer und Salz. Mehr nicht. Sehr lecker.«

»Nach Brueghel?«, frage ich.

»Ja?«

»Dann kam …?«

»Das Barock.«

»Ja. Das Barock.«

»Du willst mich veräppeln. *So* sehr interessierst du dich nicht für Kunst, dass du nicht schlafen kannst. Das geht nicht einmal mir so.«

»Doch.«

»Das glaube ich nicht.«

»Ich habe Angst um meine Augen. Ich spüre Stiche. Habe Angst davor, den Arzt zu rufen, weil ich fürchte, dass etwas Schlimmes passiert, dass ich tatsächlich blind werde. Für immer. Daran will ich nicht denken. Nicht jetzt.«

»Okay.«

»Du brauchst keinen Arzt zu rufen …«

»Verstehe.«

»Okay. Gut. Bestens. Ich will auch gar nicht darüber reden.«

»Okay.«

»Überhaupt nicht.«

»In Ordnung.«

»Ich will, dass *du* redest, mir was erzählst.«

»Ich habe bestimmt schon genug geredet.«

»Nein. Und ich will, dass du für mich betest … zu Gott …

und Jesus. Du brauchst nicht laut zu beten. Ich weiß nicht, ob ich das ertrage. Und dann sollst du mir etwas über das Barock erzählen.«

Jakob ist lange Zeit still. Betet er … jetzt schon? Nein, er sieht mich zum Glück an.

»Zuerst solltest *du* mir was erzählen. Auf der ganzen Reise schon bin *ich* derjenige, der dich belehrt. Jetzt bist du an der Reihe.«

»Nein. Zuerst das Barock. Wenn du mir also kurz und nett und *jugendgerecht* vom Barock erzählst, werde ich dir ganz knapp erzählen, was Frau Mary Wortley Montagu auf ihrer Reise entdeckt hat.«

»Frau Montagu?«

»Frau Montagu ist in die Türkei gereist, dort hat sie die Körpersprache der Liebe entdeckt.«

»Sex?«

»Vielleicht, aber davon erzählt sie nichts.«

»Was erzählt sie sonst?«

»Fortsetzung folgt. Das erfährst du in der nächsten Sendung. Was bedeutet eigentlich das Wort *Barock*?«

Endlich ist Jakob ganz wach. Jetzt ist es für ihn zu spät oder zu früh, um wieder einzuschlafen, je nachdem, wie man es sieht.

»Ich habe irgendwie Mundgeruch«, sagt Jakob und trinkt jede Menge Wasser.

»Dann setz dich einfach ein Stück weg und erzähl«, sage ich. »Etwas Abstand ist sowieso nicht dumm.«

Jakob zieht die rechte Augenbraue hoch.

»Barock ist ein portugiesisches Wort und bedeutet so viel wie unregelmäßig geformte Perle. Es wurde zuerst negativ verwendet, für Kunst, die man für zu geschraubt hielt. Das Barock ist … ja, was kann man über das Barock sagen?«

»Keine Ahnung. Aber es gibt bestimmt viel zu sagen.«

Jakob gähnt wie ein riesiger Wal. Er ist müde, der Arme. Und braucht mehr Sauerstoff. Darum gähnt er. Nicht, weil es langweilig ist, sich mit mir zu unterhalten. Auf keinen Fall.

»Das Barock ist kein Stil, sondern, vereinfacht gesagt, die Kunst des 17. Jahrhunderts. In diesen hundert Jahren tauchten viele große und gewichtige Namen auf.«

»Und mit wem fängst du an?«

»Mit dem großen Diego Velázquez«, sagt Jakob. »Dem nächsten großen Maler in Spanien nach El Greco.«

»Und dafür gibt es bestimmt unfassbar gute Gründe, wie ich mir denken kann.«

»Viele gute Gründe. In diesem Bild, das er gemalt hat, hat er es irre gut verstanden, die Spannung zwischen hell und dunkel auszunutzen, das *chiaroscuro*, wie man sagen könnte, wenn man gern mit Kunstbegriffen um sich wirft.«

Endlich. Jetzt geht's los. Der Kürbis in meinem Bauch schrumpft zu einer kleinen Rosine.

»Kann ich dir, bevor du das Bild herausholst, noch eine sehr persönliche Frage stellen?«

»Was denn?«, fragt Jakob und hüstelt etwas gekünstelt.

»Kommt es hin und wieder, ein ganz seltenes Mal vor, dass *du* mit Kunstbegriffen um dich wirfst?«

»Ja«, sagt Jakob. »Das kommt schon mal vor. Ich versuche mit aller Macht Eindruck zu schinden, vor allem bei dir.«

Dann holt Jakob ein weiteres Bild aus seiner Mappe. Das Jesusbild von Velázquez. Es ist einfach nur unglaublich … schön.

»Eigentlich sollten wir jetzt Verdis *Requiem* hören, während wir es uns anschauen. Fast kein anderes Jesus-am-Kreuz-Gemälde strahlt eine traurigere und doch äußerst menschliche Würde aus. Velázquez hat in allem das Große gesehen. Zum Beispiel hat das Porträt, das er von einem Zwerg beim König

→ **Siehe Abbildung 16 im Bildteil**

gemalt hat, dieselbe Würde. Der Zwerg ist kein Scherzartikel, sondern ein Mensch. Heute wäre der Zwergennarr ein grausames Beispiel für ein Mobbingopfer, aber schon vor vierhundert Jahren konnte Velázquez den Zwerg ebenso würdevoll und menschlich darstellen wie den Erlöser selbst. Nur große Maler können das auf eine Art und Weise, die Hunderte von Jahren übersteht. Es ist verlockend, auch über Velázquez zu sagen: keiner über ihm, keiner daneben. Aber so kann man nicht reden, die großen Maler sind so groß, dass sie, ja, die Kunstgeschichte neu definieren und in vielerlei Hinsicht nur mit sich selbst verglichen werden können. Und auch er ist nach Italien gegangen, an den Klassikern führte wohl kein Weg vorbei.«

Ich habe Versagensängste. Ich hoffe, er glaubt mir, dass ich das alles toll finde.

»Was macht einen großen klassischen Maler zu einem großen klassischen Maler?«, frage ich. »Außer dass er technisch sehr gut ist und alles malen kann, mit der Zentralperspektive klarkommt und so?«

Ha! Das hat eingeschlagen! Ich sehe, wie Jakob nach Worten sucht.

»Das ist nicht leicht zu beantworten. Natürlich muss er technisch souverän sein, aber ich denke schon lange, dass ein großer Maler vor allem die Menschen verstehen muss.«

»Inwiefern?«

»Es mag ein bisschen banal klingen, aber große Maler haben vermutlich ein Talent dafür, viel mehr zu begreifen und zu fühlen als die meisten anderen Menschen. Und es umsetzen zu können in eine zweidimensionale Fläche, so dass der Betrachter etwas Authentisches sieht, wenn er sich das Bild anschaut. Etwas, das er wiedererkennt. Und ein guter Maler hat keine Angst. Velázquez hat unter anderem viele Bilder von Philip dem Viertem, dem König von Spanien, gemalt, der darauf, ehrlich gesagt, etwas abwesend wirkt, was er wohl auch war, er pfiff auf die ganze Politik und hatte seine Macht an seinen Minister abgetreten. Auf dem Porträt sieht er ziemlich affektiert und abwesend aus, Velázquez hat ihn ohne allzu große Königswürde gemalt. Wohingegen er den besagten Zwerg mit viel Würde dargestellt hat.«

Ich verspüre eine unglaubliche Lust, auch das Bild mit dem Zwerg zu sehen. Das ist das Problem mit den Bildern, die Jakob mir zeigt, ich bekomme Lust auf mehr. Ich will nicht behaupten, dass ich mich ganz außerordentlich für Kunst interessiere, sondern nur, dass ich ein bisschen auf den Geschmack gekommen bin, wie bei einer Tüte Popcorn, bei der ich, wenn ich sie erst einmal aufgemacht habe, einfach immer weiteressen muss.

»Aber zu behaupten, Menschenkenntnis sei das einzige Kriterium, um einen Platz in der offiziellen Kunstgeschichte zugewiesen zu bekommen, geht nicht. Man braucht sich bloß die Kuppel von Brunelleschi, einen Hasen von Dürer oder eine Zypresse von El Greco anzuschauen, schon sieht man, dass es nicht so einfach ist, klassische Kunst zu definieren. Und im zwanzigsten Jahrhundert ist es noch schwieriger geworden.«

»Welche anderen Maler waren im Barock groß?«

»Tja … Poussin. Und Rubens. Und natürlich Rembrandt.«

»Ich glaube, es ist ein Bild von Rembrandt, das in *Die Liebenden von Pont Neuf* zu sehen ist, das Gemälde, das sich Juliette Binoche im Louvre anschaut.«

»Weißt du noch, welches Bild es war?«

»Nein«, sage ich. »Aber wir können uns den Film noch mal anschauen. Ich habe ihn zu Hause«, sage ich und hoffe, Jakob begreift, dass das eine Einladung ist.

»Juliette Binoche ist verdammt schön«, sagt Jakob. »Sie kann bestimmt gut zeigen, wie traurig es ist, eine fatale Augenkrankheit zu haben.«

Juliette Binoche ist viel zu alt für dich, denke ich.

»Und wohin geht's nach Rembrandt?«

»Das kannst du bestimmen. Wenn du willst, können wir nach Madrid fahren und uns im Museo del Prado zusammen mit vielen anderen weltberühmten Bildern auch den Velázquez anschauen. Oder wir gehen ins Reina Sofia und bewundern Picassos bekanntestes Bild, *Guernica*. Oder wir bleiben einfach hier in Frankreich und schauen uns ein Kreuzigungsbild an, das im selben Jahr wie das von Velázquez gemalt wurde, nur von Rembrandt. Eigentlich ist es ein eher unbekanntes Rembrandt-Bild, das er am Anfang seiner Karriere gemalt hat.«

»Wenn sich Juliette Binoche Rembrandt anschauen musste, muss ich es auch«, sage ich. »Und was ist mit Poussin und Rubens?«

»Das Bild, das ich von Poussin ausgewählt habe, hängt in den USA. Und das von Rubens in den Niederlanden, glaube ich. Rembrandt ist also am dichtesten dran.«

Spüre ich wieder Stiche in den Augen? Ich habe Angst wie ein alter Mann, der raucht und ständig Stiche in der Brust spürt, vielleicht sind es ja nur Muskelschmerzen: Oder ist es doch ein tödlicher Infarkt?

Ich lege mich auf den Bauch und vermeide es, ihm in die Augen zu schauen, während ich frage: »Kann ich dir noch eine persönliche Frage stellen? Oder dich vielmehr um einen, ja, persönlichen Gefallen bitten?«

»Okay«, murmelt Jakob und hüstelt wieder etwas gekünstelt.

»Ich könnte sagen, dass mir mein Rücken *irrsinnig* weh tut, aber das stimmt nicht. Es ist bestimmt total daneben, aber hättest du zufällig etwas dagegen, mir den Rücken zu massieren?«

Erneutes Hüsteln.

»Okay.«

»Ich lasse das T-Shirt an.«

»Okay.«

»Und sei so lieb, erzähl mir von Poussin. Und Rubens. Lange. Und gut.«

»Bist du sicher?«

Er steht auf und holt noch zwei Bilder. Die ich nur halb sehen kann. Ich habe Angst, er vergisst, was ich eigentlich von ihm will. Aber Jakob legt seine Hand auf meinen Rücken. Ich trage keinen BH. Seine Hand ist warm.

»Ja. Seit ich klein war, habe ich von Leuten verlangt, dass sie mir was erzählen. So bin ich einfach. Und ich will die ganze Geschichte. Von Poussin«, sage ich mit schwacher Stimme.

Ich zittere.

»Auch Nicolas Poussin ist nach Italien gereist«, sagt Jakob mit hysterisch ruhiger und natürlicher Stimme. »Und dort geblieben, obwohl er ein französischer Maler war. Er hat die Antike und venezianische Maler studiert. Tizian zum Beispiel. Poussin war ein total seriöser Typ, alles musste perfekt zusammenpassen, die Formen, das Motiv, die Farben, die Landschaft und die Figuren, archäologische Referenzen, alles, es musste klar und streng sein und gut komponiert, wie bei Raffael. Poussin hat in seinem Atelier komplette Miniaturmodelle von dem aufgestellt, was er malen wollte, hat die Lichtverhältnisse genau studiert, er nahm das Malen sehr ernst.«

Seine Hand rührt sich nicht, liegt einfach ganz ruhig da.

»Poussin wurde auch ein Guru der Landschaftsmalerei – the King of the Kings, auf dem Acker, im Wald.«

Jakob nimmt seine Hand weg, kratzt sich an der Nase oder so. Ich halte die Luft an. Wird seine Hand zu meinem Rücken zurückkehren?

»Poussin mochte die großen Wandgemälde nicht, die der französische König haben wollte, und arbeitete lieber für aus-

→ **Siehe Abbildung 17 im Bildteil**

gewählte Kunden, er war bei der Bourgeoisie beliebter als bei den Fürsten. Hatte mächtigen Einfluss, und Cézanne, der Vater der modernen Malerei, beneidete ihn, behauptete, dass er *wie Poussin malen wolle, aber nach der Natur.*«

Die Hand kommt zurück.

»Eine Zeitlang herrschte zwischen den ›Poussin-Leuten‹ und den ›Rubens-Anhängern‹ in Frankreich ein intellektueller Krieg über den Stil, der vorzuherrschen habe. Das Ergebnis war eins zu null für Poussin.«

Zuerst bewegt sich seine Hand mechanisch und viel zu sanft mitten auf meinem Rücken.

»Hört sich an wie ein Mathegenie-Typ«, sage ich. »Und Rubens war also anders, ein Nicht-Ingenieur?«

»Ja. Zumindest seine Bilder. Früher dachte ich, auf Rubens' Bildern wären zu viel Marzipan und füllige Damen zu sehen …«

»*Früher*? Du hörst dich an, als wärst du sechzig.«

Jetzt tippe ich mal, dass er errötet.

»Ja. Vielleicht. Ich schaue mir diese Bilder schon seit Jahren an. Und mein Blick hat sich verändert, ich werde immer von einem Glücksgefühl erfasst, wenn ich mir ein Bild von Rubens anschaue.«

»Glücksgefühl?«

»Ja. Wie wenn ich einen alten Abba-Song höre. Das macht mich auch immer glücklich. Von allen Menschen hört ausgerechnet Mama gern Abba.«

Jakob ist ganz verschüchtert. Vorsichtig. Als wäre er zwölf oder so. Hat er schon viele Freundinnen gehabt? Er streichelt mich viel zu sanft. Fester, Junge!

»Es gibt eine Stelle am Rücken, an die ich selbst nicht herankomme, die ich nicht eincremen kann, ein kleiner Fleck nur, aber ich kriege schnell Sonnenbrand, wenn mich dort niemand eincremt«, sagt Jakob, und zwei Sekunden lang frage ich mich, was das mit Rubens zu tun haben könnte.

»Hier ungefähr. Ein Fleck der Einsamkeit, ein Fleck der Wahrheit, sonnenverbrannt und rot zeigt er allen, dass man allein am Strand oder in den Ferien ist, beweist, dass man nicht sehr viele Freunde hat, dass man einsam und kinderlos zu sterben droht, ohne jemanden zu haben, mit dem man Weihnachten feiern oder zusammen kochen kann, wenn man über vierzig ist.«

»Ja, ich weiß genau, welche Stelle du meinst«, sage ich. »Sie ist genauso entlarvend wie allein ins Kino zu gehen oder allein am Tisch zurückzubleiben, wenn alle anderen tanzen. Man muss andere bitten, einen dort einzucremen. Deshalb sollte man tunlichst darauf achten, außerhalb der Saison zu verreisen.«

Es ist lange Zeit still.

»Warum macht Rubens dich so glücklich?«

»Seine Bilder haben so viel Kraft, seine Werke strahlen eine Sicherheit aus, strotzen vor Lebenslust. Peter Paul Rubens war übrigens mit dem Samt-Brueghel oben in den Niederlanden befreundet, sie haben mehrere Bilder zusammen gemalt. Das Barock wurde ansonsten vor allem in katholischen Ländern willkommen geheißen, womöglich weil es gern ziemlich prunkvoll war. Rubens galt als der typischste Barockmaler seiner Zeit. Trotz des Kontrollfreaks Poussin ist das Barock eine Epoche heftiger Bewegungen, starker Gefühle und selbstsicherer Männer. Zumindest bei den Fürsten, die Rubens mochten, der in seiner Zeit möglicherweise ein ebenso bekannter Diplomat war, ein bisschen wie Bono, Friedensvermittler auf der einen Seite und Rockstar auf der anderen. Er handelte damals den Frieden zwischen Spanien und England aus, war ein Lichtblick im Alltag.«

»Okay«, sage ich. »Ich mag heftige Bewegungen, starke Gefühle und selbstsichere Männer. Und Rubens war also einer der heftigsten?«

Seine Hand streichelt mich immer noch so sanft wie eine Feder.

»Er hatte in seinen großen Gemälden zumindest eine unbändige Energie, hatte in Italien großartige Sachen gesehen, dort hat er seinen Stil gefunden. Er hat die Antike genau studiert, die großen italienischen Maler, vor allem Tizian und Tintoretto vermutlich. Als er in die Niederlande zurückkehrte, hatte er großen Erfolg. Es war die Zeit für große Leinwände und gewaltige Dinge, große Barockschlösser und Kirchen, die entsprechende Gemälde brauchten. Rubens war gern gesehen, ein Mann von Welt mit Selbstvertrauen, glatt und stark zugleich, und er bekam mit der Zeit eine Menge Helfer. Die kräftigen und doch leichten Bilder standen in starkem Kontrast zum Manierismus, der allmählich eher langweilig wurde.«

Ich würde gern fragen, ob Jakob mich nur ein kleines bisschen fester streicheln kann, aber ich traue mich nicht.

»Wenn man sich die Bilder von Poussin und Rubens anschaut, sieht man sofort den Unterschied.«

Jakob hat nicht verlangt, dass ich mir die Bilder anschaue. Ich hoffe, er lässt sich noch etwas Zeit.

»Das Bild von Poussin ist düster und schön, er ist ein Klassizist, es sieht fast aus wie eine gut inszenierte Szene in einem Theaterstück, ein bisschen wie *Les Misérables.* Rubens' Bild ist nicht so theatralisch, es fehlt aber nicht an starken Gefühlen, Jesus ist tot, und ein römischer Soldat hat ihm eine Lanze in die Seite gerammt, die beiden anderen Räuber, die zusammen mit ihm gekreuzigt wurden, winden sich in Schmerz und Todesangst, Johannes wendet sich ab, Maria ist leichenblass vor Ab-

→ **Siehe Abbildung 18 im Bildteil**

scheu, eine Mutter, die mit ansehen musste, wie ihr Sohn geschlachtet wird.«

Er legt die Bilder vor mich hin. Aber seine Hand kommt anschließend wieder zurück. Ich frage mich, ob ich das, was ich sehe, nur sehe, weil Jakob mir davon erzählt, und ob ich, wenn Jakob mir seine Augen nicht leihen würde, nur ein altes Bild vor mir sähe.

»Nach diesen beiden kommt dein Freund aus dem Film – Rembrandt. Willst du das Bild gleich sehen?«

»Ich will lieber noch etwas warten. Es tut gut, so zu liegen.«

KARFREITAG, 25. MÄRZ

Ich bin eine Katze, werde gestreichelt. Lange und gut. Es ist weit nach Mitternacht. Tut er es nur mir zuliebe? Darf ich etwas anderes hoffen?

Als ich mich am Ende schlafend stelle, nimmt Jakob seine Hand irgendwann weg. Das muss er ja auch.

Ich frage mich noch einmal, ob ich Dolce & Gabbana gegenüber ein schlechtes Gewissen haben sollte. Ja, das sollte ich.

Ich denke erneut, dass ein Zugabteil wie dieses eine Welt ist, die für mich gerade groß genug ist. Es zieht mich nicht anderswohin. Das habe ich noch mit niemandem zuvor erlebt. Einfach in diesem Abteil sein, mit Jakob reisen. Gott sei Dank gibt es diese Museen und Bilder, diesen dünnen roten Faden, der uns zusammenhält. Ich glaube wirklich, Menschen brauchen einen dünnen Faden, der sie zusammenhält, müssen gemeinsam etwas unternehmen können, um sich ernsthaft kennenzulernen, brauchen ein Projekt, keine Ahnung. Vielleicht ist es für die Beziehung gut, zusammen einen Spanischkurs zu besuchen, zu Hausbesichtigungen zu gehen, sich eine Wohnung zu kaufen, Kinder zu kriegen und sogar zu IKEA zu fahren, zweihundert Teelichter zu kaufen, sechstausend Servietten, Affen mit Koselauten, das gehört dazu. Ein Projekt. Was ist sein Projekt mit Ida?

Schläft er jetzt? Ich richte mich auf. Werfe einen Blick auf mein Handy, es ist fünf vor halb vier.

Ja, er schläft.

Plötzlich sehe ich, dass er einen Block neben sich liegen hat, einen kleinen blauen Zeichenblock. Ich nehme ihn vorsichtig an mich, blättere darin. Bleistiftzeichnungen auf jeder zweiten Seite, damit die weiche Bleistiftmiene nicht durchdrückt. Alles Mögliche: Frauen, halbnackte Frauen, Schmetterlinge, ein Auto, das Gesicht eines Mannes, der Pfeife raucht, eine alte Frau, die schwere Plastiktüten schleppt, ein Schaf, das den Himmel anheult wie ein Wolf, Jumbojets, ein Night-Nurse-T-Shirt mit einem großen Kreuz darauf. Und noch mehr Frauen. Manche ohne Kleider. Zumeist Gesichter. Sehr schöne. Ich bin ja kein Guru, aber sie sehen ziemlich profihaft aus. Mit nur wenigen Strichen fängt er seine Motive ein. Es sieht nicht so aus, als wäre es Zufall. Vielleicht malt er saugut? Sieht so aus.

Ich bleibe lange mit dem Block auf den Knien sitzen, lege ihn dann vorsichtig zurück an seinen Platz. Fühle mich ein wenig ausgegrenzt. Als Strafe für das heimliche Spionieren spüre ich plötzlich wieder Stiche in den Augen. Ich setze die Brille ab.

»Deine Augen, solltest du die nicht besser mal untersuchen lassen? Du bist die Einzige, die ich kenne, die so cool ist, dass sie mit Sonnenbrille schläft«, grunzt er.

Ich zucke zusammen.

»Ich umgebe mich gern mit einer geheimnisvollen Aura«, sage ich. »Und ich mag Behindertenwitze nicht.«

»Frankreich hat das beste Gesundheitssystem der Welt, das habe ich irgendwo gelesen.«

Jakob steht auf und verschwindet aus dem Abteil. Ich bleibe mit einem Kloß im Magen sitzen.

Nach zehn Minuten kommt er zurück.

»Durchfall?«

»Ja.«

»Der Tintenfisch?«

»Vermutlich.«

Er kramt in seinem Rucksack, holt ein paar weiße Kerzen heraus und zündet sie an. Solche, wie sie an Allerheiligen oder Heiligabend auf Gräbern angezündet werden. Weiße Plastikbecher mit einer Art goldenem Plastikdeckel. Aber sie sind sehr praktisch, und wenn man den goldenen Deckel abnimmt, geben sie viel Licht.

»Behaglich«, sage ich und hoffe, dass etwas sehr Schönes passiert.

Ich weiß nicht, ob es der Durchfall ist oder was sonst Jakob jetzt schweigen lässt. Zu allem Überfluss liest er noch in einer kleinen dunkelroten Bibel. Ich fühle mich völlig bescheuert, wage nicht zu fragen, was er liest. Manchmal bin ich total übermütig, dann wieder traue ich mich nicht einmal, ihn nach der Uhrzeit zu fragen.

Ich lege derweil Patiencen. Nach einer halben Stunde geht die sechste Patience endlich auf, weil ich ein wenig geschummelt habe.

Er legt die Bibel beiseite. Hat er etwas über Ostern gelesen? Es kommt mir vor, als würde ich in der Kirche auf jemanden zugehen, der auf dem Boden kniet, und ihn fragen, was er gebetet hat.

»Ich habe nicht vergessen, dass du mir erzählen wolltest, was Frau Montagu über die körperliche Sprache der Liebe herausgefunden hat«, sagt Jakob und legt die Bibel weg.

»Da gibt es nicht viel zu erzählen. Außer, dass es schon immer schwierig war, über die Liebe zu reden, ja, demjenigen, den man liebt, offen zu sagen, dass man ihn … ja, dass man ihn *liebt*. Eine berühmte Briefe schreibende Botschafterfrau und Oberschichtenreisende, Mary Wortley Montagu, fand auf einer Türkeireise heraus, dass hier Frauen und womöglich sogar Männer manchmal Geschenke bekamen, die etwas ganz Bestimmtes bedeuteten, obwohl es auf den ersten Blick nur Blumen oder Briketts oder Steine oder was auch immer waren. Die

Geschenke waren eine Art Code, eine Möglichkeit, seine Liebe auszudrücken. Ein Brikett bedeutete zum Beispiel: *Möge ich sterben und du lange leben.* Oder ein Wachsklumpen: *Ich weiß, dass alles Eis in deinem Herzen das Feuer in meinem nicht löschen kann, das du entfacht hast.* Mit der Zeit tauchte dann vor allem die Blumensprache auch in Europa auf, und es kamen Bücher heraus, die einem erklärten, wie sie zu deuten war. Die Bücher sagten aber oft verschiedene Dinge, so dass man am Ende nicht sicher wissen konnte, ob eine gelbe Rose wirklich Untreue bedeutete und ein Strauß orangefarbener Blumen tatsächlich hieß: *Deine Reinheit gleicht deiner Schönheit.* So büßte die Sache viel von ihrem Schwung ein. Heute kaufen Männer ihren Frauen nur noch Rosen, wenn sie etwas Dummes angestellt haben.«

»Ich glaube nicht, dass mir was Besseres einfallen würde«, sagt Jakob. »Außerdem muss ich mich für die Grablichter entschuldigen, aber ich habe vielleicht den unbewussten Drang, auf Friedhöfe zu gehen. Ich weiß noch, wie wir einmal testen wollten, wer sich um zwölf Uhr nachts auf den Friedhof traut. Zwei Kumpel und ich sind wie in diesen alten Abenteuerbüchern für Jungs zum Friedhof geschlichen, aber nur ich habe mich getraut. Ich saß auf dem Friedhof und sah, wie auf meiner Tim-und-Struppi-Uhr Mitternacht vorüberging, ohne dass sich die Gräber öffneten und die Toten herauskamen. Es kam überhaupt niemand. Ich fand es dort sehr friedlich. Ich lief mit der Taschenlampe über den Friedhof und las die verschiedenen Inschriften, schaute mir an, welche Paare so lange zusammengelebt hatten, dass sie zusammen begraben wurden.«

»Ich habe ein wenig in deinem Zeichenblock geblättert, als du geschlafen hast. Ist das schlimm?«

»Ja.«

»Warum? Du malst doch ganz toll?«

»Darum«, sagt Jakob. Als wären wir zehn.

»Warum?«

»Weil du siehst, wie wenig Talent ich habe. Und trotzdem jede Menge Ehrgeiz«, murmelt Jakob.

»Aber sie sind sehr schön. Ich habe eine Skizze von einem Mädchen gefunden, ist das Ida?«

»Nein. Das ist einfach nur ein Mädchen. Kein bestimmtes. Eine weibliche … Figur.«

Eine weibliche Figur.

Er hat sein Kleiner-Junge-Gesicht aufgesetzt. Ich schiebe die Sonnenbrille nach oben.

»Du kannst mich malen«, sage ich. »Ohne Kleider, wenn es sein muss. Als Strafe dafür, dass ich in deinen Skizzen geschnüffelt habe. Wann immer du willst. Hier im Abteil. Ich traue mich nämlich nicht, wenn andere zusehen.«

»Kommt nicht in Frage«, sagt Jakob.

»Würdest du wollen?«

Jakob ist still wie ein norwegischer Kurzfilm.

»Ich kann nicht gut malen«, sagt er schließlich.

»Klar doch.«

»Nein, kann ich nicht. Ich würde es schon zugeben, wenn ich gut wäre, aber ich bin nicht gut. Überhaupt nicht. Ich mag Bilder und Kunst, aber man wird auch nicht zwangsläufig ein guter Komponist, nur weil man den Unterschied zwischen Beethoven und Mozart hört oder sie beide gern mag. Ich bin ein Amateur, nichts weiter.«

»Eine raffinierte Art, den Ehrlichen zu spielen.«

»Es stimmt aber.«

»Stell dich nicht so an! Ein winziges Porträt kannst du doch machen. Oder genierst du dich?«

»Du brauchst dich nicht auszuziehen, damit ich ein Porträt von dir machen kann.«

»Picasso hat sich nicht geniert. Er wollte die Frauen mit Haut und Haar.«

»Ich bin nicht Picasso.«

»Wollten nicht alle deine Maler nackte Frauen haben? Sie standen regelrecht Schlange.«

Ich lasse nicht locker. Was treibe ich da? Ich klinge wie die Tussi einer Vorabendserie.

»Es gibt Leute, die davon ausgehen, dass früher nur Männer Modell gestanden haben, auch wenn Frauen gemalt wurden. Michelangelos Frauen sehen häufig aus wie Männer mit Busen. Die nackten Modelle kamen erst in der Moderne auf«, murmelt Jakob.

»Ich habe gehört, dass christliche Jungs oft etwas feige sind, viel reden, aber wenig handeln.«

Fast sieht es so aus, als hätte ich ihm mit der flachen Hand ins Gesicht geschlagen. Okay, diese Art von Humor kommt also nicht an. Ich krümme die Zehen. Es ist nur ein Spiel. Bei dem es darum geht, wer sich traut.

»Ich kann dich nicht malen, Frida. Ich kann es wirklich nicht. Ich werde nichts zu Papier bringen, was auch nur im Entferntesten du bist, werde nichts hinkriegen, was wie du aussieht. Außerdem brauche ich all meine Energie, um selbst cool und entspannt auszusehen. Deine Haare, die Ohren, der Hals, der Mund und deine schöne Nase würden total amateurhaft ausfallen. Du würdest aussehen, als hätte dich ein Achtjähriger gemalt, und ich ertrage es nicht, dass du versuchst, dich zu freuen, wenn du die Zeichnung siehst. Ich bin absolut kein Profi.«

Jetzt flackert er zumindest mit den Augen.

»Deine Zeichnungen waren schön.«

»Weißt du, worauf ich jetzt unglaublich große Lust hätte?«, fragt Jakob.

»Ja«, sage ich, und mein Herz kann es nicht lassen, meinen Brustkorb so zu bearbeiten, dass er zu zerspringen droht. »Du wünschst dir sehnlichst einen Keks mit Orangenfüllung und Schokoladenüberzug.«

»Ja.«

Dann beugt er sich zu mir herüber. Und küsst mich. Leider nicht innig und feucht und linkisch und idiotisch herrlich. Es wird nur ein kleiner, etwas missglückter Kuss. Aber trotzdem. Die Erde bebt, das Atmen fällt mir schwer, ich bin fließende Lava, ein Softeis im Solarium.

»Sorry«, flüstert Jakob.

Wir sehen uns an wie ein Stier und ein Stierkämpfer auf den Bildern von Picasso, so fühlt es sich jedenfalls an.

Jakobs Handy piept. Aber er sieht nicht nach, wer ihm schreibt, zum ersten Mal in der Geschichte der Menschheit.

»Du hast mir nie so ganz geglaubt, stimmt's?«, fragt Jakob.

»Was geglaubt?«

»Meine absurde Aussage, wir könnten einander doch Gesellschaft leisten, ohne zusammen zu sein«, sagt Jakob.

»Nein.«

»Weil es vielleicht gar nicht geht?«

»Ich glaube schon, dass sich ein Junge und ein Mädchen Gesellschaft leisten können, ohne so richtig zusammen zu sein, aber ich glaube nicht, dass *wir zwei* das können.«

So. Jetzt habe ich es gesagt.

»Nein«, sagt Jakob. Nach einer langen Pause.

»Dann sollten wir an dieser Stelle vielleicht aufhören. Sonst sitze ich plötzlich ohne Kleider da, obwohl ich merke, wie ich mich scheue, dich zu fragen, aber vielleicht traue ich mich schon bald. Deshalb sollten wir genau jetzt und hier aufhören. Ich muss nach Hause. Nach Norden, nehme das nächste Flugzeug in der erstbesten Stadt. Das Gegenteil von dem, was Ida gerade tut.«

Die Worte hängen in der Luft wie schwarze Wespen.

Er hat die SMS noch nicht gelesen. Aber sein Handy erträgt es nicht, eine ungelesene SMS in der Eingangsbox zu haben. Darum piept es jetzt.

Oh, When the Saints …!

Und hört wieder auf. Dann noch einmal *Oh, When the Saints* … nach sechs Sekunden. Ida ist bestimmt eine psychotisch fordernde Frau. Lässt nicht locker, um vier Uhr morgens.

Schließlich geht Jakob ran.

»Na klar«, sagt Jakob, es ist das erste Mal, dass ich höre, wie er mit hyperfröhlicher Telefonverkäuferstimme spricht. »Doch … ich bin bald in Nizza. Ja … nein, mein Akku ist ziemlich schwach … nein, nein … schon, tolle Tour … nein, ich fahre nur durch die Gegend … schaue mir Bilder an … ja, du weißt ja, ich und Bilder … es ist herrlich, auf niemanden Rücksicht nehmen zu müssen. Schon, das Letzte, das ich mir angeschaut habe … Grünewald … wo er herkommt … Deutschland … nein … nein … ich werde es dir zeigen … ja, es ist superbekannt. Wirklich.«

Ich schnappe mir meinen Toilettenbeutel und schlüpfe aus dem Abteil, damit diejenige am anderen Ende glaubt, Jakob sei allein. Stehe im Gang, beschließe, mich ein wenig zu schminken, aber es ist zu dunkel, ich werde bestimmt wie eine Prostituierte aussehen, wenn ich einfach nur drauflos schmiere. Nach einer Weile höre ich nichts mehr, er spricht leiser. Es ist bestimmt schwierig. Ist bestimmt schwierig für ihn, sich zu entscheiden, wen er mehr anlügen soll, mich oder sie.

Er hat mich ja jetzt geküsst.

Wenn ich mein Night Nurse-T-Shirt ausziehen würde, würden sie ihm dann gefallen? Camilla behauptet, dass sie am Strand hin und wieder ihre Brustwarzen kneift, damit sie ordentlich steif werden. Das habe ich noch nie getan. Ich bin tatsächlich ein eher unschuldiges Mädchen.

Das mit Nizza haut nicht wirklich hin. Er hat also das Bedürfnis zu lügen. Ein gutes Zeichen. Vielleicht. Aber ich werde nichts sagen, womöglich ist er nur schlecht in Geografie. Wie ich.

Ich trage etwas nahezu neutralen Lipgloss auf und gehe wieder hinein. Ich merke, dass sein Kuss meine Lippen berührt hat, rein körperlich, sie sind hypersensibel.

Er sitzt da und starrt auf das Handy.

»Ida kommt«, sagt Jakob und sieht mich an. Er merkt vermutlich gar nicht, dass ich mich geschminkt habe.

Ich versuche es ganz sachlich zu nehmen. Vielleicht will sie an ihrem Geburtstag mit ihm zusammen sein, ist der nicht bald?

»Ich habe keine Zahnpasta mehr«, sage ich. »Und ich weiß nicht, ob wir jetzt noch was finden, was auf hat.«

»Sie hat ihren Job geschmissen. Es war nur ein Ferienjob. Jetzt ist sie auf dem Weg zu mir. Sie fliegt morgen Abend, falls sie ein Ticket bekommt.«

Er sieht mich an, als wäre ich seine Mama und könnte ihm raten, was er dem Lehrer sagen soll, warum er schon wieder die Hausaufgaben vergessen hat.

Aha.

»Wohin?«

»In irgendeine Stadt in Frankreich, welche ist ihr egal. Wir fahren am Donnerstag zusammen zurück.«

Ich hätte mir die diskrete Schminke schenken können, hätte besser gleich den blutroten Lippenstift aufgetragen.

»Völlig okay«, sage ich mit obercooler Stimme. »Sie ist diejenige, mit der du zusammen bist. Ich fahre nach Paris. Will sehen, ob ich dort ein Ticket ergattern kann.«

Doktor-Ida und Dämliche-Frida. Reimt sich sogar. Ein Notreim in einem mittelmäßigen Hochzeitslied. Es ist sehr verwirrend, dass die Dinge nie so sind, wie sie zunächst aussehen.

»Ich habe im Zug einmal eine Frau getroffen«, sagt Jakob. »In Norwegen. Sie war vielleicht fünf Jahre älter als ich. Es war Nachmittag, fast schon Abend, und wir saßen zusammen im Dämmerlicht, es waren nur wenige Leute im Waggon, und sie fragte mich plötzlich, was ich denn lese. Es war die Autobiografie *Mein Leben* von Chagall.«

»Natürlich«, murmele ich.

»Wir begannen uns zu unterhalten, sie war über Chagall bestens informiert, hatte zu Hause im Flur ein paar Poster von ihm hängen, und dann redeten wir und redeten und redeten, und während wir dort saßen und redeten, fing sie plötzlich an, von ihrem Leben zu erzählen und von ihrem Lover, mit dem es aus war, und von der Tochter, die sie hinterher bekommen hatte, von der er nicht einmal etwas wusste, die jetzt bei der Oma war, die es eigentlich nervig fand, auf das Mädchen aufpassen zu müssen, und ja, Sachen, über die man sich mit Leuten normalerweise nicht unterhält, wenn man sie nicht so gut kennt. Eine Art aufgemotzte Freundschaft, plötzlich waren wir dort, wohin man sonst erst nach Jahren kommt. Es war nicht so, dass wir uns berührt hätten, wir haben bloß über alles geredet. Vor allem sie. Die Stunden vergingen wie im Flug, wie man so schön sagt. Und dann waren wir am Ziel. Oslo Hauptbahnhof. Wir mussten aussteigen. Wir bedankten uns für die gegenseitige Gesellschaft, es sei so nett gewesen und so weiter. Ich hatte danach ziemlich viel Zeit, ging in die Bahnhofshalle und kaufte mir eine Platte, setzte mich in ein Café, um einen Cappuccino zu trinken. Und jetzt kommt das Üble. Sie saß ebenfalls da. Schon wieder. Zufällig. Und trank einen Cappuccino. Sie hatte vielleicht auch viel Zeit. Und plötzlich war alles ganz verkehrt. Wir fanden es beide schrecklich peinlich, lächelten uns kaum zu. Dann stand sie schnell auf und ging, ohne ein weiteres Wort, sie hatte nicht einmal ihren Kaffee ausgetrunken.«

Ich warte darauf, dass Jakob weiterredet, aber es kommt nichts mehr.

»Komische Geschichte«, sage ich, noch immer mit herabgekühlter Stimme. Im selben Moment knistert es im Lautsprecher, sie kündigen eine Station an, deren Namen ich noch nie gehört habe. Ich beschließe, nie, nie Chagall-Poster in den Flur zu hängen. In den nächsten zwei Stunden werde ich vorgeben zu schlafen. Bis wir in irgendeinen Bahnhof einfahren.

Sugar in the Morning. Ich bin total in Kussstimmung und nicht besonders hungrig, aber wir frühstücken noch einmal in einem kleinen Café, zwei Croissants und Kaffee. Ich habe immer Brot mit geräucherter Lammwurst und norwegischer Leberpastete zum Frühstück gebraucht. Aber so allmählich fange ich tatsächlich an, am Morgen süße, klebrige Sachen zu mögen. Jakob ist ein verzärtelter Junge. Auch wenn er jetzt richtig inhaliert, trinkt er nur Kaffee mit Milch. Ich bestelle einen puren Espresso. Viele Amateur-Mädels in meinem Alter versuchen, einen auf cool zu machen, im Café zu sitzen und Caffè Latte zu trinken, aber purer Espresso ist das eigentlich Wahre.

Ich friere in der Morgenluft, sie ist klar und rein.

»Um zehn nach zehn geht ein Zug nach Bordeaux«, sagt Jakob und zündet sich eine Zigarette an. »Dort hängt Rembrandt. Aber du willst jetzt sofort nach Paris?«

Ich gebe keine Antwort. Weil ich wirklich nicht weiß, was ich dazu sagen soll.

Ein Typ mit schlanken Fingern sitzt nicht weit von uns entfernt. Drei oder vier Personen stehen um ihn herum und sehen ihm zu. Er sieht zerbrechlich aus, hat aber durchdringende Picasso-Augen. Auf einer kleinen Kiste vor sich hat er drei gleiche Tassen platziert, sie stehen auf dem Kopf. Man kann nicht durch sie hindurchsehen. Die Leute sollen nämlich raten, unter welcher Tasse er eine Münze versteckt hat. Er zeigt zuerst, unter welche Tasse er die Münze legt, bevor er die Tassen neu ordnet, sie hin- und herschiebt, hin und her, ohne sie hochzuheben, und wenn er fertig ist, stehen die Tassen in einer Reihe, und die Leute dürfen raten.

Was Jakob jetzt wohl denkt?

Ich bin ganz sicher, dass meine Augen den schlanken Fingern folgen, die die Tasse mit der Münze darunter verschieben, und eine Frau mit rotem Rollkoffer tippt auf dieselbe Tasse wie ich. Aber nein, keiner errät, unter welcher Tasse die Münze ist, sie befindet sich immer unter einer anderen Tasse. Auch wenn sich die Zuschauer für eine andere Tasse entscheiden, ist die Münze nicht dort. Wie kann er uns nur jedes Mal wieder von Neuem an der Nase herumführen?

»Diese Tricks sind alle ganz simpel, wenn man sie einmal begriffen hat, aber davor ist es zum Mäusemelken«, sage ich.

»Es ist total frustrierend, dass mein Gehirn einen Kurzschluss hat«, sagt Jakob.

»Ja, genau wie bei der Liebe«, sage ich. »Man glaubt, sie ist da, und dann ist sie plötzlich weg. Vielleicht sind Herzschläge wahrscheinlicher als Kurzschlüsse im Gehirn.«

»Interessierst du dich eigentlich nur für die Liebe und das Verliebtsein?«, fragt Jakob. »Oder hast du auch noch ein Leben außerhalb davon?«

»Nein, grob gesehen interessiere ich mich nur für die Liebe«, sage ich. »Habe wenige Hobbys. Ähnlich wie du und die Kunst. Schlimmer noch: Ich interessiere mich für die traurige Liebe, die nicht richtig funktioniert. Ich war einmal auf einer Hochzeit, von Tante Jorunn«, sage ich, während ich Zucker in meinen Kaffee versenke, in eine kleine hübsche Espressotasse mit einer Palme darauf. »Der Bräutigam, Onkel Osvald, schaffte es, seine Rede mit den Worten *Liebe Ingrid* zu beginnen, so hieß seine frühere Geliebte. Er wurde natürlich rot wie ein frisch gekochter Hummer, aber es war gar nicht so schlimm, denn alle lachten, auch Tante Jorunn. Es war nicht weiter tragisch, alle wussten, dass er nur nervös war, Irren ist menschlich, auch am eigenen Hochzeitstag. Die Stimmung am Tisch wurde dadurch sogar besser, alle waren entspannter, auch der Bräutigam. Dann hielt er eine wunderschöne Rede. Für Jorunn. Als er aber ein zweites Mal, am Ende der Rede, *Ingrid* sagte statt Jorunn, wurden doch ziemlich viele Gäste stutzig«, sage ich und leere meinen Espresso in einem Zug.

»Ich bin nicht mit Ida zusammen. Nicht … richtig. Und es ist auch nicht sehr neutral, dass ich dich geküsst habe«, sagt Jakob. »Und dir den Rücken gestreichelt …«

»Ja«, sage ich. Und hoffe, dass er daraus Schlussfolgerungen zieht.

»Gibt's noch mehr dazu zu sagen?«

»Schieben wir es einfach darauf, dass wir noch so jung sind«, sage ich.

»Ich weiß nicht«, sagt Jakob. »Ich weiß nicht, ob das so schlau ist …«

Pünktchen, Pünktchen, Pünktchen … Die Pünktchenkrankheit.

Und ein schwarzer Gedanke lässt sich in meinem Kopf nieder – vielleicht fällt es Jakob schwer sich zu entscheiden. Wie Papa.

»Ich kenne zwei, die ungefähr dieselbe Beziehung haben wie wir. *Er* ist ein absoluter Freak, der nicht das Gefühl hat, genug gewürdigt zu werden, und der ein großes Geheimnis in sich trägt, das er niemandem verraten kann, nämlich dass er Dinge beherrscht, die er eigentlich niemandem zeigen kann oder will.«

»Schon wieder eine Minute der Wahrheit. Und was gibt es über das Mädchen zu sagen?«

»Das Mädchen ist etwas instabil, weiß nicht so recht, was sie im Leben will, schwebt einfach nur, vielleicht will sie Künstlerin werden oder Schauspielerin, aber sie wartet und wartet, vor allem auf, tja, du weißt schon, die Liebe … ja, du kannst dir denken, von wem ich rede?«

»Nein«, sagt Jakob. Aber ich sehe, dass er lügt.

»Mary Jane und Spiderman«, sage ich. »Ihr erster berühmter Kuss hat keinen Unterschied gemacht. Sie kamen nicht zusammen, sie durfte seine Maske nur halb herunterziehen und ihn küssen. Einmal.«

»Und der zweite?«, fragt Jakob.

»Den habe ich nicht gesehen. Aber es lief wohl ziemlich aufs Gleiche hinaus. Meine Entscheidung ist gefallen. Ich kann nicht hier sein, wenn Ida kommt. Ich kann weder mit nach Bordeaux kommen noch nach Madrid. Es geht bestimmt auch ein Zug nach Norden, nach Paris. Ich fahre jetzt nach Hause. Das ist sicher das Beste, was ich tun kann.«

Ich tippe, dass sich die Münze unter der mittleren Tasse befindet, liege aber wieder falsch.

Jakob starrt nur in die Luft. Zündet sich eine Zigarette an. Schweigt er vor lauter Freude, dass er mich los ist? Schweigt er aus Trauer, weil Frida Riis, das Mädchen in seinem Leben, dabei ist, aus diesem zu verschwinden? Letzteres wohl kaum.

»Ich spüre Stiche in meinen Augen. Ich bin nicht sicher, ob die Medikamente anschlagen.«

»Du solltest hier zum Arzt gehen.«

»Das will ich nicht.«

»Warum nicht?«

»Weil ich total Schiss habe. Und außerdem bin ich ja bald zu Hause, nur ein paar Tage noch.«

Ich gebe es auf, dem Tassenmann auf die Schliche zu kommen.

»Aber es würde helfen, du bräuchtest dann nicht nachts wach zu liegen. Und wenn es etwas sehr Ernstes ist, können sie dir hier auch helfen. Sie kümmern sich bestimmt besonders gut um junge Menschen.«

Ich bringe es nicht über mich zu sagen, dass ich die nächsten Nächte ganz bestimmt wach liegen werde.

»Nein. Und ich will jetzt nicht mehr darüber reden. Reden wir über was anderes. Zum Beispiel über eine Sache, die mir eingefallen ist: Gab es Künstler, die einfach nur glücklich waren, die nicht arm waren, sich missverstanden fühlten oder mit dem Gedanken spielten, sich das Leben zu nehmen?«

»Tja, nein, einfach nur glücklich, keine Ahnung. Wohl nur wenige wie … Goya, vielleicht, als er seine hellen Bilder gemalt hat. Doch dann kamen die schwarzen Bilder. Oder Rembrandt, zu dem wir jetzt unterwegs sind, unterwegs *waren*. Er war reich und mit Saskia, seiner ersten Geliebten, glücklich. Bis sie starb. Viele glauben, dass er seine Tage als gescheiterter Star beendet hat oder zumindest als relativ armer. Aber seine Bilder wurden inniger und besser denn je.«

»Tja, ich hatte schon so den Verdacht, dass im Tunnel des Lebens nicht nur Glück und eitel Sonnenschein herrschen. *Pain* also. Das ist es.«

»Ich bereue schon, dass ich das gesagt habe. *Schmerz*. Hört sich doof an.«

»Für mich ist das völlig okay, ich glaube, das verstehe ich. Das Leben ist oft ein *pain in the ass*, und wenn die Kunst das nicht zeigt, wird sie zur Lüge«, sage ich. Und fühle mich ein paar Sekunden lang wunderbar klug.

»Frida?«

»Ja.«

»Ich komme mit. Nach Norden. Nach Paris. Und so. Wenn es für dich okay ist.«

Ein stummer Zug ruckel-rattert durch meinen Körper. Und ich höre, wie ich das Gegenteil von dem sage, was ich will:

»Okay«, sage ich und höre, wie meine Gasluftballon-Stimme wieder da ist. »Aber ich muss dich warnen – Paris ist eigentlich die hyperromantischste Stadt der Welt, romantischer als Venedig und San Gimignano. In romantischen amerikanischen Komödien fahren sie fast immer nach Paris«, sage ich. »Ich glaube, ich habe es schon erwähnt.«

»Ich habe in meinem Leben vielleicht nicht genug amerikanische Komödien gesehen«, sagt Jakob.

Bevor unser Zug geht, springe ich in eine Apotheke gleich neben dem Bahnhof. Ich kaufe etwas Salzwasser, um mir damit die Augen zu spülen, und ein Päckchen Kondome.

OSTERSONNTAG, 27. MÄRZ

Schon von der kurzen Taxifahrt ist mir speiübel. Ich versuche, die Panik auf Abstand zu halten. Aber die Wahrheit ist, dass ich es nicht länger schaffe. Etwas großes Schwarzes, das ich nicht sehen kann, wartet nur darauf, mich zu verschlingen. Davor habe ich Angst, seit ich als Kind davon gehört habe. Das Schwarze Loch, aus dem nicht einmal mehr Licht entweicht. Ich hatte nur nicht geglaubt, dass es mich einmal packen würde. Meinem linken Auge geht es am schlechtesten.

Neuer Zug, neues Abteil. Es ist ein Segen, dass nicht mehr Menschen verreisen, man sollte nur außerhalb der Saison auf Interrailtour gehen.

»Auch wenn wir nicht nach Bordeaux fahren, würde ich deinen Vortrag gern hören«, sage ich. »Ich will glücklich mit Kunstgeschichte abgefüllt sein, bevor ich nach Hause fahre. Und du musst den Rest im Schnelldurchlauf nehmen. Warum ist Rembrandt so ein angesehener Kerl?«

»Du lässt nicht locker«, sagt Jakob. »Dafür gibt es viele gute offizielle kunsthistorische Gründe. Ich persönlich finde aber, dass er zu denen gehört, die sich am meisten für die Bibel interessiert haben. Und er hatte einen Affen als Schmusetier. Aber er ist vor allem auch einer meiner Halleluja-Maler.«

Jakob zieht das Rembrandt-Bild aus seiner Mappe. Ich bin auf jedes neue Bild jetzt viel neugieriger, als ich es am Anfang war.

»Das hier stammt aus demselben Jahr, in dem Velázquez sein Kreuzigungsbild gemalt hat.«

Das Bild ist so einfach, wie es einfacher nicht sein kann. Jesus am Kreuz, der Hintergrund schwarz. Es ist ein reines Bild, hell und dunkel, schwarz und weiß, ähnelt in vielerlei Hinsicht dem von Velázquez, außer dass es keine Ruhe ausstrahlt, Gottes Sohn wirkt ganz verängstigt.

»Viele Maler haben Jesus gemalt, als er *Mein Gott, mein Gott, warum hast du mich verlassen?* ruft«, sagt Jakob. »El Greco, um nur einen zu nennen.«

»Komisch, dass er das ruft«, sage ich.

→ **Siehe Abbildung 19 im Bildteil**

»Das Grauenvollste, was ein Mensch rufen kann. Jesus war ein Mensch und Gott zugleich. Diese Spannung hat viele Künstler beschäftigt, gut möglich, dass es deshalb so viele Bilder von diesem Motiv gibt. Es gab auch Zeiten, in denen man bei Rembrandt viele Farben, Gold und alles Mögliche findet, aber nicht in diesem Bild«, sagt Jakob. »Jesus sieht nicht gerade sehr erhaben aus, er ähnelt sogar einem Typen, den ich kenne und der in einem Plattenladen arbeitet. Ich finde, dass keiner bessere Porträts malt als Rembrandt, sein Blick auf die Leute ist, ja, sorry, ich muss auf das Klischee zurückgreifen, so *lebendig*. Er malt fast brutal direkt, oft gleich auf die Leinwand, ohne erst viele sorgfältige Skizzen zu machen, ein paar angedeutete Striche, und schon geht's los. Es ist dieselbe Energie, dieselbe Größe in diesem Motiv wie bei Tintoretto und Grünewald und, weit, weit zurückliegend, bei Giotto. Hier zählen Licht und Dunkelheit, die Welt ist in dem Moment, wo sein ganzer Körper ein einziger Schrei zu Gott ist, einfach nur schwarz. Das hier ist vielleicht der wichtigste und unbegreiflichste Moment in der ganzen Bibel. Gottes Sohn wird am Kreuz geopfert und fragt seinen Vater, warum der ihn verlassen hat. Das verstehe ich nicht«, sagt Jakob. »Und ich glaube auch nicht, dass ich es jemals verstehen werde. Auch kein anderer Mensch, nicht einmal der Papst in Rom. Es ist das Geheimnis des Christentums, so rein, nackt und gnadenlos, wie ein Mensch es nur darstellen kann. Rembrandt zeigt mir das Unbegreifliche. Und du siehst, er hat das Kreuz ganz klein gemalt, gerade groß genug, damit es als effektives Hinrichtungsmittel durchgehen kann. Alles ist dunkel. Nur Jesus leuchtet. Vielleicht hatte Rembrandt ganz konkret, physisch, Jesu Worte im Sinn, er sei das *Licht der Welt*?«

Ich hole meine Tropfen heraus und träufele etwas davon in meine Augen.

Ich weiß auch nicht, was ich glauben soll. Ich kann sehen,

dass Jesus auf dem Bild ziemlich kurze Beine hat, aber ich fürchte, es wäre schrecklich verkehrt, das jetzt zu sagen.

»Was hast du heute Nacht in der Bibel gelesen?«

Jakob kratzt sich an der Nase.

»Heute ist Karfreitag, da gehe ich sonst immer in die Kirche. Ich habe die Passionsgeschichte gelesen. Jesus am Kreuz, um es kurz und präzise zu sagen. Was wir in San Gimignano gesehen haben.«

»Das hättest du mir doch sagen können. Komm, steigen wir aus und suchen uns eine Kirche!«

Jakob fasst sich ans Ohr, seine Hände wissen nicht recht, wohin mit sich.

»Trotz Bibel bin ich nicht so fromm, wie du glaubst.«

»Aber ich würde gern in die Kirche gehen«, sage ich. »Willst du mitkommen? Oder ist es zu spät?«

»Die katholische Karfreitagsmesse beginnt um drei Uhr nachmittags.«

»Dann gibt es nichts mehr zu überlegen. Es geht immer ein Zug. Komm«, sage ich. »Wir steigen hier aus. Wir sind in Frankreich, da muss es eine Kirche geben.«

Wir steigen am nächsten Bahnhof aus, es ist eine größere Stadt, Besançon. Nie gehört, aber es gibt hier bestimmt eine Kirche.

Tatsächlich. Wir finden eine kleine Kirche, nicht weit vom Bahnhof entfernt. Es ist halb drei. Wir gehen hinein in die Dunkelheit, setzen uns in die letzte Bank und warten. Ich sitze ganz dicht neben Jakob. Es ist so – ich weiß nicht – schön. Mir ist kalt. Er legt den Arm um mich. Reibt mich leicht.

In der Kirche ist es dunkel. Und leer. Der Altar vorne ist ganz nackt, ohne Kerzenständer, Tischdecke, Kreuz oder sonst was. Mit der Zeit kommen ein paar Leute, aber nicht sehr viele. Wenn dieser Tag so wichtig für die Kirche ist, warum kommen dann nicht mehr?

Der Gottesdienst besteht im Großen und Ganzen aus drei Männern, die etwas vorlesen, sie haben verschiedene Rollen. Jakob schlägt die Bibel auf, damit wir beide hineinschauen können. Wir können tatsächlich mitlesen. Sie lesen die ganze Passionsgeschichte Jesu, die mir Jakob in San Gimignano erzählt hat. Ich spüre ein Kribbeln im Bauch. Ich sitze ganz dicht neben ihm.

Ich kriege nicht alles mit, was passiert. Zuerst beten sie, anschließend kommen zwei mit brennenden Kerzen und einem Kreuz, das sie zum Altar tragen. Das Kreuz ist mit einem lila Tuch bedeckt. Der Pfarrer nimmt den oberen Teil des Tuches ab und singt etwas. Dann beten sie wieder, anschließend deckt er den rechten Arm des Kreuzes ab, betet, nimmt dann den Rest ab, trägt das Tuch ein Stück weg und legt es ab, die beiden anderen stellen ihre Kerzen zu beiden Seiten auf. Dann bücken sie sich und küssen das Kreuz.

Das habe ich noch nie gesehen. Und alle in der Kirche gehen der Reihe nach vor. Sie knien ebenfalls nieder und küssen das Kreuz. Merkwürdig. Es ist so friedlich. So natürlich. So heilig. Ich fühle mich etwas verloren. Würde es ihnen gern gleichtun. Traue mich aber nicht. Kann nicht. Ich könnte abgewiesen werden, ich bin ja nicht katholisch, habe keine Ahnung von den Regeln.

Wir bleiben beide sitzen und schauen zu. Ich warte darauf, dass Jakob aufsteht, aber er tut es nicht, ich weiß nicht, ob er es lässt, weil ich dabei bin. Ich fürchte, dass es so ist. Schließlich tragen sie das Kreuz zum Altar. Wir sitzen in der letzten Bank und sehen zu. Das Lied. Die Gebete. Das Abendmahl. Am Ende gehen alle schweigend hinaus. Es wäre für Jakob vermutlich besser gewesen, wenn er Ida dabei gehabt hätte.

Auf dem Rückweg zum Bahnhof habe ich trotzdem ein feierliches Gefühl im Körper. Fühle mich auf merkwürdige Weise glücklich.

Es hilft auch, dass Jakob den Arm um mich gelegt hat. Vielleicht nur für achtundzwanzig Sekunden, aber trotzdem.

»Du musst mir noch den Rest erzählen. Ich bin auf dem Weg nach Hause. Was geschah mit Jesus, nachdem er getauft war?«

»Ich kann zu allen Zeiten und Unzeiten etwas über Kunst erzählen. Aber ich bin kein Freak, wenn es um Gott geht. Hast du denn nichts von deiner Oma gelernt? Du hast doch eine Mutter, die in eine Freikirche geht.«

»Ich brauche jetzt trotzdem eine Zusammenfassung. Bitte«, sage ich.

»Er hatte eine Truppe von zwölf Männern um sich versammelt, ein paar, die er schon kannte, und ein paar neue.«

»Die zwölf Jünger?«

»Ja. Es ist mir ein völliges Rätsel, wie er sie dazu bewegen konnte, ihn zu begleiten. Er hat einfach nur gesagt: *Folge mir!* Und sie taten es. Ließen Netze und Fischerboote zurück und Mütter und Väter, ließen die Toten die Toten begraben, nahmen ihren Stock in die Hand, zogen Sandalen an die Füße und kamen mit ihm. Zu Fuß. Er muss eine enorme Ausstrahlung gehabt haben. Er versprach ihnen, dass sie alles bekämen, wenn sie bereit wären, alles aufzugeben. Dann … es gibt viel zu erzählen. Einer der Evangelisten sagt, wenn alles, was Jesus getan und gesagt hat, aufgeschrieben würde, würde es nicht in allen Büchern der Welt Platz finden.«

»Dann verwandelte er Wasser in Wein? Und all das andere, was in den Büchern steht. Suchte nach Schafen und heilte die Aussätzigen und vergab der Prostituierten. Und all das, wofür kein Platz in den Büchern ist?«

»Ja. Kurzum: Er zeigte der Welt drei Jahre lang, was es bedeutet, dass Gott sie liebt. Er zog durch die Gegend und erzählte von Gott, tat Gutes, half Kranken, erweckte die Toten zum Leben, erzählte Geschichten von Gott, Geschichten vom verlorenen Sohn, vom barmherzigen Samariter, vom Schaf, das sich verirrt hat. Du kennst die Geschichten bestimmt?«

Jakob hat immer noch den Arm um mich gelegt.

»Einige. Nicht so gut, wie man meinen könnte, wenn man eine Oma in einer christlichen Buchhandlung hat. Es macht mich total fertig, dass du in der Bibel liest, während ich beim Patiencen-Legen schummele und mir nicht einmal darüber im Klaren bin, dass Karfreitag ist.«

»Ja, ja«, murmelt Jakob.

»Haben die Leute daran geglaubt, dass er der Messias ist?«

»Manche schon. Er selbst hat es nur dem engsten Kreis erzählt, kurz vor seinem Tod. Sie haben daran geglaubt und es sofort wieder vergessen, nachdem er gefangen genommen worden war.«

»Du hast mir von Ostern erzählt«, sage ich. »Würdest du mir auch von Bartimäus erzählen?«

»Kennst du die Geschichte?«

»Erzähl!«

Jakob sieht mich an. Ich beiße mir auf die Lippen. Ich habe so große Lust auf eine weitere Umarmung von ihm. So große. Das habe ich.

Aber Jakob kratzt sich nur an der Nase.

»Jesus und seine Jünger hielten sich in der uralten Stadt Jericho auf, eine große Volksmenge hatte sich versammelt. Helle Aufregung. Der berühmte Mann sollte kommen. Der blinde Bartimäus saß am Wegrand und hörte es. Er wusste, wer Jesus von Nazareth war, denn er rief laut: ›Jesus, du Sohn Davids, erbarm dich meiner!‹ Viele fuhren ihn an, forderten ihn auf, still zu sein. Aber Bartimäus rief nur noch lauter: ›Du Sohn Davids, erbarm dich meiner!‹ Jesus blieb stehen und forderte ihn auf, zu ihm zu kommen. Da riefen die Leute Bartimäus zu, er solle aufstehen. Bartimäus sprang auf, warf seinen Mantel ab und ging zu Jesus. Der fragte: ›Was soll ich für dich tun?‹ ›Rabbi, gib mir mein Augenlicht wieder!‹ ›Gehe hin‹, sagte Jesus, ›dein Glaube hat dich gerettet!‹ Da konnte er wieder sehen und folgte Jesus nach.«

Jakob sieht etwas verlegen aus, vielleicht hat er einen peinlichen Flashback zu der Zeit, als er diese Geschichte im Kindergottesdienst erzählt und dafür den Overhead benutzt hat.

»Ja, genau so war es«, sage ich. »Ich habe von Oma ein Kinderbuch bekommen, mit einem Bild von Bartimäus, wie er schreit. Sogar Papa hat das Buch gefallen.«

»Vielleicht ist es von Kees de Kort.«

»Willst du mich veräppeln? Weiß du auch noch, wer welche Kinderbücher illustriert?«

»Nein. Nur ein paar. Ich glaube, wir hatten das Buch auch zu Hause. Er zeichnet sehr gut. Aber ich kann mich auch irren.«

»Das tust du bestimmt nicht.«

Jakob drückt mich etwas fester.

Wenn uns jetzt jemand sehen würde, würde er uns für ein Pärchen halten.

Nachtzug. Ich fordere den Zug auf, die Klappe zu halten, aber er singt aus vollem Halse weiter: *Jakob kommt mit nach Paris, Jakob kommt mit nach Paris, Jakob kommt mit nach Paris.*

Ich weiß nicht, was es bedeutet, wenn er sagt *Ich bin nicht mit Ida zusammen. Nicht … richtig.* Ich weiß nicht, ob ich darüber nachdenken will. Nicht jetzt. Jetzt will ich nicht nachdenken, sondern die Schmetterlinge in meinem Bauch frei flattern lassen.

Jakob sagt nicht sehr viel, ist wieder in seine Bücher eingetaucht. Ich blättere in meinem Picasso-Buch.

»Wir waren einmal in Spanien«, sage ich. »Vielleicht war es in Madrid. Oder in Sevilla. Keine Ahnung. Papa wollte zu einer berühmten Stierkampfarena und sich das Museum mit den Stierköpfen an der Wand ansehen, aber woran *ich* mich noch erinnere, ist, dass dort eine kleine Kapelle stand, mit Altar und allem, was dazugehört. Dorthin gingen die Stierkämpfer, um zu Gott zu beten, bevor sie in die Arena mussten, sich dem Stier stellen. Daneben befand sich ein kleines Krankenhaus mit OP-Zimmer und allerhand modernen Geräten, die man brauchte, um das Leben eines Stierkämpfers zu retten, wenn er verwundet worden war. Es war ganz still, keine Leute, ein gewöhnlicher Montag, glaube ich. Weder in die Kapelle noch in das OP-Zimmer durfte man hinein, ich weiß noch, dass Papa mich hochgehoben hat, zu einem kleinen Fenster, durch das man ins OP-Zimmer schauen konnte, auf das weiße Bett, das bereit stand, die Apparate mit ihren Schläuchen. Es hat mich genauso beeindruckt wie die Kapelle. Es war irgendwie so wirklich, ich weiß nicht, ob du verstehst, was ich meine. Weiß es nicht einmal selbst.«

»Doch. Ich verstehe.«

Es ist lange still.

»Beim Stierkampf gibt es übrigens etwas, das man den *Augenblick der Wahrheit* nennt«, sagt Jakob, »ich glaube, von dort kommt der Ausdruck her. Es ist nie so richtig passend, danach zu fragen, aber ich muss es trotzdem tun.«

»Ja?«

»Hast du einen Freund?«

Warum hat er bisher nicht gefragt? *Der Augenblick der Wahrheit. Hast du einen Freund?* Hört sich etwas verrückt an. *Hast du einen Hund?* Mir geht auf, dass ich zu keinem Zeitpunkt daran gedacht habe, dass er das denken könnte.

»Nein«, sage ich, schlage das Buch zu und lege es neben mir auf den Sitz, studiere Picassos Augen auf dem Umschlag. Menschen sollen sich wegen dieser Augen umgebracht haben. Dora Maar ist anscheinend völlig verarmt gestorben, inmitten von Bildern, die sie von Picasso bekommen hatte und partout nicht verkaufen wollte. Er hat ihr in Antibes sogar ein Haus gekauft, das er mit nur einem einzigen Bild bezahlt hat. Marie-Thérèse Walter hat sich in einer Garage in Juan-les-Pins erhängt. Die letzte Frau in seinem Leben hat sich eine Kugel in den Kopf gejagt. Sein Enkel, Pablito Picasso, trank am Tag der Beerdigung seines Großvaters ein Bleichmittel und starb später an den Folgen. Ich weiß nicht genau, was ein Bleichmittel ist, aber es war anscheinend nicht sehr gesund.

»Ich habe keinen Freund. Hatte eigentlich noch nie einen Freund. Nur ein bisschen Rumgeknutsche hier und da.«

»Okay«, sagt Jakob und nimmt sein Buch wieder auf, ich reiße mich los von Picassos Blick.

Ein bisschen Rumgeknutsche hier und da. Die Wahrheit ist wohl eher, dass es etwas sehr wenig Rumgeknutsche war. Ich warte darauf, dass Jakob noch etwas sagt oder fragt.

Was er nicht tut.

Ich ziehe die Vorhänge zu, diese hier sind hell, oder waren es einmal, vermutlich sind sie nur in italienischen Zügen senfgelb. Ich ahne, dass die Liebe, die ich empfinde, eine ziemlich egoistische Sache ist. Let's face it: Ich sehe vielleicht ganz nett aus, aber ich bin kein frommes Mädchen. Wenn ich gerade alles gebe, um mir Jakob zu angeln, weiß ich, dass ich es schaffen könnte. Und es hörte sich nicht so an, als wüsste Ida, wer Grünewald ist. Ich pfeife auf Ida. Will Jakob ganz für mich haben. Hatte ziemlich Bammel davor, christlich zu sein. Das ist bestimmt der Grund, warum es so wenige sein wollen. Und was das Schlimmste ist: Aus irgendeinem Grund bin ich der Meinung, dass sie ihn nicht einmal verdient.

»Magst du Katzen lieber oder Hunde?«, frage ich und setze mich. Ich muss etwas ruhigere Themen anschneiden.

»Katzen, ganz klar«, sagt Jakob mit der Nase im Buch.

»Ich habe einmal etwas über Kunst gelesen. Wenn du ein berühmtes Bild hättest, zum Beispiel von Picasso, und eine Katze, und dein Haus würde brennen, und du könntest nur eins von beiden retten, das Bild oder die Katze, wofür würdest du dich entscheiden?«

Jakob legt das Buch aufgeschlagen mit dem Buckrücken nach oben auf den Tisch und sieht mich an. Wenn er sagt, die Katze, weiß ich nicht, ob ich ihm glaube.

»Die Katze«, sagt Jakob. »Ich weiß nicht, warum, aber aus irgendeinem Grund erinnert mich das hier an die Frage, ob ich mit einem Mädchen schlafen könnte, nur weil sie schön ist. Und du?«, fragt er. »Wofür würdest du dich entscheiden?«

»Ich habe noch nicht so viel darüber nachgedacht. Aber ich bin ganz sicher, dass du dich für die Katze entscheiden würdest«, sage ich. »Da siehst du's, wir reden schon wieder über Kunst. Was kommt denn nach Rembrandt?«

»Rembrandt ist Barockmaler, und nach ihm kam das Rokoko, das ich mit schlechtem Gewissen leichten Herzens überspringe, weil ich keine wichtigen Kreuzigungsmotive gefunden habe«, sagt Jakob und sieht überglücklich aus, dass er über etwas anderes reden kann als Spiderman und Mary Jane, Katzen und Picasso oder Typen, die ich nicht hatte.

»Etwas musst du darüber sagen.«

»Viele sehen im Rokoko vor allem eine Periode der Verzierung und der Dekoration, trotzdem lässt sich viel Interessantes dazu sagen. Im Rokoko wurden intime Privaträume geschaffen, wo das Interieur und alles immer wunderbar zusammenpasste.«

»Hört sich an, als wäre das die Zeit, in der alle Hochglanzfrauenzeitschriften und Interieurmagazine auftauchten.«

»Daran habe ich noch nie gedacht. Aber Gefühle galten nicht als zweitrangig, unzivilisiert und unkulturell. In dieser Zeit wurden sehr wenige Kreuzigungsszenen gemalt. Es ist interessant, dass es lange Perioden gab, in denen Jesus am Kreuz überhaupt nicht vorkam. Warum Jesus immer wieder auftaucht, ist Teil meines Projekts, ich traue mich nur nicht, zu konkrete Schlussfolgerungen zu ziehen. Aber es sieht so aus, als wäre die Bibel in den Perioden verschwunden, in denen das Physische, Äußere und Materielle in der Kunst im Fokus stand.«

»Wann taucht er wieder auf?«

Jakob greift nach seiner Mappe und zieht ein Bild heraus, auf dem Jesus fast noch lebendig aussieht, muskulös und stark.

»1782. Gemalt von einem, der in Rom war und die Kunst der Antike studiert hat, genau wie die Renaissancekünstler und andere vor ihm. Im Grunde sind seine Bilder eine Mischung aus Altem und Klassischem sowie äußerst Realistischem. Dieses Bild wurde im sogenannten Klassizismus gemalt, und der damalige Guru war der große Maler der Revolution, Jacques-Louis David«, sagt Jakob.

»Der Französischen Revolution?«, frage ich.

»Ja. Das Bild entstand ein paar Jahre, bevor die Französische Revolution so richtig losbrach. David war unter anderem mit dem Revolutionsführer Robespierre befreundet.«

»Dem Chef der Chefs während der Revolution«, sage ich. »Darüber habe ich schon eine Menge gehört, Tante Iselin ist Expertin auf diesem Gebiet. Ansonsten ist sie eher eine Katastrophe. Dieser David war während der Revolution also so etwas wie der Chefmaler der Maler?«

»Er war im Grunde ein Diktator. Jacques-Louis David ließ die Kunstakademie schließen, entwarf Revolutionsdenkmäler und malte die Märtyrer.«

Ich betrachte mir das Bild noch einmal. Ja. Jesus ist ein großer revolutionärer Held, er ist noch gar nicht tot und sieht im Gegensatz zu Rembrandts Jesus nicht besonders verängstigt aus. Er ist vermutlich der muskulöseste Jesus, den ich je gesehen habe. Es mag etwas spekulativ klingen, aber es sieht so aus, als wollte er vom Kreuz herabsteigen und weiterkämpfen. Und im Hintergrund sieht man etwas, das an eine französische Stadt erinnert, es ist jedenfalls kaum Jerusalem.

»Irgendwie ist es etwas, ich weiß nicht, heftig?«

»Die klassizistischen Maler waren möglicherweise etwas eitel. Damals wurde in Italien gerade die alte römische, bei einem Vulkanausbruch verschüttete Stadt Pompeji ausgegraben, und schon waren alte Sachen wieder in. Prächtige Dinge. David stand sehr unter dem Einfluss der Antike, er verehrte Renaissancehelden wie Raffael und später Poussin und Rubens und bewunderte griechische Vasen aus uralten Zeiten. David sah in Robespierre und anderen Revolutionären gewissermaßen Helden des Altertums. Und viele haben auch in Jesus einen Revolutionär gesehen, zu Jesu Lebzeiten und noch heute. In vielen lateinamerikanischen Ländern ist Jesus größer als Fidel Castro oder Che Guevara. Der Apostel Paulus sagt, egal, welche Vorstellung jemand von Jesu Leben und Tod und Auferstehung hat, die Wahrheit des Evangeliums wird durchscheinen. Anyway, Robespierre wurde einen Kopf kürzer gemacht, David saß mehrmals im Gefängnis, bevor er der offizielle Maler von Napoleon wurde und unter anderem dessen Krönung malte. Doch nach Napoleons Gefangennahme ging David nach Belgien und starb im Exil. Ich merke, wie ich schon wieder doziere. Dir wäre vielleicht etwas anderes lieber?«

»Wir sitzen ja jetzt einfach nur hier rum, du und ich. Und über irgendetwas müssen wir uns unterhalten.«

»Aber wieder bin ich derjenige, der am meisten redet.«

→ **Siehe Abbildung 20 im Bildteil**

»Das will ich auch so. Was kommt denn nach der Eitelkeit des Klassizismus?«

»Ich lasse hier ein paar Schleifen weg. Von dort ging es in die Romantik. Auch die Maler der Romantik nahmen ihren Ausgangspunkt in der Klassik, sie fanden aber vielleicht, dass es in der Malerei zu viele Mathegenies gab, denn mit der Industrialisierung und den Fabriken stieg sozusagen der Ingenieur-Faktor in der Welt. Dagegen begehrten die Romantiker auf.«

»Die Romantik hat also nicht nur mit der Liebe zu tun?«, frage ich. »Wie enttäuschend.«

»Die Romantik hat sehr viel mit der Liebe zu tun«, sagt Jakob. »In der Renaissance wurden Gefühle durch Gesten, Mimik und Gesichtsausdrücke dargestellt, in der Romantik hingegen hat die ganze Natur Gefühlsanwandlungen.«

Jakob zieht noch ein Bild heraus. Ein Naturbild. Mit einem gewaltigen Goldrahmen. Bei näherem Hinschauen erkenne ich darauf ein dünnes Kreuz zwischen ein paar Bäumen auf einem Berg. Mit einem kleinen Schnörkel daran, der Jesus darstellt.

»Liebe und Tod. Auf dem Bild herrscht Dämmerstimmung, die Zeit des Todes. Heftige Gefühle waren für die Romantiker genauso wichtig wie die Natur, das Gemüt des Künstlers bedeutete enorm viel, und die Romantiker malten viel Natur«, fährt Jakob fort. »Jeder Busch, jeder Strauch, jeder Stein, jeder Himmel und jedes Meer, das sie malten, war mit Gefühlen und Stimmungen aufgeladen. Der deutsche Caspar David Friedrich, der religiös aufgeladene Bilder schuf, malte zwar 1808 für den berühmten Tetschener Altar Jesus am Kreuz, aber es ist zugleich auch ein Landschaftsgemälde. Ein Kruzifix in der Natur. Und es wurde in der Kirche natürlich heftig diskutiert, ob so etwas erlaubt sein sollte. Man kann jedoch getrost sagen, dass es mit christlichen Inhalten gefüllt ist, falls jemand etwas anderes

→ **Siehe Abbildung 21 im Bildteil**

annehmen sollte. Auf dem Rahmen sind Ähren und Trauben zu sehen, christliche Symbole für Brot und Wein, zusätzlich zum Symbol der Dreifaltigkeit in der Mitte. Hier ist also alles in Ordnung. Ich glaube übrigens, dass sich Edvard Munch ein wenig bei Friedrich umgeschaut haben muss, der in etwa gesagt hat, der Maler soll nicht bloß malen, was er *vor* sich sieht, sondern auch, was er *in* sich sieht. Sieht er aber nichts in sich, so unterlasse er auch zu malen, was er vor sich sieht.«

»*Jesus bei Sonnenuntergang*«, sage ich. »Fast wie im Wald bei Bøler, dort kenne ich eine Stelle, die der hier ein wenig ähnelt.«

»Bøler?«, fragt Jakob und sieht mich an. Er scheint sich zu freuen, und mir wird ganz warm, wenn Jakob mich auf diese Weise anschaut.

»Und was entgeht mir in Madrid?«, frage ich.

»Eine ganze Menge. El Greco. Velázquez. Picasso. Ein ganzes Nachschlagewerk an Künstlern, Prado ist eins der größten und schönsten Kunstmuseen der Welt. Dort hängt unter anderem dieses Bild von Goya. Ein Chefbild«, sagt Jakob und holt ein weiteres Blatt aus seiner Mappe.

»Die Kurzversion heißt *Dritter Mai 1808*. Es wurde aber 1814 gemalt, in dem Jahr, in dem wir in Norwegen unsere Verfassung bekamen und den 17. Mai zum Nationalfeiertag machten. Du fragst dich jetzt vielleicht, wo Jesus ist?«, fragt Jakob wie ein listiger Lehrer mit Lederjacke und Käsebrot in der schäbigen Fahrradtasche.

»Nein«, sage ich. »Das frage ich mich nicht. Es ist der Typ im weißen Hemd, der in wenigen Sekunden erschossen werden soll.«

Das Bild ist gnadenlos. Es gibt keine Hoffnung darin, der Himmel über dem Mann, der in wenigen Sekunden erschossen werden soll, ist schwarz. Das einzige Licht auf dem Bild kommt

→ **Siehe Abbildung 22 im Bildteil**

von einer Lampe, die aufgestellt wurde, damit die Büttel nicht danebenschießen.

»Rein theologisch gesehen, unterscheidet es sich von den anderen Bildern in meinem Projekt, und man weiß auch nicht, wie sehr Goya dabei Jesus im Blick hatte. Aber das Bild zeigt, welchen Stellenwert Christus in unserer Welt hat, Goya wusste genau, was er tat, als er den Mann mit erhobenen Armen malte. Das Symbol für die Wahrheit, die getötet wird. Vermutlich will er damit sagen, dass das zu allen Zeiten passiert. Wir wüssten vielleicht nicht so viel über Napoleons Massaker, gäbe es Goyas Gemälde nicht, in dem viele eine konzentrierte Darstellung aller Kriege und allen Übels in der Welt sehen.«

»Das reinste Abschlachten«, sage ich. »Menschen liegen tot auf einem Haufen. Und eine ganze Gruppe wartet darauf, getötet zu werden. Alles ist hoffnungslos.«

»Und die, die töten, sind nichts als gesichtslose Robotersoldaten, die so schnell weiterschießen, dass der Pfarrer den Sterbenden nur mit Mühe die letzte Ölung geben kann – bevor er selbst erschossen wird. Es soll keine Zeugen geben, genau wie in Hitlers Konzentrationslagern. Dort gab es auch keine Pfarrer. Ich erinnere mich an eine Geschichte, die Papa gelesen hat, von einem Jungen in einem Konzentrationslager, der zusehen musste, wie Menschen gehängt wurden, und der, als ein weiterer Mann am Galgen zappelte, einen älteren Mann neben sich fragte, wo denn jetzt Gott sei. Der Mann antwortete, es sei Jesus, der dort zappele. Ich weiß nicht, ob man so etwas glauben kann. Aber vielleicht ist es das, was Goya mit dem Mann und seinen ausgestreckten Armen gemalt hat. Es erinnert ein wenig an ein Bild, das wir zu Hause haben, vielleicht das Letzte, das ich mit aufnehmen werde. Das kann ich dir später einmal zeigen.«

Ist das eine Einladung? Wird es ein *später* geben?

Jakob legt das Blatt zur Seite.

»Vielleicht hat Goya auch das Bild gemalt, um seine Haut zu retten. Eigentlich jubelte er Napoleon, dem Mann des Fortschritts zu, stellte sich gegen seine eigenen zögerlichen Landsleute, die einen Guerillakrieg anzettelten. Nachdem Napoleon scheiterte, wurde es Goya dann ziemlich heiß, und er malte dieses Bild. Alle sahen das leuchtend weiße Hemd, von dem wir wissen, dass es in wenigen Sekunden mit …«

»… rotem, spritzendem Blut getränkt sein wird«, sage ich.

Jakob und ich schauen uns an. Es ist bestimmt total daneben, aber ich fühle mich, wie schon so oft mit Jakob im Abteil, heavy und happy zugleich. So etwas habe ich mit einem Jungen noch nie erlebt.

Es wird langsam Nacht. Nachdem wir bekannte und unbekannte Städte und Bahnhöfe wie Dôle, Dijon (schon gehört! Dort stellen sie Senf her!), Beaune, Mâcon, Lyon (schon gehört!), Moulins, Nevers – nachdem wir all das hinter uns gelassen haben, nähern wir uns Paris. Ich habe es nicht auf der Karte überprüft, hege aber den Verdacht, dass Jakob einen riesigen Umweg genommen hat. Wenn ja, warum? Kann er vielleicht doch nicht so gut Karten lesen?

»War es wirklich Madrid, wo du in dieser Stierkampfarena warst?«

»Ich weiß es nicht so genau. Wir waren mit dem Auto unterwegs, fuhren von der Südküste nach Madrid, von dort ging's mit dem Flieger nach Hause. Ich war acht und erinnere mich vor allem daran, dass wir an ein paar Windmühlen vorbeikamen und Mama von einem Buch erzählt hat, in dem ein berühmter Ritter vorkommt …«

»Don Quijote«, sagt Jakob.

»Genau. Test bestanden.«

Jakob sieht mich an. Ich finde es klasse, wenn er überrumpelt aussieht.

»Ich habe nur noch vage Erinnerungen an Madrid, das Gefühl einer großen Stadt. Und dass es dort ein großes Schloss gab, aber ich habe leider weder die Königin noch die Prinzessin oder den Prinzen gesehen. Wir sind viel gelaufen. Durch einen großen Park, der aussah wie in einem englischen Film, in dem sich blasse Kinder hinter schmiedeeisernen Zäunen vor falschen, bösen Großonkeln verstecken. Ich bin nicht gut in geografischen Facts. Aber das muss in Madrid gewesen sein, was meinst du?«

»Ich war noch nie da.«

»An welchen Orten, von denen du mir erzählt hast, bist du eigentlich schon gewesen?«, frage ich.

»Ich war etwas im Süden und so, bin aber nicht sehr viel gereist. Ein paar Großstädte, London, Brüssel, Kopenhagen, aber damals war ich noch klein. Und Berlin, wo es in der Gemäldegalerie ein kleines Kreuzigungsbild von Giotto gibt. Und Málaga, der Geburtsstadt Picassos. Dort haben sie mittlerweile übrigens ein Museum eröffnet, das ich mir gern anschauen würde. Aber nach Florenz kommt fast nur noch Nizza. Dort waren wir vor vier Jahren. Ich habe meine Eltern und meine Schwester innerhalb von einer Woche in drei Kunstmuseen geschleppt. Das sagt alles.«

»Ansonsten hast du nur Unmengen von Büchern gelesen, oder?«

»Menschen wie ich reisen in Büchern.«

Ich überlege, dass ich mein Bild von Jakob wohl etwas korrigieren muss. Viele Orte, an denen wir waren, hat auch er zum ersten Mal gesehen. Beim Reisen ist er also genauso ein Amateur wie ich?

»Und ich dachte, du wärst ein großer Globetrotter.«

»Nein.«

»Paris wird bestimmt eine große Sache. Dort gibt es sicher viel Kunst und so.«

»Klar.«

»Bist du schon mal da gewesen?«

»Nein.«

Ich hätte auch akute Lust, ihn zu fragen, ob er schon einmal mit jemandem geschlafen hat, mit Ida zum Beispiel, aber die Frage passt irgendwie nicht ganz hierher.

»Glaubst du, du wirst dir in Paris einiges anschauen können?«

»Keine Ahnung.«

»Wenn du nur einen Abend im hyperromantischen Paris wärst, was würdest du dann gern sehen?«

»Das Picasso-Museum«, sage ich.

»Ja, ganz bestimmt«, sagt Jakob.

»Das ist wahr. Am allerliebsten würde ich aber auf einem Hotelbett sitzen und mich umfassend … malen lassen. Ganz lang und richtig gut. Ich muss noch etwas in der Hand haben, eine Erinnerung an dich und unsere Reise.«

Jakob versucht, cool auszusehen, meidet jedoch meinen Blick. Entweder denkt er dasselbe wie ich. Oder er findet mich einfach nur nervig verzweifelt, wie einsame Menschen es nun mal sind. Oder total bescheuert. Oder beides zusammen. Oder …

Etwas Schlaf wäre vielleicht nicht schlecht. Dann sündigt man wenigstens nicht.

SAMSTAG, 26. MÄRZ

Endlich fährt der Zug kreischend in den Gare de Lyon von Paris ein. Jakob behauptet, es wäre besser, wir kämen am Gare du Nord an, der wohl ebenfalls eine architektonische Perle ist, entworfen von einem Architekten, von dem er zufällig weiß, dass er auch Jakob heißt. Gibt es einen Ort oder ein Gebäude in Europa, über den oder das Jakob keinen Kurzvortrag halten kann? Wo findet das alles in seinem schönen Kopf nur Platz?

»Aber damit will ich dich nicht quälen«, sagt Jakob. Wir können nicht alles haben, wie meine Mutter oft sagt.

»Mama behauptet, ich würde immer alles haben wollen, am liebsten auf einen Schlag«, sage ich. »Und nicht nur in materieller Hinsicht.«

»Ich verstehe«, sagt Jakob, aber es sieht nicht so aus, als würde er verstehen.

Die Reise kommt mir unendlich lang vor. Nicht nur wegen der stechenden Augen und der Gedanken, die meinem armen Gehirn arg zusetzen. Ich habe auch schon so viele Sitzpositionen ausprobiert, dass ich eine private Yogaschule eröffnen könnte. Ohne Schlaf zu finden.

Ich nehme mir vor, das Zimmer in Paris selbst zu buchen. Das habe ich verdient.

Wir nehmen unsere Rucksäcke und verlassen den Bahnhof. Es ist frühmorgens und ganz ruhig. Ich überlege, ob ich einen Kaffee vorschlagen soll, aber zuerst brauchen wir ein Hotelzimmer. Ich laufe so schnell, dass Jakob hinter mir herspurten muss. Und entscheide mich für ein Hotel gleich neben dem Bahnhof, auf der anderen Straßenseite. Das erstbeste. Als ich mit der Frau an der Rezeption spreche, stellt sich die Frage überhaupt nicht, ob wir ein Doppelzimmer haben wollen oder nicht. Wir wollen.

Jakob hat nichts gesagt und nichts gefragt, bis ich den Schlüssel in der Hand habe.

Nachdem wir eingecheckt und unsere Pässe zurückbekommen haben, gehen wir in unser Doppelzimmer und setzen unsere Rucksäcke ab, es ist heiß und stickig, aber okay. Es gibt auch einen kleinen Balkon. Auch wenn nur eine einzige und sehr schlanke Julia darauf Platz finden würde, bekommen wir auf alle Fälle etwas frische Luft ins Zimmer. Darin steht ein großes Bett mit kühlen weißen Laken und Bettzeug. Es gibt Fensterläden, die man zumachen kann. Das Zimmer ist altmodisch und ohne Klimaanlage, aber sehr stimmungsvoll.

Jakob geht ins Bad, und ich mache seinen Rucksack auf und hole seine Mappe heraus.

»Willst du dich etwas hinlegen?«, fragt Jakob wie ein Ehemann im Rentenalter.

»Wenn ich mich jetzt hinlege, stehe ich nie mehr auf. Lass uns lieber losgehen, etwas essen. Und uns dann Paris anschauen!«

Ich bin hier zwar noch nie gewesen, denke aber, dass es genauso riecht, wie ich es mir vorgestellt habe. Worin der Geruch genau besteht, weiß ich nicht. Paris halt.

Vom Hotel bis ins eigentliche Zentrum ist es eine ganze Ecke, aber das ist okay. Jakob studiert die Karte und bugsiert mich durch die Straßen, vorbei an Cafés. Die Gegend um den Bahnhof ist genau so, wie Paris zu sein hat. Wir kommen auch durch ein kleines, fast familienfreundliches Rotlichtviertel, in dem die Prostituierten überdimensionierte Comicbrüste haben.

Hier sind wir – in Paris! Laufen durch eine Stadt, die ich bisher nur im Kino gesehen habe. Die ganze Stadt verströmt eine herrliche Großstadtatmosphäre, Stimmen in der Luft, Liebespaare überall, es ist Frühling, und ich könnte fast sagen, dass das Leben, ja, dass das Leben eigentlich … ein Märchen ist.

Jakob nimmt meine Hand. Es ist völlig verkehrt und völlig richtig.

Ich falle fast in Ohnmacht, als ich seine Hand spüre, diese Hand könnte ich die nächsten Jahre festhalten. Ich bin ganz krank vor Glück. Wie eine Palme in der Wüste, wenn es nach vierzig Jahren zum ersten Mal wieder regnet. Aber ich sage Jakob nichts davon. Auch nicht, dass mir der Gedanke gekommen ist, dass ich irgendwann einmal gern einen Ehemann im Rentenalter hätte.

Wir sind jetzt an einer Brücke angelangt, die über einen Fluss geht. Hier ist es ein kleines bisschen kühler, herrlich.

»Ja, hier hat wohl also dein Film gespielt. Wir stehen mitten auf der Pont Neuf«, sagt Jakob. »On jor left händ said ju can sie the Seine. Änd also on jor rait händ said.«

»Machst du Witze?«

»Nein.«

»Ist das Zufall?«

»Nein.«

»Woher weißt du das?«

»Die Karte«, sagt Jakob.

Okay. Tja. Mensch. Es sieht ganz danach aus. Vermutlich sind wir jetzt an der Stelle, an der Juliette Binoche an einem kalten Winterabend in die Seine springt. Die Pont Neuf gibt es wirklich. Binoche erfriert aber nicht in dem kalten Wasser, sondern landet schließlich auf einem Lastkahn. Und derjenige, den sie *eigentlich* liebt, springt hinterher, und zusammen fahren sie von Paris aus in die Nacht, soweit ich mich erinnere. So sollten

Dinge enden. Und jetzt stehe ich also hier. Jetzt. Voll und ganz bereit zu springen.

»Vielleicht sollten wir eine dieser bescheuerten Stadtrundfahrten mitmachen«, sagt Jakob. »Und uns ein paar Highlights anschauen. Den Eiffelturm. Montmartre. Berühmte Cafés, in denen die Künstler saßen, damals, als es hier abging.«

»Ich nehme den Flieger«, sage ich. »Morgen. Und ich weiß nicht, ob ich von Paris noch sehr viel mehr sehen werde. Wohin würdest *du* eigentlich gehen wollen?«

»Wohin *du* willst.«

»Hallo? Auch wenn ich auf dem Weg nach Hause bin, ist das hier deine Reise. Und es gibt bestimmt genügend Sachen, die du dir hier anschauen willst.«

»Jetzt nicht mehr. Was willst du gern machen? Shoppen?«

»Nein.«

»Was dann?«

»Ich will ins Picasso-Museum.«

»Wirklich?«

»Ja.«

»Ganz, ganz wirklich?«

»Sehe ich aus wie jemand, der lügt?«

Ich spüre Stiche in den Augen. Das passt jetzt grade überhaupt nicht.

»Keine Ahnung. Du bist ja hier die Frida der Wahrheit, aber es ist schon etwas verdächtig, dass du so viel über Ehrlichkeit redest. Vielleicht führst du doch etwas im Schilde? Und bist auf was völlig anderes aus?«

»Okay«, sage ich und hoffe, dass er nicht sieht, wie ich erröte.

»Okay, was?«

»Dann gehen wir da jetzt hin. Und anschließend zurück ins Hotel. Aber zuerst setzen wir uns hier auf die Pont Neuf, und du erzählst mir den Rest von dem, was vor zweihundert Jahren hier in Paris passiert ist. Ich würde so gern noch alle Bilder sehen. Glaubst du, du könntest einen kleinen Vortrag für mich halten, warum es in Paris so viel große Kunst gibt? Es wird einer deiner letzten sein. Das Grande Finale.«

»Dafür brauche ich meine Bilder. Sie sind in meinem Rucksack im Hotel.«

»Bitte sehr«, sage ich, mache meinen kleinen Rucksack auf und ziehe seine Plastikmappe heraus.

»Du hast meine Bilder stibitzt!«

Er versucht es zu überspielen, strahlt aber wie ein Honigkuchenpferd.

Ich gebe ihm die Mappe.

»*Du* musst die Bilder herausholen. Ich will nicht schummeln. Nur du kennst die Reihenfolge, du bist hier der Freak.«

»Wenn du jetzt lügst, dann bist du richtig gut.«

»Bin ich auch. Erzähl mir von der Pariser Kunst.«

»Die zeitgenössische Kunst ist in Paris nicht sehr berühmt. Aber vor dem Jahrhundertwechsel war hier was los, mit dem Höhepunkt in den Zwanzigerjahren. 1926 hätte man in Paris sein müssen, das wäre der absolute Knüller gewesen. Aber ich muss einen Haufen wichtiger Künstler überspringen, bis wir zu einem kommen, der nach Goya ein brauchbares Kreuzigungsbild gemalt hat.«

Jakob zündet sich wieder eine Zigarette an. Ich frage mich, warum er solche Lust auf Zigaretten bekommt, wenn er von Kunst erzählt. Vielleicht muss er sich sehr darauf konzentrieren, das Wichtigste zu erzählen. Es gefällt mir gut, dass sich jemand konzentriert, um mir etwas Wichtiges zu erzählen. Ich fühle mich ganz flau im Magen wie ein französischer Weichkäse. Außerdem ist bald Abend.

»Um es ganz einfach auszudrücken, wollten die Künstler seit Mitte des 19. Jahrhunderts die Wirklichkeit einfangen, es reichte ihnen wohl allmählich mit dem akademischen Klassizismus und der Romantik. Es folgte, was man den Realismus nennt, man malte den Bauern und das Landleben so, wie es war, den Schreiner in der Werkstatt, den Fischer im Boot. Es ging darum zu malen, was man sah, ohne zu analysieren, ganz objektiv, konkrete Dinge, was in der Kunstwelt einen mittelschweren Schock ausgelöst hat. Die Malerei ist eigentlich eine ganz konkrete Kunstform. *Zeige mir einen Engel, und ich male ihn dir*, hat einer der Gurus gesagt, was dann zu einem Motto wurde. Die Generation nach den Realisten führte das Motto weiter und ließ auch die Gefühle weg, wollte in den Wald ziehen und malen, buchstäblich *Das Frühstück im Freien* einnehmen, wie eins der bekanntesten Bilder dieser Zeit heißt. Jetzt kam nämlich der Impressionismus. Ein großer Name in dieser Zeit war der französische Maler Manet, von dem auch das Frühstücks-Bild stammt. Er wurde gelegentlich der Vater der modernen Malerei genannt, aber mit solchen Titeln ist man oft schnell bei der Hand. Der bekannteste von ihnen war Monet, du hast bestimmt schon seine *Seerosen* gesehen. Mit Manet und Monet wurde der Impressionismus zur verkaufsträchtigsten und beliebtesten Epoche der Kunstgeschichte. Sucht man für Tante Annes Fünfzigsten eine Karte, ist man mit Monets *Seerosen* auf der sicheren Seite. Du bist sehr schön, Frida. Wenn du so im Gegenlicht dasitzt.«

»Okay«, sage ich und wäre um ein Haar in Ohnmacht gefallen.

Jakob nimmt einen tiefen Zug von der Zigarette.

»Okay. Die Epoche kennt neben Manet und Monet noch weitere große Namen, Pissarro, Renoir, Degas, sie alle waren sehr unterschiedlich und keineswegs immer der Meinung, ihre Kunst würde Gemeinsamkeiten aufweisen. Die ganze Clique der Impressionisten verband der gemeinsame Widerstand gegen alles akademische Geschwätz, und sie mochten den Fokus der Romantiker auf all die Gefühle nicht, die die Kunst aufladen sollten. *Impression* heißt soviel wie *Eindruck*, und es war der Eindruck des Augenblicks, der sie interessierte, eine moderne, objektive Art, die Wirklichkeit zu schildern, die sie mit ihren Augen sahen. Sie malten, was sie in ihrer Zeit sahen, nicht die Wirklichkeit, wie die Vernunft sie kannte. Sie waren der Meinung, die Farbe eines Gegenstands sei abhängig vom reflektierenden Licht, aber auch wenn sie eine Art wissenschaftlichen Ausgangspunkt hatten, wurden viele ihrer Bilder später auf Postkarten und Postern abgedruckt, für Menschen, denen formale Probleme im Zusammenhang mit der Malerei ansonsten egal waren. Aber Impression war auch ein Fachausdruck für *Skizze*, die Leute waren sehr geschockt, dass jemand seinen Skizzenblock ausstellte und das Ganze Kunst nannte.«

»Du bist der einzige Junge, den ich kenne, der *formale Probleme im Zusammenhang mit der Malerei* sagen kann.«

»Das sollte dich nicht sehr überraschen. Ich habe dich oft genug gewarnt.«

»Von den meisten Malern dieser Zeit kann man bei IKEA Poster kaufen«, sage ich.

»Ja. Aber keinen Jesus am Kreuz, auch wenn sie ihn bei IKEA vermutlich auch bald verkaufen werden. Sie verkaufen zurzeit zumindest T-Shirts, Jacken, Rucksäcke und Actionfiguren von und mit Jesus. Jesus ist zu einem massenproduzierten, coolen und kommerziellen Schmusebündel mit kumpelhaftem Lächeln geworden, der den Daumen in die Luft streckt.«

»Ich hätte eigentlich Lust auf ein kleines Kreuz«, sage ich. »Wie Großmutter es hatte. Ein ganz schlichtes, hellbraunes. Sie hatte es immer in der Tasche. Im Impressionismus wurde der Jesus-am-Kreuz-Faktor wohl eher kleingeschrieben?«

»Ja. Keine berühmten Kreuzigungsszenen, die mir bekannt wären. Auch wenn das letzte Wort des großen Impressionistenvaters Pissarro anscheinend *Jesus* war! Pissarro hatte auch große

Probleme mit den Augen, aber das willst du vielleicht lieber nicht hören.«

»Nein, das will ich vielleicht lieber nicht hören«, sage ich.

»Nein«, sagt Jakob. »Don't mention the war.«

»Bitte nicht aufhören. Was kam denn nach dem Impressionismus?«

»Der Postimpressionismus. Das sind eigentlich jede Menge verschiedener Malstile, jedenfalls fand Gott wieder in die Malerei zurück. Und jetzt taucht auch der Maler auf, den ich in meinem Projekt leider, leider nicht dabeihabe, den ich aber trotzdem erwähnen muss. Er hat die Brücke in Arles gemalt, der große, große Vincent van Gogh. Er hat als Laienprediger in armen Bergbaugebieten gearbeitet und wurde der *Franziskus der belgischen Bergleute* genannt. Aber er fühlte sich in vielerlei Hinsicht als Pfarrer fehl am Platze, und um das Ganze etwas abzukürzen: Er begann zu malen. Er hat gesagt *In aller großen Kunst ist Gott* und hätte bestimmt auch gern Jesus am Kreuz gemalt, ließ es aber vielleicht aus Respekt für das große Motiv bleiben. Keine Ahnung. Ich hätte wirklich gern gesehen, wie van Gogh einen Jesus am Kreuz malt.«

»Van Gogh hat Sonnenblumen und einen Stuhl gemalt, stimmt's? Und sich das Ohr abgeschnitten?«

»Ja, er ist derjenige mit dem Ohr. Er hatte zusammen mit seinem Kumpel Paul Gauguin in Arles ein Haus gemietet, schnitt sich eines Abends aber in einem Zustand geistiger Verwirrung ein Stück vom Ohr ab und gab es einer Prostituierten in der Nachbarschaft. Daraufhin stahl sich Gauguin vorsichtig aus dem Haus.«

»Freundschaft ist nicht so einfach«, sage ich. »Ohne die Geschichte näher zu kennen, halte ich zu van Gogh.«

»Ja. Van Gogh ist gewissermaßen der klassische missverstandene Künstler, der sterben musste, um groß zu werden, so groß wie Rembrandt vielleicht. Heute ist er einer der Künstler mit den teuersten Bildern, wenn überhaupt mal eins von ihm zu kaufen ist. Zu Lebzeiten hat er offensichtlich nur ein einziges Bild verkauft. Aber sein Bruder Theo, der in Paris Kunsthändler war, gab van Gogh Geld zum Leben. Er handelte ansonsten mit Impressionisten wie Pissarro und Gauguin. Sie hatten ein enges Verhältnis, Vincent hat ihm rund siebenhundertfünfzig Briefe geschrieben. Als er sich das Leben nahm, fand sein Bruder Theo einen letzten Brief von ihm.«

»Der Bruder scheint nicht so viel Ahnung von Kunst gehabt zu haben, oder?«

»Doch. Er hat ihn ja die ganze Zeit unterstützt. Aber keiner hat so richtig gesehen, wie gut er war, die Intensität, die Kraft der Farben und Formen, die fast unwirkliche Fähigkeit, die Welt auf seine Art zu sehen, in Bilder zu übertragen, die die Kunstgeschichte für immer verändert haben.«

Jakob zieht erneut an der Zigarette.

»Sie haben vielleicht nur einen Typen gesehen, den sie für verrückt hielten. Heute sehen Fachleute ein kunstgeschichtliches Problem darin, dass sich die Leute viel zu sehr am Leben des Künstlers aufhängen. Van Gogh war sehr viel krank, und leider kennen die meisten van Gogh immer noch vor allem wegen der Geschichte mit dem Ohr. Auf einer größeren van Gogh-Ausstellung im Museum of Modern Art in New York in den Dreißigerjahren wollte ein relativ unbekannter Künstler ein wenig mit dem Publikum schäkern, weil er der Meinung war, die Leute würden sich mehr für die sensationellen Seiten von van Gogh interessieren als für seine Kunst. Er nahm ein kleines Stück Fleisch und formte es zu einem Ohr, legte es in eine Samtkiste und schrieb einen Zettel, auf dem stand: *Das hier ist das Ohr, das sich Vincent van Gogh abgeschnitten hat, um es am 24. Dezember 1888 seiner Geliebten, einer französischen Prostituierten, zu schicken.* Er schmuggelte die Kiste ins Museum und stellte sie auf ein Brett. Eine Zeit lang funktionierte es tatsächlich. Das Ohr stahl allen anderen Exponaten die Show.«

»Die Welt will betrogen werden«, sagt Mama oft. Ihrer Meinung nach ist es nicht nur so, dass wir den Unterschied zwischen Wahrheit und Lüge nicht kapieren, sondern dass wir an die Lügen gerne glauben *wollen*. Ich finde, das klingt sehr pessimistisch, aber vielleicht hat sie recht.

»Total krank. Tja. Anyway, van Gogh ist der Größte aus dieser Zeit. Fragst du mich, so war er der Größte von allen. Van Gogh hat mehrere religiöse oder christliche Motive gemalt, aber am liebsten die Bilder anderer berühmter Maler paraphrasiert, unter anderem die von Rembrandt, für den er sich sehr interessiert hat. Rembrandt und van Gogh. Die beiden hätte ich gern mal getroffen, am liebsten zusammen. Van Gogh hat die Kreuzigung, wie schon gesagt, nie gemalt, dafür aber sein Kumpel Gauguin. Brauchst du eine Pause?«

»Nein«, sage ich und schaue ins Wasser. »Mir bleibt nicht mehr Zeit als Binoche.«

Jakob wirft die Zigarette in die Luft, ich sehe ihr nach, bis sie in der Seine landet. Er holt ein weiteres Bild aus seiner Mappe. »Also, der Postimpressionist Paul Gauguin hat 1889 dieses mittlerweile weltberühmte Bild *Der gelbe Christus* gemalt.«

Jesus ist wirklich ganz gelb. Das Kreuz steht mitten auf einem Acker, inmitten einiger Bauersfrauen, die ein wenig wie Nonnen aussehen.

»Sein Christus-Bild strahlt eine seltsame Ruhe aus, die geistliche Welt gehört irgendwie diesen Frauen, mitten in dieser ruhigen bretonischen Landschaft in Frankreich. Die Frauen verbringen den ganzen Tag mit Jesus zusammen. Auch auf dem Acker. Er ist für sie gestorben, diese Gewissheit tragen sie in sich, nicht nur in der Kirche.«

→ **Siehe Abbildung 23 im Bildteil**

»Und die Art, wie es gemalt ist, Jesus ganz oben im Bild, ist irgendwie verkehrt. Aber er beschützt alle Frauen.«

»Paul Gauguin war ein Mystifizierer, er hat mysteriöse Bilder gemalt. Man hat fast das Gefühl, von ihnen eine Antwort zu bekommen, trotzdem bergen sie eher ein Geheimnis in sich. Er hat Bilder mit Titeln wie *Woher kommen wir? Wer sind wir? Wohin gehen wir?* gemalt.«

»Ein langer Titel«, sage ich. »Darauf kann man viele Antworten geben.«

»Ja. So sollte es sein. Seerosen reichten nicht mehr aus. Gauguin und die sogenannten Postimpressionisten wollten wieder Sinn und Symbolismus in die Kunst holen, ihr Ziel war es, Ideen mit Hilfe von Farben und Linien darzustellen.«

»In der Kunst geht es vor und zurück, wie in der Mode. Irgendein Schlaumeier erfindet ausgestellte Hosen oder den Army Look. Nicht viel später sind beide völlig daneben, und die Leute können plötzlich nicht genug von Spitzen und Pastellfarben kriegen, bevor wieder weite Hosen und olivgrüne Kampfjacken in sind.«

»Ja, so in etwa«, sagt Jakob. »Ich denke eher, dass Gott in der Kunst ein und aus geht. Manche behaupten, Gott sei tot, und wenn *sie* dann tot sind, ist Gott trotzdem noch da.«

»Hast du noch viele Künstler übrig?«

Ich setze mich auf die Bank, die Teil der Brücke ist, streife die Joggingschuhe ab. Vielleicht hat Binoche genau auf dieser Bank gelegen. Ich hole meine Tropfen heraus. Bin heute etwas aus dem Takt gekommen. Ich glaube, ich habe die Dinger öfter eingeträufelt als sonst.

»Was du für kleine Füße hast«, sagt Jakob.

»Die hast du schon kommentiert«, sage ich.

»Nein, das waren die Schuhe. Nicht die Füße. Sie sind süß und leicht verängstigt. Sehen eigentlich etwas einsam aus.«

Jakob schnieft ein wenig, fasst sich an die Nase. Will er mich veräppeln? *Sehr schön*, hat er gesagt. *Sehr schön. Wenn du so im Gegenlicht dasitzt.* Ich weiß nicht, was ich sagen soll. Habe plötzlich große Lust, alle Kleider abzustreifen.

»Und wer ist der Nächste?«, frage ich mit möglichst sachlicher Stimme.

Jakob lächelt ein verschmitztes Weihnachtsmannlächeln.

»Ein weltberühmter Maler, der als Symbolist oder Expressionist eingestuft wurde. Er ist aber sowieso einer der Allergrößten. Er hat ein einziges Mal das Kreuz gemalt und war von den Impressionisten wie von Gauguin beeinflusst, aber wie alle großen Maler ist er vielleicht vor allem er selbst. Weißt du, wen ich meine?«

Jakob hat ein neues Bild herausgezogen, hält es mir hin. Obwohl ich nur auf das Bild schaue, weiß ich, dass er mich gespannt ansieht. Er wartet auf ein Lob, wie ein kleiner Junge, der sein Zeugnis bekommen hat.

»Ja«, sage ich. »Ich weiß, wer es ist. Auch wenn ich das Bild noch nie gesehen habe, kann man leicht erraten, von wem es stammt.«

»Edvard Munchs Figuren sehen so einsam aus«, sagt Jakob. »Fast alle Figuren, die er malt, sehen verloren aus, ob sie mit anderen zusammenstehen oder nicht. Wie auf diesem Bild von Jesus, der allein am Kreuz hängt, die Leute um ihn herum interessieren sich überhaupt nicht für ihn. Christliche Pietisten und Bohemiens hatten zu Munchs Zeit das Gefühl, etwas mit Jesus gemein zu haben, sie gehörten nicht dazu, keiner verstand sie.«

»Aber Edvard Munch selbst war schon zu Lebzeiten ziemlich populär?«

»Ja. Edvard Munch ist wirklich der einzige norwegische Maler von Welt, einer der ersten Künstler, die ich mochte und für die ich mich interessiert habe.«

»Und du bist schließlich für deinen guten und treffsicheren Geschmack bekannt«, sage ich.

»Ich hoffe, du meinst das jetzt nicht ironisch. Ich weiß noch, wie ich das sensationelle Bild *Sternennacht* zum ersten Mal gesehen habe. Die Eltern eines Kameraden hatten es auf ihrem Kalender, und kurz darauf sah ich auch van Goghs Sternennacht-Bild. Es braust und explodiert, und ich wusste, dass sie wie ich fühlten, denn so, genau so, hatte ich es selbst empfunden, als ich klein war und dalag und zum Sternenhimmel aufsah, bis mir so übel wurde, dass ich all das schwindelerregend Große nur noch ausspucken wollte. Ich begriff erst, als ich diese beiden Bilder sah, dass die beiden diesen Eindruck deutlicher gemalt hatten, als man selbst ihn hatte, auch wenn die Bilder so verschieden sind. Besser kann ich es nicht erklären als diese zwei Maler, Munch und van Gogh. Munch hat sich auch meine Helden Grünewald und Rembrandt angeschaut. Und Giotto.«

»Komisch, wie leicht man den Künstler erkennen kann. Es hört sich bescheuert an, aber in diesem Bild ist Munch irgendwie so durch und durch Munch. Verstehst du, was ich meine?«

»Ein großer Künstler wie Munch kann seine Kraft nur schwer verbergen.«

»Und worin besteht eigentlich Munchs *Kraft*?«

»Keine Ahnung, ich habe viel darüber nachgedacht. Munch hat die Welt sehr klar gesehen. Er konnte einem Mann ein grünes Gesicht malen, nicht, weil er darin etwas Grünes sah, sondern weil er es so malen musste. Er hat einmal gesagt, dass er malt, weil er sich und anderen helfen will, das Leben zu verste-

→ **Siehe Abbildung 24 im Bildteil**

hen. *Die Kunst erwächst aus Freud und Leid – vor allem aber aus Leid.* In seinem Leben gab es viel Krankheit und Leid. Aber man malt nicht zwangsläufig besser, nur weil man ziemlich down ist. Vielleicht lernt man eher mehr, wenn man andere beobachtet. Er wurde, wie gesagt, von van Gogh und Gauguin beeinflusst, die auch so malen konnten, je nach Stimmung sah er den Menschen und die Natur anders, und das zeigte sich dann in dem Bild, das er malte. Von Munch stammt auch das beste Argument, warum ein Mensch malen sollte: Wenn man etwas vom Himmel und der Hölle wiedergeben wolle, könne man keinen Fotoapparat dabeihaben. Das hört sich sehr logisch an. Daneben ist es natürlich der Stil, die Komposition, sind es die Linien in seinen Bildern, die Farben, die Art, wie er die Flächen ausnutzt und den Raum, auch dass er seine Bilder oft Wind und Wetter ausgesetzt hat, um sie abzuhärten. Er hat behauptet, er wolle den Menschen malen, wie er ... *atmet und fühlt, leidet und liebt* ... Deshalb spricht er etwas in den Leuten an, auch wenn sich viele seiner Zeitgenossen zum Beispiel über den *Schrei* schiefgelacht haben.«

»Das Schlimmste ist, dass ich nur zweimal im Munch-Museum war und nur so durchgerauscht bin. *Der Schrei*, ja. Und die *Madonna*. Und so weiter. Interessant schon, aber ich weiß so wenig, ich bin total ungebildet.«

»Jetzt haben sie dort den *Schrei* nicht mehr. Auch die *Madonna* nicht.«

»Nein. Schrecklich, dass sie gestohlen wurden. Und ich weiß nicht, ob ich sie mir überhaupt richtig angeschaut habe. Vermutlich nicht.«

»Das Leben ist kurz, und die Kunst ist lang. Aber nicht immer«, sagt Jakob.

»Vor allem dann nicht, wenn man blind wird«, sage ich mit zuckersüßer Stimme.

Jakob lacht nicht.

»Weißt du übrigens, dass das Munch-Museum für bestimmte Leute der Anmachplatz Nummer eins in Oslo ist?«, frage ich.

»Echt? Und wer sind diese *bestimmten* Leute?«

»Jungs. In deinem Alter. Sie sagen einem Mädchen, dass sie sich wie verrückt für Kunst interessieren und schleppen sie mit ins Munch-Museum, ein billiger Spaß, kostet in etwa so viel wie eine Kinokarte. Dann laufen sie gemächlich durch das Gebäude, bleiben lange vor einzelnen Bildern stehen, schauen sie an, bevor sie weitergehen. Sagen nichts. Gehen einfach zum nächsten Bild weiter. Bleiben vor manchen länger stehen als vor anderen. In den meisten Fällen glauben die Mädchen, hier einen wirklich tiefsinnigen und einfühlsamen Typen gefunden zu haben, und sind anschließend zu allem bereit. Ganz schön gerissen, oder?«

»Tja«, sagt Jakob, der schon wieder etwas überrumpelt aussieht. »Sehr gerissen.«

»Eins frage ich mich«, sage ich und kratze mich an der Nase. »Bist du der Meinung, wir sind nur vorübergehend Freunde, die nichts mehr miteinander zu tun haben werden, wenn wir uns demnächst trennen? Und ich brauche jetzt keine ganze Minute der Wahrheit. Eine *Sekunde* der Wahrheit reicht dicke. Es ist eine typische Ja/Nein-Frage.«

Es ist ein schlechtes Zeichen, dass Jakob zögert, bevor er antwortet.

»Nein«, sagt er schließlich.

»Nein?«

»Nein. Aber frag mich nicht, was das bedeutet.«

Ich weiß, dass ich mein Gehirn abgekoppelt haben muss, als ich mich sagen höre:

»Dann stelle ich eine andere Frage. Würdest du mich bitte küssen? Mitten auf der Pont Neuf? Und mitten auf den Mund? So ein Touristending nur, wir brauchen es nicht zu ernst zu nehmen. Nur genug, damit ich, wenn ich als alte Jungfer einmal zurückdenken werde, sagen kann, dass ich wenigstens einmal im Leben von einem Jungen geküsst worden bin, den ich sehr gemocht habe, und zwar auf der Pont Neuf in Paris. Ich brauche ein kleines Souvenir. Ich habe meinen Fotoapparat vergessen. Den man ja weder im Himmel noch in der Hölle benutzen kann.«

Ich merke plötzlich, dass mein Gesicht ganz rot ist. Bestimmt, weil ich die Luft anhalte. Jakob ist eher weiß. Warum ist er so passiv, warum kann er nicht einfach mit mir knutschen und mich in den Himmel entführen? Das kann ihn doch nicht so viele Kalorien kosten?

Er zögert, sieht aus, als bräuchte er dringend eine Zigarette, doch dann tut er es. Jakob küsst mich. Der Kuss fällt etwas unbeholfen und tollpatschig aus. Er, oder wir beide eigentlich, versuchen zwar, ihn natürlich aussehen zu lassen, als hätten wir schon öfter geküsst. Aber wir merken beide, dass der andere ein Amateur ist. Er schmeckt nach Rauch. Ich bin nicht sicher, ob es wirklich besser ist, einen Nichtraucher zu küssen.

Ich bin total im Schock. Weiß nicht, was ich sagen soll. Weiß nicht, ob es ernst gemeint war, als ich ihn darum gebeten habe. Aber er hat es getan. Gefällt es ihm? Bedeutet es ihm was? Tut er es nur, um zu zeigen, dass er sich traut? Um den Coolen zu mimen? Keine Ahnung. Ich fühle mich wie roter Wackelpudding. Kann nur so tun, als wäre es mir nicht wichtig.

»So. Und wer kommt nach Munch in deiner Mappe?«, frage ich und lasse Jakob los, halte ihn aber trotzdem circa dreißig Zentimeter von meinem Gesicht entfernt. Er sieht so verloren aus. Auch wenn ich es eigentlich nicht will, entziehe ich mich als Erste. Ich war diejenige, die sich aufgedrängt hat. Wieder einmal.

»Nach Munch«, sagt Jakob, verwirrt wie eine Fliege, nachdem sie gegen mein Zimmerfenster geknallt ist. »Nach

Munch … ja, nach Munch, ja. Müssen wir damit jetzt weitermachen?«

»Ja. Alles andere gilt nicht. Zeig mir das nächste Bild.«

»Nach Munch habe ich einen stark gläubigen Maler dabei, Emil Nolde. Einen der bekanntesten deutschen Expressionisten, der Einzige, der Munch in seinem Atelier besuchen durfte. Das sagt etwas darüber aus, was für ein Schwergewicht Munch schon damals war.«

Jakob reibt sich die Augen, sammelt sich und zieht ein neues Bild aus seiner Wundertüte, er reicht es mir. Wir sind nur der Bilder wegen hier, immer noch. Hauptsächlich.

»Wie seltsam und grob gemalt«, sage ich. »Starke Farben, die trauernden Frauen, Jesus, dem es ganz schlecht geht, die albernen Soldaten, die um Jesu Kleider würfeln. Es sieht fast aus wie ein Grundschulbild: Malt-ruhig-drauflos-und-vergesst-nicht-das-ganze-Blatt-zu-nutzen-und-kein-Lineal-zu-verwenden.«

»Sehr drauflos gemalt. Ich habe übrigens Unmengen von Zeichenstunden darauf verwendet, solche Soldaten mit Helm, Bart und Speer zu malen, die auf einer Burg standen und argwöhnisch dreinblickten. Nolde hat als Maler vorwiegend allein gelebt, gehörte für kurze Zeit zu der deutschen Expressionistengruppe *Die Brücke*. In der Nazizeit bekam Nolde sogar Malverbot, in den Augen Hitlers und seiner Freunde malte er sogenannte *entartete Kunst*. Auch von Munch wurden mehr als achtzig Bilder als entartet abgestempelt, sie hatten also einige Gemeinsamkeiten. Nolde malte heimlich haufenweise Aquarelle, diese Bilder wurden seltsamerweise *Ungemalte Bilder* genannt. Er verwendete starke Kontraste, starke Farben, dieses Bild hier ist ein schönes Beispiel für Noldes Kunst.«

»Er ist so ernst. Fast wie Grünewald. Ist es sehr blamabel, wenn ich das sage?«

→ **Siehe Abbildung 25 im Bildteil**

»Nein, das ist sogar gut beobachtet. Er hat viel von Grünewald. Grünewald war für die deutschen Expressionisten im zwanzigsten Jahrhundert eine Art Gottvater-Figur, es kam zu einer Art Grünewald-Renaissance. Und dann ist Nolde so ungemein, so wenig ... ich weiß nicht ... ja, so wenig Klassenprimus und berechnend. Andererseits hat er ganz bewusst in seinen Bildern das betont, was er für deutsch und nordisch hielt. Vielleicht fühlte er sich deshalb erst vor den Nazis sicher, was sich dann bald als Irrtum herausstellen sollte.«

»Der Expressionismus ist das eigentlich Wahre«, sage ich und stehe auf, am ganzen Körper steif.

Der Kuss sitzt in meinen Gliedern wie eine beginnende Grippe. Nicht gerade hypergastfreundlich.

»Ja«, sagt Jakob. »Sie haben gewissermaßen von innen nach außen gemalt. Kann schon sein, dass ich über Dinge rede, die mir um einiges zu hoch sind, aber ich glaube, der Philosoph Kierkegaard hat – etwas vereinfacht wiedergegeben – gesagt, die Wahrheit sei subjektiv. Ich glaube, van Gogh, Munch und Nolde waren derselben Meinung.«

»*Die Wahrheit ist subjektiv*«, sage ich. »Bist du der Meinung, alles sei gleich wahr? Dieser Ansicht ist mein Vater. Und sein Kumpel Ruben. Ruben ist so durchgeknallt, dass er glattweg eine Kirche und ein Bordell als interessante Versammlungsorte vermarkten könnte. Und selbst daran glauben.«

»Ich denke an einen Comicstrip von Calvin und Hobbes«, sage ich, als er nichts sagt, »in dem Calvin auf Gauguins philosophische Frage antwortet: *Ich komme gerade aus meinem Zimmer, ich heiße Calvin, und jetzt will ich nach draußen zum Spielen*. Und was dich und mich betrifft, muss es wohl so ähnlich lauten wie: Ich heiße Frida, und du heißt Jakob, wir wollen jetzt ins Picasso-Museum und anschließend zurück ins Hotel. Uns aufs Bett legen und etwas ausruhen.«

Wie üblich bin ich diejenige, die darauf besteht, mit dem Taxi zu fahren. Der Fahrer fährt durch unendlich viele schmale Gassen, und ich frage mich, ob er einen Riesenumweg nimmt, um uns mehr Geld abzuknöpfen. Zu allem Überfluss lässt er uns auch noch an der falschen Stelle raus, aber ich bin süß und sanft wie ein Karamellbonbon und bezahle mit meinem Kindergeld, ohne mit der Wimper zu zucken. Heute ist nicht der Tag, um auf den Saldo zu achten.

Es dauert ein wenig, bis wir den Eingang finden, wir überqueren mehrmals die Straße, aber es stört mich nicht, zurzeit stört mich gar nichts. Jakob hat nämlich wieder meine Hand genommen und lässt sie nicht eher los, bis wir im Picasso-Museum stehen. Punktabzug gibt es dafür, dass er meine Hand beim Bezahlen loslassen muss, einen Bonuspunkt dafür, dass es fast nichts kostet und weniger Menschen hier sind, als ich gedacht hatte. Fast zu schön, um wahr zu sein. Ich glaube schon, dass das Picasso-Museum in Paris sonst brechend voll ist. Die Wächter sehen nicht viel älter aus als wir, und es sieht so aus, als könnte man einfach hineinmarschieren und ein Picasso-Original von der Wand nehmen, wenn man das wollte.

Aber das wollen wir nicht. Denn wir sind nett und kunstinteressiert und sehr verliebt. Ich zumindest.

Wir sind kein Liebespaar. Probieren nur aus, wie es wäre.

Es gibt viele kalte, weiße Säle voller Bilder und Skulpturen. Ich kann nicht alles aufnehmen, folge Jakob, will eigentlich am liebsten, dass er wieder meine Hand nimmt.

»Picasso hat einmal gesagt, dass er gern eine Streichholzschachtel machen würde, die eine Fledermaus ist, ohne dass die Streichholzschachtel aufhört, eine Streichholzschachtel zu sein«, sagt Jakob.

»Hört sich sehr nach … Kunst an«, sage ich.

Wir sehen eine hochschwangere Ziege und die Skulptur einer Mutter auf hochhackigen Schuhen, die einen Kinderwagen schiebt. Die Mutter besteht aus einer Kuchenform, einer Pfanne oder einem Holzofen. Oder aus etwas völlig anderem. Sie sieht trotzdem quicklebendig aus.

»Würde ich nicht mit dir hier stehen, würde ich es nicht kapieren«, sage ich und nehme Jakobs Hand. Drücke zu. Lasse sie wieder los.

Er sagt nichts. Ich weiß nicht, was er denkt. Und ich traue mich nicht, ihn anzuschauen. Seine Hand ist so schön warm.

Neben vielem anderen gefällt mir, dass Jakob nicht sehr lange vor den Bildern stehen bleibt, eine Minute nur, dann geht er weiter. Ich habe ein schlechtes Gewissen, weil Jakob bestimmt das Gefühl hat, dass er durch eine Ausstellung hetzen muss, für die er sich sonst bestimmt einen ganzen Tag nehmen würde.

»Hier ist sein Kreuzigungsbild«, sagt Jakob und zeigt auf ein ganz kleines Bild, das anscheinend auf ein Holzbrett gemalt ist. Es dauert eine ganze Weile, bis ich zwischen den vielen seltsamen Gestalten Jesus am Kreuz ausmachen kann. Jesus hat nur zwei kleine Punkte als Augen und einen Strich als Mund.

»Wer sind diese Leute?«, frage ich. »Vor allem der gelbe Kinderfernsehonkel da rechts oben mit dem albernen Grinsen und der großen roten Sonnenbrille. Wohl kaum der Apostel Johannes?«

»Schwer zu sagen. Aber die weinende Gestalt direkt vor Jesus ist vermutlich Maria. Es ist ein bekanntes Picasso-Bild, vielleicht, weil es so viele Elemente in sich birgt, die später in den großen Bildern wieder auftauchen. In *Guernica*, zum Beispiel, das als Picassos Meisterwerk gilt, auch dort verwendet er das Kreuzigungsmotiv, genau wie Goya.«

Ich merke plötzlich, dass ich auf dem linken Auge ganz vernebelt sehe.

→ **Siehe Abbildung 26 im Bildteil**

»Und wohin gehört Picasso, in welche Richtung? Ist er Kubist, ich meine, das habe ich gehört?«, frage ich trotzdem ganz ruhig.

»Picasso wurde hier in Paris einmal zusammengeschlagen und ausgeraubt. Die Polizei rechnete damit, dass ein berühmter Maler wie er den Schurken bestimmt leicht beschreiben könnte. Picasso erklärte ihnen sehr umständlich, wie der Typ aussah. Am nächsten Tag hat die Polizei einen Laternenpfahl verhaftet.«

Pause.

»Du lachst gar nicht«, sagt Jakob. »Das war ein Witz.«

»Ich weiß nicht, du bist doch sonst so seriös«, sage ich mit belegter Stimme. Doch. Alles ist ziemlich vernebelt. Was ist da los?

»Ja, es ist eine nette Geschichte, die wir Kunstfreaks gern zum Besten geben, wenn wir zeigen wollen, dass Kunst auch Spiel und Spaß ist.«

Ich blinzele dreimal. Es wird nicht besser. Ist immer noch vernebelt. In einem Anfall von Panik drücke ich ihm einen Kuss auf die Wange. Ich muss an etwas anderes denken.

»Ja, Picasso ist der Chefkubist«, sagt Jakob, als wenn nichts wäre. »*Unter anderem*, sollte ich wohl sagen. Es gibt überhaupt sehr viel über Picasso zu sagen. Er gehört hierhin und dorthin und ist nirgendwo zu Hause.«

»Das habe ich mir gedacht«, sage ich. »Kannst du mir etwas über den Kubismus erzählen? Nur ein klitzekleines bisschen? In dem Buch, das ich lese, steht nur jede Menge darüber, wie er vermutlich als Mensch war, aber ganz wenig, warum er trotz allem Picasso war.«

»Wenn du dir die Würfel anschaust, mit denen die Soldaten um die Kleider des zum Tode Verurteilten würfeln, damals also Jesus, so ist ein Würfel ein Kubus, und wenn man einen Kubus in alle Richtungen auseinanderfaltet, sieht man alle Seiten gleichzeitig, von dort kommt das Wort *Kubismus*, die Bezeichnung einer wichtigen Richtung innerhalb der modernen Malerei. Später wurden Frauen und Männer auseinandergefaltet, Gitarren und Flaschen und Pfeifen und Schirme und alles Mögliche. Der Maler Georges Braque gilt als der Erste, der so gemalt hat. Oder war es vielleicht doch Picasso? Es gibt eine Geschichte, die besagt, dass Braque und Picasso in jener Zeit ständig hin- und herliefen, sich die Bilder des anderen anschauten und ihre Bilder rückdatierten, um zu dokumentieren, dass sie das erste kubistische Bild gemalt haben. Viele halten Picasso für einen Kubisten, aber er ist weit mehr als das und hatte unfassbar viel mehr auf Lager als Braque, der zweifellos ein guter Künstler war. Es war nur sehr schwierig, an Picasso heranzureichen.«

»Ist es nicht ungerecht, dass manche einfach so unglaublich viel mehr mitbekommen als andere?«

»Doch. Und außerdem wurde er sehr alt. Starb nicht in jungen Jahren wie Masaccio oder Raffael. Er überlebte andere und sich drei- oder viermal und ist vermutlich der größte Künstler der Moderne, ob man ihn nun mag oder nicht. Von Autos bis zu Friseursalons ist alles Mögliche nach ihm benannt. Picasso ist eine Art Markenware. In theologischer Hinsicht ist dieses Kreuzigungsbild hier etwas unklar. Es sieht nicht so aus, als würde Picasso überhaupt Rücksicht auf den Hintergrund der Kreuzigung nehmen. Es ist in gewisser Weise ein blasphemischer Witz, dass Don Quijote Jesus die Lanze in die Seite rammt. Andererseits könnte es auch ein Stierkämpfer zu Pferde sein, ein *picador*, die Symbolik, die man da hineinlesen könnte, ist ziemlich kompliziert. Bilder sind halt nicht theologisch, sie sprengen die Theologie und andere -logien, wie alle Kunst.«

»Picasso hält sich gern für überragend und einzigartig«, sage ich. »Manche haben ihn den Sonnenkönig genannt. Vielleicht nannte er sich selbst so.«

»Das wäre keine große Überraschung.«

Es tut auch weh, meine Augen tun weh. Aber ich sehe zum Glück nicht auch noch auf dem rechten Auge vernebelt – oder?

»Ich muss hier raus, Jakob«, sage ich.

»Warum?«

»Meine Augen. Ich spüre Stiche. Vielleicht werden sie in so einem heftigen Kunstmuseum wie diesem besonders müde. Keine Ahnung. Können wir kurz nach draußen gehen?«

Wir gehen vorne raus. In einen kleinen Park. Ich schließe die Augen. Mache sie wieder auf. Spüre den Lichtunterschied, obwohl ich jetzt die ganze Zeit über die Sonnenbrille trage, drinnen wie draußen. Am einen Ende des Parks stehen Skulpturen, große schwarze Figuren, die Picasso gemacht hat. Sie stehen in einem kleinen Wasserbecken, sehen herrlich unsicher aus, als wären sie den ersten Tag draußen zum Baden.

Wir setzen uns auf eine Bank, ich nehme meine Augentropfen, spüle die Augen mit Salzwasser aus, das ganze Programm. Jakob sieht in die Luft.

Es lässt nach. Zumindest leicht. Aber immer noch dieser Nebel.

»Du musst vorsichtig sein, es ist wirklich anstrengend, innerhalb von einer Stunde durch den größten Teil der modernen Kunstgeschichte zu jagen. Die Bilder versuchen mit aller Macht, dir die Augen zu rauben.«

Er nimmt wieder eine Zigarette heraus. Raucht jetzt mehr. Nimmt die Zigarette direkt aus der Schachtel, parkt sie nicht erst hinter dem Ohr.

»Magst du Picasso?«

Jakob blickt etwas verwirrt drein. Zündet die Zigarette nicht an. Es sieht aus, als hätte ich gefragt, ob er gern Jazzballett macht.

»Picasso ist ein Superschwergewicht. Vermutlich der Größte

in seinem Jahrhundert. Und es gibt viel Konkurrenz, aber Picasso hat eine einzigartige und kolossale Kraft.«

»Aber *magst* du ihn denn?«

Jakob zögert.

»Es gibt viele andere, die ich lieber mag.«

»Aber wenn er doch der Größte ist, meine ich. Wo du so kunstinteressiert bist, musst du ihn dann nicht am liebsten mögen?«

»Muss ich das?«

»Keine Ahnung. Ich dachte, das wäre so. Wen hat denn Picasso gemocht?«

»Er hat sich für ältere Maler interessiert und hatte sie zum Vorbild: El Greco, Velázquez, Rembrandt, Manet. Und noch ein paar andere.«

Die Zigarette tanzt in seinem Mund, während er spricht.

»Aber er hat sich nicht für sehr viele andere interessiert, zumindest nicht in seiner eigenen Zeit. Vielleicht für Henri Matisse. Und Marc Chagall. Chagall ist nach Picasso der Nächste in meinem Projekt. Picasso und ich haben einen guten Geschmack. Aber Chagall ist etwas völlig anderes als Picasso.«

»Inwiefern?«, frage ich und denke an die Frau im Zug mit den Chagall-Postern zu Hause im Flur.

»Das hier.« Jakob holt ein weiteres Bild aus seiner Plastikmappe. »Witzig, dass du es fertig gebracht hast, die Mappe aus meinem Gepäck zu nehmen und mit hierher zu schleppen.«

»Ich bin langsam in Gefahr, auch ein Freak zu werden«, sage ich.

Mehr sage ich nicht. Betrachte mir nur Chagalls Jesus am Kreuz. Um ihn herum herrscht das komplette Chaos, trotzdem strahlt das Bild eine große Ruhe aus. Jesus selbst hat die Augen geschlossen, hat diese Welt verlassen.

→ **Siehe Abbildung 27 im Bildteil**

»Das Bild heißt *Die weiße Kreuzigung*. Chagall war Jude, und es stellte sich heraus, dass es nicht sehr günstig war, Jude zu sein, als Hitler mit ganz Europa Risiko spielte. Chagall hat viele Maler inspiriert und wird ständig zusammen mit anderen Künstlern genannt, aber er selbst schwebt eigentlich in eine ganz eigene Richtung. Er hat sich sehr für Rembrandt interessiert. Das Bild ist zeitlos und historisch zugleich, er hat es 1939 gemalt, kurz bevor der Krieg ausbrach, und das ist vermutlich auch der Grund, weshalb Chagall die zweitausend Jahre alte Geschichte ins 20. Jahrhundert geholt hat. Er hat die Kommunisten und die Faschisten jeweils auf ihrer Seite gemalt, die Synagogenbrandstifter, die Millionenmörder. Unter Jesus befinden sich der ewig wandernde Jude und die Bootsflüchtlinge, und am Himmel über ihm die weinenden Propheten. Ein Mensch für alle Menschen, sein Körper zu Tode gefoltert, die Wahrheit getötet, die Welt um ihn herum brennt.«

»Und die Ruhe, die er inmitten des Ganzen ausstrahlt«, sage ich.

»Picasso behauptet, wenn Chagall malt, weiß man nicht, ob er schläft oder wach ist, er muss einen Engel im Kopf haben.«

»Das hört sich nett an«, sage ich, packe mein Augen-Set zusammen und stehe auf. »Schau dich ruhig noch etwas um. Ich gehe zurück ins Hotel.«

»Sicher?«

»Du hast meine Erlaubnis. Wir sind ja nicht verheiratet. Wir reisen ja nur zusammen.«

Jetzt flackern Jakobs Augen. Und endlich zündet er sich seine Zigarette an.

»Dein Feuerzeug, die einsame blaue Figur darauf, ist das nicht ein früher Picasso?«, frage ich. »Aus der blauen Periode?«

»Das stimmt«, sagt Jakob. »Damals hat Picasso gleich nach

dem Frühstück ein Meisterwerk gemalt. Und nach dem Abendessen noch eins. Er war sehr … potent. Es stimmt, du entwickelst allmählich tatsächlich Züge eines Freaks.«

»Diese Frau übrigens …«, sage ich, und meine Stimme ist möglicherweise weniger neutral, als ich es mir wünsche, jedenfalls sehe ich, dass er auf der Hut ist, ahnt, dass ich nicht über die blaue Periode spreche.

»Ida?«

»Nein, nein. Die mit den Chagall-Postern zu Hause im Flur.«

»Die ich im Zug kennengelernt habe?«

Ich blinzele rasch dreimal.

»Sie war einfach nur zu alt für dich. Das muss der Grund sein, warum es so komisch gelaufen ist.«

Jakob sieht aus wie eine verwirrte Fliege, die noch einmal gegen das Fenster geknallt ist.

»Ich nehme mir ein Taxi«, sage ich. »Du kannst ins Hotel kommen, wann immer du willst. Ich lasse die Tür auf. Falls ich duschen sollte oder so.«

Ich spüre Stiche in den Augen. Es wird immer schlimmer. Ich habe damit gescherzt und herumgealbert, auch vor mir selbst, aber was ist, wenn ich wirklich erblinden sollte? Für immer! Ich muss bald nach Hause. Kann es nicht länger auf die leichte Schulter nehmen.

Das Taxi schleicht wie ein Leichenwagen vom Picasso-Museum zum Hotel am Gare de Lyon. Ich muss zum Arzt. Jakobs und Fridas Reise ist bald zu Ende.

Im Zimmer angekommen, packe ich als Erstes meinen Rucksack. Ganz. Fast alles kommt an seinen Platz, nur der Toilettenbeutel und die Augenmedizin stehen noch im Bad. Dann schalte ich den Fernseher ein und ziehe mir die hübsche weiße italienische Unterwäsche an, wobei ich noch einmal die Nachrichten über den Papst sehe. Es geht ihm offensichtlich nicht so gut.

Ich schalte den Fernseher wieder aus. Lege mich aufs Bett. Mit einem nassen Waschlappen auf den Augen. Ich liege noch keine fünfzehn Minuten mit geschlossenen Augen da, als jemand die Tür aufmacht.

»Hallo.«

»Hallo.«

Ich nehme den Waschlappen weg. Schnell zurück also, sehr schnell eigentlich. Er hat eine Tragetüte dabei. Hat er sich Bücher gekauft?

Ich habe ein Glücksgefühl in den Knochen. *Was man im Herzen fühlt, ist wahr.* Er hat nasse Haare, es hat wohl angefangen zu regnen. Seine Haare sind dunkler, wenn sie nass sind. Sein Hemd klebt am Körper, er hat es aufgeknöpft.

»Hallo, ja.«

Er legt die Tüte auf das Schreibpult neben dem Fenster. Und ich muss ausgerechnet jetzt darüber nachdenken, ob es wirklich Menschen gibt, die das Schreibpult im Hotel benutzen. Heute sind die meisten dazu zu rastlos. Briefeschreiben ist Geschichte. Sie sollten diese Dinger aus allen Hotelzimmern entfernen, den Platz freigeben.

Nein, in der Tüte sind keine Bücher. Er hat etwas zu essen gekauft und es in Alufolie wickeln lassen. Als er die Folie löst, duftet es herrlich.

»Ich hoffe, du magst chinesisches Essen. Das gab es gleich hier in der Straße.«

»Ich liebe chinesisches Essen«, sage ich und frage mich, ob ich nicht etwas zu dick auftrage. Ich merke, dass ich dringend zur Toilette muss, traue mich jetzt aber nicht zu gehen.

Er hat die Stäbchen vergessen, wir sitzen auf dem Bett und essen mit den Fingern, es ist herrlich, wir trinken kalten Weißwein, ob er billig oder gut ist, kann ich nicht beurteilen. Wir sagen nichts. Ich weiß, dass ich ihn sofort heiraten, mit ihm Kinder kriegen und immer bei ihm bleiben könnte.

»Wie geht's dir?«, fragt Jakob schließlich und wischt sich die Finger an der Serviette ab.

Er zieht sich das Hemd aus.

»Ich bin so müde«, sage ich und bin selbst überrascht, als ich den Kopf an seine Schulter lehne. Wir strengen uns beide an, so zu tun, als wäre das ganz normal, als würden wir das ständig tun, als gehörte es einfach dazu, wenn man gut befreundet ist. Zum Schluss lässt er sich aufs Bett gleiten, so dass ich meinen Kopf auf seine Brust legen kann. Er hat keine Haare auf der Brust. Und das ist gut so. Ich mag keine behaarten Männerbrüste. Aber wenn er eine hätte, würde ich bestimmt eine Ausnahme machen. Lieber Gott, wenn ich doch nur für immer so liegen bleiben könnte.

»Ich mache mir Sorgen um dich«, sagt Jakob. »Du solltest vielleicht sofort nach Hause fliegen. Heute Abend noch. Nicht bis morgen warten. Zumindest solltest du im Krankenhaus anrufen.«

»Das wird schon wieder«, sage ich.

»Ich habe einen Abstecher in ein Internetcafé gemacht und kurz im Netz gesurft. Ein Flieger geht heute gegen acht und einer morgen früh, beide vom Flughafen Charles de Gaulle hier in Paris, der morgen früh ist allerdings ziemlich teuer. Ein billigerer geht mittags über Kastrup. Vielleicht gehen auch noch mehr.«

»Willst du mich heute Abend noch loswerden?«

»Nein, aber ich bin verantwortlich dafür, dass ich dich auf diese Freak-Reise mitgenommen habe. Das Augenlicht sollte man nicht aufs Spiel setzen.«

»Man sollte auch sonst nichts aufs Spiel setzen.«

»Wir spielen aber trotzdem.«

»Wie meinst du das?«

»Du weißt, wie ich das meine«, sagt Jakob.

»Nein.«

»Doch.«

»Okay. Nehmen wir an, ich würde es verstehen. Soll ich dann mal ganz ehrlich sein?«, frage ich

»Ich weiß nicht. Deine Minuten der Wahrheit sind mir unheimlich.«

»Ich kann es etwas allgemeiner formulieren.«

»Wie denn?«

»Hier sind gerade ein Mädchen und ein Junge allein in einem Doppelzimmer im Hotel«, sage ich.

»Aha.«

Jetzt ist der Regen so heftig geworden, dass ich ihn höre. Der Regen hat etwas Betäubendes an sich.

»Meine Freundin Camilla behauptet, Sex sei für die meisten heute nicht mehr so eine große Sache«, sage ich. »Bedeutet kaum mehr, als wenn man sich nette, ein bisschen flirtmäßige SMS schickt.«

Ich lecke mir nochmals die Finger ab. Vielleicht könnte Papas und Rubens Hands On-Restaurant doch Erfolg haben.

»Es schmeckt einem viel besser, wenn man mit den Fingern isst«, sage ich und wische den Rest an der Hose ab. »Kannst du dir vorstellen, was ich mir gerade vorstellen kann?«

»Nein«, sagt Jakob ganz leise, was ich aber trotzdem bestens höre.

»Ich will deine restliche Mappe sehen. Was geschah nach Chagall und dem Krieg?«

Jakob sieht mich an.

»Können wir nicht später weitermachen? Bitte?«

»Nein. Wir müssen damit durchkommen.«

»Okay. Nach dem Krieg ist eine Menge passiert«, sagt Jakob. »Eine ganze Menge.«

»Das kann ich mir vorstellen. Es gab bestimmt nicht nur Yoko Ono?«

»Nein, es gab nicht nur Yoko Ono.«

»Ich habe den Überblick verloren. Wie viele Bilder hast du noch?«

»Eh … sechs.«

»Das schaffen wir. Ein Schnelldurchlauf durch die westliche Kunstgeschichte nach dem Zweiten Weltkrieg. Leg los, Jakob … Wie heißt du eigentlich mit Nachnamen? Danach habe ich noch gar nicht gefragt.«

»Raunevarden.«

»Schöner Name. Jakob Raunevarden, du hörst dich schon an wie ein etablierter Kunsthistoriker.«

»Danke.«

»Okay, Mister Raunevarden, auch genannt der Robbie Williams der Kunst, fang an! Du hast schon längst das Hemd ausgezogen. Entertain me!«

»Ich habe Angst.«

»Etwas Angst ist nicht schlecht, wirkt eher leistungssteigernd.«

Es vibriert herrlich an meinem Ohr, wenn er spricht.

»Warum ist es so wichtig für dich, dass du absolut alle Bilder zu sehen bekommst? Dreiunddreißig ist eine willkürliche Zahl. Es könnten genauso gut achtundfünfzig sein. Oder neunundsiebzig.«

»Nein, ich glaube, du hast alle aufgenommen, die du für wichtig hältst. Du hast doch gesagt, dass dreiunddreißig eine heilige Zahl ist.«

»Ich schaffe nicht alle«, sagt Jakob. »Außerdem gibt es noch ein Bild mehr. Das kein Kreuzigungsbild ist. Das ich aber trotzdem aufnehmen werde.«

»Okay. Das verkrafte ich auch noch. Was ist nun nach dem Krieg passiert? Und du kannst von mir aus gern hier drinnen rauchen. Es sieht cool aus, wenn du rauchend auf dem Bett liegst und mir etwas über Kunst erzählst. Das ist echt … Paris.«

»Okay. Chagall gelangte sicher in die USA, aber die meisten europäischen Juden wurden umgebracht. Der deutsche Philosoph und Kunsttheoretiker Adorno hat gesagt, Gedichte schreiben sei nach Auschwitz barbarisch. Er meinte damit, dass jedes Gedicht, jede Musik, jedes Bild und jede künstlerische Aktivität sich nur vor die grausamen Ereignisse schieben könnte, die sich in den Konzentrationslagern der Deutschen zugetragen haben, und das sollte nicht sein. Eine interessante Behauptung, aber ich denke, dass das, was für Auschwitz gilt, im Grunde für alles Böse gilt, das irgendwann in der Welt passiert ist und immer noch passiert. Viele haben begriffen, was Adorno meinte, und doch begannen manche, nun gerade die grausamen Dinge, die überall geschehen, in die Kunst mitaufzunehmen.«

Jakob steht auf und holt seine Mappe. Er findet es schnell.

»1946 hat der Engländer Graham Sutherland dieses Bild gemalt«, sagt er. »Es ist nicht schwer zu erraten, dass er Fotos von Konzentrationslagern gesehen haben muss – die Dornenkrone aus Stacheldraht, der abgemagerte Mensch, dessen Rippen man zählen kann, der Jude, der zu Tode gefoltert wird. Das Bild war erschreckend aktuell, enthielt Spuren, die zurück zu Grünewald führten, ja, sogar zu Giotto. Sutherland war während des Zweiten Weltkriegs vom englischen Staat als offizieller Kriegskünstler angestellt worden und spielte eine führende Rolle in einer Bewegung, die sich die Neuromantiker nannten. Und Jesus, der König der Juden, kam in diesem Altarbild wieder zurück.«

→ **Siehe Abbildung 28 im Bildteil**

»Ein unglaublich tolles Bild!«, sage ich. »Und kam die Romantik auch zurück?«

»Die Romantik ist in der Kunst im Grunde immer präsent gewesen«, sagt Jakob.

»Das läuft ja wie am Schnürchen. Noch fünf.«

Jakob holt ein weiteres Bild heraus. Ein merkwürdiges Bild, es ist irgendwie nur ein einziger Schrei, die Hälfte der Leinwand ist nicht bemalt, der braune Hintergrund scheint schlicht und einfach die rohe Leinwand zu sein. Es ist ein unangenehmes Bild. Was am Kreuz hängt, ist nicht Jesus, sondern eine Art geschlachtetes, hähnchenähnliches Wesen, das zappelt und schreit. Wenn man jemandem das Bild beschreibt, hört es sich vielleicht an wie ein Witz, aber das Bild wirkt richtig erschreckend.

»Eine neue und originelle Variante des alten Motivs«, sagt Jakob. »Damals wurden nicht so viele Kreuzigungen gemalt, aber einer der größten Künstler, der es getan hat, ist der in Irland geborene Francis Bacon. Er hat mehrere Kreuzigungsbilder gemacht, die Kreuzigung ist eins seiner zentralen Motive. Alles spielt sich in einem irgendwie klaustrophobischen Raum ab, im Hintergrund sieht man Menschen und Autos, die von dem Schrei und den Schmerzen ganz weit entfernt sind. Die ruhige blaue Linie könnte das Mittelmeer sein, Bacon wohnte damals in Monaco. Das Bild entfernt sich sehr von der Bibelgeschichte, wurde bald nach dem Zweiten Weltkrieg gemalt, fünf Jahre danach. In Bacons Bildern findet sich immer eine gefährliche Mischung aus etwas, das still, gefühllos und tot ist, wie zum Beispiel ein Operationstisch in einem Leichenhaus, und etwas, das wild, lebendig und schmerzerfüllt ist, wie derjenige, der auf dem Operationstisch liegt.«

»Ohne Betäubung.«

»Ohne Betäubung.«

→ **Siehe Abbildung 29 im Bildteil**

»Und all die Menschen im Hintergrund, die am Strand entlangspazieren. So sind wir auch«, sage ich.

»Wie meinst du das?«

»Wir sind im Urlaub und reden über diese schrecklichen Dinge, Leid und Folter und Kreuzigung und den Zweiten Weltkrieg, aber im Grunde denken wir nur an die vielen Dinge in unserem mickrigen Leben.«

»Ja«, sagt Jakob. »Wir sind vor allem Touristen, Menschen on Tour. Und mitschuldig. Fügst du der Tour die drei Buchstaben T-O-R hinzu, bekommst du …«

»… T-o-r-tur«, sage ich und höre, wie ich eine kleine Rede halte. »Ich bin im Urlaub und rede über all diese schrecklichen Dinge, schaue mir eine Unmenge von Bildern an, die eigentlich Leid und Folter und Kreuzigung zum Gegenstand haben. Ich schaue mir all die Bilder von diesem Mann an, der mit ausgestreckten Armen dort hängt, und denke dabei, Munchs Jesus sieht mich an. Vielleicht, weil das Bild moderner und norwegisch ist, keine Ahnung, aber es ist nicht nur irgendein Kunst-Jesus, es ist ein Mann, der … ja, mich fragt, warum er dort hängt, wenn ich nur eins dieser mit sich selbst beschäftigten Gesichter um ihn herum bin, die sich einen feuchten Kehricht um ihn kümmern. Die wegschauen, nur Zuschauer sind, die nicht begreifen wollen, dass es in der Kunst um die Wirklichkeit geht und das Leben, sondern – was sagt er noch mal, wenn er dort hängt? Dass ich nicht einfach nur an meine Augen denken kann, an Mama und Papa, daran, dass ich oft finde, dass ich mich etwas unsexy kleide, dass ich keine Freunde habe, dass ich Lust auf einen silbergrauen iPod habe, dass ich mich gern sonnen würde, um schön braun zu werden, sondern dass ich eher … in die Welt hinausgehen sollte und nach denen schauen, denen es schlecht geht, den Armen helfen, nett sein, mich nicht über andere ärgern, dass ich die geistig Behinderten sehen soll, die allein durch die Stadt laufen, die Kinder dieser Welt, denen es schlecht geht, die Alten, die einsam sind, und wenn ich es nicht tue, dann bin ich nur on Tour.«

»Du hast recht«, sagt Jakob. »Kunst ist nicht dafür gemacht, dass sie im Museum toll aussieht. Du würdest übrigens gar nicht so schlecht in die Heilsarmee passen.«

»Aber in einer Sache irrst du dich gewaltig«, sagt Jakob und setzt sich im Bett auf. Es tut mir in der Seele weh, dass ich nicht mehr auf seiner Brust liege.

»Worin denn?«

Er will gerade etwas sagen, hält sich aber zurück. Errötet er? »Das sage ich später. Jetzt kommt erst der allseits bekannte Salvador Dalí.«

»Von dem habe ich schon gehört. Er hat eine Parfümflasche gemacht. Wie ein Kussmund geformt. Und dann noch Uhren, die schmelzen.«

»Bluffst du nur, wenn du sagst, dass du keine Ahnung hast?«

»Klar, bluffe ich nur«, sage ich.

Der Regen draußen macht, dass ich ganz dringend zur Toilette muss, ich kann die Beine fast nicht mehr zusammenkneifen.

»Beeindruckend, Frau Riis! Dalí hat die Mischung aus Kunst und Kommerz beherrscht«, sagt Jakob. »Er wurde aus dem Surrealisten-Verband ausgeschlossen, weil er zu viele verrückte Einfälle hatte, vielleicht aber auch, weil er zu PR-geil war. Einmal erschien er in einem mächtigen Taucheranzug auf einer Ausstellung, erstickte aber fast, weil die Sauerstoffzufuhr zur Neige ging, sie konnten ihm die riesige Maske gerade noch rechtzeitig abnehmen.«

»Total *surreal*, das Wort wird ständig benutzt, aber was bedeutet Surrealismus eigentlich? Dass die Wirklichkeit ganz verdreht ist?«

»In gewisser Weise ja. Es war eine Richtung innerhalb der Kunst, die sich in den Zwanzigerjahren hier in Paris entwickelt hat, Chef war der Autor André Breton, der das surrealistische Manifest geschrieben hat. Mit knappen Worten: Der Künstler sollte vom Unterbewusstsein ausgehen, von unzensierten freien Assoziationen und seinen Träumen. Dem, was wirklicher war als die Wirklichkeit. Es war ein Schwung in dieser künstlerischen Bewegung, die die spätere Kunst beeinflusst hat, sie war damals frisch und neu und Grenzen sprengend, heute findet man den Surrealismus schon im Kinderfernsehen. Viele Bilder von Dalí sind sehr realistisch und albtraumhaft zugleich.«

»Wie die von Hieronymus Bosch?«

»Ja. Wie Bosch.«

»Kann ich das Dalí-Bild mal sehen?«

Jakob zieht ein Bild heraus, das ich schon mal gesehen zu haben glaube. Es sieht eigentlich überhaupt nicht albtraumhaft aus. Ein ruhiges, schönes Bild von Jesus am Kreuz. Fast könnte man meinen, es wäre von Velázquez gemalt, aber das traue ich mich nicht zu sagen. Was ist hieran so surrealistisch?

»Das hier wurde ein Jahr nach dem Bacon-Bild gemalt, eigentlich ein Spätwerk von Dalí, aber ein zentrales. Er hat ja meistens albtraumartige Gestalten in detailreichen, unangenehmen Landschaften gemalt, und viele halten ihn für so verrückt, wie es sich für einen Künstler gehört. Dalí hatte immer eine Menge Fans, vielleicht, weil seine Bilder so figurativ sind, im Gegensatz zu den meisten anderen Kunstwerken dieser Zeit. Aber ich finde, dass Dalí, der die Welt gern geschockt hat, hier erschreckend normal ist, vielleicht denkt er diesmal, dass

→ **Siehe Abbildung 30 im Bildteil**

das Motiv eines Mannes, der sich für Gott ausgibt und sich für die ganze Menschheit zu Tode foltern lässt, schon in sich so surrealistisch und absurd ist, dass es sinnvoll scheint, ihn einfach nur abzubilden. Jesus von oben, vielleicht gesehen mit den Augen Gottes. Es ist eins der reinsten, sachlichsten Bilder, die er gemalt hat, mit einer völlig anderen Temperatur als alles, was er sonst gemacht hat.«

»Ich muss mal im Bad verschwinden«, sage ich und sehe Jakob an, dass das jetzt ganz verkehrt ist. »Bleib du nur sitzen! Ich will, dass du zu Ende erzählst. Es fehlen jetzt ja nicht mehr viele.«

Ich musste schon so lange ganz dringend, dass es gerade noch gut geht. Als ich fertig bin und an der altmodischen Kette ziehe, piept Jakobs Handy. Er hat es zum Laden in den Rasierapparatstecker gesteckt, es liegt auf dem Ablagebrett unter dem Spiegel, neben dem Toilettenbeutel und meinen Augenspülutensilien. Hat Jakob gehört, dass eine SMS für ihn eingegangen ist? Ich überlege, ob ich nachsehen soll, von wem sie ist, bin aber nicht in der Stimmung dazu. Ich knülle ein paar saubere weiße Kleenex-Tücher zusammen und drapiere sie wie zufällig auf seinem Handy. Zwinge mich, mir mein blasses Gesicht im Badezimmerspiegel anzuschauen. Ob er mich mag? Rote Augen in einem blassen Gesicht, der Mund ein dünner Strich. Ich öffne den Toilettenbeutel und trage etwas roten Lippenstift und Mascara auf, trotz der Angst um meine Augen. Jetzt schüttet es draußen. Vielleicht will mir der Regen etwas sagen, aber ich weiß nicht, was. Dann gehe ich zurück ins Zimmer.

»Glaubst du an Liebe auf den ersten Blick?«, frage ich.

»Nein, nicht von Anfang an.«

»Aber?«

»Aber … na ja. Sie lässt sich vielleicht auch nicht ganz ausschließen.«

Jakob holt tief Luft. Zusammen mit mir. Viel Sauerstoff.

»Jetzt sind nur noch die hier übrig«, sagt Jakob und zeigt auf die Blätter, die er mit den Bildern nach unten auf dem Bett verteilt hat. Drei Stück. »Stimmt es wirklich, dass du willst, dass ich dir über all diese Künstler etwas erzähle? Manchmal habe ich Angst, du hättest nur aus irgendeinem Grund Mitleid mit mir.«

»Nein. Weshalb sollte ich? Ich mag es gern, wenn mir jemand etwas erzählt, das habe ich dir doch schon ein paarmal gesagt. Es gefällt mir, was du mir zu sagen hast. Du bist so … scharf auf Kunst.«

»*Scharf auf Kunst?*«

»Ja.«

Fällt ihm auf, dass ich mich geschminkt habe? Würden die Männer den Frauen nur ab und zu sagen, dass sie hübsch sind, wäre die Welt einfacher, mehr wollen sie eigentlich nicht hören, behauptet zumindest Mama.

»Erzähl mir den Rest. Morgen bin ich weg.«

»*Morgen bin ich weg* hört sich grausam an. Noch schlimmer als *scharf auf Kunst.*«

»Ja, es ist grausam. Führ mich durch den Rest. Ich muss wissen, wie es ausgeht.«

»Das hier ist aber kein Roman.«

Der Regen macht das Zimmer enger, wir dürfen dichter beieinander sitzen. Aber mit dem Kopf auf seiner Brust daliegen, darauf wage ich nicht mehr zu hoffen. War wohl zu viel des Guten.

»Die Sprünge in der Kunstgeschichte werden immer größer, die Entwicklungen gehen immer weiter auseinander. Von 1900 bis heute ist so viel passiert. Marcel Duchamp hat in New York ein Pissoir ausgestellt und es *Fountain*, Brunnen, genannt. Piet Mondrian aus den Niederlanden hat rote, blaue und gelbe Vierecke gemalt, sie mit schwarzen Linien und weißen Feldern kombiniert und das Landschaftsmalerei genannt. Picasso und … ja. Viele Maler, viele Nebenflüsse, aber nicht so viele Jesusfiguren am Kreuz. Gott war in der Kunst offiziell größtenteils ziemlich tot, mit nur wenigen, guten Ausnahmen. Doch dann …«

Jakob dreht das Blatt um. Ein gelb-schwarzes Bild, das fast so aussieht, als hätte ein Kind ein paar Bretter ausgesägt und angemalt. Ein Kreuz.

»Arnulf Rainer aus Österreich. Das Kreuz ist, wie du sagst, schon für sich genommen eine unglaublich starke Form, die all diese Bilder beeinflusst. Von Raffael und der Renaissance bis zu diesem Bild von Rainer aus Wien in den Fünfzigerjahren ist es zwar ganz schön weit, aber ich war glücklich, als ich das Bild fand. Der Künstler wird vielleicht aufschreien, wenn ich es ein Kruzifix nenne. Aber sein *Gelbes Kreuz* vereinigt viel vom Modernismus der Fünfziger- und Sechzigerjahre in sich und verweist auf Quellen, die bis zum Ersten Weltkrieg zurückgehen. Die dominierende Richtung wurde jetzt der sogenannte Abstrakte Expressionismus, der eigentlich kein bestimmter Stil ist, er kam ursprünglich aus München, zum Beispiel mit den Bildern Kandinskys. Aber der Abstrakte Expressionismus entfaltete sich in den Vierziger- und Fünfzigerjahren vor allem in den USA. Viele europäische Künstler flohen während des Zweiten Weltkriegs in die USA und beeinflussten das dortige Kunstmilieu. In Frankreich gab es ein Wort, das für die weitere Entwicklung der Bilder ausschlaggebend war – der *Tachismus*, vom Begriff *tache*, was so viel wie Fleck bedeutet. Mehr Französisch kann ich nicht. Es ging darum, wie eigentlich gemalt werden sollte …«

»Was ist *Abstrakter Expressionismus*? Hat das was mit van Gogh, Nolde oder Munch zu tun?«

→ **Siehe Abbildung 31 im Bildteil**

»Indirekt. Der amerikanische Maler Jackson Pollock war vom Surrealismus völlig absorbiert, arbeitete sich aber zu einer abstrakteren Kunst vor. Und mit der Zeit bemalte er Giga-Leinwände, die auf dem Boden lagen, er beträpfelte und bespritzte die ganze Fläche, fast wie ein Tanz, was manche *Action-Painting* nannten. Pollock und auch andere schufen Kunst, die viele für *vollkommen unverständliche Kunst* hielten, *die ein Kind oder auch ein Affe gemacht haben könnte*, und so weiter. Aber auch Munch hat in der Zeit den Deckel abgeschraubt und direkt aus der Tube gemalt, in etwa so, wie wenn man sich die Zähne mit der Zahnpastatube putzt, ohne eine Zahnbürste zu verwenden. Was Jackson Pollock malte, war wie Jazz, er improvisierte, hatte aber die Kontrolle. Ich weiß nicht, womit ich es vergleichen soll, zum ersten Mal beeinflusste die amerikanische Kunst die europäische. Das gilt vermutlich auch für Arnulf Rainer. Zugleich hat Rainer noch andere Impulse aus dieser Zeit aufgegriffen, etwas, was *Hard-Edge* und *Minimal Art* genannt wurde. Das sind elegante Worte, aber die Dinge sind nicht so eindeutig, und gerade deshalb ist das hier ein fantastisches Bild! Es ist das gleiche Kreuz wie auf den alten Altarbildern oder bei Giotto, den wir in Florenz gesehen haben, eine äußere physische Form. Und auf dieses Kreuz wurde eine unbändige und unbezwingbare Düsternis aufgetragen, so groß und schwarz, dass sie die Form sprengt, so gnadenlos wie der Tod. Jackson Pollock hat einmal gesagt, er habe irgendwann begriffen, dass große Kunst hässlich sein kann. Das Bild erfüllt mich mit einer großen Unruhe. Das gefällt mir.«

»Dir gefallen die Maler am besten, die nicht verzieren wollen?«, frage ich.

»Ich weiß nicht. Ich bin kein Freund von sentimentalen Dingen. Bisher war die Entscheidung einfach, aber jetzt finde ich es immer schwieriger zu sagen, wen ich zum Beispiel von Raffael und Rainer am liebsten mag. Beide haben eine solche

Kraft in sich. Gute Kunst ist offen für große Lügen und große Wahrheiten, ohne … ja, zu dick aufzutragen.«

»Wie die Liebe«, sage ich und frage mich, ob das jetzt bescheuert klingt, aber im Grunde ist es meine Meinung.

»Und das vorletzte Bild?«, sage ich und drehe das Blatt um. Es sieht aus wie eine Hippie-Skulptur oder irgendein Holzteil, das ein Schüler, der keine Lust auf den obligatorischen Holzlöffel hatte, im Werkunterricht gemacht hat.

»Ist das nicht der Knüller? Siehst du, wie der Künstler die Comicfiguren von Don Martin im alten MAD nachmacht. Sieh dir nur die Knie an, solche Knie hat Don Martin immer gemalt.«

»Über Don Martin weiß ich nicht wirklich was. Ich habe fast nur Donald Duck gelesen. Mir kommt das hier nicht besonders comichaft vor. Sondern vor allem merkwürdig, merkwürdig und gleichzeitig ernst, katholisch, mit den bunten Glühbirnen und den Glasscherben«, sage ich.

Mir ist klar, dass es von Giottos großem Kruzifix in Florenz bis zu dem hier eine ganze Ecke ist. Jesus fehlt der Heiligenschein, aber dafür hat das Kreuz zwei zusätzliche Sterne bekommen, wie es sich gehört.

»In den Sechzigerjahren kam die Popkunst auf, eine Art ironische Antwort auf den Abstrakten Expressionismus. Jetzt ging es um den ernsten Spaß und den ironischen Ernst, und es fanden gewöhnliche Gegenstände aus dem Supermarkt, der Werbung und der sogenannten Popkultur Verwendung. Zuerst dachte ich, dieses Kreuzigungsbild sei irgendwie Pop-Art. Es entstand 1960, zur selben Zeit, als der bekannte Andy Warhol in New York auftauchte und Bilder von Berühmtheiten, Colaflaschen, Dollarnoten und sogar vom elektrischen Stuhl machte. Aber in Wahrheit ist diese Holzskulptur nicht beson-

→ **Siehe Abbildung 32 im Bildteil**

ders poppig, sie ist ernst gemeint. Sie wurde von einem Typen gemacht, über den ich fast nichts herausfinden konnte, er hieß Charlie »Cedar Creek« Fields, ein Amerikaner mit Indianerblut, es ist daher vielleicht eher eine moderne primitive Skulptur. Er hat die Skulptur *Polka Dot Jesus* genannt, ganz offensichtlich, weil er sie mit vielen rosaroten Farbtupfern versehen hat. Auch das Haus, in dem er aufgewachsen ist, ist ganz mit rosaroten Tupfen bemalt: die Wände, die Fußleisten, die Vorhänge, der Wandschmuck, die Fenster, die Schränke, die Türen, alles. Nachdem er seine Mutter verloren hatte, hat Charlie Fields angefangen, rosarote Tupfen zu malen. Das Haus heißt heute entsprechend *The Polka Dot House* und ist ein Museum irgendwo in North-Dakota. Mehr weiß ich nicht darüber. Aber ich habe ein absolutes Faible für Fields' Skulptur. Ja, das ganze Haus ist eigentlich eine Skulptur. Übrigens war wohl auch Andy Warhol Katholik oder russisch-orthodox, er ging am Ende seines Lebens fast täglich zur Messe.«

Jakob schweigt, zündet sich eine Zigarette an.

»Und das letzte Bild?«, frage ich und drehe das allerletzte Blatt um. Es ist schwer wie ein Stein.

Ein grau-blau-weißes Bild. Ein gesichtsloser Jesus am Kreuz, der im Begriff ist, sich in einem unnatürlich weißen Licht aufzulösen. Diejenigen, die davor stehen und Jesus betrachten, sind ebenfalls in Atombombenlicht getaucht.

»Gemalt von Luc Tuymans 1999, kurz vor dem Jahrtausendwechsel. Falls man darin etwas Symbolhaftes sehen möchte.«

»Vielleicht«, sage ich. »Obwohl man uns ja eingetrichtert hat, wie albern es ist, an Übersinnliches zu glauben. Dabei finde ich es schlimmer, an *Unter*sinnliches zu glauben.«

Jakob bläst gleichmäßige Rauchwolken aus der Nase, es sieht aus, als hätte er sein Leben lang geraucht.

→ **Siehe Abbildung 33 im Bildteil**

»Ich habe lange gesucht, bis ich diese dreiunddreißig Bilder gefunden habe. Sie wirken auf den Betrachter nicht neutral wie Bilder von Blumen oder Wassergläsern. Man kann die vielen Kreuzigungsszenen auch irgendwann über haben, wenn alles ständig nur Schmerz, Schmerz, Schmerz ist. Karfreitag bedeutet Gefängnis, korrupte Richter, Folter und Kreuzigung. Tod. Für die Gekreuzigten gab es nie Hoffnung. Der Autor Dostojewski hat einmal beim Betrachten eines Gemäldes von Christi Leichnam gesagt, dass man beim Anblick des toten Christus seinen Glauben verlieren könne, es fehle einem die Hoffnung. Der Tod ist so über die Maßen … Tod. Nein, das hört sich doof an.«

»Nein«, sage ich.

»In Luc Tuymans' Bild erkennt man Jesus kaum. Das Motiv ist bestimmt von einem Infoheft oder einer Broschüre inspiriert, wie es so schön heißt. Der dunkle Streifen oben im Bild soll zeigen, dass es sich eigentlich um ein triviales Foto handelt. Anders gesagt: Der Maler hat das Bild gemalt, als wäre es ein Foto aus einer Broschüre für ein Passionsspiel, bei dem man sich verkleidet und die Vorfälle an Karfreitag nachspielt.«

»Das Bild wirkt irgendwie kalt«, sage ich. »Als würde es dem Maler nichts bedeuten.«

»Schwer zu sagen. Tuymans hat gesagt, dass er, als er als Siebzehnjähriger zum ersten Mal El Greco sah, zu erkennen meinte, dass das Licht bei El Greco immer kalt sei, weshalb seine Bilder so kräftig und stark und auf fremde Weise inbrünstig wirkten. Viele Elemente in Tuymans' Malerei befinden sich in einer Art Vakuum, viele seiner Bilder sind nur leere Räume, kalte, leere Räume, die alles Mögliche sein können. Im Fußboden ist nur ein kleiner Abfluss. Der Titel des Bildes lautet *Gaskammer*. Vermutlich ist es noch zu früh, um zu sagen, was die Kunstgeschichte einmal über Tuymans schreiben wird, aber ich glaube, ihn beschäftigt, was manche *Details des Bösen* nennen, hier haben wir Walter Benjamin also wieder. Tuymans zeigt auch in einer Gaskammer das Gewöhnliche, Praktische und Triviale. Womit die Wahrheit über den Raum vielleicht noch verstärkt wirkt. Tuymans hat das Malen längere Zeit gelassen, hat stattdessen fotografiert und Filme gedreht, war der Meinung, die Malerei habe heute nichts mehr zu sagen. Doch dann fing er eines Tages wieder damit an, ich weiß nicht warum. Aber auch heute meinen viele noch, dass die Malerei tot ist.«

»Wie Jesus.«

»Ja.«

»Aber bei Tuymans ist die Malerei wiederauferstanden?«

»Vielleicht. Jesus am Kreuz ist hier im Begriff, sich in einem kalten Licht aufzulösen. Das Original ist natürlich noch stärker, diese Reproduktionen sind und bleiben ein Behelfsmittel. Nur die echten Bilder zählen. Das gilt ganz besonders auch für Tuymans' Bild, ein Hauptmotiv der Kunstgeschichte, Jesu Kreuzigung wurde auf eine Art Programmhinweis reduziert, ein Mythos, an den sich nur noch sehr wenige erinnern, ein etwas steifes Schauspiel für speziell Interessierte.«

»Traurig ist das«, sage ich. »Es ist wahrscheinlich leichter zu zweifeln als zu glauben.«

»Das bezweifle ich. Die Bibel ist voller Zweifler. Einer der Jünger Jesu hieß sogar *der ungläubige Thomas*. Aber von Anfang an gab es Zweifler. Adam zweifelte. Abraham zweifelte. Moses. Hiob. Die Propheten. Petrus. Sogar Johannes der Täufer saß im Gefängnis und zweifelte daran, dass Jesus der Messias war. Warum hat er nur Menschen geheilt und geredet? Warum hat er kein neues Reich errichtet, wie König David es getan hat? Jesus schickte ihm eine kurze Botschaft: Blinde sehen und Lahme gehen, Aussätzige werden rein und Taube hören … Okay. Jetzt hast du fast alle Bilder gesehen.«

»Was meinst du mit *fast*? Gibt es noch mehr?«

»Ja, eins ist noch übrig. Aber das habe ich nicht dabei. Das zeige ich dir später. Jetzt weigere ich mich, weiter über Kunst zu reden. Kein einziges Wort mehr. Ich habe einen Film gekauft, den wir uns anschauen können.«

»Aber Jacopo! Glaubst du denn, es gibt ein Später? Dass wir ... uns wiedersehen?« Ich bemühe mich, die Frage leicht und natürlich klingen zu lassen.

»Glaubst *du* denn daran?«

Jakob sieht halb zur Decke.

»Es ist feige, eine Frage mit einer Frage zu beantworten«, sage ich.

»Ja. Aber du bist diejenige, die die Minute der Wahrheit erfunden hat. Da kann ich von dir doch guten Gewissens mehr verlangen.«

»Finde ich nicht. In Wahrheit ist alles, was ich sage, gelogen«, sage ich.

»Auch wenn du sagst, du lügst?«

»Ja. Vielmehr nein. Ich bin im Zweifel.«

Mein Kopf rotiert. Es ist alles zu viel. Jesus. Jakob. Und ich. In einem Hotelzimmer. Und meine Augen. Und das Ullevål Krankenhaus. Und Mama und Papa auf dem Glatteis. Und der letzte Abend. Und die letzte Nacht. Mit Jakob. Und dass alles schwarz um mich werden kann. Und dich der Tod holen wird.

Ich weiß, dass ich jetzt etwas sagen sollte. Die Dinge müssen auf den Tisch.

(Frida reißt sich zusammen und sagt, was sie schon die ganze Reise über beschäftigt, jetzt oder nie).

FRIDA: »Jakob Raunevarden, ich mag dich richtig gern.

Schon seit ich dich kennengelernt habe. Ich finde dich witzig und schön und … tja, aber auch wenn du es nicht wärst, würde ich dich trotzdem mögen. Das ist es ja gerade. Ich habe einfach große Lust, ständig mit dir zusammen zu sein. Das kann nicht gesund sein. Ich habe auch jetzt Lust, mit dir zusammen zu sein. Auf alle erdenkliche Arten. Und wahrscheinlich auch noch lange nach *jetzt.* Ich liebe, liebe, liebe dich, Jakob Raunevarden!«

JAKOB (drückt die Zigarette aus): »Ich liebe dich auch, Frida Riis. Will keinen anderen Menschen haben als dich. Keinen. Du meine Liebe. Ich liebeliebeliebe dich.«

Jakob küsst Frida lange, lange, lange. Schluss. The End.

Aber ich bringe kein Wort heraus. Denn mein Herz, mein Herz, es schlägt wie verrückt. Hundert Schläge in der Minute. Mindestens. Ich kann keinen längeren Satz am Stück herausbringen.

»Schade, dass ich gehen muss. Aber ist auch egal. Hat ja jetzt doch noch etwas Trouble gegeben. Sorry. Ich hoffe, du kannst damit leben, dass es nicht zu viel wurde.«

»Ich weiß nicht, so viel Trouble war es ja nicht«, sagt Jakob. »Wir haben doch nur ein bisschen geknutscht.«

»Zweimal. Und ich habe dich vielleicht einmal auf die Wange geküsst.«

»Okay«, sagt Jakob.

Hat er auch mitgezählt? Oder bedeutet es ihm nicht so viel? Und warum reden wir plötzlich so unglaublich leicht und unbekümmert darüber. Oder tun wir das nicht?

»Eine Sache noch. Eins muss ich dir unbedingt noch sagen.«

Jakobs Hände wollen eine Zigarette aus der Schachtel nehmen, die er aus der Hosentasche zieht, aber sie ist leer.

»Was denn? Das, was du mir vorhin schon sagen wolltest?«

»Ja. Und zwar, dass du dich total irrst, wenn du behauptest, du seist nicht sexy.«

Es heißt, dass das Herz relativ regelmäßig schlägt, aber das tut es nicht immer, manchmal überspringt es mehrere Schläge.

»Ich hoffe, dass du jetzt nicht lügst.«

»Nicht in diesen Dingen.«

Wir sehen uns an.

»Also ...«, sagt Jakob schließlich. »Wenn mein Leben irgendwie unübersichtlich wird und ich ganz verschwitzt bin, dann brauche ich eine Dusche. Vor allem nach so einem langen Vortrag. Hättest du Lust, hinterher einen Film zu sehen? Mit Juliette Binoche. Ich kann nicht durch die Gegend laufen und über einen Film reden, den ich nie gesehen habe.«

»Logisch«, sage ich.

Dann geht er ins Bad und schließt die Tür. Duscht.

Ich stelle mich ans Fenster. Draußen ist es dunkel, fast Nacht. Schwere Regenwolken haben beschlossen zu bleiben. Ich bin in Paris. Immer noch sehr in Paris. In einem Doppelzimmer in einem Hotel, von dem ich nicht einmal weiß, wie es heißt. Das Einzige, was ich weiß, ist, dass es die letzte Nacht ist, die ich mit Jakob zusammen sein werde. Ich habe zufällig Kondome gekauft. Jakob zufällig einen Film. *Die Liebenden von Pont Neuf.*

Ein Film wie im Film.

Er duscht lange. Das Duschwasser und der Regen konkurrieren miteinander. Das Duschwasser ist näher und besser zu hören, aber auf lange Sicht gewinnt der Regen.

Ich gebe es zu. Ich bete zu Gott, dass er die SMS nicht entdeckt. Mir fällt nichts Vernünftiges oder Natürliches ein, was ich tun könnte. Sie ist ganz bestimmt von ihr.

Als er die Tür aufmacht und aus dem Bad kommt, riecht es nach einer herrlichen Mischung aus Seife, Shampoo und Aftershave. Es sieht nicht aus, als hätte er auf seinem Handy eine gefährliche SMS gelesen. Zum Glück hat er sich T-Shirt und Hose angezogen. Gemeinsam zitternd setzen wir uns dicht nebeneinander auf das Bett. Sorry, Ida. Das muss sein, damit ich den Film auf Jakobs Laptop sehen kann, es ist die einzige praktische Lösung. So viel dazu.

Alles ist so wirklich, dass es fast unwirklich ist. Zu dem Weißwein, den wir getrunken haben, hat Jakob noch eine Flasche Rotwein gekauft. Beim Versuch, die Flasche zu öffnen, macht er den Korken kaputt und muss ihn mit dem Finger hineindrücken. Wir trinken direkt aus der Flasche, schicken sie zwischen uns hin und her, wie Juliette Binoche und der Typ im Film. Der Wein schmeckt superlecker. Es ist der beste Wein, den ich je getrunken habe. Der beste Wein im ganzen Universum.

Jakob legt den Film ein. Die DVD rauscht los, zum Glück gibt es englische Untertitel. Ich erinnere mich an den Anfang des Films, eine hellblaue, seekranke Fahrt in einen Tunnel, ein Auto, das rücksichtslos und lautlos fährt, der Ton ist weg, wurde von einer einfachen Bratsche oder einem Cello ersetzt. Mir ist schwindlig.

»Auch auf die Gefahr hin, dass ich eine Spaßbremse bin, muss ich sagen, dass ich mir jetzt keinen Film ansehen kann. Können wir vorspulen und sehen, ob wir die Rembrandt-Szene finden, ich glaube, sie kommt irgendwo am Ende, dann versuchen wir herauszufinden, um welches Bild es sich handelt, und schauen uns den Rest später an?«

Ich sehe Jakob mit vernebeltem Blick.

»Eine Zigarette zuerst«, sagt Jakob, macht eine neue Packung auf, holt eine Zigarette heraus und zündet sie an. Hustet ein wenig. Bekommt Rauch in die Augen. Vielleicht ist er doch noch nicht so routiniert. Und ich glaube nicht, dass ich mich irre: Er ist genauso nervös wie ich.

»Sorry, ich habe deine Augen ganz vergessen«, sagt er, steht auf und geht auf den kleinen Balkon.

Ich stehe auch auf, mir ist schwindlig, mehr als ich gedacht hätte. Es geht nicht mehr nur ein Zittern durch meinen Körper, warme Wellen durchströmen mich. Flutwellen. Ich kann nur mit Mühe aufrecht stehen. Jakob steht auf dem schmalen Balkon, ich sehe ihn von der Seite. Draußen ist es ziemlich nass. Ich höre ein Motorrad, das Gas gibt und unverschämt schnell beschleunigt. Und andere herrliche Geräusche. Pariser-Nächte-Geräusche.

»Wir müssen irgendwann zu Bett gehen«, sage ich etwas laut, aber so gleichgültig, wie ich nur kann, werfe den Kopf in den Nacken, bin eine Picasso-Taube, die jemand herrichten soll, damit sie gleich gemalt werden kann, warte auf die warmen Hände, die sich bald um meinen Hals legen.

Aber er sieht es nicht.

Ich muss mich wieder aufs Bett setzen. Es ist nicht nur der Wein, der mir Schwindelgefühle beschert. Auch die Angst, dass er wieder ins Bad geht und auf sein Handy schaut. Ich fürchte mich vor seinem Handy.

Jakob kommt wieder herein, lässt die Balkontür offen stehen. Diesmal geht er nicht ins Bad, sondern kriecht zu mir ins Bett, nimmt mir die Sonnenbrille ab und sieht mich an.

Ich stehe etwas abrupt auf und gehe zu seinem Rucksack. Suche ein wenig, hole seinen Block mitsamt Bleistift heraus, werfe ihm die Sachen zu.

»Mal mich«, sage ich.

»Jetzt?«

»Ja. Jetzt. Oder nie.«

»Ist das eine Drohung?«

»Ja.«

»Und eine Forderung?«

»Ich glaube schon.«

Er richtet sich leicht auf, nimmt den Block in die Hand, dann den Bleistift. Knipst eine der Nachttischlampen an.

Und malt. Er malt mich.

Es ist herrlich, gemalt zu werden. Ich spüre es am ganzen Körper, spüre, dass ich vorhin den BH ausgezogen habe. Und dass er es sieht. Nicht einmal unter dem T-Shirt können meine Brüste so tun, als würden sie nicht gesehen. Ich schließe die Augen. Stehe da und lasse mich malen.

Schließlich wird es ganz still. Er hat das Blatt weggelegt. Ich höre, wie er sich bewegt. Kann ihn riechen.

Dann löscht er das Licht. Ich spüre es trotz der geschlossenen Augen.

Er küsst mich. Auch das spüre ich. Unbeholfen und fest. Vertut sich etwas. Was nichts macht, es spielt sich genauso ab wie in einem Groschenroman: Ich schmelze dahin wie ein splitternacktes Erdbeereis in der Sauna. Weil er so ungeschickt ist, muss mein Herz noch mehr arbeiten, um zu überleben.

Dann lässt er mich los, aber seine Zunge bewegt sich weiter in meinem Mund, ich spüre ihn noch auf den Lippen. Habe die Augen weiterhin geschlossen. Er küsst mich noch einmal. Dann lässt er mich los und geht ins Bad. Ich mache die Augen auf. Jetzt haben wir uns zum vierten Mal geküsst.

Ich habe Bauchschmerzen. Jetzt liest er bestimmt die SMS. Zumindest duscht er nicht noch einmal, das Wasser läuft, hat er noch Durchfall oder was? Putzt er sich nur die Zähne?

Ich habe mich aufs Bett gelegt. Sehe auf die Uhr, die auf dem Nachttisch steht. Eine etwas altmodische Uhr mit Zeigern und großen Zahlen. Vielleicht hat jemand sie hier stehen lassen? Es ist zehn vor zwei. Zehn vor zwei in der Nacht. Das kann nicht sein. Die Uhr rast unbotmäßig, und wie. Hat er die SMS gelesen?

Ich habe irgendwo gelesen, wenn in der Werbung Uhren zu sehen sind, dann immer Uhren mit Zeiger, und die Zeiger stehen immer auf zehn vor zwei. Zehn vor zwei sieht nämlich aus wie ein Lächeln. Und das stimmt die Zuschauer positiv, und so kaufen sie das Produkt.

Und ja. Er riecht nach Zahnpasta und Kaugummi, als er wiederkommt, zusätzlich zu allen anderen Gerüchen. Mir fällt zum ersten Mal auf, dass er nach Kaugummi riecht, vielleicht musste er nur verschwinden und einen akuten Säureangriff auf seine Zähne unterbinden?

Ich weiß nicht, ob uns die Uhr zulächelt oder angrinst oder ob sie kichert. Sie sagt uns vielleicht nur, dass wir schlafen sollen. Aber keiner von uns ist eigentlich besonders müde. Eigentlich.

Es ist eine Art Spiel. Halma. Ich tue zuerst nur so, als würde ich schlafen, lege den Arm über den Kopf, habe die Augen weitestgehend geschlossen. Auch er legt sich aufs Bett. So vergehen vielleicht zehn Minuten. Er tut womöglich auch nur so, als würde er so tun, als würde er halb schlafen. Er ist voll angezogen. Sicherheitshalber vielleicht. Ich tue auch so, als wüsste ich nicht, dass er so tut, als würde er so tun, als würde er schlafen. Ich tue so, als würde ich doch nicht so fest schlafen und drehe mich ein wenig um.

Die letzte Nacht, die letzten Stunden zusammen mit Jakob. Ich spüre den Puls in den Ohren, den Händen, den Brüsten, im Bauch, im Unterleib, den Oberschenkeln, es pocht in den Zehen.

Meine rechte Hand nimmt allen Mut zusammen und streichelt ihm den Brustkorb. Der Brustkorb ist eine äußerst unneutrale Stelle, auch bei einem Jungen. Gibt es überhaupt neutrale Stellen?

Er liegt vollkommen ruhig da. Ich weiß nicht, ob er mich berühren will.

Mir fällt nur auf, wie ich zögere. Muss er nicht bald mal was machen? Er kann doch nicht nur mit geschlossenen Augen auf dem Bett liegen und so tun, als würde ich ihm Jazzballett beibringen.

»Frida«, flüstert er.

In meinem Kopf rauscht es so sehr, dass ich kaum höre, wie er meinen Namen sagt. Es fühlt sich an wie ein Film, in dem die Handlung und alle Rollen im Voraus festgelegt sind, ohne dass ich das Drehbuch habe.

Er hat meinen Namen gesagt. Ich weiß nicht, ob das rotes oder grünes Licht bedeutet. Oder gelbes. Und wofür? Ich weiß nicht, ob ich mir nur einbilde, dass er meinen Namen genauso sanft flüstert wie ihren.

Er nimmt meine Hand. Mein Körper wird genauso Erdbeereis-in-der-Sauna-mäßig, wie wenn er mich auf den Mund küsst. Ich sollte jetzt nicht hier sein. In einem Bett mit einem Jungen, der eine andere hat. Der Kopf sagt Nein, der Körper sagt Ja.

Vielleicht tobt auch in seinem Kopf ein Kampf, möglicherweise kämpft er sogar mit Gott. Und Ida. Werden die beiden verlieren?

Ich schwebe in einem Körper, der nur noch Puls ist. Mein Blick ist vernebelt. Irgendwo zwischen Tag und Nacht. Das Einzige, woran ich noch denken kann, ist, dass ich das kleine grüne Päckchen in meinem Toilettenbeutel im Bad nicht vergessen darf. Der neben seinem Handy auf dem Ablagebrett steht. Sein Handy, das eine ungelesene SMS in sich trägt. Vermutlich von ihr.

Wenn er mich jetzt ansieht, sehe ich im Gesicht splitternackt aus. Er kann bestimmt alles sehen, was ich denke. Oder ist es zu dunkel?

Wir schauen uns verstohlen an. Auch wenn das Licht nicht brennt, kann ich sehen, dass er etwas blass ist. Wir wissen beide nicht, was wir sagen sollen. Wissen womöglich beide, dass gleich alles passieren kann.

Ich kriege nur nicht aus dem Kopf, dass Ida fast genauso heißt wie ich.

»Einen Augenblick.«

Ich stehe schnell auf und gehe ins Bad. Zittere, als ich die Plastikfolie aufreiße, das Päckchen öffne und ein neues Plastikpäckchen herausnehme. Ich hoffe, die ausländischen Dinger sind so gut wie unsere in Norwegen. Ich habe die teuersten genommen, sicherheitshalber. Sie haben viel mehr gekostet, als ich dachte. Andererseits weiß ich auch gar nicht, wie gut die norwegischen sind.

Er hat die Kleenex-Tücher nicht angerührt. Sein Handy hängt immer noch am Aufladegerät, liegt auf dem Ablagebrett über dem Waschbecken. Nach wie vor mit 1 *Mitteilung im Eingang*. Er hat sie nicht gelesen.

Nein, es ist mir scheißegal.

Doch, es ist mir scheißegal.

Oder nicht?

Ich entferne die Kleenex-Tücher, nehme das Handy in die Hand. Drücke auf *Eingang*.

Natürlich ist sie von ihr. Natürlich ist es keine neutrale Nachricht. Natürlich hat sie ein Bild von sich geschickt. Mit Kussmund. Zum Spaß, für ihren Lover.

Das macht mir Angst.

Sie sieht jünger aus als zwanzig. Ist auch nicht so dunkelhaarig und gefährlich schön, wie ich befürchtet hatte. Überhaupt nicht eigentlich. Kein Dolce & Gabbana-Look. Sie sieht ganz normal aus, trägt ein einfaches gelbes T-Shirt, das ihr nicht besonders gut steht. Sie kann nicht viel aufgedonnerter aussehen als das. Der Dolce & Gabbana-Faktor ist gering.

Freue mich auf ein Picknick in Versailles, steht da. Sie freut sich also auf ein Picknick in Versailles. Versailles liegt außerhalb von Paris. Dort haben sie sich also verabredet. Deshalb ist es Jakob nicht so schwer gefallen, mich nach Paris zu begleiten, es war kein allzu großes Opfer. Es fühlt sich fast an wie Verrat. Aber was hatte ich erwartet? Jakob hat gesagt, dass er eine Freundin hat. Und hat seine Meinung offenbar nicht geändert. Überhaupt nicht. Und mich auch nicht zum Picknick eingeladen. Und jetzt ist die Reise zu Ende. Sie macht einen Kussmund auf dem Bild. Und plötzlich weiß ich, warum ich Angst habe. Ida ist kein affektiertes, versnobtes Girlie. Sie ist ein einfaches Mädchen. Wie ich. Ein richtiges Mädchen, das genau jetzt irgendwo in der Welt dasitzt und sich auf Jakob freut, der Rucksack ist gepackt, und möglicherweise überlegt sie sogar, ob sie Kondome mitnehmen soll, keine Ahnung. Ida ist wirklich. Vielleicht würde ich sie sogar mögen. Und genau das jagt mir einen riesigen Schrecken ein.

Ich betrachte mich im Spiegel. Blass, angsterfüllt, verwirrt, begierig.

Was mache ich da? Ich sehe plötzlich ganz klar, wie wenn man wieder sieht, nachdem das Spiel vorbei ist und man die Augenbinde abgenommen hat. Man sieht ganz klar, die Augen tun nur ein wenig weh.

Ich lege das Handy zurück auf das Brett. Jakob wird merken, dass ich die SMS gelesen habe. Ich habe den Bogen überspannt. Irgendwann muss die Reise vorbei sein. Zum Beispiel *jetzt*.

Ich betrachte mich im Spiegel, mag mein Gesicht nicht mehr sehen, bin ganz verwirrt, müde und voller Angst und hätte jetzt gern ein Kreuz, das mir gehört, so eins, wie Oma es hatte, ein hellbraunes Kreuz, das nur ihr gehört hat, das sie zum Beten in die Hand nahm und wenn sie im Krankenhaus Angst hatte und einsam war, und es war ihr Kreuz, Jesus hörte ihr beim Beten zu, hat sie gesagt, er wusste alles über sie, wollte schon vor ihrer Geburt, dass sie auf die Welt kam, wollte für sie nur das Beste, und wenn sie selbst nicht wusste, wer sie war, konnte sie das Kreuz in die Hand nehmen, und Jesus würde es ihr zeigen und auf sie aufpassen, und sie brauchte es nicht zu verstehen, musste einfach nur das Kreuz festhalten, solange sie wollte, und dann konnte sie zurückgehen und sie selbst sein, und es war kein Zauberkreuz, sagte sie, es war ein Kreuz, das sie daran erinnerte, dass Gott sie lieb hatte und dass Gott den Kamin angezündet und den Abendbrottisch für sie gedeckt hatte und jetzt dasaß und darauf wartete, dass sie eines Tages nach Hause kam, nach ihrem Tod, das alles brauchte man nicht zu verstehen, man musste nur daran glauben, dass es nichts als die Wahrheit war.

»Frida«, ruft Jakob vom Doppelbett aus. Wie er meinen Namen ausspricht, das ist unerträglich schön.

»Ja«, sage ich mit zaghafter Stimme und werfe die drei Kleenex-Tücher in den Papierkorb.

Aber ich räume das Augen-Kit in den Toilettenbeutel, nehme den Toilettenbeutel in die Hand, brauche ihn bloß oben in den Rucksack zu stopfen, schon ist es so weit, ich bin gottfroh, dass mein Rucksack bereits gepackt ist. Fühle mich wie die willensstarke weibliche Hauptfigur in einem dieser christlichen Romane, die Oma in ihrer Buchhandlung verkauft hat. Ich bin weit davon entfernt, die Hauptperson in einer Vorabendserie zu sein.

»Frida«, sagt Jakob, als ich wieder ins Zimmer komme. Ich stopfe den Toilettenbeutel in den Rucksack, ziehe meine Jacke an.

»Willst du jetzt rausgehen?«

Jakob klingt wirklich überrascht.

Ich hole zweimal tief Luft.

»Ich habe meine Tage bekommen«, sage ich, würde es gern so sagen, dass er kapiert, dass ich lüge. Aber es hört sich nur so an, als würde ich die Sportlehrerin um Unterrichtsbefreiung bitten.

»Ich meinte nur …«, flüstert Jakob.

Er ist ganz blass, als wäre es seine Schuld, dass ich meine Tage bekommen habe.

»Ciao«, sage ich.

Wenn er meinen Namen ein drittes Mal sagt, bevor ich aus der Tür bin, bleibe ich. Aber er sagt meinen Namen nicht ein drittes Mal. Das hier ist kein Märchen. Jakob holt tief Luft, um etwas zu sagen, aber ich bin schon draußen, halte den Rucksack in der Hand, hatte nicht die Zeit, ihn aufzusetzen. Hoffe, das Ullevål Krankenhaus hat auch an Feiertagen Bereitschaft.

OSTERSONNTAG, 27. MÄRZ

Ein fast warmer Regen, wie Tränen. Ich nehme ein Taxi, es ist noch ganz früh, wie still die Stadt ist, fast niemand draußen, nur ein alter Mann, der wie in Zeitlupe läuft, ich höre Geräusche, die ich hier noch nie gehört habe, einen Vogel, ein Moped in der Ferne. Höre ich jetzt so gut, weil Paris schläft, oder sind meine Ohren geschärft, weil mein Gehirn schon weiß, dass ich mein Augenlicht verlieren werde?

Ich laufe auf die berühmteste Kirche zu, Notre Dame. Ich erkenne sie nur, weil ich einen Disney-Film darüber gesehen habe. Jakob könnte mir bestimmt viel mehr über das echte Notre Dame erzählen. Viel mehr. Ich vermisse Jakob schon jetzt, er könnte hier stehen und mir etwas über Notre Dame erzählen.

Wäre dies ein Film, würde bestimmt plötzlich einer von ihnen hier stehen. In Rot. Und ohne Dach. Einer dieser roten Sightseeing-Busse. Vielleicht würden noch zwei weitere Menschen in dem Bus sitzen, unten natürlich. Ein Rentnerehepaar, das schon so lange zusammenlebt, dass sich ihre Lungen gleichzeitig füllen und leeren, mit Herzen, die seit Jahren im selben Takt schlagen, bis sie eines Tages gleichzeitig stehen bleiben. Die Scheiben wären beschlagen, und sie hätten mit den Fingern zwei kleine Gucklöcher hineingewischt, damit sie hinausschauen können. Und auch wenn der Bus leer wäre, hätten sie sich doch wenigstens gegenseitig. Während ich die kleine Wendeltreppe im Bus nach oben nehmen würde, wo absolut alle Sitze frei wären. Bei strömendem Regen sitzt keiner draußen. Ich hätte freie Auswahl.

Aber kein Bus, kein Film.

Ich laufe weiter durch den Regen. Spüre es im ganzen Körper. Das hier ist mehr als sommerlicher Liebeskummer. *Ein abgrundtiefes Heimweh.* Ich werde es bestimmt nicht erleben, so lange mit jemandem zusammen zu sein, dass wir gemeinsam beerdigt werden, nachdem wir einander so intensiv gekannt haben, dass sich unsere Lungen jahrelang gleichzeitig gefüllt und geleert, unsere Herzen jahrelang im selben Takt geschlagen haben, bis sie eines Tages gleichzeitig aufhören zu schlagen.

Ich habe nicht vor, das Handy anzumachen, und schalte es trotzdem ein. Keine Nachricht von Jakob. Ich rufe die Handygesellschaft an und erkundige mich nach dem Code für meine Mailbox. Ich habe fünf Nachrichten in meiner Mailbox. Vor allem eine Nachricht vom Oberarzt Dr. Bøe vom Ullevål Krankenhaus jagt mir Angst ein. Mit leiser, autoritärer Oberarztstimme sagt er im Grunde, dass ich schleunigst nach Hause kommen sollte.

»Wir können nicht garantieren, dass wir Ihr Augenlicht retten können, falls Komplikationen auftreten. Und Sie sind sich hoffentlich darüber im Klaren, dass Ihr Zustand schlimmstenfalls einen irreversiblen Ausgang nehmen kann.«

Er spricht sehr ruhig, weiß genau, dass mir seine Arztstimme Angst einjagt, dass ich mich ganz klein fühlen werde. Ich hätte zu Hause bleiben sollen, Dr. Bøe ist bestimmt der Ansicht, dass mein Die-Welt-sehen-wollen-bevor-alles-dunkel-wird-Projekt unverzeihlich kindisch ist. Ich überlege, dass ich Jakob deutlich sagen müsste, dass ich nicht so früh losgezogen bin, um Frühstück zu holen.

Ich schicke ihm eine SMS mit über hundertneunzig Zeichen, kann mich nicht beschränken. Es sind so viele Zeichen, dass sie in zwei Teilen verschickt wird: *Habe vor, noch die lächelnde Mona Lisa zu sehen, dann fahre ich nach Hause. Danke für die Reise, habe mich noch nie so gut gefühlt, musste wohl so sein. Alles Beste dieses Universums, Frida.*

Ich will keinen anderen haben, glaube nicht, dass es noch mehr zu angeln gibt. Theoretisch vielleicht schon. Aber darum geht es nicht. Nur Jakob zählt.

Die Planeten müssen aus der Bahn gekommen sein. Ich sollte jetzt eigentlich nicht nach Hause fahren. Sollte eigentlich in mein Zimmer mit der lächelnden Uhr zurückkehren, in ein Hotel, dessen Namen ich nicht weiß, am Gare de Lyon. Eigentlich sollte ich Jakob heiraten. Aber so weit wird es nicht kommen. Wie einsam muss man sich fühlen, damit man ganz objektiv weiß, dass man wirklich einsam *ist*? Vielleicht habe ich zu viele Filme gesehen oder zu viele Kinderbücher gelesen, die von einem Jungen oder einem Mädchen handelten, der oder das allein ist (oder einem Kaninchen, einem Eichhörnchen, einem Stein, einer Karotte). Dann passiert allerlei, aber sogar in den traurigsten von ihnen trifft das Kind oder das Kaninchen oder das Eichhörnchen oder der Stein oder die Karotte jemanden, der genauso denkt wie er oder es, und die Hauptfigur bekommt am Ende einen besten Freund. Nicht, dass ich je gemobbt wurde, ich will auch nicht übertreiben, ich habe mich nur immer schon einsam gefühlt. Ich kann es natürlich auch darauf schieben, dass ich Einzelkind war, was ich nicht ungerecht fand, nur dieses Gefühl immerzu, ich glaube nicht, dass es wirklich jemand gemerkt hat, ich wirke vielleicht sogar selbstsicher, happy wie eine Fliege. Ich war schon immer sehr schlagfertig, mich sollte keiner bemitleiden. Es ist so, wie wenn man noch Jungfrau ist, darüber spricht man nicht. Und wenn ich jetzt blind werde? Vielleicht ist das physische Fehlen des Sehsinns gar nicht das Schlimmste, eher dass man überhaupt behindert ist. Und Behinderte, tippe ich mal, sind die Ober-Einsamen. Im schlimmsten Fall brauchen sie bezahlte Freunde und müssen sich die immer gleichen Hörbücher anhören, die von den immer gleichen Schauspielern gelesen werden. Vielleicht ist auch die unendliche Welt der Bücher begrenzt, vielleicht reicht die unendliche Welt der Bücher nicht aus. Kann sein, dass ich zu schwarz sehe. Haha. Ich brauche körperliche, unbezahlte Freunde. *Die Jugendzeit wird übermäßig verklärt*, hat Oma einmal gesagt.

Ich mache das Handy aus. Nicht weit vom Louvre entfernt entscheide ich mich anders, halte ein Taxi an und bitte den Fahrer, mich zum Aéroport zu bringen. Mona Lisa kann warten. Früher haben wir in unserer Familie viel Zeit darauf verwendet, uns zu verabschieden. Wenn ich sterben sollte, überlege ich, wird es vielleicht genauso sein wie jetzt, dass ich einfach weggehen muss, ein Taxi nehmen, die Augen schließen. Das schwierige Wort. Irreversibel.

Die Abflughalle des Flughafens Charles de Gaulle habe ich schon einmal gesehen. U2. Das Schwarzweiß-Foto auf *All That You Can't Leave Behind*. Bono (immer mit Sonnenbrille!) und die anderen stehen da. Etwas elegant unelegant, affektiert unaffektiert, wie zufällig aufgestellt. Aber wenn man U2 auf dem Flughafen Charles de Gaulle ist, sieht man immer stylish aus. Es ist weit weniger stylish, wenn ich mich auf dem Flughafen Charles de Gaulle befinde. Vor allem, wenn die Abflughalle vom Flughafen Charles de Gaulle, in der ich gerade stehe, nicht dieselbe ist wie die von U2.

Ich setze mich ins Café und warte drei Stunden. Trinke zwei Espresso. Nicht nur das Koffein lässt mein Herz vibrieren wie den kleinen Muskel in der Brust eines Vogeljungen. Als ich einmal aufsehe, habe ich den Eindruck, Jakob eilt vorbei, aber auch wenn er es ist, so what? Ich habe mich im Grunde verabschiedet. Und die Story von der Frau mit den Chagall-Postern, die er im Zug kennengelernt und dann wieder gesehen hat, wo alles am Arsch war: Wollte er mir damit sagen, dass es mit mir genauso ist? War es die klare Botschaft, dass ich eine aufdringliche kleine Tussi bin, die bei ihm nicht angekommen ist? Vielleicht ist er auch früher mit Ida hier verabredet, als ich denke? Vielleicht kommt sie mit dem Flieger und nicht mit dem Zug? Ganz bestimmt. Sie reist vermutlich vollkommen unbekümmert, im gelben T-Shirt, ohne BH, den Picknickkorb in der Hand.

Mein Leben fühlt sich an wie eine zersplitterte Windschutzscheibe, die jemand kaputt geschlagen hat, ohne dass ich weiß, warum, die Scheibe ist fast komplett pulverisiert, trotzdem sind keine Scherben herausgefallen, die Scheibe sitzt immer noch da, wo sie hingehört, auch wenn man nicht mehr hindurchsehen kann. Ich habe bisher noch nicht so viel darüber nachgedacht, aber aus irgendeinem Grund verständige ich mich mit mir darauf, keine Kinder bekommen zu wollen.

Jetzt löst sich sicher alles auf. Wie auf dem Bild von Tuymans, das Jakob mir gezeigt hat. Er hat behauptet, über den Künstler gebe es nicht so viel zu sagen. Der Maler habe nicht mehr daran geglaubt, dass man mit der Malerei noch etwas Neues sagen könne, aber aus irgendeinem Grund habe er nach einer Pause wieder angefangen zu malen. War das ironisch gemeint? War es Trotz? Gleichgültigkeit? Ironie? Hass? Hoffnung? Ist das Leben nur ein Bild, das sich auflöst, wie ein veraltetes Theaterstück, das nicht mehr in die heutige Zeit passt, mottenzerfressen und langweilig ist wie ein Kinderkarussell auf einer Dorfkirmes. Ich habe das Gefühl, etwas nicht zu wissen, würde gern mit Jakob reden, will mit der Deutung des Bildes nicht gern allein sein. Ich verstehe nicht einmal den Song von

U2, weiß nicht, ob er etwas Gutes oder etwas Schlechtes beschreibt – *All That You Can't Leave Behind.*

Endlich Boardingtime, ich kann durch das Gate gehen und den Flieger besteigen. Ich bin froh, dass sich Flugzeuge so unverschämt schnell fortbewegen, tausend Kilometer in der Stunde, anders als die langsame Fortbewegung einer anständigen Reise, die Fortbewegung eines Schiffs oder eines Zugs.

Auf dem Flughafen Kastrup in Kopenhagen, Dänemark, dem Land, wo es Spenderbanken für Hornhäute gibt, muss ich anderthalb Stunden auf den Anschlussflieger warten. Ich sehe vor mir, wie alle Hornhäute in irgendwelchen Blechdöschen aufgereiht dastehen, durchsichtig und klein in einer Spezialflüssigkeit, flüssigem Stickstoff, in einem Stahlzylinder, der hochgehoben werden kann und viel Dampf um sich herum erzeugt, wenn man den Zylinder mit den tiefgefrorenen, aber lebenden Augen öffnet, Augen, die bald meine sein werden, Hornhäute, die aufgetaut werden, damit ich sehen kann. Vielleicht sollte ich kurzerhand hier aussteigen?

Es ist nicht so, dass ich nicht versuche, an etwas anderes zu denken, es ist nur nicht so einfach. Ich kaufe drei tiefgefrorene Entenbrüste, die ich in einer Spezialverpackung bekomme, damit sie länger gefroren bleiben und nicht kaputtgehen.

Eine für Papa, eine für Mama und eine für Klein-Frida in Dänemark.

Als das Flugzeug in der Luft ist, auf dem Weg nach Oslo, und der Sicherheitsgurt gelöst werden darf (auch wenn er zu meiner eigenen Sicherheit besser geschlossen bleiben sollte), denke ich, dass es an der Zeit ist für eine kurze Rückschau, manchmal bin ich ein Mädchen, das zurückschauen will: Ich bin einst aufgebrochen, habe meine Mutter und meinen tapferen Vater verlassen, der, wie sich herausstellte, eine komplizierte Liebesgeschichte laufen hatte, ohne dass ich darüber etwas in Erfahrung bringen konnte. Ich habe jetzt etwas mehr von der Welt gesehen, Originale von Giotto, Masaccio, Brunelleschi und Vasari in Florenz, Tintoretto in Venedig, Grünewald in Colmar, Picasso in Paris sowie einen fast nackten Jungen in einem Pariser Hotel, einen Jungen, der mir das Herz gebrochen hat. Das mag sich schwülstig anhören, ist dafür aber nicht weniger wahr. Jetzt bin ich nur noch heavy und nicht mehr happy. Und meine Haut fürchtet sich vielleicht mehr denn je davor, allein zu schlafen.

Ich überlege, die Stewardess um etwas Schnaps zu bitten, da ich aber vielleicht bald operiert werden muss, lasse ich es lieber bleiben. *Und alle waren der Meinung, es war eine tolle Reise.*

Auf dem Flughafen Gardermoen nehme ich es als gutes Zeichen, dass mein Rucksack die Nummer drei auf dem Gepäckband ist. Ich habe Mama eine SMS geschickt, dass ich sie bald anrufen werde, und frage mich jetzt, ob ich mit meinem Interrailticket eine Ermäßigung auf den Flughafen-Shuttle bekomme. Ich muss das Geld nicht unnötig zum Fenster hinauswerfen.

Ich nehme die grüne Tür beim Zoll und gehe nach draußen, wo natürlich niemand auf mich wartet. Ich gebe zu, ich bin enttäuscht. Der Gedanke ist zwar total abwegig, aber ich hatte die klitzekleine Hoffnung gehabt, dass er vielleicht den Flieger vor mir genommen hätte, dass er es tatsächlich auf dem Flughafen in Paris war, dass er den vollen Preis für einen Direktflug bezahlt hat, ein Taxi genommen hat und zum Flughafen gefahren ist, wo er jetzt auf mich wartet.

Hallo.

(Jakob steht am Flughafen Gardermoen und wartet mit seinem großen Rucksack in der Ankunftshalle für internationale Flüge, eine Zigarette hinter dem rechten Ohr. Frida geht langsam auf ihn zu. Frida ist mega-überrascht, dass er da ist, versucht es aber zu überspielen. Frida lächelt daher nur Stewardessen-schwach.)

FRIDA: »Du hast den Flieger vor mir genommen. Den für sechstausend.«

JAKOB: »Er hat sogar siebentausend gekostet.«

Als ich endlich auf dem Bahnsteig vom Osloer Hauptbahnhof stehe, rufe ich im Ullevål Krankenhaus an. Ich sage der Dame am anderen Ende meinen Namen.

»Sie sollten schon vor vielen Tagen zur Kontrolle kommen«, sagt die Frau.

»Ich komme *jetzt*«, sage ich.

Die Frau macht mich völlig fertig. Aber es geht um *meine* Augen.

Dann rufe ich Mama an. Keiner zu Hause. Vielleicht ist sie in der Kirche. Ich rufe Papa an, auch er geht nicht ans Telefon. Ich hätte sie schon vor langer Zeit anrufen sollen: Warum habe ich es nicht getan, wie bescheuert kann man nur sein?

In dem Moment passiert es. Ich weiß nicht, ob es psychisch ist oder nicht, aber es sticht wie nie zuvor. Ich hole meinen kleinen Spiegel heraus, sehe durch den Nebel die comicroten entzündeten Augen einer Cruella De Ville. Ich gehe nach draußen, halte nach einem Taxi Ausschau, will auf direktem Weg ins Ullevål Krankenhaus, nicht erst nach Hause. Der Aufwand mit Bus und Straßenbahn ist mir zu groß. Ich habe keine Zeit. Und die Entenbrüste müssen in die Truhe, bevor es zu spät ist.

OSTERSONNTAG, 27. MÄRZ

»Zur Augenabteilung«, sage ich und zeige ihm den Weg.

Um fünf vor fünf hält das Taxi vor dem Eingang der Augenabteilung. Ich bin da. Bezahle. Einen Hunderter extra. Er lächelt mich an, gibt mir sogar die Hand. Ich bin so aufgewühlt, dass ich um ein Haar zu flennen anfange.

»Viel Glück«, sagt er. »Ich hoffe, es geht alles gut.«

»Danke«, murmele ich hinter der Sonnenbrille. Ich hoffe auch, dass alles gut geht. Wenn es nicht gut geht, wird meine Sonnenbrille jedenfalls ziemlich überflüssig sein.

Lieber Gott.

Dann gehe ich hinein.

Die Frau an der Rezeption hat genauso die Kontrolle über alles wie ein Fluglotse im Tower, ich werde schnell an mein Ziel gebracht.

Ich brauche nicht einmal zu warten, er steht schon vor mir.

»Wir waren also noch ein wenig auf Reisen?«

Dr. Bøe sieht mich mit Picasso-Augen an. Auch am Feiertag ist er hier. Ich hatte gehofft, dass vielleicht ein anderer Dienst hätte. Dr. Bøe ist verärgert. Er war mit anderen und wichtigeren Dingen beschäftigt. Vielleicht hat er gerade den König operiert, während das restliche Team der Augenabteilung vom Ullevål Krankenhaus auf einem Kurs für freundlichere Umgangsformen ist.

»Ihre Augen sind nicht wirklich in Ordnung, oder? Wie ist es Ihnen in der letzten Zeit ergangen, haben Sie alles so gemacht, wie wir es verabredet hatten?«, fragt er und sieht sich dabei meine Augen an.

Ich erzähle und erzähle, von regelmäßigen Augentropfen, Salbe und Spülaktionen. Ich klinge wie ein völlig verängstigtes Pfadfindermädchen, das in einer Schutzhütte Hasch geraucht hat.

Aber Dr. Bøe sieht mich an, als wäre ich die größte jugendliche Verbrecherin in ganz Norwegen. Oder die Tochter eines Mannes, der etwas ausgefressen hat.

»Was sagen Sie da? Hat denn jemals jemand was davon gesagt, dass Sie die Augen *nach* den Tropfen spülen sollen? Wenn Sie es *nach* den Augentropfen gemacht haben, haben Sie die ganzen Tropfen wieder ausgespült. Sofort. Haben Sie daran nicht gedacht?«

Er erwartet keine Antwort. Ich sage nichts, es fällt mir nicht schwer, das verängstigte kleine Mädchen zu spielen. Ich habe solche Angst, dass ich mich gleich übergeben muss.

»Wahrscheinlich müssen wir operieren«, sagt er mit Flugkapitän-Stimme. »Ihre Hornhäute sind dünn wie die Fingernägel eines Babys. Vor allem die linke sieht nicht gut aus. Es dauert nicht mehr lange, dann machen Ihre Augen nicht mehr mit«, sagt er. »Zumindest das eine.«

Mir ist speiübel.

Es ist bestimmt alles ganz schlimm. Seine Stimme klingt jetzt tatsächlich weniger nach Flugkapitän, ist etwas sanfter geworden.

»Dann hoffen wir also, dass ein paar Hornhäute verfügbar sind. Achtzig Prozent Wahrscheinlichkeit?«, frage ich.

Dr. Bøe sieht mich an.

»Das habe ich nie gesagt. Haben Sie schon mal den Ausdruck gehört, dass jemand mit knapper Not ins Ziel kommt?«

Ich nicke schwach.

»Weiß Ihre Mutter, dass Sie hier sind?«

Ich schüttele den Kopf.

»Dann rufe ich sie an. Wieder einmal.«

Ins Krankenhaus *eingewiesen* zu werden heißt, dass ich Fragen beantworten muss, wie zum Beispiel, ob ich allergisch gegen Nüsse oder Penizillin bin oder ob es in meiner Familie schwere Krankheiten gibt, Dr. Bøe untersucht noch einmal meine Augen, dann heißt es, in einem Bett mit Rädern liegen, in einem Zimmer, das riecht, wie ich annehme, dass ein Krankenhauszimmer riechen muss, und ein albernes Hemd anziehen. Und dass sie mir in die Hand stechen mit etwas, das zu einem Gestell führt, an dem die Medizin und all so was hängen wird, wenn ich operiert werde. Genau wie in diesen Mette-im-Krankenhaus-Bilderbüchern, die in allen Wartezimmern beim Arzt herumliegen, Bücher, die für Kinder gemacht wurden, damit sie keine Angst haben, wenn sie mit dem norwegischen Gesundheitswesen in Berührung kommen. In den Mette-im-Krankenhaus-Büchern wird alles, was schrecklich unheimlich ist, beruhigend und schön dargestellt. Der Arzt hat leuchtende Augen und alle Zeit der Welt, um sich mit Mette zu unterhalten. Ich habe immer schon gedacht, dass diese Bücher lügen. Schließlich kommt es hin und wieder sogar vor, dass Kinder sterben.

Im Gegensatz zu Mette kotze ich mitten ins Zimmer.

Wenn Mama jetzt vom Ullevål Krankenhaus angerufen wird, hoffe ich, dass sie sich nicht zu sehr erschreckt.

»Wir werden im Laufe des Tages operieren. Wir haben Ihre Mutter kontaktiert, sie ist auf dem Weg hierher. Sie hat bestimmt noch eine Menge Fragen. Außerdem haben Sie ein ganz außergewöhnliches Angebot bekommen. Ein äußerst großzügiges Angebot sogar«, sagt Dr. Bøe.

»Was denn?«, frage ich.

Er zögert, wie ein Onkel, der weiß, dass er eine supergute Geschichte auf Lager hat, die alle zum Lachen bringen wird.

»Gerade ist ein keuchender Romeo hier eingetroffen und bietet dem Ullevål Krankenhaus an, dass er Ihnen, falls wir keine Hornhäute für Sie bekommen sollten, eine seiner Hornhäute zur Verfügung stellen will. Stellen Sie sich das vor: Er sagt, Sie könnten eine Hornhaut von ihm haben, so hättet ihr wenigstens jeder ein Auge. Das nenne ich ein Angebot«, sagt Dr. Bøe.

Mein Mund ist ganz trocken, mein Herz macht einen Satz von sechzig Metern und hüpft dabei Himmel und Hölle. Noch dazu bin ich bestimmt ganz blass, jedenfalls fühle ich mich ganz benommen im Gesicht. Dr. Bøe sieht mich mit besorgtem Gesichtsausdruck an. Oder er tut nur so.

»Auch wenn die Chancen für eine Hornhauttransplantation nicht so gut stünden und ich hyperromantisch wäre und mich darauf einließe, würde mich vermutlich das norwegische Gesetz daran hindern.«

Mir läuft etwas über die Wange, etwas Warmes, Feuchtes. Zuerst fürchte ich, mein Auge täte es nicht mehr. Aber es sind nur ganz normale Tränen. Mein Herz macht fast einen Spagat bei all diesen plötzlichen und hysterischen Aktivitäten.

»Ist ja gut. Wir zerstören nicht das gesunde Auge dieses jungen Mannes, um ein anderes zu retten. Diese Logik wäre nicht sehr gesund. Das kriegen wir schon hin. Wir haben ein paar tolle frische Hornhäute für Sie. Soll ich ihn reinschicken?«

Fly Me to the Moon!

»Hallo.«

»Hallo. Das ging ja schnell.«

»Es ging auch ein Flieger um drei. KLM über Amsterdam.«

»War er teuer?«

»Schon.«

»Ich will nicht wissen, was er gekostet hat.«

»Nein.«

Trotz Nebel und allem sehen meine kranken Augen, dass er furchtbar verlegen ist.

»Vielleicht lade ich dich einmal ins Munch-Museum ein«, sagt Jakob.

»Und du wirst wohl kaum schweigend vor den Bildern stehen.«

Jakob grinst, aber er sieht trotzdem aus wie ein zehnjähriger Junge, der Angst hat, dass man ihn nicht ins Kino lässt, weil der Film erst ab fünfzehn freigegeben ist. Er errötet sogar wie ein Zehnjähriger. Wie Felipe Garza vielleicht, der seiner Freundin Donna Ashlock im Pacific Medical Center in San Francisco tatsächlich sein eigenes Herz geschenkt hat.

Und ich? Wie sehe ich aus? Vermutlich wie ein blasses und

brustschwaches Mädchen in einem Krankenhaussaal, so wie in dem alten Lied, das Oma Mama vorgesungen hat und Mama mir und das mich jedes Mal zum Weinen brachte. Das Mädchen in dem Lied stirbt in der letzten Strophe *in einem Krankenhaussaal*, es kam nie nach Hause, weder an Weihnachten noch an Ostern noch sonst wann.

Ich sollte Jakob unbedingt nach Ida fragen, tue es aber nicht.

»Ich will gerne noch das letzte Bild sehen. Nummer vierunddreißig.«

»Das hängt, wie gesagt, bei mir zu Hause.«

»Ich weiß. Wenn ich hier wieder rauskomme. An einem Tag, an dem weder der Heilsarmee-Papa noch die Heilsarmee-Mama zu Hause sind. Ich weiß nicht, ob ich sie schon kennenlernen will.«

»Das geht schon in Ordnung«, sagt Jakob.

»Erzähl.«

»Von dem Bild? Jetzt?«

»Ja.«

»Es ist ein ziemlich großes Gemälde, ein Mann steht mit ausgestreckten Armen da, als hinge er am Kreuz. Was nicht der Fall ist. Das passt ausgezeichnet als Abschlussbild für mein Projekt.«

»Wie kann es denn passen, wenn es gar keine Kreuzigungsszene ist?«

»Ich habe das Bild jahrelang zu Hause an der Wand gesehen, es war für mich so selbstverständlich wie der Blick aus dem Fenster. Es hat immer dort gehangen.«

»Und wie sieht es aus? Der Mann hängt also nicht am Kreuz?«

»Die Figur schwebt in zerlumpten, blutigen Gefangenenkleidern oder vielleicht auch einer Uniform leicht über dem Boden, unter ihr befindet sich ein schwarzes Grab, in einem

Konzentrationslager. Der Mann sieht überrascht aus, fast etwas ängstlich, und diejenigen, die um ihn herumsitzen, sehen ebenfalls verzweifelt aus, als wäre es zu spät, als wäre alle Hoffnung dahin. Er hat die Hände ausgestreckt und fliegt, aber er sieht nicht so aus, als könnte er ganz daran glauben, alles scheint so abwegig, dass es ihm Angst macht. Das Bild heißt *Die Auferstehung des Lagergefangenen.*«

»Das Bild stellt also nicht einen Mann dar, der gekreuzigt wird, sondern eine Auferstehung?«

»Ja.«

»Was ist denn eine Auferstehung?«

»Dazu kann ich nichts sagen, ohne gleich wie ein Pfarrer zu klingen.«

»Ich brauche jetzt einen Pfarrer.«

Jakob nimmt eine Zigarette aus der Packung, steckt sie aber schnell wieder zurück.

»Auferstehung heißt, dass man wieder lebendig wird, nachdem man schon tot war. Am Ostermorgen, am Ostersonntag.«

»Ja, was ist da passiert?«

»Ein paar Tage, nachdem Jesus gekreuzigt worden war, gingen Maria und ein paar andere Frauen zum Grab, um seinen Leichnam einzureiben. Aber der Stein war entfernt worden, und das Grab war leer. Maria fragt einen, den sie für den Gärtner hält, wo Jesus ist. Ihre Augen sind voller Tränen. ›Maria‹, sagt der Mann, und sie erkennt ihn, als er ihren Namen sagt. Es ist Jesus. *Ich glaube, weil es absurd ist.*«

»Was der Maler, den ihr kennt, auf seine Staffelei geschrieben hat?«, frage ich

»Ja. *Er* hat dieses Bild gemalt. Der Apostel Paulus schreibt, dies sei die christliche Hoffnung, die Hoffnung auf Auferstehung. Der ganze Glaube der Kirche an Jesus sei nur wahr, wenn Jesus nach der Kreuzigung wieder lebendig wurde. Ohne Auferstehung ist der Glaube an Christus sinnlos, pathetisch und dumm, ein verrückter Gedanke ganz ohne Kraft, ein schlechter Witz, die größte Lüge der Welt. Dann werden alle diese Kreuzigungsbilder, alles Leid nur der Beweis dafür sein, dass Gott buchstäblich tot ist. Es ist Jesu Auferstehung nach dem Tod am Kreuz, die an Ostern gefeiert wird. Dass die Wahrheit und die Liebe stärker sind als die Lüge und der Tod. Wenn dies nicht passiert, wäre er nicht gestorben, um die Sünden der Menschen auf sich zu nehmen, damit wir durch den Glauben an ihn das ewige Leben haben werden, nach dem Tod. Das Bild des Lagergefangenen ist in den Farben Rot, Blau und Gelb gehalten. Den Primärfarben, auf denen alle anderen Farben basieren. Zurück zu den Ursprüngen also. Das war in etwa das Einzige, worauf sich die ersten Christen einigen konnten: Ohne Auferstehung kein wahres Christentum. Und so ist es seitdem gewesen. Der Tod, die Auferstehung. Das Ende, der Anfang.«

»Das Bild muss ich unbedingt irgendwann sehen, versprichst du mir das? Wer hat es gemalt?«

»Victor Sparre. Er wohnt in Asker. Ich bin mit diesem Bild aufgewachsen, trage es in mir. Ich werde es dir zeigen. Es wird für mich niemals einfach nur ein schönes Bild sein, ich fand es schon immer gefährlich, und ich denke auch, heute mehr denn je: *Was, wenn es stimmt?*«

Es klopft an der Tür, sie geht auf.

»Tja«, sagt ein Mann und sieht uns an.

»Tja«, sagt er noch einmal und begrüßt Jakob. Breit lächelnd wie ein Honigkuchenpferd.

»Jetzt dauert es nicht mehr lange, bis es losgeht. Ich bin der Anästhesist.«

»Okay«, sagen wir beide im Chor. Jakob und ich atmen gleichzeitig ein.

Er fragt mich noch einmal nach Nüssen und Penizillin, erklärt mir, dass ich in einer knappen Stunde in ein Zimmer gerollt werde, dass alles wieder in Ordnung kommen wird. Ich soll eine Narkose bekommen und anschließend bei ein paar netten Frauen aufwachen, es ist einfach nur die obligatorische Wie-geht's-uns-denn-Runde, bevor sie loslegen. Es fühlt sich trotzdem gut an. Und Jakob muss nicht aus dem Zimmer.

»So«, sagt der Arzt. »Jetzt müssen Sie hier unterschreiben. Eine reine Formalität.«

Er drückt mir ein Blatt Papier in die Hand, das ich bestimmt nie lesen werde.

»Was ist das?«

»Es hört sich brutal an, aber Sie bestätigen hiermit, dass Sie sich darüber im Klaren sind, dass mit der Operation ein gewisses Risiko verbunden ist.«

Ich nehme den Kugelschreiber in die Hand, zögere aber kurz.

»Ist das Risiko *groß*?«

»Nein, überhaupt nicht. Es geht vor allem darum, dass Sie uns bestätigen, die Information erhalten und verstanden zu haben. Und um ganz ehrlich zu sein, will das Krankenhaus auch deutlich machen, dass hier nichts ganz risikofrei ist. Wir bekommen bei uns allmählich amerikanische Zustände. Es ist auch die Angst, belangt zu werden, wenn etwas schiefgeht.«

»Was könnte denn schiefgehen?«

»Die Wahrscheinlichkeit ist äußerst gering, und wir setzen natürlich alles daran, es zu verhindern, darin sind wir sogar echt gut. Ich habe eine sehr lange Ausbildung hinter mir, habe ein verdammt hohes Studiendarlehen aufgenommen, mich dem Wunsch meines Vaters widersetzt, Busfahrer zu werden, habe mich von Nudeln mit Hähnchengeschmack ernährt und familienpackungsweise Tomatensuppen aufgewärmt, Tag und Nacht mit tausenden Patienten gearbeitet, um zu verhindern, dass heute bei Ihnen etwas schiefläuft. Aber Ärzte machen auch mal Fehler. So etwas sollte ich Ihnen nicht sagen, doch es kann natürlich immer etwas passieren. So wie Ihnen eine Topfpflanze auf den Kopf fallen kann, wenn Sie durch die Straßen laufen, oder Ihr Wohnblock in Flammen aufgehen kann, weil Sie eine Pizza Grandiosa aufbacken wollten. Aber egal. Wir setzen alles daran, dass es auch dieses Mal gut geht. Sind Sie so weit? Es ist eine reine Formalität.«

Ich sollte jetzt grinsen, bringe es aber nicht über mich.

»Der Tod ist wohl nie eine Formalität?«, sagt Jakob.

»Ich darf nicht unterschreiben, ich bin noch keine achtzehn. Und von der Topfpflanzen-Logik habe ich schon gehört«, sage ich. Er braucht sich nicht so aufzuspielen. »Aber gut. Ich hoffe, Sie sind derjenige, der mir die Nadeln setzt.«

»Bin ich«, sagt der Arzt. »Und ich freue mich wahnsinnig darauf zu zeigen, wie gut ich das kann. Ich schiebe heute Abend sogar eine Sonderschicht, obwohl meine Frau vierzig wird und meine vier Kinder die Masern haben und sich nur alte Teletubby-DVDs anschauen dürfen, die ich günstig an einer Tankstelle bekommen habe, aber das tue ich wirklich gern, nur um Ihnen zu helfen. Sie brauchen nicht gleich vor Dankbarkeit zu vergehen, aber Sie und Ihr Freund könnten mir wenigstens ein Lächeln schenken. Sie sehen so todernst aus. Und ein Elternteil von Ihnen muss dann eben unterschreiben.«

»Ich bin nicht sicher, ob er mein Freund ist.«

»Nicht?«, fragt der Arzt und lächelt ein freundliches südnorwegisches Lächeln. Dann geht er aus dem Zimmer, und drei Sekunden später steht die Nächste in der Tür.

Mama.

Da steht Mama.

Meine Mama.

Ich fange an zu heulen, als ich sie sehe. Unterdrücke es nicht. Mama nimmt mich in den Arm. Fest und lange. Und ich heule noch mehr. Ich habe Angst, dass sie wütend ist. Aber als ich merke, wie fest sie mich an sich drückt, glaube ich, dass sie jeden Abend die Kerze auf dem Fensterbrett angezündet hat. Ich bin ein kleines Mädchen. Wäre jetzt am liebsten zu Hause in meinem Zimmer, wollte, dass alles so ist wie immer und Mama mir erzählt, wie sie in der Finnmark mit einem Arzt im Krankenwagen mitgefahren ist. Ich vermisse sogar meine Puder-Bär-Lampe.

»Hallo«, sagt Mama und nickt Jakob zu, der auf dem Weg nach draußen ist.

»Geh nicht, Jakob«, sage ich. »Setz dich. Jakob ist ein Freund von mir. Er hat mich … nach Hause begleitet.«

»Wie nett. Und ich bin Inger, Fridas Mama«, sagt sie und gibt ihm die Hand. Was für einen schönen Namen Mama hat, denke ich. *Inger*. Ich habe nie darüber nachgedacht, dass sie so heißt. Mama sieht etwas verlegen aus. Jakob auch. Ich betrachte sie beide. Mama, die da sitzt. Und Jakob. Ich würde am liebsten weiterheulen, aber das wäre jetzt zu viel. Ich hoffe, Mama mag ihn. Und er mag Mama. Wenn nicht, muss ich auch damit leben. Und Papa, der nicht hier ist. Das verwirrt mich. Hat er jemand Neues? Und darf er jemand Neues haben? Kommt er auch?

»Uff, Frida. Das hier ist schrecklich. Ich hätte dir doch mehr Geld für die Reise geben können. Ich wollte die Arztbesuche bezahlen und … und da habe ich herausgefunden, dass du … dass du was von dem Kindergeld abheben musstest.«

Sie sieht mich mit seltsamem Blick an. Mir bricht der Schweiß aus. Es passt irgendwie gar nicht, dass ich als Diebin entlarvt werde, wo ich hier liege, das ist too much, meine Augen, Jakob, alles.

»Aber na ja … Jetzt sind wir ja hier. Ich habe mich Hals über Kopf in ein Taxi gestürzt, konnte niemanden mehr anrufen. Hier darf man wahrscheinlich nicht telefonieren, ich gehe nur mal kurz raus, bin in einer Minute wieder zurück. Muss Papa Bescheid sagen.«

»Ich habe aus Kopenhagen Entenbrüste mitgebracht«, sage ich. »Die müssen in die Truhe.«

Mama nimmt mich noch einmal in den Arm. Dann geht sie aus dem Zimmer. Sagt nichts Bescheuertes wie *Jetzt seid ihr zwei Turteltäubchen für euch*, wie es in Jugendserien immer heißt. Vielleicht hat sie schon kapiert, dass Jakob … nein, ich weiß nicht.

Mir kommen wieder die Tränen. Das alles ist mir ein wenig zu viel.

»Wir haben knapp eine Minute«, sage ich. »Ungefähr.«

»Okay«, sagt Jakob, bleibt aber stehen.

»Ich habe dich über Papa belogen. Er war nie in Florenz. Ich dachte nur, im Krieg und in der Liebe sei alles erlaubt. Eigentlich habe ich mir aber gar nicht so viele Gedanken darüber gemacht.«

»Das habe ich mir gedacht«, lügt Jakob. Und jetzt flackert sein Blick richtig heftig.

»Sorry.«

Ich strecke ihm die Hand hin. Er nimmt sie entgegen. Mir ist wieder schwindlig, mehr denn je, vielleicht war die Tablette zu stark.

»Mama sagt, das Wort ehrlich besteht aus sieben Buchstaben E-H-R-L-I-C-H, stimmt's?«

»Ja«, sagt Jakob und sieht aus, als hätte er Angst, dies sei ein Mensa-Test.

»Fügst du ein paar Buchstaben hinzu, bekommst du B-E-S-C-H-W-E-R-L-I-C-H. Zwölf Buchstaben insgesamt«, sage ich.

»Mmmm«, sagt Jakob.

»Sieben Buchstaben von BESCHWERLICH, das aus zwölf Buchstaben besteht, bilden also mehr oder weniger das Wort EHRLICH. BESCHWERLICH besteht also zu über fünfzig Prozent aus EHRLICH.«

»Ich bin in Mathe wie gesagt eine Niete, aber es stimmt wohl, was du sagst.«

Ich fühle mich plötzlich total idiotisch. Höre mich an wie ein schmieriger Handelsvertreter, der sich etwas Schlaues ausgedacht hat, damit hausieren geht und sich fürstlich bezahlen lässt.

»Ich weiß nicht, was ich damit sagen will. Habe die Minute der Wahrheit erfunden, weiß aber auch, dass ich die Quote von gut fünfzig Prozent Ehrlichkeit in der Beschwerlichkeit der Liebe bestimmt nicht erfüllen werde. Weil ich mich damit so aufspiele, werde ich erst aufgerufen, wenn die Lügner an der Reihe sind. Ich mag dich sehr gern, daher will ich es versuchen«, sage ich. »Ich verspreche es. Ich lüge sogar, wenn es um die Wahrheit geht, das stimmt, und ohne Lügenkreuz auf dem Rücken. Ich glaube, ein Philosoph hat einmal gesagt: *Die Wahrheit ist, dass alles, was ich sage, gelogen ist.*«

»Das ist eine philosophische Nuss, und man kann verrückt werden, wenn man darüber nachgrübelt. Aber ich habe auch Angst«, sagt Jakob.

»Wovor denn?«

»Vor der Minute der Wahrheit. Und wovor alle Angst haben.«

»Und das wäre?«

»Dass du mich nicht magst, wenn du mich erst richtig kennenlernst. Wenn du merkst, wie ichbezogen und affektiert ich eigentlich bin. Und wie wenig ich eigentlich weiß, angesichts dessen, was es zu wissen gibt. Und alles andere, was an mir total beschissen ist.«

Lange Pause. Aber keine peinliche.

»Ich mag dich. Magst du mich auch?«, frage ich.

»Ja. Aber du warst so unglaublich cool. Hast mir die ganze Zeit vorgespielt, dass du nicht mit mir zusammenkommen willst.«

»Habe ich das?«

»Ja. Oder etwa nicht?«

»Du bist ein Fuchs.«

»Ein Fuchs?«

»Das steht in dem Buch *Der kleine Prinz*, aber ich habe dich sehr im Verdacht, es nicht gelesen zu haben. Darin steht, falls du einen Fuchs zum Freund haben willst, musst du ganz still dasitzen, dann kommt der Fuchs am Ende möglicherweise zu dir. Ich habe nicht gespielt. Ich wollte einen Freund haben.«

Jakob greift mit der linken Hand nach der Zigarettenschachtel, stellt fest, dass er sich schon eine Zigarette hinters Ohr gesteckt hat und packt die Schachtel wieder zurück in die Tasche, ohne meine Hand mit seiner rechten Hand loszulassen.

»Ich dachte immer, ich würde dich kolossal nerven.«

»Das hast du nicht getan. Ich bin so verliebt, dass ich vor Angst ganz krank bin.«

»Okay.«

Ist das jetzt eine peinliche Pause? Keine Ahnung. Eine Pause ist es jedenfalls. Abgesehen von meinen Augen bin ich irre froh, dass wir in einem Krankenhaus sind. Hier können wir flüstern. Ernst sein. Vielleicht ist es, wenn man blass in einem Krankenhausbett liegt, als Anmachtrick genauso gut wie das Munch-Museum?

»Und Ida?«

Ja, jetzt entsteht eine peinliche Pause.

»Ich habe sie angerufen.«

Pünktchen, Pünktchen, Pünktchen …? Noch etwas mehr muss Jakob doch sagen?

Tut er aber nicht. Vielleicht sollte *ich* etwas sagen, aber ich habe keine Ahnung was. Irgendwo in der Welt sitzt womöglich eine Ida und ist total down. Und was ist mit Mama und Papa, sind sie zu alt, um an die Auferstehung zu glauben?

»Ein kleiner Kuss?«, platzt es aus mir heraus. »Wer vor einer Operation steht, darf sich etwas wünschen.«

»Ja«, sagt Jakob ernst. Als würde er auf die Hunderttausender-Frage in einem Fernsehquiz antworten. Die Hunderttausend-Millionen-Frage. Wir beugen uns gleichzeitig vor. Es ist das fünfte Mal, dass sich Frida Riis und Jakob Raunevarden küssen. In technischer Hinsicht fällt der Kuss nicht so gut aus. Wir brauchen mehr Übung. Er errötet leicht. Ich auch. Ein winziges bisschen. Weil mein Herz genauso hilflos hämmert wie in einem Groschenroman. Ich hoffe, dass es bald so viele Küsse sein werden, dass ich sie nicht mehr zählen kann.

»Und eins würde mich noch interessieren ... Was für ein Mädchen bin ich? Ich will es gern jetzt wissen, für den Fall, dass ich bei der Operation draufgehe.«

»Du bist ein sehr dramatisches Mädchen.«

»Jetzt nicht kneifen. Welche Kategorie?«

»Nein. Du bist eine ... der dritten Kategorie, Kategorie C. Und außerdem bist du eine sehr körperliche Freundin. Aber zuerst solltest du jetzt deine Augen in Ordnung bringen lassen, damit du siehst, mit was für einem Idioten du da eigentlich rumknutschst.«

»Knutsch noch etwas mehr«, sage ich. »Falls ich es später bereuen sollte. Du hast ja gesagt, dass das Physische, das Konkrete nicht unterschätzt werden darf.«

Jakob sieht mich an.

Und mir fällt plötzlich ein, dass ich meine Zähne nicht geputzt habe und bestimmt nach Kotze schmecke. Die Wahrheit über mich ist, dass ich ein kleines, bleiches, verlorenes und halbblindes Mädchen bin, das nach Kotze schmeckt.

»Die Ferien sind zu Ende, der heutige Tag fühlt sich sehr

nach dem ersten Schultag an. Wenn du es bereust und nur hierher gekommen bist, weil du Mitleid mit mir hattest, versprichst du mir dann trotzdem, nach der OP noch mal reinzuschauen? Und dann musst du mir noch versprechen, das Buch von Vasari mitzubringen, er hat ja tolle Sachen über die Kunst geschrieben, auch wenn du ihn als Maler nicht für so groß hältst wie die anderen. Und du musst mir von Frida Kahlo erzählen. Okay? Und ich will gern das Sparre-Bild sehen.«

»Ja«, sagt Jakob. »Frida Kahlo hat leider kein Kreuzigungsbild gemalt.«

Er sieht genauso hilflos aus, wie ich aussehen muss, das weiß ich. Ich hoffe nicht, dass er den Flieger hierher nur genommen hat, um mich zu veräppeln. Ich versuche zu lächeln, aber mir ist leicht übel, ich hoffe, er sieht nicht, wie viel Angst ich habe, ich hoffe, es gibt etwas im Leben, an das ich glauben kann, ich hoffe, es ist wahr, dass er mich ganz lieb hat.

→ **Siehe Abbildung 34 im Bildteil**

DANK …

… an Hjørdis und Gunnar Danbolt für ihre Hilfe und ihre Begeisterung, an Arne Olav Hageberg, Gudmund Waaler, Kjell-Rickard von Wachenfeldt, Frode Larsen, Torill Nøst, Henriette Myhre Waitz, Mari Retvedt Røed. Mein Dank gilt auch denen, die erst am Ende ins Spiel kamen: Aina Eidesvik, Thale Schaanning Heiberg, Hannah Knudsen, Mira Eskeland Brekke und Ida Nøst. Mein besonderer Dank geht an Victor Sparre und an Toril, die den Text gelesen und an entscheidenden Stellen mit der Realität in Einklang gebracht hat.

Bergen – Split – Dubrovnik – Siena – Florenz – San Gimignano – Bologna – Padua – Venedig – Seebüll – Köln – Berlin – Paris – Bømlo – London – Kopenhagen – Istanbul – Málaga – Amsterdam – Rom – Florenz – Bergen, Juni 2003 – Oktober 2005

B. S.

Hier ist eine Liste über die Kunstwerke, die sich Frida und Jakob anschauen:

1 *Kruzifix*, Santa Maria Novella, Florenz, ca. 1290. Giotto di Bondone (um 1267–1337). © Alinari Archives/Corbis
2 *Kruzifix*, Santa Maria Novella, Florenz, 1412–13. Filippo Brunelleschi (1377–1446). © Alinari Archives/Corbis
3 *Die Dreifaltigkeit*, Santa Maria Novella, Florenz, 1427–29. Masaccio (eigentl. Tommaso di Giovanni di Simone Guidi, 1401–28). © akg-images/Erich Lessing
4 *Kreuzigung* (Ausschnitt), Santa Maria Novella, Florenz. Giorgio Vasari (1511–74).
5 *Kruzifix*, Santo Spirito, Florenz, 1492. Michelangelo Buonarroti (1475–1564). © David Lees/Corbis
6 *Kreuzigung*, Collegiata, San Gimignano, Datierung ungewiss, ca. 1350 (laut Ghiberti). Barna da Siena (zweite Hälfte des 14. Jahrhunderts). © akg-images/Electa
7 *Mond-Kreuzigung*, National Gallery, London, 1502–03. Raffael (eigentl. Raffaello Santi, 1483–1520). © National Gallery Collection/ Corbis
8 *Kreuzigung*, Monastero di San Lorenzo, Escorial, Madrid, 1555. Tizian (eigentl. Tiziano Vecellio, um 1490–1576).
9 *Kreuzigung*, Scuola Grande di San Rocco, Venedig, 1565. Jacopo Tintoretto (1518–94). © akg-images/Erich Lessing
10 *Christus am Kreuz mit zwei Stiftern*, Louvre, Paris, 1580. El Greco (eigentl. Domenikos Theotokópoulos, um 1541–1614). © akg-images/ Erich Lessing
11 *Anbetung der Dreifaltigkeit*, Kunsthistorisches Museum, Wien, 1511. Albrecht Dürer (1471–1528). © akg-images/Erich Lessing
12 *Kreuzigung*, Kunsthistorisches Museum, Wien, 1500–03. Lucas Cranach der Ältere (um 1472–1553). © akg-images
13 *Kreuzigung*, Palais des Beaux-Arts, Brüssel, Hieronymus Bosch (um 1450–1516). © akg-images
14 *Golgatha*, Galleria degli Uffizi, Florenz, 1604. Pieter Brueghel der Ältere (zwischen 1526 und 1530–69).

15 *Kreuzigung*, Isenheimer Altar im Elsaß, Musée d'Unterlinden, Colmar, 1512–15. Matthias Grünewald (um 1475/80–1528 oder 1531/32). © akg-images/Erich Lessing

16 *Kreuzigung*, Prado, Madrid, 1632. Diego Velázquez (1599–1660). © akg-images

17 *Kreuzigung*, Wadsworth Atheneum. Nicolas Poussin (1593/94–1665). © akg-images

18 *Kreuzigung*, Koninklijk Museum voor Schone Kunsten, Antwerpen, 1620. Peter Paul Rubens (1577–1640). © bridgemanart.com

19 *Kreuzigung*, Église du Mas d'Agenais, Bordeaux, 1631. Rembrandt Harmenszoon van Rijn (1606–69). © bridgemanart.com

20 *Die Kreuzigung*, St. Vincent, Mâcon, 1782. Jacques-Louis David (1748–1825).

21 *Kreuz im Gebirge*, (Tetschener Altar), Galerie Neue Meister, Dresden, 1808. Caspar David Friedrich (1774–1840). © akg-images

22 *Die Erschießung der Aufständischen am 3. Mai 1808 in Madrid,* Prado, Madrid, 1814. Francisco de Goya (1746–1828). © akg-images

23 *Der gelbe Christus*, Albright-Knox Gallery, Buffalo, 1889. Paul Gauguin (1848–1903). © Albright-Knox Art Gallery/Corbis.

24 *Golgatha*, Munch-Museum Oslo, 1900. Edvard Munch (1863–1944). © Munch-Museum/Munch-Ellingsen Gruppe/VG Bild-Kunst, Bonn 2007.

25 *Kreuzigung*, Ada & Emil Nolde-Stiftung, Seebüll, 1911–12. Emil Nolde (1867–1956). © »Kreuzigung« 1912 (aus dem neunteiligen Werk »Das Leben Christi« 1911/12), Ölfarben auf Leinwand, 220,5 x 193,5 cm, signiert unten rechts: »Emil Nolde 1912«, Nolde Stiftung Seebüll, Wvz Urban 477

26 *Kreuzigung, 1930.* Pablo Picasso (1881–1973). © Succession Picasso/VG Bild-Kunst, Bonn 2007/bridgemanart.com

27 *Weiße Kreuzigung*, Art Institute of Chicago, 1939. Marc Chagall (1887–1985). © VG Bild-Kunst, Bonn 2007

28 *Die Kreuzigung* (Altarbild), Saint Matthew's Church, Northampton, 1946. Graham Sutherland (1903–80). © Graham Sutherland/bridgemanart.com

29 *Fragment einer Kreuzigung*, Stedelijk Van Abbemuseum, Eindhoven, 1950. Francis Bacon (1909–92). © The Estate of Francis Bacon/VG Bild-Kunst, Bonn 2007

30 *Der Christus des hl. Johannes vom Kreuz*, © Salvador Dalí (1904–89),

1951, Gala-Salvador Dalí foundation/Art Gallery and Museum, Kelvingrove, Glasgow City Council/bridgemanart.com

31 *Gelbes Kreuz*, Private Sammlung, Wien, 1957. Arnulf Rainer (1929–)

32 *Polka Dot Jesus*, Private Sammlung, USA, 1960. Charlie »Cedar Creek« Fields (1883–1966)

33 *Kreuzigung*, Collection Stedelijk Museum voor Actuelle Kunst, Ghent, 1999. Luc Tuymans (1958–)

34 *Die Auferstehung des Lagergefangenen*, Private Sammlung, 1980, Victor Sparre (1919–). © VG Bild-Kunst, Bonn 2007

Meine wichtigsten Quellen während des Schreibens waren: David Piper u. a.: »Aschehougs Kunsthistorie« (4 Bände, Aschehoug 1995) und Sister Wendy Beckett: »Sister Wendy's Story of Painting« (Dorling Kindersley, 1994).